·安徽师范大学文学院学术文库·

U0746818

老舍与中外文化综论

LAOSHE YU ZHONGWAI WENHUA ZONGLUN

谢昭新 著

安徽师范大学出版社

·芜湖·

责任编辑：胡志恒　吴　琼
装帧设计：杨　群　欧阳显根
责任印制：郭行洲

图书在版编目（CIP）数据

老舍与中外文化综论/谢昭新著.—芜湖：安徽师范大学出版社，2014.12
（安徽师范大学文学院学术文库）
ISBN 978-7-5676-1144-3

Ⅰ.①老…　Ⅱ.①谢…　Ⅲ.①老舍（1899～1966）—文学研究—文集　Ⅳ.①I206.7-53

中国版本图书馆CIP数据核字（2014）第001558号

本书由安徽师范大学教育基金会宝文基金资助出版
本书系教育部人文社会科学研究项目"老舍与中外文化关系研究"
（项目批准号：10YJA751090）成果

老舍与中外文化综论

谢昭新　著

出版发行：安徽师范大学出版社
　　　　　芜湖市九华南路189号安徽师范大学花津校区　　邮政编码：241002
网　　址：http://www.ahnupress.com/
发 行 部：0553-3883578 5910327 5910310（传真）　E-mail：asdcbsfxb@126.com
印　　刷：安徽芜湖新华印务有限责任公司
版　　次：2014年12月第1版
印　　次：2014年12月第1次印刷
规　　格：700×1000　　1/16
印　　张：18.25
字　　数：300千
书　　号：ISBN 978-7-5676-1144-3
定　　价：36.00元

总　序

　　安徽师范大学文学院的前身是1928年建立的省立安徽大学中国文学系,是安徽省高校办学历史最悠久的四个院系之一。这里人才荟萃,刘文典、郁达夫、苏雪林、周予同、潘重规、卫仲璠、宛敏灏、张涤华、祖保泉等著名学者都曾在此工作过,他们高尚的师德、杰出的学术成就凝固成了我院的优良传统,培养出了一大批出类拔萃的各类人才。

　　文学院现设有汉语言文学、汉语言、秘书学、汉语国际教育等4个本科专业;文学研究所、语言研究所、古籍整理研究所、美育与审美文化研究所、艺术文化学研究中心等5个研究所(中心)。拥有中国语言文学博士后科研流动站,中国语言文学一级学科博士点,中国语言文学、艺术学理论2个一级学科硕士学位点;设有中国古代文学等10个硕士学位二级学科授权点和学科教学(语文)、汉语国际教育两个专业学位点;有1个安徽省A类重点学科(中国语言文学),3个安徽省B类重点学科(中国古代文学、汉语言文字学、中国现当代文学);1个国家级特色专业建设点(汉语言文学专业),1个国家级教学团队(中国古代文学),2门国家级精品课程(文学理论、大学语文),1个省级刊物(《学语文》)。

　　文学院师资科研力量雄厚,现有专任教师82人,其中教授26人,副教授40人,博士51人。2009年以来,本学科共主持省部级以上科研项目74项,其中国家社科基金项目20项(含重大招标项目1项),获得省部级以上奖励13项。教师中,有国家首届教学名师1人,享受国务院特殊津贴12人,皖江学者3人,二级教授8人,5人入选省级学术与技术带头人,6人入选省级学术与技术带头人后备人选。

　　走过80多年的风雨征程,目前中文学科方向齐全,拥有很多相对稳定、特色鲜明的研究领域。唐诗研究、"二陆"研究、宋辽金文学研究、词学研究、现代小说及理论批评研究、当代文学现象研究、《文心雕龙》研究、古典诗歌接受史研究、梵汉对音研究、句法语义接口研究、儿童语言习得研究等在全国居于领先地位或在学术界有较大影响。特别是李商隐研究的系列成果已成为传世经典,国务院学位委员会委员、北京大学教授袁行霈先生说,本学科的李商隐研究,直接推动了《中国文学史》的改写。

经过几代人的薪火相传,中文学科养成了严谨扎实的学术传统,培育了开拓创新的学术精神,打造了精诚合作的学术团队,形成了理论研究与服务社会相结合、扎根传统与关注当下相结合、立足本位与学科交融相结合、历代书面文献与当代口传文献并重的学科特色。

新世纪以来,随着老一辈学者相继退休,中文学科逐渐进入了新老交替的时期,如何继承、弘扬老一辈学者的学术传统,如何开启中文学科的新篇章,成了摆在我们面前的迫切任务。基于这一初衷,我们特编选了这套丛书,名之为"安徽师范大学文学院学术文库",计划做成开放式丛书,一直出版下去。我们认为对过去的学术成果进行阶段性归纳汇集,很有必要,也很有意义,可以向学界整体推介我院的学术研究,展现学术影响力。

现在呈现在读者眼前的是第一辑,文集作者均是资深教授或博士生导师,有年高德劭的老一辈专家,有能独当一面的中年学术骨干,有崭露头角的青年才俊,可以反映出文学院近年科研的研究特点与研究范式。

新时代,新篇章。文学院经过八十余年的风雨砥砺,取得了辉煌的成就。赭塔晴岚见证了我们的发展,花津水韵预示着我们会更上层楼;"傍青冥而颉颃白日,出幽谷而翱翔碧云"。我们坚信,承载着八十多年的历史积淀,文学院的各项事业必将走向更大的辉煌!

我们拭目以待……

丁放　　储泰松

2014 年 8 月

目　　录

绪论　老舍的文化心理结构

　　在五四时期的文艺复兴、思想启蒙运动中,西方各种"思潮"、"主义"大量涌进,迫使这一代知识分子不得不在中西文化交汇中,重新组合自身的文化心理结构。有的以"全盘西化"为主体形成"西式"文化心态;有的以"东方精神文明"为主体形成传统文化心态;有的以"西学"为体、"中学"为用,形成"中西合璧"型文化心理结构。老舍没有赶上这一代知识分子在金戈铁马、大浪淘沙下所作的文化心理选择,他是在五四新文化运动落潮的情势下登上文坛的。这决定他在登上文坛的同时,就带上 20 年代中后期知识分子特有的历史使命,以冷静、务实精神,重新审视五四新文化运动。老舍对五四新文化运动的反思是多方面的。他一方面明确认识到五四反封建的进步性,特别赞赏五四时代的知识分子对旧礼教、旧道德的猛烈冲击;另一方面他又看到当初被五四文化新军猛烈扫荡过的"孔教"、"儒学"已经形成一种很深的文化积淀,潜藏在社会的不同阶层人物心灵深处,影响着他们,制约着他们,可见,五四提出的反封建任务远远没有完成,它还要继续进行下去。尽管当时的知识分子,在思想理论、文化观念上反封建是彻底的,但在行为模式上又较多地保留了传统的东西,这就使得他们原先在各个领域所冲击的东西,后来又都默默地复活了,包括传统在他们自身身上的复活。老舍觉察到这一点,他在《老张的哲学》里,通过解剖一个学校,让人看到这个学校从校长、教员到教学方式、教学内容都是封建式的。表面看起来是新学堂,而内骨子是依旧的。这便是五四以后思想文化领域的真实现状。老舍一开始创作就非常自觉地继承五四反封建传统,执着地追求、表现"反封建"主题,探讨国民性问题,这就显示出老舍的可贵来。可以毫不夸张地说,老舍是继鲁迅之后,忠实地沿着五四反封建道路,深入持久地做思想启蒙工作最系统、最富有独创性的一个。他通过对五四的反思,确定了自己创作的基本思想:"反封建使我体会到人的尊严,人不该作礼教的奴隶;反帝国主义使我感到中国人的尊严,中国人不该再作洋奴。这两种认识就是我后来写作的基本思想与情感。"①也是通过对五四的反思,引起老舍对东西方文化价值的重新审定。五四时代的知识分子,以开放式的态度对待西方文化,吸取西方文化的精华,建立自己的民族新文化,这是无可非议的。但是,当时也的确有一部分知识分子一味接受西方文化,只取"西式"皮毛,甚至将西方社会劣性东西也输送到中国来,从而污染了一部分青年的灵魂。《赵子曰》所写的赵子曰型的青年学生,他们没有接受五四新思想的正确影响,像浮在水面上的油,思想浅薄得可怜却偏要用一些时髦的东西来装饰,甚至将五四反封建的优良传统歪曲为打校长、打教员、无故闹风潮。"不打校长教员,也算不了有志气的青年",这种"志气"是受西方文化"动"的形态影响下的"志气"。老舍后来所写的《大悲寺外》里的丁庚,也是受西方"动"的哲学影响,对忠诚、善良的教师大打出手。如果说一部分青年在行为观念上只吸取西方文化"动"的表层意识,使他们在社会政治运动中出现许多荒唐性、可笑性的言行,那么,他们在心理欲望上"动"的结果,又出现了由蓝小山、欧阳天风、小赵、胖校长侄儿、蓝东阳、张文等人组成的"孔教打底,西法恋爱镶边"的"自由恋爱"世界。在这个世界里,他们完全把女人当成玩物,以欺骗性的玩弄代替封建性的强行占有。由他们制造的青年女性上当受骗、失身堕落的悲剧,并不比老张等用封建买卖婚姻逼死人命的死亡悲剧显得"文明"轻松。像王女士失身于欧阳天风而一直隐瞒"秘密"(《赵子曰》),张秀贞失身于小赵而不敢吭声(《离婚》);《月牙儿》中的女主人公失身于胖校长侄儿后正式上市"卖肉";方秀莲想尝尝"自由恋爱"的甜头,结果是怀着孩子悲悲切切回到家里(《鼓书艺人》)。这些在西方"文明"包裹下发生的悲剧,更令人感到恐惧、心悸。在老舍小说里,我们很难找到青年男女由"自由恋爱"而组合成的"幸福"家庭,他们的"自由恋爱"都是以人性的异化、扭曲、悲哀、痛苦而告终的。相反,那种以东方情调——或由父母包办、或由媒婆撮合的婚姻,却显得和谐、平静。祁瑞宣与韵梅组合的家庭,最能体现这种和谐、静美的东方式婚姻特点。这就让人看到:西方的"个性解放"并

---

① 老舍:《"五四"给了我什么》,《老舍文集》(第14卷),人民文学出版社1989年版,第346页。

没给市民社会的小人物带来"个性解放"，而东方文化的"恬静"却被当作美的对象保存下来，即使到抗战年代还没有泯灭。看来，老舍是从文化角度突出西方现代生活因异化而带来的困惑、苦恼、痛苦，然后再用东方传统文化加以补救，以东西方文化优劣互补去建立自己的文化心理结构的。

那么，老舍从中国传统文化里究竟吸取了什么？首先，儒家"中庸"、"仁爱"、尚柔的人生哲学，对他建立自身审时度势的性格结构，起了很重要的催化作用。老舍从小接受的是传统文化教育，除熟读四书五经外，还喜读《三国演义》《水浒》《施公案》《三侠五义》等古代小说。这样，儒家的经典著作以及这些小说里所宣扬的儒家道统思想，忠义豪侠之气，对老舍都产生了重大影响。再加上，老舍的母亲也把她受传统文化思想影响的那一面传给了他。老舍说他真正的教师，"把性格传给我的，是我的母亲。母亲并不识字，她给我的是生命的教育。"①她培养了老舍好客、爱花、爱清洁、守秩序、正直、温厚的性格。同时，他生活的古都北京，从护城河里都可以抓出满把的传统文化，这特殊的古文化地域，也培育了他的稳、静、柔、顺，使他不致于朝潇洒的浪漫方向发展。那个"稳、太稳"的张大哥，他的气度与服装，他的中庸、调和的行为模式，都具有很浓的传统文化的特点。老舍说，像张大哥那样的人，是他"二十岁至二十五岁之间"，"几乎天天看见"的。"他永远使我羡慕他的气度与服装"，以至他的心态结构、行为模式都感染了老舍。老舍的文化心理含有较多的温文尔雅、柔顺、中庸的成分。当然，儒家的尚柔与道家的尚柔不同，孔子以柔进取，而老子却以柔退走。孔子柔中蕴刚，老舍则软中有硬，他的"软而硬"与儒家的"内刚外柔"也有相似之处。这里，我们绝没有将老舍思想等同于儒家思想之意，只是印证老舍的心态建构，的确含有传统文化思想因素。传统文化思想深深影响着老舍，老舍又用传统文化思想去感染他的艺术形象，因而，他笔下的小人物常出现"软而硬"二重人格的冲撞、交战、融合、统一。受"软"的一面浸染的小人物，总是以痛苦的活着，委屈的死去而走完他们的人生道路。受"硬"的一面主导的小人物大都带上市民阶层特有的侠义行为，他们的硬气里又包含着找不到真正出路的盲

---

① 老舍：《我的母亲》，《老舍文集》(第14卷)，人民文学出版社1989年版，第249页。

从与哀愁。受"软而硬"二重人格完整浸泡过的艺术形象,特别是那些中年知识分子,如老李(《离婚》)、瑞宣(《四世同堂》),他们身上的传统色彩似乎更浓一些。

其次,中国传统文化重直觉、重感情的思维方式,也对老舍的感触事物方式、审美知觉能力产生影响。西方文化重逻辑、重理性,而中国传统文化则把直觉、情感看得比理智更重要。老舍初期创作就是用这种传统文化思维方式去感触事物,决定审美价值取向的。因而,他的"感情老走在理智前面","感情使我的心跳得快,因而不加思索便把最普通的、浮浅的见解拿过来,作为我判断一切的准则"①。这里所说的"浮浅的见解",即指他"软而硬"人格中的"硬"的一面所支配下的正义感。正义感成了他审视事物的直觉洞见,以此来"咂摸世事的滋味",表达他"除恶向善"的社会理想。像这样凭直觉、感情写出来的作品,不可能对事物作深入开掘,而只是将思维活动限制在事物的表层之上。所以,从这个意义上说,"感情不会给人以远见",直觉不会使他创作出深刻的作品来。这就使他一方面重感情、重直觉,另一方面又要用一定的理智去"管束着感情"②。不过,他初期的创作总没能够用理智管束住感情,而只有到了30年代,他真正调整了情感与理智、直觉与思维之间的关系后,将理智纳入情感的思维活动中,才创作出一系列深刻的作品来。老舍的创作经过从重感情、重直觉到重情感与理智相结合的变化过程,是老舍文化心理结构的自我调整过程。

再次,老舍小说里的人物大都缺乏自我精神扩张,他们总是以个性压抑或屈己从人的生命形态出现的,这就使他们在人际情感关系上具备"东方精神文明"特点。前面已隐约提到,在以家庭为单位的文化组合里,东方文化的和谐、静美特点之所以表现突出,就是因为作为家庭成员,他们都是以牺牲个体意识、服从"家"的文化观念为前提的。在家庭里,人们要服从"家长制";在社会上,人们要听命于君,绝对服从最高统治者的统治。这样就造成君君臣臣、父父子子,一级治一级,一级也甘心于被一级统治,人的个体意识全部消亡,而代之以起的是群体意识的增长。中国人如果没有这种群体意识,就很难在这个文化氛围里生存下去。你要去张扬个性,很快会被群体吃掉。老舍没有描

① 老舍:《我怎样写〈老张的哲学〉》,《老舍文集》(第15卷),人民文学出版社1990年版,第166页。
② 老舍:《我怎样写〈老张的哲学〉》,《老舍文集》(第15卷),人民文学出版社1990年版,第166页。

写个体意识被吃掉的那一面,而大量描写个体意识在服从群体意识的精神律动下的矛盾、痛苦、感伤和哀怨。以中年人的爱情婚姻为例,《离婚》中的老李是在压抑"诗意"、"浪漫"个性的情况下,与李太太组合成家庭的。组成家庭后,他和妻子在情感、性格、举止、言谈诸方面,都呈现不协调状、不相容状。尽管他对李太太的俗气十分嫌厌,但他还是在这个家庭苟活着、敷衍着,尽着丈夫的职责。他压抑了对马少奶奶的潜性爱的追求,使得这个家庭在经历了闹"离婚"的风波后,很快平静下来,又恢复了东方家庭的"恬静"。同时,在祁瑞宣与韵梅的结合中,韵梅也不是瑞宣原来所追求的对象。她只不过作为一种传统文化观念的需要,被迎娶到祁家来的。因此,瑞宣在对待韵梅的态度上,虽然没有老李对太太那种浓重的嫌厌气,但对韵梅说话做事总离不开家长里短的俗文化气质也流露出不满。可见,他们这种合乎传统文化观念的"美满婚姻",恰恰掩盖了婚姻个体"不美满"的成分,而不满意的个体却以强烈的自忍,压抑内心的痛苦,以利对方。对方则在无知的承受中,享受这不是幸福的"幸福"。在这里,传统文化表面上的"和谐"掩盖了内里的不和谐,表面上的"静美"掩盖了内里的不静美。

如果说这些小人物在家庭内部是以个性压抑的形态出现的,那么,当他们走向社会后,他们的个性仍然得不到舒展,他们还是以忍让屈从、克己从人的生命形态出现,去寻找作为社会的"人"、传统文化中的"人"的位置。但是,他们却很难找到。像张大哥(《离婚》),他信奉的哲学:一辈子做好人,一辈子安分守己,可是,他却不断地遭受厄运。像祥子(《骆驼祥子》),他没招谁也没惹谁,安分守己地拉车攒钱,可是社会却不容许他存在,迫使他堕落。像祁天佑(《四世同堂》),他遵纪守法、规规矩矩地做生意,但地方日伪政权却偏要加给他一个"奸商"罪名,拉他游街示众,逼他自杀。这些安分守己、忍让屈从,符合儒家传统思想的人的悲剧,是社会的悲剧,又是民族文化的悲剧。它让人们看到:半封建半殖民地的都市文化,既继承了传统文化性格,又破坏了传统文化性格。它继承的是传统文化的劣性东西,而破坏的是传统文化中的优质东西。不管是张大哥、祁天佑,还是作为下层车夫的祥子,他们的人生哲学都含有"柔"的一面,但"柔"中又含有生命的进取精神,尤其是祥子,他有骆驼似的坚强生命意识。这些合乎传统文化审美价值标准的一面,却被都市文化毁坏了,当然令人感到悲哀。老舍就是在寻找具有传统文化意识的现代人的价值跌落中,流露出"反城市倾向"的。这与30年代一部分知识分子欲走资本主义道路,建立资产阶级专制的理想不同,老舍的理想是要建立一个秩序稳定、安贫乐道、没有都市污秽的社会,是要建立一个符合东方精神文明需要的"四世同堂"式的民族文化。因此一旦这个文化遭到西方文化污染,或是遭到帝国主义的武装破坏,老舍便感到无限的悲哀与忧愤。

在中国文化氛围里生活的中国人,人对人,人对外在事物,要受到传统文化的规范。人对自身,人的本我与自我的冲突,也要受到传统文化观念的制约。中国的传统文化强调"无私"、"无欲",但作为人,怎么可能无欲呢? 问题在你有了"欲"之后,应该用意理把它理顺,决不能让"欲"外泄泛滥。我们看,老舍笔下的小人物,除了那些纵欲型的反面角色外,他们大都是用传统的道德观念来压抑自己内心欲望的波动的。王德对李静的爱情表达方式,李应与龙凤的幽会形态(《老张的哲学》);老李对马少奶奶的潜性爱的追求(《离婚》);《微神》中男、女主人公性爱意识的痛苦流露;祥子和虎妞结合后,他对小福子有诚挚的性爱追求而不敢公开表达。他们的内心都有欲望的波动,但他们又都遵循着社会的、家庭的传统道德,以此来压抑情欲的升腾。这种性欲的压抑会造成人生最大痛苦,老舍也认识到:"性欲的压迫几乎成为人生苦痛之源,下意识所藏的伤痕正是叫人们行止失常的动力。"[1] 他也写出了这些小人物因"下意识所藏的伤痕"而造成人性"失常"的悲剧。他写了性欲,但这种性欲不是向外喷吐弄得不可收拾,而是以压抑、内省的方式出现在小人物心灵深处,这完全符合传统文化对情欲提出的"顺理得中"的审美要求。

在上述有关性意识的描写中,我们已经看到老舍文化心理结构中的中西交汇的特点了。但必须指出:这种交汇是以"中"学为核心的交汇,他从西方文化里吸取的"现代意识",并没有冲掉他的传统文化观念,在行为方式上,他还较多地保留着传统的东西。比如,他在《小型的复活·自传之一章》中,记述自己是如何度过"二十三,罗成关"的。在恋爱自由论的冲击下,他也想做自由恋爱的"新人物","过过恋爱生

---

[1] 老舍:《文学概论讲义》,《老舍文集》(第15卷),人民文学出版社1990年版,第115页。

活"。"而母亲暗中给我定了亲事。"这样，要做个"新人物"，就不得不退婚，要退婚"又恐太伤了母亲的心"。后来婚约废除了，他也冲破了传统婚姻观念对他的束缚，但是，他还是没有走自由恋爱道路。如果说老舍在国内"作事的时候，终日与些中年人在一处，自然要假装出稳重。我没机会交女友，也似乎以此为荣"①。身处"礼义之邦"，即便和女人接触，也感到"拘束"。那么，当他跻身于西方这个性开放的异域时，该会消除这"拘束"了吧。可是，老舍还是没有消除这"拘束"，他以东方人的道德眼光，去审视西方男女的性爱世界，到伦敦的头一天，他就对车站上的男女公开接吻的声音与姿态感到不满。或许就是因为老舍具有这种东方文化的性格特点，才规定了他笔下的人物，即使有追求"自由恋爱"的现代意识，但他们却从没来有取得"自由恋爱"的成功。

　　既然传统文化是老舍文化心理结构的核心部分，那么，西方文化在他整个文化心理结构中将占据什么样的位置，起什么样作用？在我看来，老舍进入西方资本主义物质文明世界以后，他发现中国人的人格素质偏低，缺乏英国人的进取。他在《二马》里批判了中国的国民性弱点，但他并没有以此形成对西方文化的人格崇拜。他在西方文化里欲寻找那些能够融入民族文化性格的部分，这种融合的工作，在他未去英国之前就已经做过。我们从他早年参加基督教的材料看出，他从小就培育起来的"中庸"、"仁爱"、"稳重"的传统文化性格，很容易与基督教的博爱精神、慈爱主义合流，所以他在青年时代才那样热心慈善事业。老舍到英国后，还与那些曾到过中国的牧师保持密切联系。在《二马》里，他把伊牧师写成对中国人不抱民族偏见的"大好人"，不能不是他的基督教思想的显现。是的，他从贴近中国传统文化的仁爱精神出发，去吸取西方文化里的博爱主义。这是他中西文化融合的第一个层面，有了这样一个层面，他才能进一步吸取西方文化里的人道主义。老舍的人道主义首先是从狄更斯作品里获得的。狄更斯在作品里所表现的对人的关心，对人的尊重，对下层市民小人物的怜悯与同情，也成了老舍初期作品的情感基调。西方人道主义所提倡的"人类之爱"、普遍的爱、共同的爱，在五四时期不少作家作品中都作过渲染，

---

① 老舍：《我怎样写〈赵子曰〉》，《老舍文集》（第15卷），人民文学出版社1990年版，第172页。

比如冰心的"爱的哲学",但在老舍作品里却没出现这种"爱的哲学"的过多渲染。它是以另一种形式出现:"我恨坏人,可是坏人也有好处,我爱好人,而好人也有缺点。""我只知道一半恨一半笑的去看世界。"①这是比较温和的人道主义。用这样的人道主义去写小人物的缺点,往往只搔了他们身上的"痒痒肉",用这样的人道主义去对待他心自中的"坏人",往往留下淡淡的温情与宽恕。这种温情的人道主义进入他的主体世界后,并没有和他原来就已经具备的"仁者,爱人"的思想以及基督教的博爱主义发生冲撞,而是以交叉、融合的形态出现,丰富了他的审美心理世界。

然而,老舍还是更多地从审美形式、技巧上去认识西方文化"优势"的。因此,他刚读完狄更斯的《尼考拉斯·尼柯尔贝》和《匹克威后外传》,就觉得这些外国小说比中国小说在写法上"有更大的势力",促使他在"画稿子"时,不取"中国小说的形式",而采取西方小说的写法②。《老张的哲学》颇似狄更斯流浪汉小说的编织体系,《赵子曰》除了保持《老张的哲学》结构特点外,还加进了狄更斯式的"情节剧式的母题",在情节的心理感应上,增添了一些隐秘色调。从《二马》开始,老舍决定往"细"里写,它在民族性的比较分析中形成双线结构方式。《小坡的生日》仍保持单线结构特点,但达到了梦幻与现实的完美结合。《猫城记》《月牙儿》《微神》等以情感的寄托与情绪的压抑形成情绪结构方式,开创了他的小说现实主义与象征主义相融合的路子。《牛天赐传》全力表现一种环境和一个性格,《骆驼祥子》顺着客观事件的衍变,描绘主人公祥子心理生活由希望到失望再到绝望、堕落的全部历程。它们以主人公为中心的逐层深入的思考,既有狄更斯式的"情节剧式的母题"显示,又有心理情绪的波动,类似陀思妥耶夫斯基、托尔斯泰探索人的心理奥秘的审美构造方式。老舍是用西方文化的审美方式来表现东方民族的性格情调的。至此,我们可以总结西方文化在老舍文化心理结构中的作用了。我认为:传统文化的积淀和西方文化的影响组合成他的心理世界的核心部分,传统文化是这个核心部的内层,西方文化是核心部的外层。核心部外层对内层不仅没有形成敌对、威胁之势,反而以温善的姿态去表现它,依附它,和它交融成一个

① 老舍:《我怎样写〈老张的哲学〉》,《老舍文集》(第15卷),人民文学出版社1990年版,第166页。
② 老舍:《我怎样写〈老张的哲学〉》,《老舍文集》(第15卷),人民文学出版社1990年版,第165页。

完美的审美整体。

如上所述,中西文化交汇组成老舍文化心理结构的核心部分,形成一种内部结构。在内部结构中,外来文化的影响,可以帮助他洞察传统文化的痼疾,对我们民族中的封闭、落后、愚昧、守旧、自私、狭隘等劣根性进行深入批判。正因为老舍具有这种批判精神,才使他在人格建构、行为方式上未去走"复古的先贤们"保存"国粹"的闭关自守的老路,而继续走五四反封建道路。可以说,从鲁迅、郭沫若、冰心、郁达夫……这一代知识分子到茅盾、巴金、老舍、曹禺等30年代的知识分子,他们都能够用西方文化精神观照中国的固有"文明",发掘传统中的弊端,从而进一步做好对传统的转化、改造工作,以期达到社会的进步。这只是问题的一个方面。另一方面由于传统文化在内部结构中居于最核心、最内层的地位,这就决定了老舍这一代知识分子在行为方式、人格精神上不可能以反传统面目出现,更不会搞民族虚无主义,而较多地保留了中国文化传统中许多优质的东西。具体地说,中国传统文学中一直作为歌颂对象的爱国主义精神,在他们那里得到进一步弘扬、发展。他们在暗无天日的国度里,不停地寻找着救国救民之路。尽管他们用的思想武器不一样,或用进化论,或用泛神论,或用个性主义,或用人道主义,等等,但他们的最终目的、最高理想都是要使中国振兴起来,富强起来。但是,当历史的发展证明他们用西方资产阶级那一套理论不能达到救国之路时,他们也就很自觉地抛弃了原先使用的那些"武器",重作一些新的选择:有的接受马克思主义,直接参加革命,从事革命工作;有的虽然没参加革命,但在思想上追求革命,倾向革命,或同情于革命。由于客观原因,老舍远离祖国,和当时的革命运动发生隔膜,但老舍内心并没有和革命隔绝,他还是关心革命的,有他自己的话为证:"我们在伦敦的一些朋友天天用针插在地图上:革命军前进了,我们狂喜;退却了,懊丧。"[①]所以,当他从英国途经新加坡回国后,便急于对中国革命运动作认知上不成熟的表态,这就难免会出现偏颇。《猫城记》的出现,就很能够体现他这一时期的文化心态,正如胡絜青所说:"我觉得,正因为老舍是个爱国的作家,在当时的情况下,忧国之至,而又找不到出路,才会有《猫城记》。这部书反映了一个

---

① 老舍:《我怎样写〈二马〉》,《老舍文集》(第15卷),人民文学出版社1990年版,第176页。

徘徊在黑暗中不断寻求真理的旧知识分子的痛苦处境,反映了一个老作家复杂曲折的成长过程。"①他对"大家夫斯基主义"的讽刺和对"阅党"的议论正好显示了他既关心革命而又不理解革命的矛盾心理。是的,五四以来的爱国的进步的知识分子,他们在寻求"真理"的过程中,都产生过痛苦、苦闷、感伤、忧郁,但他们又都能够在时代潮流的推动下,向前迈进。老舍和同时代的知识分子一样,到抗战时期,竭尽全力为民族解放而奔走呼号;新中国成立后,又能够满腔热情地为社会主义建设服务,将爱国情感里注入了热爱社会主义、热爱中国共产党的新的血液,从而丰富了作为爱国主义作家的情感内容。可见,老舍这一代知识分子,是在不断地弘扬、发展爱国主义的传统中,来促进自身人格的完善的。

由于中国知识分子历来遵从传统文化的群体意识,常以传统文化的人格标准来要求自己,从国家、民族的功利观念出发进行内省,这样就造成了中国知识分子特别重视功利的特殊人格。这种传统人格在五四之前的知识分子身上表现比较突出。五四这一代知识分子情况有所不同。他们以开放的心灵译介西方文化,尤其是西方现代主义文学思潮涌入后,对中国传统文学的"功利观"进行了猛烈冲击。经过这样的冲击,五四时期的文学创作似乎淡化了政治的功利色彩。但是,由于文学革命的倡导者们,一开始提出的文学革命主张就不是"非功利"的,比如陈独秀在《文学革命论》里标榜的"三大主义"就包含极强的新功利色调。这样,就使五四时期的文学创作在淡化政治功利色彩的同时,又比较自觉地遵奉革命前驱者的命令,含有"听将令"的成分。后来文学研究会和创造社,分别提出文学"为人生","为艺术",以此反对封建的"文以载道",但他们所做的工作,又没有脱离"文以载道",只不过它载的是"新道"罢了。而到老舍这一代知识分子登上文坛时,整个思想文化界被"务实"精神笼罩着。他们既要继承中国文化传统,又要弘扬五四新文化传统,因而他们在创作上就不可能走"非功利"的道路,而是将他们受时代、社会、政治影响的现实人格渗进创作中去,逐渐强化政治意识,促成艺术的发展。虽然老舍对普罗文学"往

---

① 胡絜青:《老舍论创作·后记》,《老舍论创作》,上海文艺出版社1980年版,第201页。

往内容并不充实,人物并不生动,而有不少激烈的口号"①产生不满;但是,他毕竟又受了左翼文学的影响,在他的作品中偶尔也出现一些革命者和共产党员形象,后来的创作实践更进一步证明,他没有将自己的作品拉入完全脱离政治的轨道。在抗战时期和全国解放以后,他写出了不少政治性、鼓动性很强的作品,尽管艺术上比较粗糙,但生动地体现了革命的文艺思想,给他带来了新的艺术生命。作家对自己能够获得这种新的文艺生命而感到自豪,并非常珍视这一生命现象。他怀着强烈的使命意识和高度的政治责任感,或热情讴歌新中国,或虔诚忏悔旧意识,哪怕遭到迫害,身处逆境,仍然对党对国忠贞不渝,这就是老舍,这就是老舍这一代知识分子所走过的共同的思想和创作道路。

---

① 老舍:《老舍选集·自序》,载曾广灿、吴怀斌编:《老舍研究资料》(上),北京十月文艺出版社1985年版,第629页。

第一编　老舍与中国传统文化

第一章　老舍与儒家文化

在中国传统文化中,以儒家思想为代表的精神文化体现了中华民族优秀的传统思想、品德和精神风貌。而儒家思想文化的创立者是孔子,孔子创立的儒家思想一直影响着中华文明的进步与发展,一直传承在中华儿女的血脉和精神世界之中。老舍,这位最具儒雅风范的作家,其思想及创作均蕴涵着较浓郁的儒家文化精神特质。

第一节　老舍思想行为中的儒家精神特质的生成

儒家的文化思想最早进入老舍的精神世界是在其童年少年时代。童年少年时代的生活环境、家庭教养、文化熏陶,培育了老舍精神世界中的儒家文化因子。首先,童年少年时代的生活环境培育了老舍精神世界中的儒家文化因子。老舍生在北京、长在北京,他说北京"是整个儿与我的心灵相粘合的一段历史","因为我的最初的知识与印象都得自北平,它是在我的血里,我的性格与脾气里有许多地方是这古城所赐给的"[①]。北京是五代帝都,悠久的历史文化尤其是儒家文化深深蕴藏在皇城的每个角落,深深影响了世世代代子民们的思想行为,即使在满族入关摄政以来,"八旗弟子"的行为方式、风俗俚情浸透到市民阶层的生活中,也丝毫动摇不了中国传统文化中的儒家文化的深厚积存,更何况满汉文化合流后的北京文化,仍然保持着儒家文化的精神风态。乃至老舍在二十岁至二十五岁之间还几乎天天看见像《离婚》中的张大哥式的人物,"他永远使我羡慕他的气度与服装,而且时时发现他的小小变化:这一天他提着条很讲究的手杖,那一天他骑上自行车——稳稳的溜着马路边儿,永远碰不了行人,也好似永远走

---

① 老舍:《想北平》,《老舍文集》(第14卷),人民文学出版社1989年版,第63页。

不到目的地,太稳,稳得几乎象凡事在他身上都是一种生活趣味的展示。"①这种"稳"、"太稳"的气度和文化心理,正是儒家文化中的"合和"、"中庸"观念的体现。这种"稳"、"太稳"的文化环境自然会培养出老舍温文尔雅的儒雅风范,使他没有向潇洒浪漫方向发展。

其次,老舍早年的家庭教养也培育了他精神世界中的儒家文化因子。老舍说他童年的生命教育来自他的母亲,母亲把她受传统文化思想影响的那一面传给了他。老舍说她是自己真正的教师,"把性格传给我的,是我的母亲。母亲并不识字,她给我的是生命的教育。"②她教会了老舍好客、爱花、爱清洁、守秩序、正直、温厚的性格;她节俭朴实、吃苦耐劳、尊老慈幼、助人为乐和重道贵义的传统道德品质与行为规范也传给了老舍。除了母亲的"生命教育",还有一个就是在他脑海里永远抹不去的是他的父亲为保护皇城而牺牲的家国情怀、民族精神,这也是对老舍进行儒家文化精神的"生命教育"。《老舍自传》中有这样一段话:"自从我开始记事,直到老母病逝,我听过多少多少次她的关于八国联军罪行的含泪追述。对于集合到北京来的各路团民的形象,她述说的不多,因为她,正像当日的一般妇女那样,是不敢轻易走出街门的。她可是深恨,因而也就牢牢记住洋兵的罪行——他们找上门来行凶打抢。母亲的述说,深深印在我的心中,难以磨灭。在我的童年时期,我几乎不需要听什么吞吃孩子的恶魔等等故事。母亲口中的洋兵是比童话中巨口獠牙的恶魔更为凶暴的。况且,童话只是童话,母亲讲的是千真万确的事实,是直接与我们一家人有关的事实。""我不记得父亲的音容,他是在哪一年与联军巷战时阵亡的。他是每月关三两饷银的护军,任务是保卫皇城。联军攻入了地安门,父亲死在北长街的一家粮店里。"③对八国联军侵略罪行的痛恨,对父亲为国捐躯精神的永久记忆,一直是培育老舍"修身、齐家、治国、平天下"的儒家文化精神的主体内涵。

再次,老舍早年接受的是中国传统文化教育尤其是儒家文化的熏陶,据老舍在《宗月大师》一文中的记述,因为家贫上不起学,是宗月大师刘寿绵资助他上了改良私塾,而后又上了公立小学。在私塾和小学

① 老舍:《我怎样写〈离婚〉》,《老舍文集》(第15卷),人民文学出版社1990年版,第191—192页。
② 老舍:《我的母亲》,《老舍文集》(第14卷),人民文学出版社1989年版,第249页。
③ 老舍:《童年习冻饿》,《老舍自传》,江苏文艺出版社1995年版,第6页。

主要接受的是儒家文化教育,除熟读四书五经外,还喜读《三国演义》《水浒传》《施公案》《三侠五义》等古典小说。儒家的经典著作以及这些小说中所宣扬的儒家传统思想,对老舍都产生了重大影响。老舍小学毕业后先考入祖家街市立第三中学,半年后因经济困难退学。后来才考入花费少的北京师范学校。北京师范学校偏重教育与国文,校长方唯一先生的"字与文造诣都极深,我十六七岁练习古文旧诗受益于他老先生者最大"①。这样,老舍在北京师范学校期间所受的教育,更加固了他在私塾和小学所受的儒家文化教育,增强了他文化思想中的儒家文化精神。

第二节　老舍与儒家的"仁""礼"思想

儒家文化思想的核心是"礼"和"仁",孔子涉及"礼"的言论很多,像《论语·学而》有"礼之用,和为贵";《论语·泰伯》有"恭而无礼则劳,慎而无礼则葸,勇而无礼则乱,直而无礼则绞";《论语·颜渊》有"君子敬而无失,与人恭而有礼。四海之内,皆兄弟也。"②等,孔子倡导的"礼"范围较广,而所谓的"礼之用,和为贵",即明确指出了"礼"的本质和功能,要求人们要讲礼、学礼、行礼、尊礼、守礼,用"礼"来建立一种和睦、和谐的人际关系。孔子论"仁"的范围也很广,诸如仁者"爱人","克己复礼为仁","己所不欲,勿施于人","孔子曰:'能行五者于天下,为仁矣。'请问之。曰:'恭、宽、信、敏、惠'","苟志于仁矣,无恶也",等等,"仁"在孔子及其弟子的言论中,多涉及人的言谈举止,侧重于社会生活中的道德行为,主要是指为人处事的道德标准。孔子是在社会大动荡、大变革的情势下论述"礼"和"仁"的,他以"礼"和"仁"来规范人们的道德行为,人们只要按照他的"礼"和"仁"的道德标准行事,即可恢复和稳定社会秩序。

老舍深谙儒家的"礼"、"仁"道德观,他不仅在思想和行为方式上讲"礼"行"仁",而且以"礼"和"仁"的道德标准去审视人、描写人。老舍尽管受了五四运动的影响,五四使他"体会到人的尊严,人不该作礼教的奴隶",原先尊崇孔圣人的心灵也发生了变化,"变得敢于怀疑孔

① 老舍:《"四大皆空"》,《老舍文集》(第14卷),人民文学出版社1989年版,第253页。

② 《论语·颜渊》,《论语译注》,杨伯峻译注,中华书局1980年版,第125页。

圣人了"①。这使他在创作中对儒家的文化思想尤其对旧的"礼教"作了批判,对愚昧落后、因遁守旧、随遇而安、苟且偷生等国民劣根性作了批判,但老舍在批判中留有温情,留有对儒家文化思想的眷念成分。老舍用道德的眼光去审视人、描写人,形成了他作品中的"坏人"与"好人"的对立系列。在《老张的哲学》中,他把"坏人"形象老张、蓝小山钉在道德败坏的耻辱柱上,揭露批判了老张的封建买卖婚姻、纳妾的思想和行为,否定了蓝小山打着"西法恋爱"旗号而把女人当玩物的思想和行为。从《老张的哲学》开始,在以后的小说中出现的"坏人"形象,大都是道德败坏者,像《赵子曰》中的欧阳天风、《离婚》中的小赵、《月牙儿》中的胖校长侄儿、《鼓书艺人》中的张文,都以欺骗、玩弄的手腕对待女性,制造了女性失身的悲剧。应该说,老舍对这类"坏人"形象的批判是不留温情的,而对受传统文化思想影响的老人形象的批判,则留下了对儒家文化思想的眷念成分。像《老张的哲学》中的赵姑母,以对社会道德、家庭伦理、种族繁衍负责的精神对待儿女的婚姻,她从传统的"礼教"出发,认为儿女婚姻大事必须由父母决定,"儿女的爱情就是对于父母尽责",她不允许侄女李静"有什么心目中人",反对李静嫁给王德,"因为他们现在住在一处,何况又住在自己家里。设若结婚,人家一定说他们'先有后嫁',是谓有辱家风。"老舍在小说中还特别提示:赵姑母"她也真对于李氏祖宗负责任,不但对于一家,就是对于一切社会道德,家庭纲纪,她都有很正气而自尊的负责的表示"②。正是基于社会道德、家庭伦理、对祖宗负责的处世立身准则,她才那么辛辛苦苦为李静操心,规劝李静嫁老张救叔父,并且还与王德母亲商量对策,要其管束王德,收敛所谓对李静的自由恋情。老舍尽管对赵姑母的思想行为带有几分讥讽:"有我们孔夫子活着,对于赵姑母也要说'贤哉妇人!'我们周公在赵姑母的梦里也得伸出大指夸道'贤哉赵姑母!'"③但讥讽中也含有对赵姑母的热心善良、讲"礼"行"礼"、对祖宗负责精神的眷念。正因为有这种眷念的成分,才使这位老太太显得那么可爱而不可厌。同样,王德的母亲也在儒家的礼教传家思想规范下,给王德娶了陈姑娘。王德娶了能洗能做能操持家务的

---

① 老舍:《"五四"给了我什么》,《老舍文集》(第14卷),人民文学出版社1989年版,第345页。

② 老舍:《老张的哲学》,《老舍文集》(第1卷),人民文学出版社1980年版,第58页。

③ 老舍:《老张的哲学》,《老舍文集》(第1卷),人民文学出版社1980年版,第159页。

陈姑娘后，安心做活，"现在他不是要为自己活着了，是要对妻子负责了"①。王德对妻子、对家庭、对祖宗负责而形成的和谐静穆的婚姻形态，既顺应了王德母亲的心愿，又适应了儒家"礼"和"仁"的道德行为规范。

老舍说："中国是天字第一号的礼教之邦"，在他所塑造的老人形象尤其是老太太形象中，像赵姑母那样讲规矩、讲礼节、热心维护家庭伦理、祖宗纲纪。《离婚》里的马老太太，不仅守着儿媳妇一起过安稳日子，而且还关心、照顾老李家的大人小孩。张大嫂一方面劝说李太太要看着老李，不要让老李向"浪漫"方向发展，你听她的话多入情入理："大妹妹，您是乡下人，还不知道大城里的坏处。多了，无穷无尽；男女都是狐狸精！男的招女的，女的招男的，三言两语，得，钩搭上了。咱们这守旧的老娘们，就得对他们留点神！"②另一方面，她又去劝说老李：说老李你娶了一位俊俏小媳妇，又安稳，又老实，"又有一对虎头虎脑的小宝贝"，你可要"快快乐乐的过日子"。张大嫂自称是"守旧的老娘们"，而她守的正是儒家文化中的家庭伦理、道德规范，厌恶的是城里那些"狐狸精"式的男女乱"钩搭"，有伤社会风化。从作家的情感表现看，老舍对这类讲规矩、守礼节的"守旧的老娘们"，多怀有温情，发展到《四世同堂》，对讲规矩、守礼节的钱老太太、天佑太太、马老寡妇等，则更多的是赞赏，不仅赞赏她们恪守家道、遵守礼法，而且高扬她们的爱国情操、民族精神。

在老舍笔下，除了那些"守旧的老娘们"讲规矩、守礼节，还有一些中年男女也讲究规矩礼节，行仁尚义，堪称道德模范。像《四世同堂》中的祁瑞宣即是儒家文化教养下的长房长孙形象中最理想的道德典型，他的思想行为处处体现了孝悌恭亲、信义和平的儒家精神风范。韵梅是贤妻良母式的人物，道德美的化身。尽管她的举止不大文雅，服装不大摩登，说话做事总离不开家长里短。但在国难之中，她一心操持全家大小事务，忍辱负重，艰辛耐劳，老舍赞扬了她敬老抚幼、任劳任怨、朴实善良、温顺厚道的美好性格。当这种忍辱负重、勤苦耐劳的韵梅形象到《正红旗下》即化为大姐形象，老舍对大姐更怀有赞扬、欣赏深情：她不仅把"全家的饭食、活计、茶水、清洁卫生"全包下来，她

① 老舍：《老张的哲学》，《老舍文集》（第1卷），人民文学出版社1980年版，第192页。
② 老舍：《离婚》，《老舍文集》（第2卷），人民文学出版社1981年版，第204页。

越努力,婆婆越给她增添活儿,受了委屈"她可不敢对丈夫说,怕挑起是非。回到娘家,她也不肯对母亲说,怕母亲伤心"①。大姐又是极讲规矩礼节的女人,她"在长辈面前,一站就是几个钟头,而且笑容始终不懈地摆在脸上"②。装烟、端茶、递水,忙个不停,从来不敢多说话。《正红旗下》还有一位"熟透了的旗人"福海二哥,更懂规矩更讲礼节,行仁仗义,言谈举动,均让人称赞,"他请安好看,坐着好看,走道儿好看,骑马好看,随便给孩子们摆个金鸡独立,或骑马蹲裆式就特别好看。"③福海二哥的思想行为不仅满载着旗人风范,而且满汉合流后,他更有着崇尚汉文化的儒雅风范,老舍特别写了这样一段文字:"当他看到满、汉文并用的匾额或碑碣,他总是欣赏上面的汉字的秀丽或刚劲,而对旁边的满字便只用眼角照顾一下,敬而远之。"④这哪里是写福海,简直是夫子自道,它深深融入了老舍对儒雅文化的赞赏情感。

第三节　老舍与儒家的"中庸"思想

老舍不仅以儒家的"仁"、"礼"思想、道德准则去审视人、描写人,而且又将他深受儒家文化影响的"中庸"思想,渗透到他笔下人物的思想行为之中。"中庸"在孔子那里是作为实现仁与礼的最佳方法,是一种施行仁与礼的行为方式。"中庸"一词出于《论语·雍也》:"中庸之为德也,其至矣乎!民鲜久矣。"⑤孔子认为中庸是至高的道德修养境界,很少有人能做得到。在行为上,孔子提出"中行",《论语》中有"允执其中";在行为过程中,孔子主张"礼之用,和为贵"⑥。这就形成了"中庸"所规范的人的行为准则的两个方面:一是过犹不及,不偏不倚;二是以和为贵。"中庸"所规范的这两方面的内容,老舍均具备了,他是一个讲道德、守秩序、正直善良、亲和仁爱、"合和"中庸的人,而"中庸"的老舍则描绘出一批"中庸"式的人物形象,以表达对儒家文化的眷念。

① 老舍:《正红旗下》,《老舍文集》(第7卷),人民文学出版社1984年版,第192页。
② 老舍:《正红旗下》,《老舍文集》(第7卷),人民文学出版社1984年版,第197页。
③ 老舍:《正红旗下》,《老舍文集》(第7卷),人民文学出版社1984年版,第207页。
④ 老舍:《正红旗下》,《老舍文集》(第7卷),人民文学出版社1984年版,第208页。
⑤《论语·雍也》,《论语译注》,杨伯峻译注,中华书局1980年版,第64页。
⑥《论语·学而》,《论语译注》,杨伯峻译注,中华书局1980年版,第8页。

要论老舍笔下"中庸"式的人物形象,首推《离婚》中的张大哥。张大哥恪守儒家的"中庸"之道,凡事只要经过他的心灵滤化,一切都会显得不偏不倚、折中公允、平和稳重、井然有序。小说一开头就用幽默的笔调介绍"张大哥一生所要完成的使命:作媒人和反对离婚"。他很会说媒,他"全身整个儿是显微镜兼天平。在显微镜下发现了一位姑娘,脸上有几个麻子,他立刻就会在人海之中找到一位男人,说话有点结巴,或是眼睛有点近视。在天平上,麻子与近视眼两相抵销,上等婚姻"①。张大哥的"天平"实际上是他所用的调和矛盾的"合和"工具,在他的天平上,从来没有出现过将麻脸的姑娘说给漂亮标志的小伙子,因为那样就会失去平衡,就会闹矛盾,闹离婚,而张大哥一生就反对离婚。青年男女只要结了婚,组成家庭,就得好好地过日子,绝对不能离婚。当他发现老李对自己的婚姻不满,怀有"浪漫"的诗意,就立即叫老李把太太从乡下接来,接来后,他又那么热心帮助老李租房安家,培养老李与太太之间的感情。经过张大哥一番劝说、调解、合和,再加上老李"诗意"追求的破灭,最后老李没有离婚,带着太太回乡下去了。已婚的家庭经过了一番"离婚"的风波后,谁也没有离婚,一切归于平静,实现了家庭的平衡和谐。老舍以婚姻为中心审视人与家庭的关系,让人看到张大哥在处理婚姻问题上所显现的儒家"中庸"规范:"凡事经小筛子一筛,永不会走到极端上去;走极端是使生命失去平衡,而要平地摔跟头的。张大哥最不喜欢摔跟头。他的衣裳、帽子、手套、烟斗、手杖,全是摩登人用过半年多,而顽固老还要再思索三两个月才敢用的时候的样式和风格。"②他的"气度与服装"以及"稳稳的溜着马路边儿"的生活趣味,"稳"、"太稳"的气度和文化心理,都是儒家文化中的"合和"、"中庸"观念的体现。可以说,走"中庸"之道,成了张大哥的人生经验。

如果说《离婚》中的老李一家是在克服了"离婚"风波后走向"合和"平静的,那么《四世同堂》中的祁家则在民族灾难中表现出"和为贵"的生命形态。在"四世同堂"的祁家,祁老人以行"善"施"爱"的精神对待子孙们;瑞宣对祖父、父母尽孝,对两个弟弟尽兄长关爱之情,瑞丰闹分家,他则以"合和"的态度对待之。他与妻子韵梅,虽然在文

---

① 老舍:《离婚》,《老舍文集》(第2卷),人民文学出版社1981年版,第149页。
② 老舍:《离婚》,《老舍文集》(第2卷),人民文学出版社1981年版,第151页。

化素质上存在着差距,平时和她没什么共同话语,但韵梅的善良温顺,默默坚忍地操持家务,贤妻良母式的美好性格,使他对妻子也怀有关爱之情,夫妻之间显得和谐、安稳。祁家除了瑞丰当了小汉奸与家人不和外,整个家庭人与人之间的关系是和谐的,这就让英国人富善感到奇怪,作品写富善的体验:"看到祁家的四辈人,他觉得他们是最奇异的一家子。虽然他们还都是中国人,可是又那么复杂,那么变化多端。最奇怪的是这些各有不同的人还居然住在一个院子里,还都很和睦,倒仿佛是每个人都要变,而又有个什么大的力量使他们在变化中还不至于分裂涣散。在这奇怪的一家子里,似乎每个人都忠于他的时代,同时又不激烈的拒绝别人的时代,他们把不同的时代揉到了一块,象用许多味药揉成的一个药丸似的。"[①]富善不理解的是儒家的"和为贵"的中庸思想,把一个家庭一个院子揉在一起,"揉成了一个药丸"。

儒家讲中庸尚合和,主要是指处理好人与人之间的关系,以创造整个社会的和谐。老舍在审视人与社会的关系时,认识到人与社会的不合拍,社会对人的戕害造成人的生命悲剧。老舍不仅写了市民人物的人生悲剧,以表现对社会的批判精神,而且也写了市民人物对和谐社会的理想追求。在老舍看来,"和为贵"不单指人与人之间的"和",还要社会"和"、民族"和"。《大地龙蛇》以过去、现在和将来三个阶段全面深入地审视了国家与民族文化,实际上是一部世界"大同主义"的畅想曲。老舍将我们的民族文化分为三个阶段:过去、现在和将来。赵庠琛代表的是旧文化(代表"过去"),他自幼饱读孔孟之书,少壮满怀济世之志,做官二十几年,现隐退在家。抗战兴起后,他思想上存在严重矛盾。一方面,有可贵的民族气节,随国都迁移奔跑,甚至面对强敌可以自杀。另一方面,他过分地爱和平,但也决不伸出拳头去打击敌人。赵兴邦是新思想、新文化的代表(代表"现在")。他目光远大,具有为民族牺牲的精神。他认为抗战促进了民族文化的发展。也是在他的开导下,赵庠琛思想发生转变。他们终于在文化思想上取得一致,这种一致正"隐含着新旧文化因抗战而发生的调和",而抗战的目的,也就在于"保持我们文化的生存与自由"[②]。老舍不仅将中华新旧

---

① 老舍:《四世同堂》,《老舍文集》(第5卷),人民文学出版社1983年版,第216页。
② 老舍:《大地龙蛇·序》,《老舍文集》(第10卷),人民文学出版社1986年版,第288页。

文化作了"调和",而且将"调和"后所产生的"和谐"文化形态,又纳入世界文化的体系之中,进一步探寻民族文化与世界文化的关系。在作品的最后,老舍对于文化的将来作了畅想,他认为中华民族和东南亚各民族建立友谊,几十年后将是一个天下太平的世界,是一个文化"和谐"、精神"和谐"的"大同世界",这正是老舍的理想世界。

第四节　老舍与儒家的生命价值观

儒家文化对老舍文化思想及其文学创作的影响是多方面的,既有道德准则方面的"仁"、"礼"思想,又有行为方式、为人处事之道的"中庸"观念,更有在生命价值观上的精神追求和行为表现。

儒家的生命价值观在精神和物质的关系上,虽然不反对物质的价值,但更多的强调精神优先于物质。儒家提出"君子不器","君子"不应该只是某一个方面的专业人才,那样就会沦为物质的工具。君子应该是一个全面发展的人,而比较完美的道德要求,则是首要的。儒家追求道德的完善、精神的完美也深深地感染了老舍。如前所述,老舍不仅是一个极讲道德、追求道德完善的人,而且他还善于从道德的标准、精神的感化方面去评价别人。比如,他称赞白涤州的"肯'吃亏'"、坚韧要强的精神;赞扬何容的古道热肠、光明磊落的品质;他既高度评价许地山的学识,又赞扬许地山对朋友的那颗"爱心";他甚赞"宗月大师"的救苦救难、行善积德的美好品德,说宗月大师"以佛心引领我向善",虽说他受了佛的感化,但佛家追求道德的完善与儒家追求精神的完美是融通的。老舍称赞朋友们的美好的道德品质,也是他自己所具备和追求的。

其次,儒家的生命价值观在道义和功利的关系上,强调道义优先于功利。先秦儒家在"义"和"利"的关系上主张以"义"为主。孔子曾指出:"君子喻于义,小人喻于利",在这里,义和利成为区分君子、小人的界限;孔子也分析了不言利的原因:"放于利而行,多怨",如果总是依据利益至上的原则来行事,就会招致怨恨,这与君子之道是相背的。孟子继承孔子思想,在《孟子·滕文公下》认为"义"是人的正路,是人间的大道,在《孟子·告子上》中他把生命比作鱼,把义比作熊掌,认为义比生命更珍贵就像熊掌比鱼更珍贵一样,因此,人人都要有重义之心,要舍生取义。儒家提倡重义轻利、见义勇为、舍生取义这种生命价值观,不仅浸润于老舍的文化思想之中,而且表现在他的作品中的人物形象上。老舍重道义、讲义气,他笔下有许多见义勇为、舍生取义的人物。《老张的哲学》中的车夫赵四是一个路见不平、拔刀相助的人物,他为保护李静而拳打流氓蓝小山;《赵子曰》中的李景纯走"教导国民","改善社会"的道路,他说了这样一段救国教民的话:"我常说:救国有两条道,一救民,一是杀军阀;——是杀!我根本不承认军阀们是'人',所以不必讲人道!现在是人民活着还是军阀们活着的问题,和平,人道,只是最好听的文学上的标题,不是真看清社会状况有志革命的实话!救民才是人道,那么杀军阀便是救民!"①为救民,他去刺杀军阀贺占元,杀身成仁、舍生取义;《二马》中的李子荣以实干的精神来为自己的民族"争气",其行为规范更多地被扣在"义"、"礼"上面。《离婚》中的丁二爷为人行事"义"字当先,为保护秀贞不受侵害,为保住许多人饭碗,他杀死了作恶多端的恶棍小赵;《黑白李》中的黑李为保住弟弟白李的性命而牺牲自己;《骆驼祥子》中的小福子为自己的亲人不受饥饿而献身,做了暗娼。应该说,在老舍描绘的市民社会里,随时可见一些重道义、讲义气、舍生取义的人物,以这些人物的精神面貌、行为规范,彰显了儒家的生命价值信条。

再次,儒家的生命价值观在个人和群体的关系上,群体优先于个体。儒家重视"群"的存在,孔子说"鸟兽不可与同群",《荀子·王制》中也认为人跟动物的重要区别即在于人能群,而动物不能群。人是不能孤立存在的,只有在人群和社会中,才能成为真正的人。因而人的发展也离不开群体的发展,并且与群体中其他人的发展密切相关,个人的价值体现在群体的价值之中。在老舍小说中,你很难看到张扬"个性解放","自我意识"扩张的人物。老舍对五四新文化运动反帝反封建的精神是充分肯定的,但他并不十分赞成五四时期的"任个人"、"扬自我"、"个性解放"的思潮,他在个人与群体的关系上,一直是重群体的。你看他小说中的青年男女,没有一个品尝到自由恋爱、"个性解放"甜头的,像《赵子曰》中的王女士,《离婚》中的张秀贞,《月牙儿》中的女主人公,《鼓书艺人》中的方秀莲等,她们在男性打着自由恋爱、

---

① 老舍:《赵子曰》,《老舍文集》(第1卷),人民文学出版社1980年版,第381页。

"个性解放"的幌子下,上当、受骗、失身,在恋爱婚姻上面并没有实现个人价值。当然,老舍这样描写,不是说他完全不顾人的个人价值,而是说当老舍将个人价值与群体价值放在一起思考时,他更重视群体的利益、群体的价值。像《骆驼祥子》中祥子走个人奋斗道路,他自己也逐渐发现越走越觉得孤独无力,作家还着意用车夫老马的一段话:"干苦活儿的打算独自一个混好,比登天还难。一个人能有什么蹦儿?看见过蚂蚱吧?独自一个儿也蹦得怪远的,可是教个小孩子逮住,用线儿拴上,连飞也飞不起来。赶到成了群,打成阵,哼,一阵就把整顷的庄稼吃净,谁也没法儿治它们!"①显示群体的威力,张扬了群体价值。

儒家以群体为重的价值观,群体包括小至家庭、家族,大到国家、民族。群体不仅要顾及家庭、家族的利益,更要顾及国家、民族的利益,国家、民族的利益是民族精神的核心,爱国主义是民族精神的支柱。老舍从小就由父亲与八国联军巷战而阵亡的事件,培育了他痛恨外敌、保家卫国的朴素的爱国情感。后来在学校所受的"修身、齐家、治国、平天下"儒家文化精神的教育,更使他的家国观念增添了忧国忧民、救国救民的民族忧患意识和民族复兴精神,尤其是五四运动使他认识到:"反封建使我体会到人的尊严,人不该作礼教的奴隶;反帝国主义使我感到中国人的尊严,中国人不该再作洋奴。这两种认识就是我后来写作的基本思想与情感。"②因此,在老舍的文学创作中始终贯穿着爱国思想、民族情感。《二马》通过老马、小马在英国遭受民族歧视的独特感受(同时也是老舍自身的感受),表达了"国家衰弱,抗议是没有用的;国家强了,不必抗议,人们就根本不敢骂你"的民族自强意识和强烈希望中国富强起来的民族振兴精神。老舍在英国期间时时关心中国的命运与前途,他说:"我们在伦敦的一些朋友天天用针插在地图上:革命军前进了,我们狂喜;退却了,懊丧。"③爱国情感在国外表现强烈,回国后,30年代的小说大都以暴露、批判现实为主调,但在暴露、批判中蕴涵着忧国忧民的爱国情感、民族精神。比如,老舍虽然带着悲观意识在《猫城记》中诅咒猫国(即旧中国)"黑暗,黑暗,一百分的黑暗",并以猫国的最后毁灭作结,但掩盖不了他的忧国之至的情感,

---

①老舍:《骆驼祥子》,《老舍文集》(第3卷),人民文学出版社1982年版,第211页。

②老舍:《"五四"给了我什么》,《老舍文集》(第14卷),人民文学出版社1989年版,第346页。

③老舍:《我怎样写〈二马〉》,《老舍文集》(第15卷),人民文学出版社1990年版,第176页。

正如胡絜青所说："我觉得,正因为老舍是个爱国的作家,在当时的情况下,忧国之至,而又找不到出路,才会有《猫城记》。"①到了抗日战争时代,老舍的满腔爱国热情和强烈的民族精神在其作品中表现得更加突出、更加鲜明。此间的作品一是表现为抗战而献身的民族精神。老舍此间写了不少诗篇,以抒发报国雪耻、扫荡日寇的雄心壮志和死而后已、为国捐躯的爱国情感:"忍听杨柳大堤曲,誓雪江山半壁仇"(《贺全国文艺界抗敌协会成立》);"死而后已同肝胆,海内飞传荡寇旗!"(《谒沔县武候祠》);短篇小说《人同此心》中的三个青年学生立下共誓愿:"愿为国家而死,争取民族的永远独立自由;我三人的身体与姓名将一齐毁灭,而精神与正义和平永在人间!"老婆婆也满怀抗日斗志,帮助青年行刺日本兵,并对青年说:"你的心,我的心,都是一样",形成一个"人同此心"的抗日洪流。 不仅老人、青年人抗日热血沸腾,而且儿童也奋起杀敌,"小木头人"要为被日本兵杀害的"泥人舅舅"报仇,勇敢报名参军"去打日本小鬼"②《四世同堂》中出现一批为国捐躯的民族英雄、抗日战士:像钱仲石,他开车故意出险以摔死一车日本兵,自己也壮烈牺牲,钱默吟称儿子"在国破家亡的时候用鲜血去作诗!我丢了一个儿子,而国家会得到一个英雄!";祁瑞全不愿作亡国奴,抛家离京,奔赴抗战前线;钱老太太为保存珍贵字画不落敌手,一头撞死在儿子的棺材上,其他几位老太太(如天佑太太、马老寡妇等)也都以不同的方式从事特殊的抗争。二是表现民族气节、"士可杀不可辱"的传统生命意识。老舍本身就具有"士可杀不可辱"的传统人格精神,他在济南时,曾担忧城被攻破,作了敌人俘虏,故下定决心"赶快出走",一定要保住"气节",他认为"一个读书人最珍贵的东西是他的一点气节"③。他在重庆时,准备敌人如果打进来,滚滚的嘉陵江就是他的归宿。《火葬》里的石队长为保住自己的民族气节,宁愿自燃麦杆进行"火葬",也不作日本鬼子的俘虏。《四世同堂》中的常二爷进城买药遭受日本兵"罚跪",不甘忍辱,回家后抑郁而死;祁天佑为保住正派商人的气节,不甘忍受日伪政权强加于他"奸商"的罪名而投河自杀;小文夫妇为保自身不受侮辱,与凶恶的敌人一搏而亡。三是在家与国、尽孝与

① 胡絜青:《老舍论创作·后记》,《老舍论创作》,上海文艺出版社1980年版,第201页。
② 老舍:《小木头人》,《老舍文集》(第9卷),人民文学出版社1986年版,第183页。
③ 老舍:《八方风雨》,《老舍文集》(第14卷),人民文学出版社1989年版,第280页。

尽忠的选择上所表现出的爱国情操、民族精神。《四世同堂》中的钱默吟几十年来一直过着传统文人的安逸平静生活,在"家"的小院子里浇花、看书、作画、吟诗,可抗战烽火燃烧起来后,他便毅然决绝以往的生活方式,走出小家而顾大家,立下为国家捐躯、为抗战效力的誓愿。他被汉奸诬告入狱受尽酷刑而宁死不屈,出狱后更加勇敢地作抗战宣传工作。祁瑞宣由尽孝走上尽忠的道路,他克服了在"家"的范围里"尽孝"的惶惑,"找到了自己在战争中的地位",也走出了小家而为国家出力,和钱默吟一起作抗日宣传工作。像钱默吟、祁瑞宣身上表现出的爱国行为、民族精神,是儒家文化"修身、齐家、治国、平天下"在抗战年代的弘扬光大。

[原载《江淮论坛》2014年第1期]

第二章　老舍与中国古代文学

第一节　老舍与唐代传奇小说

一、唐代传奇小说对老舍的影响

郑振铎曾说老舍短篇小说"每每有传奇的气味"①。这传奇味恐怕一是来自老舍小说取材本身就具有一定的传奇性,二是来自老舍接受中外传奇小说的影响,给他的小说创作增添某些传奇色彩。在老舍的接受系统中,唐代传奇小说占有重要成分。

老舍在《写与读》一文中记述了他是如何接受中外文学影响而从事创作的,从他所谈的读与写的关系中,我们可以看到老舍接触阅读唐代传奇小说主要是在英国讲学之前和回国后的20年代。老舍在青少年时代接受的是中国传统文化教育,读的是古代诗文和小说,对传奇小说和侠义公案小说深感兴趣,他说他在少年时期,"最先接触到的就是《施公案》一类的小说"②。在十二三岁时读《二侠剑》《绿牡丹》很是"起劲入神"。在北京师范读书期间,更为他的国文素养打下了深厚的根底。师范学校毕业后在社会上做事、任教期间,继续接受中国古代文化影响,同时也接受了五四新文学的影响。在英国讲学期间,主要研读外国文学作品,尤其是受狄更斯的小说《尼考拉斯·尼柯尔贝》和《匹克威克外传》的影响,开始创作《老张的哲学》。后来,他系统地读了古希腊文艺,古罗马文艺,中古时代的北欧、英国和法国的史诗,但丁与文艺复兴时期的文艺。1928年至1929年间,开始读近代的英

---

① 老舍:《一个近代最伟大的境界与人格的创造者——我最爱的作家——康拉得》,《老舍文集》(第15卷),人民文学出版社1990年版,第302页。

② 老舍:《选择与鉴别——怎样阅读文艺书籍》,《解放军战士》1961年第1期。

法小说,包括英国的威尔斯、康拉德、梅瑞狄斯和法国的福楼拜、莫泊桑的小说。回国后,从任大学教授的职业出发,用了更多的精力研读古代文论,老舍说:"文艺理论是我在山东教书的时候,因为预备讲义才开始去读的。"①他的《文学概论讲义》写于1930—1934年,对文学的性质,文学的起源,文学的风格、形式,文学的倾向等都作了详细的阐述,尤其是对诗、戏剧、小说文体的辨识,有理论又有创作实践,时时不乏新鲜的见解。从《文学概论讲义》可以看出老舍具有深厚的中外文学修养,对中国古代诗文、戏剧、小说,有精深的把握。也就在他撰写《文学概论讲义》期间,于1931—1932年在华北联合语言学院与美国加州学院中国分院联合举办的讲座上,作了《唐代的爱情小说》讲演。这个讲演是老舍对唐代传奇小说作全面研究的基础上取得的。也就在老舍把研究的目光较多地投向唐代传奇小说期间,陆续创作了一大批短篇小说,真的像郑振铎所说的里面充满着"传奇气味"。这种由长篇而短制的小说体式的变化以及传奇性的增强,的确与唐代传奇小说对他的启迪、影响有关。

是的,唐代传奇小说对老舍的影响,首先是它的传奇性和侠义观。唐代是一个极富游侠精神的浪漫时代。唐代社会自然和一切封建历史时代一样,有很多不公平的现象,但由于城市居民层的形成和其他原因,唐代社会的生活风尚却崇尚个性解放,憧憬着未来的光明。这种昂扬的生活气氛和封建制度是不调和的,于是在生活的激流和封建制度的礁石相冲击下,就激发出了游侠思想的浪花。在唐代,复仇、结客、为人鸣不平,即杜甫所谓"白刃仇不义,黄金倾有无。杀人红尘里,报答在斯须"②的行为,是为人所称道的。李白歌唱过"三杯吐然诺,五乐倒为轻。眼花耳热后,意气素霓生"的侠义行为,认为只有这样才算"纵死侠骨香,不惭世上英",他自己也曾挥金结客。如此的社会风气是产生游侠精神的社会基础,所以我们看到唐代传奇小说单写游侠的比较多。它们写侠士比较普遍的特征是复仇,而且是依靠自己本身的力量去复仇。《谢小娥传》里的谢小娥父兄为强盗所杀,于是她便以毕生精力为父兄复仇,倍经艰苦,终于达到了目的。她可以

---

① 老舍:《写与读》,《老舍文集》(第15卷),人民文学出版社1990年版,第546页。
② 杜甫:《遣怀》,《杜甫诗选》,人民文学出版社1984年版,第284页。

说具备了"立意较然,不欺其志"①的侠士品质。《柳毅传》的作者赋予了钱塘君这位龙神以侠义品德。《虬髯客传》里的虬髯客给人最主要的印象也是一个慷慨仗义的侠士。而老舍在《唐代的爱情小说》里所评述的《无双传》的侠士古押衙,更是一个不惜以死相报的奇特的豪侠形象。老舍肯定了唐代小说所宣扬的侠义精神,他谈唐代的爱情小说充分注意到了游侠的层面,正因为唐代的爱情小说有游侠的侠义精神存在,所以它同欧洲小说描写男主角如何如痴如狂地向女主角求爱不同,唐代传奇像《无双传》这类作品,描写爱情的情景往往是:"情人们遇到无法解决的困难时,就会出现有超人本领的英雄,救了他们"②。恋人们自己不能救自己,而要靠局外人侠士来施展本领才能解决问题,老舍说这是"顺应传统"的表现,是受制于中国传统文化教育思想的结果。"中国的教育思想是要训练青年成为人上人,温良恭俭让。"老舍对这种"温良恭俭让"的青年人寻求爱情,遇到问题而自己又不能解决的行为是不满的,而对侠士们成人之美、助人为乐的侠义行动是倍加赞赏的,他说真正的爱情"必要时需要采取侠义行动"③。老舍如此的评价别人,也恰恰是他自己所具备的特长,他的小说同样富有传奇性,内中时常出现一些充满侠肝义胆式的人物。老舍在1951年开明书店出版的《老舍选集》自序中说,这个集子所选的五篇中"倒有四篇讲到所谓江湖上的事的:《骆驼祥子》是讲洋车夫的,《月牙儿》是讲暗娼的,《上任》是讲强盗的,《断魂枪》是讲拳师的。"他说连其中的《黑白李》也"只用传奇的笔法,去描写黑李的死;"④他曾创作过后来又中断的长篇《二拳师》,老舍称它是武侠小说,《断魂枪》则是长篇《二拳师》中的"一小块"⑤。镖师沙子龙的五虎断魂枪被洋枪洋炮的时代狂风吹走,只给这位武林英雄留下空悲切的残梦,笼罩上苍茫而悲凉的传奇色彩。《上任》的传奇性是通过土匪尤老二上任稽察长"办土匪"办不成反叫土匪给拿了的生动故事实现的。至于说《骆驼祥子》《月牙儿》也都不乏传奇性的情节和富有传奇色彩的人物,像祥子三起三落的情

---

① 司马迁:《刺客列传("荆轲"部分)》,载杨燕起、闫崇东编:《史记精华导读》,中国旅游出版社1993年版,第568页。

② 老舍:《唐代的爱情小说》,《老舍文集》(第15卷),人民文学出版社1990年版,第274页。

③ 老舍:《唐代的爱情小说》,《老舍文集》(第15卷),人民文学出版社1990年版,第274页。

④ 老舍:《老舍选集·自序》,《老舍文集》(第16卷),人民文学出版社1991年版,第223页。

⑤ 老舍:《我怎样写短篇小说》,《老舍文集》(第15卷),人民文学出版社1990年版,第198页。

节,尤其是从兵营逃出又拉了二匹骆驼,他与骆驼的关系就富有了传奇味;阮明、曹先生和《月牙儿》中女主人公的后爸,他们的行为也具有一定的传奇性。老舍不仅用传奇的笔法去描写,使作品的情节、人物和气氛都带有某些传奇色彩,而且还想写武侠传奇小说,1934年他答应上海大众出版社的《小说半月刊》写一长篇《洋泾浜奇侠传》,此间他创作的小说中的人物赠送礼物也常常送一些武侠爱情小说,《同盟》写"天一来看他,带来一束鲜花,一筐水果,一套武侠爱情小说。"随着老舍小说题材和描写笔法上的传奇性增强,作品中人物的性格也都带上了"侠义之气"。早就有评论者看出了《月牙儿》中的"我"和《骆驼祥子》里的虎妞都或多或少的具有"侠义之气"[①]《月牙儿》中的"我"一旦知道自己的"丈夫"原来是有妇之夫,在那个"磁人似的小媳妇"面前立刻痛快地答应了与他了断;虎妞下嫁祥子时或多或少带着"义无反顾"之气,她对车夫们的态度以及与小福子的交往,有时也有侠义的举动。至于说《黑白李》中的白李砸电车轨道,黑李替白李牺牲的义行壮举,《离婚》中的丁二爷刺杀小赵的行动,更具有古侠客的特色。可以这样说,老舍小说始终都有这类侠义人物的出现,《老张的哲学》里的王德行刺老张,车夫赵四拳打蓝小山;《赵子曰》中的李景纯刺杀军阀贺占元,《二马》里的马威与保罗的对打,李子荣对马威所尽的朋友之义;后来的作品像《火葬》中的石队长,《四世同堂》里的钱默吟、钱老太太、钱仲石、祁瑞全乃至车夫小崔等,他们的思想行动也都具有浓厚的豪侠之气。

　　老舍一方面接受唐代传奇小说传奇性和侠义观的影响,另一方面作了很大的超越。这超越有他已备的思想基础和艺术条件。首先是家庭的教养,母亲的培育。母亲是一个守秩序、讲义气的人,幼年的老舍从母亲那里接受了"生命的教育",逐渐形成了爱打抱不平、重义气的文化心理;其次市民社会尚侠好义的文化环境以及青少年时代接受中国传统文学尤其是侠义公案小说和唐代传奇小说的影响,更增强了他文化心理的侠义色调;再次是接受外国传奇作品的影响,像威尔斯的科学传奇的神奇性,康拉德海上冒险的"英雄主义",狄更斯流浪汉小说的正义感和人道主义,都对老舍产生强烈的感染。由多方面的文

[①] 宋永毅:《老舍与中国文化观念》,学林出版社1988年版,第16页。

化因素构成的侠义观投射到他的人物身上，就使人物具备的"侠义之气"，与唐代传奇小说中侠义人物的传统报恩思想和个人复仇观念，显示出完全不同的特质。以《无双传》为例，古押街感于王仙客优厚的待遇，便不惜以死相报，为救出无双，他把所有参与这个行动的人，包括刘家的老仆塞鸿都杀死灭口，最后自杀，一共死了十余人。这种行为是够仗义的，然而又是很残忍的。在老舍小说里，既没有这种带残酷性的侠义人物，又排除了像《谢小娥传》等作品所宣扬的个人复仇观念。《老张的哲学》中王德行刺老张，当众揭露老张的罪行，带有为民除害的性质；《赵子曰》中李景纯刺杀军阀是为了救民，救民是最大的人道，所以李景纯的侠义观更具有人道主义的特点。《离婚》里的丁二爷杀死小赵是为了保住许多人的饭碗，《黑白李》中白李砸电车轨道是在从事一种革命活动；《四世同堂》里的钱默吟、钱仲石、祁瑞全等人物身上的侠义之气，又恰恰是他们内部民族精神的一种外部表现形式。就连车夫小崔痛打"日本兵"的行为，也不只是为个人解恨，而是他痛恨日本侵略者的民族精神的表现。至于江湖上的好汉金三爷，他随同钱默吟一起去惩治洋汉奸冠晓荷、大赤包，既具有江湖义气，又含有民族正气。所以老舍的侠义观在二三十年代是与人道主义、正义感和集体主义结合的，40年代又与民族精神相结合，具有比较鲜明的现实性和时代性。

二、老舍对唐代爱情小说的接受与超越

中国小说发展到唐代，开始运用口语描述日常生活，题材趋于广泛，内容涉及面广，特别是写爱情与游侠，形成了小说的两大主要题材，显示了唐代小说的"明显的进步"。老舍说："唐人小说居于承前启后的地位，内容涉及面很广，爱情故事更居于首位。在题材的广泛方面，唐人小说超过了以往，其浪漫的主题也对后世颇具影响。"[①]唐代的爱情小说在爱情婚姻观念上对后世产生影响，不少作品反映了青年男女在宗法制统治下遭受的痛苦，表达了人们对婚姻自主思想的追求。唐代是一个多民族大混合的时代，经济的繁荣，文化思想的开放，追求婚姻自主的思想开始萌芽，但在另一方面，士族集团包括新兴士

---

① 老舍：《唐代的爱情小说》，《老舍文集》（第15卷），人民文学出版社1990年版，第270页。

族和南北朝遗留下来的旧士族,仍在政治上保持相当大的力量,而魏晋以来的门阀观念影响依然存在,这又使得唐代社会的一般心理都崇尚士族高门,形成门当户对的婚姻风尚,再加上长期封建宗法制的包办婚姻,都对青年男女追求婚姻自主造成精神压制。唐代爱情小说生动地描述了青年男女追求婚姻自主与遭受门当户对以及包办婚姻压制的矛盾痛苦。白行简的《李娃传》,既写出了李娃与荥阳生的爱情,表现了一种对爱情婚姻自主的愿望,又揭露了封建社会的门第观念。荥阳生落难,李娃救了他,荥阳生做了官,李娃决定离开他,让他另娶高门。因为李娃清醒地认识到,在当时那个门第观念极重的社会里,他们是不可能结合的。同样,《霍小玉传》也写出了霍小玉对爱情婚姻的追求,又写出了负心郎李益的背信弃义,他顺从母亲的意志和"甲族"卢氏结婚,这也是当时婚姻制度和门第观念所决定的。对唐代传奇小说所表现的这种追求与压抑造成爱情痛苦的生命形态,老舍有充分的认识并在创作上受到影响。在他的小说中也时常出现追求与压抑的爱情生命形态,但老舍笔下的人物追求的思想内涵与遭受压抑的社会文化因素,则与唐代爱情小说完全不同。《老张的哲学》里王德与李静都追求爱情自由,但老张的买卖婚姻以及包办的婚姻观念,拆散了这对青年男女,制造了他们的爱情悲剧;《二马》里的马则仁与马威在英国伦敦有着自己的爱情追求,他们分别爱上了房东母女,但民族歧视打破了他们的爱情春梦;《离婚》中的老李与太太的婚姻是属于包办型的,因而婚后没有幸福,他有"诗意"浪漫的追求,可他的"诗意"又被传统的"家"的观念给压下去了,造成了他终身的痛苦。老舍写出了市民人物对爱情的追求,但他们的追求或是遭受现实社会制度的压迫,或是遭受传统文化观念和婚姻观念的压抑,或是遭受民族的压迫,使他们失去爱情生命常态,他们追求爱情自由的个性意识并没有在传统文化浓厚的市民社会里生根,他们追求爱情自由并没有获得自由的存在,他们的爱情世界是忧郁的,苦闷的。

老舍不仅接受了唐代爱情小说的婚姻自主观念影响,写出了追求与压抑的爱情婚姻形态,而且也接受了唐代爱情小说宣扬的至贞至诚的爱情观念影响,表现了爱情的忠贞和忠贞于爱情的精神的可贵。唐代人在爱情方面是比较开放的,尤其是青年女性不仅追求美好的爱情,而且有为爱情而生而死的至诚如一的精神。唐人小说描写这类青年女性大多是妓女，她们长得美丽，能诗会文，很受举子进士赏识。如长安平康里的妓女，经常为举子和新进士所追逐。孙棨在《北里志》里记述了自己的亲身经历。有一个叫宜之的妓女，长得很美，还有点文才，孙很赏识她，赠她不少诗。宜之对他也一片痴情，愿意委身于他，但最终不可能"移入家园"。宜之的命运是悲惨的。同样，《李娃传》中的李娃，《霍小玉传》中的霍小玉，她们也都是钟情的女子，但最终被人遗弃。痴情女子负心汉，古代作品多有描写，但唐传奇里写这类痴情钟情女子，大都是地位卑微和命运悲惨的妓女，作家带着同情的笔调，写出了她们内心的痛苦和幽怨。和唐代爱情小说写妓女美雅风流、忠于爱情有些相似，老舍笔下的妓女也多是美的、雅的，有较好的文化修养，且用情比较专一。《赵子曰》中的谭玉娥是师范生；《微神》中的女主人公是师范生，当过小学教师；《月牙儿》中的"我"读过书，在小学做过教务工作；《新时代的旧悲剧》中的宋凤贞是师范生，当过小学教员；《骆驼祥子》里的小福子也像知书达理的女性。有的评论者说这一文化特征来自刘小姐的原型。依据罗常培与老舍家属的回忆，说是老舍少年时代曾爱上过比他大几岁的邻居贵族刘善人的女儿，但刘小姐并不知道，因两家家境差距比较大，一个是佣人的儿子，一个是世家望族的女儿，所以不可能提亲。老舍和刘小姐同是师范学校毕业生，刘小姐后来因为家道中落，遵父命当了尼姑，但不幸遭人蹂躏，命运悲惨。刘小姐固然是老舍笔下美丽风雅又有较高文化修养的女性原型，但唐代爱情小说描写的妓女形象所具备的特征，无疑也成了老舍小说描写妓女形象的借鉴。老舍在评价唐代爱情小说时说：唐代"多数歌伎都善于应对，能诗会文。唐代歌伎实际上都是些受过高等教育的女子。再看看那些文人学士的妻妾，就会觉得，举子们爱逛平康巷是毫不足怪的。正如中国人常说的，那些妻妾往往是'黄脸婆'，多数没有受过教育。歌伎们却知书识字，所以那些文人学士的狂放多少是情有可原的"[①]。老舍的这种认识和读唐代爱情小说形成的形象积淀，在《赵子曰》里已有明显表现。《赵子曰》写谭玉娥的外貌妆束，言谈举止，文化内蕴都是美的雅的，她深深地吸引了赵子曰，为赵子曰所爱慕。赵子曰与她幽会后，做了一个梦，梦见他乡下的小脚夫人，"披散着头发拿

---

① 老舍：《唐代的爱情小说》，《老舍文集》（第15卷），人民文学出版社1990年版，第271页。

着一把铁锄赶着谭女士跑，……那个不通人情的小脚夫人举起铁锄向谭女士的项部锄去。"赵子曰娶的是无知无识的"黄脸婆"，他和谭玉娥寻欢也应该是"情有可原"的，所以老舍在这一点上并没对赵子曰作多少谴责。《离婚》里写李太太的无知无识、土气十足，正好与马少奶奶的知书达理、热情美丽形成对比，这就不得不吸引老李对马少奶奶作"诗意"的追求了。在这里，老李的"诗意"追求也是"情有可原"的。像这样的一些描写，正好与唐代爱情小说里写那些家有"黄脸婆"的举子们和知书识字的歌伎们相亲相恋关系相似。不仅如此，老舍还赋于他笔下的妓女以美好的心灵和对爱情的忠贞。《微神》里的"她"与"我"相恋，"我"后来到了南洋，"她"因家道中落而不得不"沦落风尘"，可"她"把爱藏在心中，"她的心是在南洋"，"她还想念着我"，"她"愿以纯洁的爱情永远住在"我"的心中。《新时代的旧悲剧》里的宋凤贞要离开陈廉伯时，也伤心得流下了泪，表现了陈廉伯富有真意的爱。不仅如此，宋凤贞还以牺牲自己的肉体来养活母亲与弟弟，这和《月牙儿》中的女主人公以出卖肉体养活母亲一样，具有高尚的献身精神。她们的心灵是美的，她们的遭遇是令人同情的。

唐代传奇小说的确写了不少青年女性尤其是妓女对爱情的忠贞，但她们遇到的多是薄情负心的男人，作家们对负心人、薄情郎的谴责是比较痛快淋漓的，像《霍小玉传》中霍小玉对李益的谴责就比较尖锐："我为女子，薄命如斯；君是丈夫，矢志若此。……征痛黄泉，皆君所致。"这类作品对社会的门当户对观念表现出不满，但不满的个人色彩浓了一些。与此不同，老舍不仅同情那些被损害被侮辱的女性，对破坏她们贞洁的流氓恶少进行谴责，而且还揭示造成她们爱情悲剧的社会的或文化的或个人方面的原因。像蓝小山（《老张的哲学》）、欧阳天风（《赵子曰》）、小赵（《离婚》）、胖校长侄儿（《月牙儿》）、张文（《鼓书艺人》）等人，他们属于社会的丑恶势力，因而那些被他们残害的女性所发出的悲愤的谴责，就不单单是对着某一个人，而是对着保护他们的社会制度。同时，这些流氓恶少专门吸取西方文化中劣性因素，以所谓"自由恋爱"为幌子，骗取了女性的贞节。那些被害的女性又的确存在着想走"自由恋爱"道路而又不知如何走的思想上的盲从与幼稚，因而西方文化劣性因素的污染和她们自身思想的幼稚，也是造成她们悲剧的重要原因，老舍这样写是深刻的。老舍的深刻性还在于他对唐代爱情小说宣扬的封建正统思想予以否定,他以元稹的《莺莺传》为例,认为张生爱上了莺莺后来又抛弃了她,而社会对张生却大加赞扬,这是不公平的。"社会是容许他有自新的机会的。女人就没有这种机会,无情的重担必须由她来承担。张生的行为会得到人们的赞许,而可怜的姑娘却得不到同情。"①老舍小说里没有出现过这种抛弃别人的人反而得到社会赞扬与原谅的情景,他对爱情悲剧的制造者的批判是有力的。不仅如此,老舍又以《定婚店》为例,对唐代爱情小说宣扬的"听天由命","命运无法违抗"的宿命论思想也作了否定。《定婚店》里杜固尽管对拴"红绳"的老人给他命定的未来的妻子是一个卖菜婆的三岁的小女孩不满,并用刀刺伤了她的眉心,而十四年后他所娶的妻子,恰恰就是他先前刺伤的女孩。这个故事就宣扬了婚姻前定、无法改变的思想。老舍小说既写出了市民社会普通人物对命运的不满,又写出了他们对命运感到无能为力,因而他们的结局又都带上"命运难测"的悲剧气氛。《老张的哲学》王德母亲与赵姑母,都认为"男大当婚,女大当嫁",男女的婚姻应当由父母包办,容不得个人乱来。至于婚姻的好坏与否,全在命运,"婚事是终身大事,长的好不如命儿好。"就是30年代写祥子的悲剧,40年代写鼓书艺人的遭遇,他们也都"认了命"。但是,这些悲剧中的"命运",不包含古代那些带浓厚宗教色彩的不可知的神的意旨、上帝的力量,而蕴藏着那种左右人的命运的无所不在、难以捉摸又难以抗拒的强大的社会合力。对这种社会合力的认识,老舍是越来越清楚,越来越深刻的。

三、唐代传奇的诗赋抒情法与老舍小说的诗化美

老舍不仅称赞唐代传奇小说写爱情之美,而且还特别欣赏唐代传奇小说的文体之美,语言之美。他说:"唐朝有如一位站在东方文化之中的美女,从唐诗,我们可以窥见她柔美胸中的美丽幻梦",而唐代传奇小说又与这"美丽幻梦"般的唐诗有着密切的关系,它们的作者"都是有名的诗人学者",所以能够用诗情诗笔写小说,"他们能绘出一幅极其美丽动人的图画。"②使小说富有诗情和诗的神韵。而这种诗的神韵的一个重要表现,就是常在叙事中插入韵文以表达情感,以情感

---

① 老舍:《唐代的爱情小说》,《老舍文集》(第15卷),人民文学出版社1990年版,第272页。

② 老舍:《唐代的爱情小说》,《老舍文集》(第15卷),人民文学出版社1990年版,第275页。

人,以情动人。作家们写男女主人公的恋情,不用当面赠答,而是传递书柬,以诗表白心迹。《莺莺传》里张生与莺莺是通过诗篇传情的。李景亮的《李章武传》写到李章武与杨六娘再别时,两人赋诗赠答,那四首诗凄艳悱侧,表达了离愁别怨。诗赋的加入,不仅增强了小说的抒情性,而且也显示了小说的文体美。唐传奇用诗赋以抒情达意的写法对后世的小说产生了深远影响,老舍也受了影响。但老舍不是用插入诗赋的方法,而是用创造意象的方法,营造整体意境,以显示小说的诗化之美。

　　老舍小说常用象征物寄托感情,像《微神》中"小绿拖鞋",《月牙儿》中的"月牙",《阳光》中的"阳光",这些象征物也好像唐传奇中的诗赋,不过它不是男女之间互赠的诗柬,而是主人公用来抒发情感的诗篇。作家每每写到这些象征物时,总是充满想象与激情,用优美的文笔写成一首首美丽的诗篇,将这一首首诗合起来,就是小说总体的诗的乐章。《微神》一开始就用那么大篇幅写自然景物,并非一般的"置阵布势",为人物出场创造环境,而是在以绿为主色的图案中,寄托主人公的"诗意"与遐想。小山上的绿意、香味、天空、白云、细风、鸡鸣等,都不是纯粹的自然,而是被作家的心灵浸润过的自然。它蒙上了"梦"的云雾,流动着主人公性爱的追求。它是"自然而然地从心中滴下来些诗的珠子,滴在胸中的绿海上",组成"胸中的绿海"的主体结构,即是"我"所认识的"那只绣着白花的小绿拖鞋"。所以"小绿拖鞋"成了全篇抒情达意的总体意象,是初恋者失恋的梦的象征。"小绿拖鞋"作为主体意象兴起来后,每次出现都引起男女主人公情感的微妙波动,每次情感波动出来的文字都是一首非常美丽的抒情诗。"我"和她第一次相见,"她是从帘下飞出来","脚下一双小绿拖鞋像两片嫩绿的叶儿"。这是用色彩象征和触觉象征写下的一首诗,表现男主人公的情感的细腻与轻柔。接着又一次写"我看着那双小绿拖鞋",以"看着"来加深对她的爱的情感。恰在这时,她把脚往后收了收,感到了腼腆,可见"我"的性爱注意已被她察觉。这可以看作是初恋者展示恋情心迹的诗。第二次写她死后,"我"幻觉中的"小绿拖鞋",这是"我"对初恋情景的沉醉回忆,回忆中寄托失恋的痛苦,这又好像是一首凄婉的失恋诗。第四次是由女主人公口中带出的"小绿拖鞋",是她生前向"我"倾诉痛苦与不幸后,表示不能再和"我"结合,愿将爱情永存心中,她说:"颜色是持久的,颜色画成咱们的记忆。看那双小鞋,绿的,是点颜色。你我永远认识它们。"这是一首象征永久爱情的诗。通篇是以"小绿拖鞋"作为象征意象,组成《微神》诗一般的乐章。可见,《微神》的确表现了情感的微妙、神秘,这微妙神秘的情感又的确充满着诗的神韵,所以《微神》的"神"既是情感神秘之神,又是诗的神韵之神。

当然,在唐代传奇小说中,也有通篇就像一首美丽的诗的作品,沈亚之的《湘中怨辞》即是。沈亚之小说追求色调深沉的抒情境界,这篇小说就是以写离愁别怨而充满着诗情诗意的。氾人被郑生收留家中,一年后氾人向郑生忍痛诀别。但郑生不能忘情,十年后登岳阳楼,望湘水吟诗曰:"情无根兮荡洋洋,怀佳期兮属三湘"。生动地表现了郑生思念氾人的无限深情。吟诗未了,洞庭湖波涛中涌出了一艘画船,船上一位女子极像氾人,含频凄怨,舞而歌曰:"溯青山兮江之隅。拖湘波兮袅绿裾。荷卷卷兮未舒。匪同归兮将焉如!"瞬息风涛崩怒,画船骤然消失,那悲切之声犹在耳畔。这篇小说本身就是一首美丽的诗。它写氾人的离去与突然出现,骤然消失以及消失后的歌声与倩影永存郑生心中,与《微神》的情感波动有些相似。那"小绿拖鞋"的时隐时现,初恋时"小绿拖鞋"的清新动人,离别后对"小绿拖鞋"的恋念,回国后再见"小绿拖鞋"的痛苦,最后失去"小绿拖鞋"而那颜色却永存男主人公心中。这相似处,正好像古今文人同唱一首失恋歌。不同的是,沈亚之更多地抒写离愁别怨,老舍重点抒写初恋者的春梦,失恋者的忧思,因而那"小绿拖鞋"的蕴涵更丰富,情感更深沉。此外,在沈亚之及其唐人小说中,更多的是用具体场景来抒情,以创造优美的境界。像《秦梦记》中写沈亚之梦中当了秦穆公的驸马,后来公主死了,沈亚之奉命放归,行前回宫的情景就是一首美丽的抒情诗。还有像《长恨歌传》里为了渲染爱情,布置了一个天上的环境,使唐明皇和杨玉环在死生永隔的情形下各抒其怀念之诚,这又是一首非常浪漫的诗篇。老舍小说里也常写男女青年相见相恋的情景,那也是富有诗意的。比如《记懒人》写懒人与情人在海棠树下会面的情景,"第一次见着她,便是在海棠树下。开满了花,时时有小鸟踏下些花片,象些雪花,落在我们的脸上。"这里的景是美的,情是美的,情与景融为一体,也像一首美丽动人的抒情诗。像这样赋予场景以诗意的写法,在老舍小说中比比皆是。他是写景大师,朱自清称赞说:"写景是老舍先生的

拿手戏,差不多都好。"他举了《赵子曰》里写净业湖的一段美景,称这段景物描写是"不多不少的一首诗"。①至于写理想的女性,不仅外貌美,言谈举止美,而且心灵美,处处充满着诗意美。

老舍写了不少诗化小说,他的景物描写、人物描写,有时也富有诗意,这种诗情诗意的写法,固然与接受唐代传奇小说影响有关,但这不是唯一的影响,古代诗词的意境铸造方法,以及外国抒情小说的情感表现方法,都为老舍所吸纳。老舍在广泛的文化接受中形成自己的创作个性,走出一条创新之路。他的小说创作是融百川而汇成的江河,有传统的,也有现代的,有现实的,也含有浪漫的、唯美的、象征的成分,是多姿多彩的。

[原载韩国《中国学报》1999年12月第40辑,
又载《安徽师范大学学报》(人文社会科学版)1999年第2期]

第二节　吴梅村对老舍文学创作的影响

老舍自幼受传统文化教育,在北京师范学校读书期间,对古典诗词表现出浓烈的兴趣,《十八家诗抄》《陆放翁诗集》等常使他爱不释手,以至在上几何代数和英文时,"别人演题或记单字的时节,我总是读古文。我也读诗,而且学着作诗,甚至于作赋。我记了不少的典故。"②"在五四运动以前,我虽然很年轻,可是我的散文是学桐城派,我的诗是学陆放翁与吴梅村。"③我们未见老舍在五四以前学陆放翁与吴梅村作的诗,可他在30年代以后所作的旧体诗,包括一部分新诗,深受陆、吴的影响。本书试图论述老舍与吴梅村之间的继承与发展关系,以便更清楚地看出老舍是怎样从古代文化里吸取营养,充实发展自己的诗文及小说创作的。

一

老舍在那么多诗词名家里,偏偏爱上了陆放翁与吴梅村,这不能不是一种文化心理上的契合。传统文人忧国忧民的情思、讲究礼义节

---

① 朱自清:《〈老张的哲学〉与〈赵子曰〉》,《朱自清文集》,大众文艺出版社2005年版,第287页。
② 老舍:《我的创作经验》,《老舍文集》(第15卷),人民文学出版社1990年版,第290页。
③ 老舍:《老舍选集·自序》,《老舍文集》(第16卷),人民文学出版社1991年版,第221页。

操的伦理观念,把他们紧紧联在一起,从而产生思想上的共鸣。吴伟业,字骏公,号梅村,生活在明末清初,亲眼看到了改朝换代的历史变故,亲身经历了荣辱迥异的人事沧桑。他在明朝度过的前半生较为得意,而在清朝度过的后半生则交织着悔恨和恐惧。甲申事变时,他一度想以自杀来报国,然而并未实现。世旅艰辛,民生疾苦,国事家事个人事,牵动了吴梅村每一根神经,使他充满了深沉的"忧患"意识,尤其在仕清后,悔恨痛苦,常借诗词以写哀。老舍出生在清朝末年,他出生的次年,父亲即在与八国联军的巷战中阵亡,八国联军的铁蹄践踏了北京城。帝国主义的侵略,军阀连年混战,给中华民族造成极大灾难。老舍也身历了改朝换代的历史变故,见过辛亥革命,见过二次革命,见过袁世凯称帝、张勋复辟,看来看去,他怀疑了,悲观了,尤其是1927年以后,新军阀代替了旧军阀的统治,世道越变越坏,更增添了老舍深沉的"忧患"意识。因此,吴梅村和老舍都怀着"忧患"意识,抒唱着故国哀思、亡国之痛。

吴梅村在《听女道士卞玉京弹琴歌》中,借卞玉京之口,叙述南都陷落,弘光帝原先诏选的美女未及入宫就被清兵掳掠北上,教坊口的歌妓也因清兵肆虐而流离飘零,全诗笼罩着悲凉气氛。在《琵琶行》中,诗人由听琵琶引起对明朝盛事的回忆,联想到眼前的故国沦亡,旧事皆非,感慨万千,涕下"沾巾",末尾发出深深的叹息:"江湖满地南乡子,铁笛哀歌何处寻!"此诗与唐代白居易《琵琶行》同题,受白诗影响,但白居易感叹的只是个人的"迁谪",抒写天涯沦落之恨"。吴诗感叹的是朝代的更替,抒写亡国破家的悲哀。他的情感比白居易进了一步,但没有老舍的深广。老舍的忧国忧民具有强烈的民族意识。他的旧诗也表现了"他的正义感和温暖的心,以及对祖国的挚爱和热望"①。《论语两岁》为东三省的沦亡而悲愤,对国民党反动派"拱手江山移汉帜"的投降政策,发出强烈抗议。《诗三律》既有"送别诸贤,怅然者久之"的感慨,又有对世道悲凉,风雨飘摇的哀愁,"故人南北东西去,独须江山一片哀!"抗战爆发后,老舍投入抗日救国斗争的洪流,他的忧患意识里又溶入了矢志报国的崇高精神。《述怀》抚今追昔,一扫过去"报国无门"的悲哀,"黄鹤楼头莫诉哀,酒酣风劲壮心来",遥望遍

---

① 茅盾:《光辉工作二十年的老舍先生》,《新华日报》1944年4月17日。

燃的抗日烽火,怀抱坚定的信念,期待着抗战胜利的一天:"奇师指日收河北,七步成诗战鼓催。"在《贺全国文艺界抗敌协会成立》一诗里,他抒发了报国雪耻的雄心壮志,"忍听杨柳大堤曲,誓雪江山半壁仇。"后来,老舍在北行劳军中,写了不少抒发慷慨悲壮之情的诗篇,像"死而后已同肝胆,海内飞传荡寇旗"(《谒沔县武侯祠》),"奇兵无愧关河险,壮志同消今古仇","连宵炮火声声急,静待军情斩贼头"(《诗四首》),"莫任山河碎,男儿当请缨"(《北行小诗》),等等,所呈现的悲壮情感世界,在吴梅村的诗里很难找到。但作为"昔年"的老舍,"我昔生忧患,愁长记忆新"(《昔年》)。"忧患"、"愁长"是他情感世界的主调,这和吴梅村的哀怨忧伤较为贴近。应该看到,吴梅村的哀伤,既有因故国沦亡而起,又有对清廷现实不满而发。像《芦州行》《捉船行》《马草行》等诗,描写了清初统治者掠夺百姓的种种罪恶;像《临顿儿》《堇山儿》等诗反映下层人民的痛苦生活,表达诗人对下层人民的同情,这些进步的思想倾向,忧国忧民的情怀,使老舍产生了浓厚的审美兴趣。

　　老舍欣赏吴梅村恐怕还在于吴遵循了传统文化的道德规范,坚守着传统文人的礼义气节。吴梅村虽然被迫仕清,但他把仕清当作屈辱,借不少诗篇吟叹歉疚、痛悔之情。如《过淮阴有感二首》之二云:"浮生所欠止一次,尘世无缘识九还。我本淮王旧鸡犬,不随仙去落人间"。诗人于顺治十年(1653)应诏北上途中,路过淮阴,想起西汉淮南王刘安"得道仙去",鸡犬也随之"升天"的传说,觉得自己在明朝灭亡时没有杀身以殉,如今被迫仕清,实在有愧。《怀古兼吊侯朝宗》有诗句:"死生总负侯嬴诺,欲滴椒浆泪满樽。"后悔自己没能听从侯方域(字朝宗)的劝告拒绝仕清以保完节。直至临死之前,他还带着自悔自责心理作《临终诗四首》,对仕清表示悔恨,"忍死偷生廿载余,如今罪孽怎消除?受恩欠债须填补,纵比鸿毛也不如!"如此自怨自艾,愧悔万般的情感,正好能体现他仁人君子风范。"饿死事小,失节事大",讲礼义,重气节,这些也都为老舍所尊崇。老舍很讲"气节",他认为"一个读书人最珍贵的东西是他的一点气节"[①]。他在济南时,曾担忧城市被敌人围住,作了俘虏,所以下决心"赶快出走",一定要保住"气节"。 1941年,他在《述怀》诗中咏唱:"辛酸步步向西来,不到河清眉

―――――――――
　　① 老舍:《八方风雨》,《老舍文集》(第14卷),人民文学出版社1989年版,第280页。

不开！身后声名留气节，眼前风物愧诗才。"他崇尚屈原、杜甫、陆游、吴梅村等人的精神情操，他也用传统的道德规范、气节标准去评判今人今事。比如对张恨水抗战期间"重气节"的称赞，对周作人失节的批判，等等。他在小说里塑造了理想的知识分子形象，也都是重气节的，像钱默吟就是一个"更爱我的气节"的具有民族精神的爱国诗人。老舍重气节，爱气节，他从吴梅村诗里找到了"气节"，所以他才能接受吴梅村的影响，诗学吴梅村。

二

古今诗人，论诗作诗，不少都涉及诗与史的关系。吴梅村以诗为史意更甚。老舍作诗，虽不是有意以诗为史，但总留下"史"的足迹。所以在诗与史的关系上，两位诗人也出现了某些相似之处。

吴梅村以篇幅较长的七言歌行开创的"梅村体"，在清初诗坛产生了很大影响。他这类叙事诗涉及面广，明清之际许许多多的重大事件，形形色色的风流人物，几乎都反映在他的诗歌当中。如《圆圆曲》，叙述吴三桂因爱妾陈圆圆为李自成义军所得，"冲冠一怒"，引清兵入关，镇压农民起义，致使清王朝开始了对中国的长期统治。又如《洛阳行》《雁门尚书行》和《临江参军》《松山哀》，分别写了明朝灭亡之前农民起义军攻破洛阳、大战陕甘的壮举和明朝军队在贾庄、松山抵御清兵的惨败，这些都是关键性战役；而《听女道士卞玉京弹琴歌》和《后东皋草堂歌》，则依次再现了南明弘光小朝廷的覆灭和永历朝根据地桂林的失守，这同样关系着政权的兴替。把这些叙事诗串联在一起，便构成了明清之际的历史长卷。吴有意以诗为史，所以获得了"一代诗史"的称誉。"梅村体"既把古代叙事诗推到了一个新的阶段，又对当时和后来叙事诗的创作产生了影响。老舍一方面对中国古代叙事诗尤其是吴梅村叙事诗的价值早有所识，另一方面对五四以来新诗发展中叙事长诗严重匮缺身感不安，所以，他也想学吴梅村的样儿，为叙事诗的创作作点贡献。《剑北篇》的创作，恐怕就不能排除"梅村体"七言歌行对他的影响。吴梅村叙事诗，大都取材于当时实有的人物和事件，往往为诗人亲耳所闻、亲眼所见乃至亲身所遇。老舍这部叙事长诗，以他亲身经历为线索，记述的是他自己随全国慰劳总团到中原西北地区慰问抗战军民的情景。老舍于1939年6月至12月，自重庆至成都，北出剑门，一路上拜访将士，体察民情，诗人有意"要把长途旅行的见闻作成有诗为证"①。诗中的人物是诗人自己的形象，是一个充满激情的爱国主义者形象。全诗虽然"有意使诗民间化"，"试用大鼓词"，但着意铺叙景物，"用韵设词，多取法旧规"，显然得益于古典诗词及吴梅村的叙事诗。

老舍的旧诗，虽不像吴梅村那样有意记述时政大事，诗通于史，但他能以记个人之事，以事见史。尤其在抗战爆发后，赴武汉参加"文协"之事，1939年上半年开始的北行劳军，离乱期间"村居"重庆的记述，均留下了一代文人在民族危亡之际所走过的历程。解放后，从60年代初期开始，老舍的纪游诗空前增多。《内蒙即景》记述他在1961年夏参观访问内蒙古的所见所闻：大兴安岭岭上的松涛，岭下的牛羊香草（《内蒙东部纪游》）；陈旗草原上"主人好客手抓羊，乳酒酥油色色香"，牧歌悠扬，羊群肥壮（《陈旗草原二首》）；达赉湖的碧浪白鸥（《达赉湖》）；札兰屯的绿树村庄，碧水翠柳，牛羊凤蝶（《札兰屯》）。这些风物人情，着实悦人心目。1963年3月，老舍参加"广州会议"，会后赴汕头、海门等地参观访问，又留下了《汕头行》《游海门·莲花峰》等诗，此后游秦皇岛、北戴河、岳阳楼、黄山等地写了不少诗篇。把它们联起来，便呈现出社会生活蒸蒸日上的美好景象。今日的风光以及"诗吟新事物"的昂奋之情，与昔年的"破碎山河破碎家"以及诗人的忧患愁思，正好形成鲜明的对比，两幅画卷，反映两种社会，两代历史。

吴梅村和老舍的诗具有意境美。他们能将叙事、抒情、写景紧密地结合在一起，情景结合，情事结合，互相渗透，创造"意与境浑"的境界。在"梅村体"歌行中，《鸳湖曲》情、景、事融合无间，可作为突出代表。其他诗作，像七律《秣陵口号》，开头两句"车马垂杨十字街，河桥灯光旧秦淮"，总括市容依旧，没多少变化，但接下去则具体描写其间的巨大变化："放衙非复通侯第，废圃谁知博士斋。易饼市旁王殿瓦，换鱼江上孝陵柴。无端射取原头鹿，收得长生殿内牌。"中山王的赐第被清廷官吏占作公署，博士斋变成了废圃；在市场上用来交换食物的，许多都是原来不敢动，动了就有杀身之祸的"王殿瓦"、"孝陵柴"；连孝陵内养的鹿，也被无端射杀。诗人当时已被迫仕清，睹物生情，触景兴

---

① 老舍：《致友人函》，《老舍文集》（第13卷），人民文学出版社1988年版，第317页。

怀,于是选取几件具有代表性的事物,把改朝换代所引起的沧桑变迁描写出来,表现了哀恋故国的情绪。与此诗表现方法相类似,老舍有一首《过乌纱岭》诗:"古浪重阳雪作花,千年积冻玉乌纱。白羊赭壁荒山艳,红叶青烟孤树斜。村坚无衣墙半掩,霜天覆石草微遮。周秦文物今何在? 牧马悲鸣劫后沙!"巍巍乌纱,冰封雪飘,羊群如云,秋风萧瑟,青烟缭绕,孤树斜立,霜村凄冷,虽是周秦故地,但不见文物遗迹,只有悲鸣的牧马踏着荒凉的沙丘。诗人用生动具体的艺术形象,真实地展现了我国40年代边塞一带苍凉凄楚的景象,表达了老舍对祖国山河的眷念之情。王夫之说过:"情景名为二,而实不可离,神于诗者,妙合无垠。巧者则有情中景,景中情。"①吴梅村和老舍有许多写景状物诗,都能在景、物里,寄寓自己的情怀,且情感隐藏得比较深,看似写景叙事,其实景语皆情语,状物多言志。

我们不妨把吴梅村和老舍写"村居"的诗放在一起加以比较,可以看出他们的共同特色。先看吴梅村的《梅村》:"枳篱茅舍掩巷苔,乞竹分花手自栽。不好诣人贪客过,惯迟作答爱书来。闲窗听雨摊诗卷,独树看云上啸台。桑落酒香卢桔美,钓船斜系草堂开。"此诗作于崇祯十七年(1644)明亡前夕,时作者因父死居太仓守制。此诗写家居生活,呈清幽画面:青苔遮掩茅舍,篱笆院内,翠竹成荫,花木成行。时有客人来访,作答友朋书函。闲时临窗听雨,吟诗弄文,学阮籍善作啸声。草堂门外,钓船斜系,碧水青波,好不幽静。可静中不静,淡淡愁思,深蕴其中。再看老舍的《村居》诗:"茅屋风来夏似秋,日长竹影引清幽。山前林木层层隐,雨后溪沟处处流。偶得新诗书细字,每赊村酒润闲愁。中年喜静非全懒,坐待鹃声午夜收。"此诗作于1943年,诗人因有病,住在重庆近郊乡村。此诗也呈现一幅清幽画面:诗人独居茅屋,夏风吹来似秋风清凉,竹影移动,山前林木,雨后溪流,吟诗写字,赊酒浇愁。貌似清静,实则焦急烦闷,最后直抒胸臆,"中年喜静非全懒",说他并非为了躲避时代风雨,而是为了坐待杜鹃啼鸣,以荡尽暗暗长夜。可见,《村居》与《梅村》两诗出现的基本意象相同,他们都不是欲过世外桃源生活者,居茅屋吟诗饮酒,是为了排遣自己内心的愁闷。不同的是,在清幽的画面中,梅村的愁较淡,老舍的愁较深,且

---

① 王夫之:《姜斋诗话》,《姜斋诗话笺注》,戴鸿森注,人民文学出版社1981年版,第72页。

呼唤黎明的心情迫切。老舍解放后写的纪游诗,像《札兰屯》所描绘的边塞生机勃勃的自然风光;秦皇岛"天外舟归烟一缕","水绕田园诗境回"的境界;《水库赏莲》里的带露摘莲,生机盎然的青蒲绿蛙,游来跃去的鲢鲤,有情有景,有静有动,怡人心扉。这类诗达到了诗中有画的优美清丽境界。此外,梅村诗常用对比手法创造意境,善于用典,讲究韵律,老舍也有这些特点,他的诗风丰丽而又清醇,韵律和谐优美,语言凝炼含蓄。

三

现代不少著名作家在从事新文学创作之余,写下了大量旧体诗词,像鲁迅、郭沫若、茅盾、郁达夫等旧诗成就最高。老舍的旧诗可与他们媲美。很多人都欣赏郁达夫的旧诗,可不要忘记,郁达夫也受了吴梅村的影响。他在少年时代就特别爱读吴梅村的诗,郁达夫家还藏有珍贵的吴梅村的梅画,因而就造成了郁达夫的诗风有近似吴梅村的地方。这点与老舍相似。另外,老舍和郁达夫都是以小说创作而闻名的小说家,他们在接受古典诗词的影响时,也能将这种"影响"渗透到小说中。老舍主张,不管是写小说、戏剧,还是写新诗、鼓词,都应当学一点诗词歌赋,这不仅有助于锤炼文学语言,而且还能将古诗词的某些表现手法用于小说的创作,创造一种具有诗情、诗境、诗意美的抒情味的小说。

的确,中国古代诗歌及吴梅村诗创造意境的方法,为老舍小说写景布境增添了诗情、诗境。朱自清早有慧眼,在《老张的哲学》和《赵子曰》问世时,就特别欣赏老舍的写景,称老舍是写景能手,"写景是老舍先生的拿手戏,差不多都好"①。朱先生引了《赵子曰》第十六章第一节的一段景物描写:

> 那粉团儿似的蜀菊,衬着嫩绿的叶儿,迎着风儿一阵阵抿着嘴儿笑。那长长的柳条,像美女披散着头发,一条一条的慢慢摆动,把南风都摆动得软了,没有力气了。那高峻的城墙长着歪着脖儿的小树,绿叶底下,青枝上面,藏着那么一朵半朵的小红牵牛

①朱自清:《〈老张的哲学〉与〈赵子曰〉》,《朱自清文集》,大众文艺出版社2005年版,第287页。

花。那娇嫩刚变好的小蜻蜓,也有黄的,也有绿的,从净业湖而后海而什刹海而北海而南海,一路弯着小尾巴在水皮儿上一点一点,好像北京是一首诗,他们在绿波上点着诗的句读。净业湖畔的深绿肥大的蒲子,拔着金黄色的蒲棒儿,迎着风一摇一摇的替浪声击着拍节。什刹海中的嫩荷叶,卷着的像卷着一些幽情,放开的像给诗人托出一小碟子诗料。北海的渔船,在白石栏的下面,或是湖心亭的旁边,和小野鸭们挤来挤去的浮荡着。时时的小野鸭们卟喇卟喇擦着水皮儿飞,好像替渔人的歌唱打着锣鼓似的:"五月来呀南风儿吹"卟喇卟喇。"湖中的鱼"卟喇"嫩又肥"卟喇卟喇。……那白色的塔,蓝色的天,塔与天的中间飞着那么几只灰野鸽:一上一下,一左一右,诗人的心随着小灰鸽飞到天外去了。

朱先生引了这段写景的文字后,称它"是不多不少的一首诗"。这诗情景交融,创造了"意与境浑"的美妙境界。和他在《老张的哲学》里写的积水潭,《二马》里写的泰晤士河,《小坡的生日》里写的海景图,连在一起可以看出老舍写景所创造的诗的境界,是以绿为主色,表明他对绿色的偏爱。这种对绿色的视觉兴趣,在以后的创作中,既保持着,又发展着,甚至在散文里,写济南的秋山秋水,写青岛五月的春光,都是绿意无限,有"绿、鲜绿、浅绿、深绿、黄绿、灰绿",绘出绿色的世界。绿色具有一种人间的、自我满足的宁静,以唤起人们对大自然的清新感觉。老舍带着特有的视觉兴趣所描画的自然景色,同他旧诗里所创造的清幽境界是相通的,均是用融情入境或缘境生情的方法创造出来的。

如果说你能在老舍小说的景物中,读到一首首具有意境美的诗,那么,比这更高明的是,老舍还创作了一些诗化的小说,像《微神》《月牙儿》《阳光》等,通篇是诗。以《微神》为例,它是以"小绿拖鞋"为中心意象而创作出来的优美诗篇。《微神》一开始就用那么大篇幅写自然景物,并非一般的置阵布势,为人物出场创造环境,而是在以绿为主色的图案中,寄托主人公的"诗意"与遐想。小山上的绿意,香味,天空,白云,细风,鸡鸣,等等,这一切都不是纯粹的自然,而是被诗人心灵浸润过的自然,它蒙上了"梦"的云雾,流动着主人公潜性爱的追求。它是"自然而然地从心中滴下来些诗的珠子,滴在胸中的绿海上",组成"胸中绿海"的中心意象,就是"我"所认识的"那只绣着白花的小绿拖鞋"。当"小绿拖鞋"被作为特写镜头推出来后,主人公的心灵世界便出现更加微妙的波动。"小绿拖鞋"成了主人公抒发情感的主旋律,失去它,便失去《微神》诗一般的乐章。同样,《月牙儿》中的"月牙",《阳光》中的"阳光",也都成了主人公感情波动的象征物,有了它,便创造出含蓄蕴藉的艺术境界。老舍说,他的创作有两条道路,"《月牙儿》与《骆驼祥子》各代表了其中一条。"①《月牙儿》《微神》《阳光》等小说,既借鉴了西方象征主义的表现手法,又吸取了中国古代诗词的意境铸造方法,它们属于诗化的小说,富有诗意美。

[原载《中国文化研究》2000年第2期]

第三节　老舍诗学的"现代性"审美品格

当我们在现代诗学领域进行深入研究探索的时候,不禁发现那些不是诗人的著名作家,往往会以真正的诗人面目出现,创作出诸多具有较高审美价值的诗篇,并建造了富有"现代性"诗学特质的理论平台。老舍正是这样一位以小说家、戏剧家著称而又不愧为诗人和诗学家的著名作家。作为诗人、诗学家的老舍,他不仅在中外文论、诗论的融合中,创造了"心灵表现"的诗学观,而且从对中国古代诗人陆放翁、吴梅村等诗学的接受、转换中,创造了富有现代生活时空的民族忧患情怀。同时,他对诗歌形式的探求和旧诗、新诗尤其是长篇叙事诗的创作,又进一步强化了他的诗学的"现代性"审美品格。

老舍的诗学观既继承了五四新诗学又顺应了中国现代诗学的发展,是在中国现代诗学发展的繁盛阶段建构起来的。中国新诗学在五四文学革命及诗学革命中产生,它的产生明显地带上吸取西方诗学理论及诗歌艺术营养,反叛中国传统诗学的特点,但它又不是全盘西化的产物。因为诗歌革命的倡导者,他们虽然对传统文化(传统诗学)抨击较激烈,但传统诗学在他们的文化素养中的根深积淀,使得他们在接受外来诗学的影响中,又融合了固有传统诗学思想和形态,形成了中国诗学现代化又保持了民族化的特色。五四初期,以胡适的"诗体

---

① [苏]费德林:《老舍及其创作》,载舒济编:《老舍和朋友们》,生活·读书·新知三联书店1991年版,第443页。

大解放"理论为核心所提出的白话诗的理论主张和艺术规范,主要是以推倒文言文,实行白话文,推倒格律的束缚,实行诗体大解放为定位的,而白话新诗也就在这定位中找到了自己诞生和成长的契机。但是,不管是胡适的"诗体大解放"理论,还是他的《尝试集》的白话诗创作,都留下了既接受西方印象派诗学理论影响,又借鉴中国传统诗词曲的美学遗风。发展到20年代初中期的诗学流派的现实主义和浪漫主义,其"为人生"的现实主义的诗学理论,所强调的是忠实于自我感触的客观人生表现;而浪漫主义的诗学理论,所强调的是诗的灵感、情感与想象及诗的形式的绝对自由。这两派的诗学理论,也是在接受西方与积淀传统的融合中建立起来的。难怪有评论家看出来,"五四时期的浪漫主义诗学为什么没有沿着西方式的表现——想象的路线展开,而沿着表现——情感的路线展开,一个重要的原因,就是后者能在中国传统中找到更多的依据,更加符合中国文学理论发展的内在要求和内在逻辑"①。如果说五四及20年代初中期的诗学理论是在中西诗学理论的交汇中建立起来的,那么,老舍诗学理论的建构走得也是这种中西诗学理论交汇的"现代性"的路子。他的诗学理论大都产生于30年代,像《文学概论讲义》《老牛破车》中有关诗学理论以及发表在报刊上的单篇的诗论文章,都是从审视中西方诗学理论入手,从中陶冶出符合诗人自身审美需求的具有"现代性"特质的诗学理念。老舍从对中国传统文论、诗论的审视中,理出一条重情感、性灵的诗学线索。他欣赏陆机《文赋》的"以情为主"说,崇尚司空图的"情悟"、严羽的"诗之道在悟",更推崇清代袁枚的"主性灵"说。他从中国古代诗学中总结出"诗是心声","诗是求感动的,属于心灵的"②诗学观。在对西方诗学理论的审视中,他接受了克罗齐的"直觉"说,找到了自己所欣赏的"艺术是以心灵为原动力"的诗学观。他说:"心,那末,是不可少的;独自在自然中采取材料,采来之后,慢慢修正,从字面到心觉,从心觉到字面;所以写出来的是文字,也是灵魂。""据Croce的哲学:艺术无非是直觉,或者说是印象的发表。心是老在那里构成直觉,经神经促迫它,它便变成艺术。这个论调虽有些偏于玄学的,可是却足以说明艺术以心

---

① 罗钢:《历史汇流中的抉择》,《中国现代文学研究丛刊》1991年第4期。
② 老舍:《文学概论讲义》,《老舍文集》(第15卷),人民文学出版社1990年版,第30页。

灵为原动力。"①这种以情感表现、重灵感、想象的诗学观,在整本《文学概论讲义》里表现得非常突出。比如他谈"文学的风格",认为"风格便是人格的表现",文学表现人格,也即表现自我,"文学是自我的表现",因此,他又特别欣赏叔本华的"风格是心的形态"。以杜甫的诗为例,他说:"我们于那风景人物之外,不由的想到杜甫的人格。他的人格,说也玄妙,在字句之间随时发现,好象一字一句莫非杜甫心中的一动一颤。那'无边落木萧萧下,不尽长江滚滚来'的下面还伏着个'无边'、'不尽'的诗人的心。"②所以诗人写的景物,实际上是他"伟大心灵的外展",是诗人主观情感的独特表现。在"诗与散文的区别"一章里,他仍然强调"诗是一种心灵活动的表现",称赞康白情的《窗外》把"思想感情唱出来"③了。在"文学的形式"一章里,重点论述的是形式问题,但在他看来形式之美,必须由诗人的思想感情而设定,"形式永远是心感的表现"。在专门谈"诗"的一章里,认为"在诗人的宇宙中没有东西不带着感情",感情表现的美便成为美的诗篇,"由感情为起点,而能用精美的文字表现出,便能成功。"④发展到40年代,他在《怎样学诗》《论新诗》《诗人节献词》等诗学文章中,依然强调诗的灵感、情感与想象。可以说,"心灵表现"的诗学观,成了他始终坚守着的一块理论阵地。

从老舍的"心灵表现"的诗学观可以看出,他特别强调灵感、情感和想象,这似乎接近于五四以来的浪漫主义诗学理论,但在用什么样的形式表现情感上面,他又不像浪漫主义诗学理论那样放纵情感,强调形式的绝对自由。在他看来,浪漫主义的情感表现"过猛"而破坏了调和之美,任情感狂驰而"不大管形式的静美"⑤。所以在诗学的形式理念上,他对西方古典主义的节制、静美,用一定的方法"拘束住"感情的狂奔,表示某种赞同,但又不完全依从。他认为诗的形式,全在"创造",诗歌除了具备情感之美,还要具备形式之美,"没有诗的形式便没有诗",不管是旧诗还是新诗,"新也好,旧也好,诗是必须有形式"。"胡适之先生的新诗,显然是由词变化出来的,就是那完全与旧形式无关

---

① 老舍:《文学概论讲义》,《老舍文集》(第15卷),人民文学出版社1990年版,第70页。
② 老舍:《文学概论讲义》,《老舍文集》(第15卷),人民文学出版社1990年版,第69页。
③ 老舍:《文学概论讲义》,《老舍文集》(第15卷),人民文学出版社1990年版,第83页。
④ 老舍:《文学概论讲义》,《老舍文集》(第15卷),人民文学出版社1990年版,第136页。
⑤ 老舍:《文学概论讲义》,《老舍文集》(第15卷),人民文学出版社1990年版,第104页。

属的新诗,也到底是有诗的形式,不然便不能算作诗"。新诗摆脱了旧诗的格律,不需要像旧诗那样讲究韵脚平仄,但是,新诗的形式"总得要音乐,总得要文字的精美排列",要有"新的格律","新的形式"。这种"新的形式","从文字上,从音节上,从事实的排列上,都可以找到的"①。老舍这里强调的"新的格律","新的形式",实际上已包含着新月派诗人闻一多等所提倡的诗歌"三美":音乐的美、绘画的美、建筑的美。而五四以来的新诗的缺点"不在乎没格式,而在乎多数的作品是没形式——不知道怎样的表现,不知道怎样的安排,不知道怎样的有音节"②。所以,诗要作得好,必须要创造新的形式,创造出适合表达情感与思想的新的形式。从形式出发,老舍又确定了"诗是创造的表现"的诗学观。

是的,创造新的形式,表现心灵、情感,这是老舍诗学的主体内涵。这种诗学理论体现在旧诗创作上,他能很好地在古代诗歌的转换中,创造出富有现代生活时空的民族忧患情怀,而且还在意境美、音乐美的铸造上,实践了他的诗的形式的美学观念,使诗的形式与内容达到了和谐、统一。老舍说他的审美情趣、人格精神与其家境有关,"因为穷,我很孤高,特别是在十七八岁的时候。一个孤高的人或者爱独自沉思,而每每引起悲观"③。作为昔年的老舍:"我昔生忧患,愁长记忆新",忧患、愁长是他的情感世界的主调,带着这样一个情感主调,他在古代诗歌中找到了与他情感共鸣的对象,那就是陆放翁、吴梅村。尽管他阅读过许多古文、古诗,也学着作诗、作赋,但他的"散文是学桐城派","诗是学陆放翁与吴梅村"④。从"心灵表现"的诗学观出发,陆放翁、吴梅村诗大都具有民族忧患意识、报国雪耻情怀。像放翁的《书愤》《十一月四日风雨大作》《示儿》等诗的悲愤忠烈,深沉的爱国情感。像梅村的《听女道士卞玉京弹琴歌》所抒唱的南都陷落、百姓游离飘零的悲凉气氛以及《琵琶行》中对故国沦亡、旧事皆非的感慨深叹。他们这种民族忧患意识,均与昔年老舍的忧患、愁长相契和。老舍的旧诗也表现了"他的正义感和温暖的心,以及对祖国的挚爱和热

① 老舍:《文学概论讲义》,《老舍文集》(第15卷),人民文学出版社1990年版,第92页。
② 老舍:《文学概论讲义》,《老舍文集》(第15卷),人民文学出版社1990年版,第92页。
③ 老舍:《文学概论讲义》,《老舍文集》(第15卷),人民文学出版社1990年版,第291页。
④ 老舍:《老舍选集·自序》,《老舍文集》(第16卷),人民文学出版社1991年版,第221页。

望"①。他在《论语两岁》中,为东三省的沦亡而悲愤,对国民党反动派"拱手江山移汉帜"的投降政策,发出强烈抗议。《诗三律》既有"送别诸贤,怅然者久之"的感慨,又有对世道悲凉、风雨飘摇的哀愁,"故人南北东西去,独须江山一片哀!"抗战爆发后,老舍投入抗日斗争洪流,他的忧患意识里又溶入了矢志报国的崇高精神。《述怀》抚今追昔,一扫过去"报国无门"的悲哀,"黄鹤楼头莫诉哀,酒酣风劲壮心来",遥望遍燃的抗日烽火,怀抱坚定的信念,期待着胜利的一天:"奇师指日收河北,七步成诗战鼓催"。在《贺全国文艺界抗敌协会成立》一诗里,他抒发了报国雪耻的雄心壮志,"忍听杨柳大堤曲,誓雪江山半壁仇"。后来,老舍在北行劳军中,写了不少慷慨悲壮的诗篇,像"死而后已同肝胆,海内飞传荡寇旗"(《谒沔县武候祠》),"奇兵无愧关河险,壮志同消今古仇","连宵炮火声声急,静待军情斩贼头"(《诗四首》),"莫任山河碎,男儿当请缨"(《北行小诗》),等等。比较起来,老舍抗战期间的诗篇多以慷慨悲壮为主调,近于放翁以豪放悲壮为感情基调的诗风。而30年代的诗风较悲愤悒郁,则与吴梅村诗的悲凉哀伤相近。解放后的诗篇,由于诗人的情感发生变化,像《今日》所吟:"晚年逢盛事,日夕百无忧",一改"昔年"的忧患、哀愁,而换上了清新昂奋的情调。

以上我们是从情感、心灵的表现上,探索老舍诗作的情感之美。下面拟从意境、韵律和语言风格上,论述其诗作的形式之美。古代诗歌大都讲究意境的铸造,富有音乐性。老舍的旧诗创作,也很讲究意境美和音乐美的。他写景状物隐含情感,真正达到了意与境浑的境界,且适于朗诵,富有较强的音乐感。像他的《过乌纱岭》诗:"古浪重阳雪作花,千年积冻过乌纱。白羊赭壁荒山艳,红叶青烟孤树斜。村坚无衣墙半掩,霜天覆石草微遮。周秦文物今何在?牧马悲鸣劫后沙!"巍巍乌纱,冰封雪飘,羊群如云,青烟缭绕,孤树斜立,霜村凄冷,虽是周秦故地,但不见文物遗迹,只有悲鸣的牧马踏着荒凉的沙丘。诗人用生动具体的形象,真实地展现了我国40年代边塞一带苍凉凄楚的景象,表达了老舍对祖国山河的眷念之情。再看他的《村居》诗:"茅屋风来夏似秋,日长竹影引清幽。山前林木层层隐,雨后溪沟处处流。偶得新诗书细字,每赊村酒润闲愁。中年喜静非全赖,坐待鹃声

---

① 茅盾:《光辉工作二十年的老舍先生》,《新华日报》1944年4月17日。

午夜收。"此诗作于1943年,诗人因有病,住在重庆近郊乡村。诗中呈现一幅清幽画面:诗人独居茅屋,夏风吹来似秋风清凉,竹影移动,山前林木,雨后溪流,吟诗写字,赊酒浇愁。貌似清静,实则焦急愤闷,最后直抒胸臆,"中年喜静非全赖",说他并非为了躲避时代风雨,而是为了坐待杜鹃啼鸣,以荡尽暗暗长夜。如上所述,老舍有许多这样的写景状物、即景抒情诗,都能在景、物里,寄寓自己的情怀,且情感隐藏得比较深,看似写景状物,其实景语皆情语,状物多言志,情融于境,意与境浑。他在解放后写的纪游诗,像《札兰屯》所描绘的边塞生机勃勃的自然风光;秦皇岛"天外舟归烟一缕","水绕田园诗境回"的境界;《水库赏莲》里带露摘莲,生机盎然的青蒲绿蛙,游来跃去的鲢鲤,有情有景,有静有动,怡人心扉。这类诗达到了诗中有画的优美清丽境界。此外,陆游、吴梅村诗常用对比手法创造意境,善于用典,讲究韵律,老舍的旧体诗也具有这些特点。老舍不仅在旧诗创作中继承了中国古代诗歌注重意境、讲究节奏韵律的方法,而且在小说创作中,也时常用诗情、诗境的写法,创造意境的美、音乐的美。他的小说不仅在写景中有诗的意境、情趣、韵律,而且还用写实与象征的手法创作了诸如《微神》《月牙儿》《阳光》等诗化小说,那里的诗情诗境诗味更浓。

是的,老舍的旧体诗突出特点是讲究意境美、音乐美,而他的新诗则在叙事的体式和韵律上多有创新,体现了"诗是创造的表现"的美学观。五四初期的白话诗,由于在形式上突破传统,倡导自由诗体、"诗体的大解放",因而造成了五四以来较多的白话诗缺乏意境之美、形式之美。而到20年代中后期,这种忽视诗歌形式之美的倾向得以匡正,老舍适应了现代诗学发展步伐,在他的新诗创作中,也是讲究韵律、形式之美的。在诗的体式上,有收入1934年出版的《老舍幽默诗文选》的讽刺诗十首,也有出版于1942年的近四千行的叙事长诗《剑北篇》。老舍的新诗,有的富有浓郁的生活气息,写得浅显简明,如《日本撤兵了》《打刀曲》等;有的则含蓄蕴藉,诗味较浓,如《微笑》《音乐的生活》《红叶》等。他的新诗除从古代诗词中取法,还用了民歌、歌词、快板诗、儿童歌谣的写法,旋律流畅,琅琅上口。尤其是叙事长诗《剑北篇》,在叙事、抒情、写意、用韵、遣词造句上,都作了新的试验。长诗主要抒写他从1939年6月至12月,自重庆至成都,北出剑门,在长达半年的慰问旅程中的所见所闻所感。它一问世,朱自清便在《抗战与诗》

一文中,把它与柯仲平的《平汉路工人破坏大队》并论为抗战诗坛"有意在使诗民间化"的两部代表性诗作,说它"着意铺叙景物","发展内地的广博和美丽",以增强人们的爱国心和自信心。老舍在《剑北篇·序》中说:"用韵设词,多取法旧规,为新旧相融的试验。"①它采用逐行用韵的办法,按照语气的自然节奏读下去,富有音乐美感。对《剑北篇》的形式之美,胡絜青评价说它"是一种既象鼓词,又象新诗;既全用韵,又相当口语化;既能朗诵,又能唱;既有形式格调,又有自由活泼的诗,谁能说这不是一种新的尝试?"②这的确是一种新的尝试,新的创造,它实践了老舍的形式诗学观:"诗是创造的表现"。老舍不断地追求诗的形式的"创造",不断地将"创造"经验升华为理论,达到了诗学理论与诗歌创作的互动共进、和谐统一。

　　总之,老舍在诗学理论与诗歌创作上,始终强调诗是"表现心灵"的,是重灵感、情感与想象的,是创造的,是讲究音乐美、形式美的。他的诗学观是在传统与现代之间、浪漫与古典之间选择、创造,创造了情感美与艺术美,而这个情感美、艺术美正是中国传统诗学所追求的。

[原载《民族文学研究》2005 年第 1 期]

---

① 老舍:《我怎样写〈剑北篇〉》,《老舍文集》(第 13 卷),人民文学出版社 1988 年版,第 155 页。
② 胡絜青:《老舍诗选·前言》,《散记老舍》,北京十月文艺出版社 1986 年版,第 227 页。

第二编　老舍与外国文化

第三章　老舍与西方基督教文化

第一节　老舍与基督教的结缘

老舍与宗教结缘,一是中国的佛教,二是西方的基督教。老舍与西方基督教结缘当在1922年,适年北京缸瓦市基督教堂正在办英文夜校,在英文夜校里,老舍结识了夜校的主持人宝广林,并加入了他所组织的"率真会"和"青年报务部",开始投身于宗教改革和社会服务事业。同时期,老舍在北京缸瓦市伦敦教会接受洗礼,成为正式基督徒。据舒乙说:"当时,中国籍教徒正在酝酿将缸瓦市伦敦会改建为中华教会。由英国传教士手中将教会接管过来,实行华人自办,这项计划对老舍有很大的吸引力。老舍的入教,使他能取得合法的身份,直接插手制订章程和移交会产"①。同年7月,老舍还为北京缸瓦市中华基督教会起草规约草案,完整地规定了教会的宗旨、体制等。同年12月,在《生命》第3卷第4期发表了由宝广林撰写老舍翻译的《基督教的大同主义》一文,文曰:"耶稣之精神,为教会之生命来源,失此精神,则虽有极高理想与原则,等于傀儡耳!""今日上帝之灵,仍蓄于蓼心中,驱世界际于真善之域,提高斯世,即是天堂也,而非别有洞天也。"所谓"基督教的大同主义",是说不分种族、男女、主奴,"在基督耶稣里都成一体"。文章提出"扑杀蓄婢之制。以牺牲之精神,使社会安堵",达到这样的境界,是"福音之所在,即天国也"②。该文宣扬了基督教的同情、服从、克制等教义和实现世界大同的途径,翻译这篇文章使老舍进一步接受了基督教的思想。老舍作为一个基督徒,他汲取了基督教为社会服务的救世思想,以及"驱世界际于真善之域","以牺牲之精神,

---

① 舒乙:《老舍的关坎和爱好》,今日中国出版社1990年版,第124页。
② 张桂兴:《老舍年谱》(上册),上海文艺出版社1997年版,第31页。

使社会安堵"的精神品格,成为他人生道路上的处世态度和精神支柱。入教以后的老舍就将其名字改为"舍予",显然受到了基督教舍己救世思想的启迪。老舍成为基督教徒后,利用业余时间参加了教会的社会服务工作和改建工作。1923年夏,他开始在缸瓦市中华基督教会任主日学主任,直到1924年8月启程赴英国讲学时为止。其间老舍所涉及的主日学,主要是儿童主日学。1923年7月15日,老舍的论文《儿童主日学与儿童礼拜设施的商榷》(署名舒舍予)在《真理周报》第16期开始连载,至同年8月19日第21期续完。老舍在文中特别强调儿童主日学要关注儿童新教育的思想,他说:"热心新教育者,对于学校之组织,必注意于儿童,家庭,与社会三方面。取一遗他,是谓破碎之教育。"① 他在文中提出:儿童做礼拜时不应要求他们背诵《圣经》、赎罪祷告、唱《圣歌》《圣诗》,不要搞信仰早熟,而主张将传授知识、启发他们动脑动手放在重要地位。由此可以看出,抛弃宗教各种"灵异"及"原罪与赎罪"的宣教,而只抽取其中有益于人世的宗教成分,看取其中的大同社会理想,奉行基督舍身救世的精神,尽力为社会服务,这才是老舍的基督教思想的精髓。

第二节 老舍的基督教精神

老舍早年作为基督教徒,从基督教教义中汲取的舍身救世的精神,一直践行于他的思想行为活动中。牺牲献身的救世因缘在他的姓名改动中明显地表现出来。据老舍自述:"'春'字跟我很有缘。我的学名是'庆春'。"② 本来的姓名是舒庆春,而后来他则将自己的姓"舒"字拆开为舍予,取舍我的意思,正如舒乙所说:"从字面上看,他是做了一个简单的拆字游戏,由'舒'而'舍予',把自己的姓一分为二,取舍我的意思,恰好又很有含义。……'舍吾'这类的词,中国的古书中早已有之,在佛教和基督教的教义中都提倡这个思想,加之年轻的老舍在自己身旁又见了许多严酷的不公,便产生了'一切为了别人,完全舍弃自己'的念头,索性写在名字上,当作自己行动的准则,表现了一位少

---

① 张桂兴:《老舍年谱》(上册),上海文艺出版社1997年版,第34页。
② 老舍:《百花齐放的春天》,《我热爱新北京》,北京出版社1979年版,第34页。

年忧国忧民甘愿奉献自己去改造社会的强烈愿望。"①老舍逝世后，端木蕻良曾送一付挽联：此志得舒，为民舍予。"舍予"充分体现基督教舍身救世的精神。

老舍接受基督教洗礼后，1922年10月10日，南开中学举行"双十"节庆祝大会，老舍在大会上发表演说，据其自述："记得二十多年前，在南开中学教书的时候，我曾在校中国庆纪念会上说过：我愿将'双十'解释作两个十字架。为了民主政治，为了国民的共同福利，我们每个人须负起两个十字架——耶稣只负起一个：为破坏，铲除旧的恶习，积弊，与象大烟瘾那样有毒的文化，我们必须预备牺牲，负起一架十字架。同时，因为创造新的社会与文化，我们也须准备牺牲，再负起一架十字架。"②显然，这种为了民众的福利而甘愿负起十字架的精神包含着对基督"救世"精神的继承。纵观老舍的一生，无论什么时候，他所关注的是通过宗教精神所表现出来的伦理的、道德的价值意义，确认释耶所倡导的"慈悲"、"博爱"、"自我牺牲"在现实社会人生中的积极作用。

基督教精神一直跟随着老舍。老舍是在英国基督教会安排下，于1924年9月到英国任教的。而到英国的头一天，在车站接他的是英国教会的易文斯教授，籍由易文斯的关系，他与教会的交往较多，而且还为自己起了一个英文名字——Colin C.Shu，用来代替他的中文名字舒庆春。Colin C.Shu翻译成中文是舒柯林。据日下恒夫的考证："Colin是洗礼名，原意是'人民的胜利'。"③他在英国期间的小说创作，多留有基督教思想和基督式人物，这一点留待后论。

老舍从国外回国后，30年代的他仍然留有基督精神的影子。30年代初，老舍应邀来到济南私立齐鲁大学任教。他在致胡絜青的信中，说明自己是基督徒，询问对方是否计较？而胡絜青并不计较老舍的所谓基督徒，她说："婚后，老舍可是从来没作过礼拜，吃饭也不祷告，家里也没要过圣诞树。……老舍只是崇尚基督与人为善和救世的精神，并不拘于形迹。"④老舍夫人胡絜青明确评价了老舍并非虔诚的

---

①舒乙：《老舍的关坎和爱好》，今日中国出版社1990年版，第124页。
②老舍：《双十》，《老舍文集》（第14卷），人民文学出版社1989年版，第265页。
③舒乙：《老舍的关坎和爱好》，今日中国出版社1990年版，第124页。
④赵大年：《老舍的一家人》，《新华文摘》1986年第11期。

清教徒,而是"崇尚基督与人为善和救世精神",说明了老舍与基督教文化仍有着精神上的联系。据张桂兴提供的资料:老舍在山东时期经常出没于济南和青岛两地的青年会,并进行过多次讲演。当时,齐鲁大学神学院有一家《鲁铎》杂志,老舍一直与这家杂志保持着密切的联系。不仅为其题写了刊名,而且在该刊上发表了译文《客》。1932年3月,老舍应邀赴教会学校——山东省德县博文中学作过讲演。这更进一步印证了老舍与基督教文化的联系。

抗战暴发后,老舍更将基督的"救世精神"与爱国情感、民族精神融合起来,为抗战尽力,并立下为国捐躯的誓言。1944年4月15日,老舍在"文协"举办的座谈会上说:"我们要做耶稣生前的约翰,把道路填平,迎接新生者。""文学家应该誓死不变节,为转移风气努力。耶稣未出世前即有施洗的约翰,文艺家应拿出在今日文艺的荒原上大声疾呼的精神,为后代子孙开一条大道。"① 这位被耶稣誉为不只是一位先知,他比任何人更伟大的约翰,他是迎接弥赛亚来临的上帝的使者,上帝召唤他做先知,他向人们传道:转离罪恶,悔改受洗吧! 上帝就会赦免你。耶稣也请约翰为他施洗,人们将他称作施洗约翰。老舍愿做填平道路的施洗约翰,以迎接新生者,表现了他甘愿为民族复兴而牺牲的精神。

纵观老舍的基督教精神,可以概括为:它是以社会历史使命感与爱国主义思想为中坚,兼容佛家的"慈悲"和基督教的"博爱"与救世精神,关注国民灵魂的拯救,始终存在于老舍的思想行为及其创作之中,并逐渐融合生成一种独有的宗教色彩的文化启蒙姿态:灵的救赎,关注民间下层百姓的灵魂救赎。

第三节　老舍作品中的基督教文化色彩

由老舍与基督教的结缘,可以看出他对中国的基督教的生活以及中国的基督教徒的人物形象、精神面貌,都有着深入的了解和把握,这种独特的基督教的生活经验以及老舍式的基督精神渗透到他的小说创作中,也为他的小说增添了基督教文化色彩。

老舍小说的基督教文化色彩,首先表现在他对基督教生活的描绘

---

① 老舍:《昨晚座谈文风问题》,《新民报》1944年4月16日。

和基督徒形象的塑造上。老舍第一部长篇小说《老张的哲学》即生动描绘了基督徒的生活,关于这一点,朱维之在《基督教与文学》一书中有评说:"其他客观地描写基督徒生活的,在长篇方面有老舍底《老张的哲学》,其中有李应,龙树古,龙凤和赵四都是救世军教会底信徒。李应是个坦白的青年,他入教是因为它是个作好事的团体,并且教堂里整齐严肃,另有一番精神。龙树古因为面包,饭碗,而投到救世军去,入教的动机并不纯正,所以最后是为德不卒。但他底女儿龙凤却是不施铅华的美人,大方,自然,活泼,好一个现代化的女子。至于赵四这个奇人,却因为基督教是勇敢好斗的宗教才进教的,他底义侠行为倒叫人佩服。作者老舍是个基督徒,但没有特别褒扬基督教,也没有诋毁基督教,他只是把中国基督徒底几种面孔,从实描绘罢了。"① 其实老舍虽以基督徒身份如实描绘书中的基督徒人物,内中不是没有他的情感倾向,很明显,他对龙树古带有一定的奚落情感,而对李应、龙凤则有着深厚的同情,至于对车夫赵四的侠义行为则多含赞赏的因素,因为他具有老舍式的基督精神:舍己救世,敢为他人献身。

　　《二马》对基督徒形象的描绘,多带有讽刺意味。老舍说他写《二马》的意图是在"比较中国人与英国人的不同处,所以一切人差不多都代表着些什么;我不能完全忽略了他们的个性,可是我更注意他们所代表的民族性"②。老舍以"民族性"的目光审视其中的人物形象。伊牧师在中国传教20多年,他站在英国人的立场上,蔑视中国和中国人:"半夜睡不着的时候,总是祷告上帝快快的叫中国变成英国的属国;他含着热泪告诉上帝:中国人要不叫英国人管起来,这群黄脸黑头发的东西,怎么也升不了天堂!"③他对中国人怀有很深的民族偏见。他到中国传教,是以推行殖民主义政策为目的。他的太太比他更可恨,她在祷告的时候,永远是闭着一只眼往天堂上看上帝,睁着一只眼看那群该下地狱的学生。而老马是被伊牧师说活了心之后才加入基督教的,他觉得整天无事可做,闲着上教会去逛逛,又透着虔诚,又不用化钱,这样的入教岂不好玩!他的儿子小马入教就更使人感到可笑了,小马不过是想借此机会去教堂瞧一眼"好看的"姑娘而已。对老马

　　① 朱维之:《基督教与文学》,上海书店出版社1992年版,第304—305页。
　　② 老舍:《我怎样写〈二马〉》,《老舍文集》(第15卷),人民文学出版社1990年版,第175页。
　　③ 老舍:《二马》,《老舍文集》(第1卷),人民文学出版社1980年版,第407页。

与小马的可笑行为,老舍则从他们对待基督教的态度上加以讽刺的。

从《老张的哲学》《二马》对基督徒形象的描绘,我们可以看到:老舍带着明显的两种情感倾向,一是对具有博爱、救世精神的"基督式"圣徒人物的肯定;二是对违背基督精神而品行恶劣的"吃洋教"人物形象的否定。

老舍描写了一些具有博爱、救世精神的"基督式"圣徒人物形象,在《黑白李》中,哥哥黑李就具有博爱的精神,他读《四福音书》,讲《圣经》上的故事,天天祷告,不仅把爱人让给了弟弟白李,而且最后代替弟弟走上了刑场。小说的结尾借白李的口说:"老二大概是进了天堂,他在那里顶合适了;我还在这儿砸地狱的门呢。"①这是对黑李所具备的基督教奉献和牺牲精神的肯定。老舍在《大悲寺外》塑造了一位极具博爱精神的黄学监形象。他爱每一个学生,与学生"在一处睡,一处读书",每月拿出三分之一的工资资助学生。他最终死在医院里,并以宽厚博大的胸怀宽恕了砸他致死的犯罪之人丁庚。老舍对黄先生的博爱、仁慈、宽恕的基督精神是大加张扬的,而对那个将博爱、宽恕视为"恶毒的咒语",在黄学监死后还到其坟头进行诅咒的丁庚,则大加揭露与鞭挞。

当黄学监这一形象带着老舍的宽厚、博爱、讲恕道的理想人格走进《四世同堂》后,在钱默吟身上,则将满腔的爱国热情和对敌人刻骨铭心的仇恨融入了耶稣的慈悲博爱以及救世精神之中,塑造成了一个具有铮铮民族骨骼的民族英雄形象。小说中的祁瑞宣虽然带有中国传统文化色彩的长房长孙形象特点,但他身上仍然留有基督教文化的影子。当钱默吟出狱后,作品写道:"看着这像是沉睡,又像是昏迷的老人,瑞宣不由的时时不出声的祷告。他不知向谁祷告好,而只极虔诚的向一个什么具有的人形的'正义'与'慈悲'祈求保佑。这样的祷告,有时候使他觉得心里舒服一点,有时候又使他暗笑自己。"这里用瑞宣基督式的祷告来赞扬钱默吟反抗精神、民族品质,并且从基督教文化的视觉对钱默吟进行热情评价:"他一向钦佩钱先生,现在,他看钱先生简直的象钉在十字架上的耶稣。真的,耶稣并没有怎么特别的关心国事与民族的解放,而只关切着人们的灵魂。可是,在敢负起十字架的勇敢上

---

① 老舍:《黑白李》,《老舍文集》(第8卷),人民文学出版社1985年版,第118页。

说,钱先生却的确值得崇拜。"①这个评价看似瑞宣对着钱默吟的,其实是老舍站在"敢负起十字架的勇敢"的民族精神上来说话的。

同在《四世同堂》中,老舍对违背基督精神而品行恶劣的"吃洋教"人物形象进行了否定。这否定的基督式人物有两位,一位是丁约翰,他在东交民巷给"'英国府'作摆台的"。他虽然是一个世袭基督教徒,但却违反上帝的旨意,为了赚钱,把灵魂交给了魔鬼,为日本人做假军衣的买卖。另一位是意大利的窦神父,神父应代表上帝说实话,可是,当瑞宣向他请教"中日战争将要怎么发展"的问题时,他竟说:"我不知道! 我只知道改朝换代是中国史上常有的事!"他的虚伪面目暴露无遗。

解放后,老舍更塑造了一些带有批判性和否定意义的基督徒形象。建国后的作品,除了《一家代表》中的王雅娴之外,其他几乎都是落后、反面、甚至是反动的形象。王雅娴在教会大学读书的时候受了洗礼,加入了基督教。鉴于当时"国乱政暴",她只能参加一些"社会福利工作",借以"得到精神上的安稳"。解放后,她作为宗教界的人民代表参政议政,获得了新生。在《茶馆》中,老舍仅仅用了简单的人物对话,就给我们写活了一个"吃洋教的小恶霸"的形象。在创作《神拳》时,老舍进一步写到了教会霸占农田水产、勾结官府、欺压百姓的罪恶。在《正红旗下》里,老舍所写的牛牧师和信徒多大爷,比起《二马》中的伊牧师和信徒马则仁来,其嘲讽挖苦的意味更浓了。牛牧师来中国是为了淘金的,老舍写道:"他没有什么学问,也不需要学问。他觉得只凭自己来自美国,就理当受到尊敬。他是天生的应受尊敬的人,连上帝都得怕他三分。"②至于多大爷的入教目的,更叫人啼笑皆非。作品写道:"他入洋教根本不是为信仰什么,而是对社会的一种挑战,他仿佛是说:谁都不管我呀,我去信洋教,给你们个苍蝇吃。"③由此,不难看出在时代影响下,老舍开始了对基督教的批判和否定。

总之,老舍与基督教结缘后,形成了老舍式基督教精神,老舍将他的基督教生活体验及其基督教精神投入文学创作,则使其作品带上了或显或隐的基督教文化色调。基督教文化只是其文学作品中的文化蕴涵的一个部分,为他中外文化交融的文学创作增添了独特亮色。

---

① 老舍:《四世同堂》,《老舍文集》(第5卷),人民文学出版社1983年版,第76页。
② 老舍:《正红旗下》,人民文学出版社1980年版,第93页。
③ 老舍:《正红旗下》,人民文学出版社1980年版,第90页。

第四章　老舍与外国文学

第一节　老舍小说理论与西方文学思潮

老舍不仅为20世纪中国文学贡献了大量的小说作品,而且也贡献了相当数量的具有重要价值的小说理论。他的理论著述大都产生于30年代,其中以小说理论为主体,主要有:《文学概论讲义》《老牛破车》以及《论创作》《唐代的爱情小说》《滑稽小说》《一个近代最伟大的境界与人格的创造者——我最爱的作家——康拉得》《读巴金的〈电〉》等。40年代还有《现代中国小说》《灵的文学与佛教》《读〈鸭嘴涝〉》等小说理论批评文章。这些理论著述,既有对西方文学思潮的认知、吸纳,又有对中国古代文论的合理运用,还有对自己文学创作的回顾、思考以及对一些中外作家的评论。就老舍对西方文学思潮的认知而言,其主要内容包括:一是对小说创作倾向的系统深刻的认识;二是对小说本体的艺术特征、叙事技巧的阐释;三是对小说体式与风格的探求。

一

中国现代小说理论较多地留下了受外国文学思潮及小说理论影响的印痕,老舍的小说理论著述除借鉴了外国小说理论,还融入了中国传统文论精神,他和鲁迅、茅盾、郁达夫、沈从文、李健吾、赵景深、阿英、苏雪林、胡风等,一起担当起小说理论的探索任务,为30年代小说理论的繁荣兴盛做出了贡献。老舍的探索主要是在文学创作方法上的多元认识与融通。在他看来,30年代小说创作和小说理论的"现代化",不应该是单一地提倡某一种创作方法或用某一种理论形态,而应该是多种理论形态和多元创作方法并存的时代。当时的革命派小说创作和小说理论具有其先锋性，形成强大的革命小说理论的冲击波，老舍也受到"左翼"文学理论的影响，但他们在创作上的"概念化"的毛病以及欲建立一个纯意识形态型的小说理论框架又为老舍等作家们所不满，因此他这个时期对各种创作方法（他用的话语是创作倾向）的肯定和评说，就显出理论上的探索和进取精神了。

首先是对西方现实主义小说创作的认识。老舍认为："写实主义的好处是抛开幻想，而直接的看社会。这也是时代精神的鼓动，叫为艺术而艺术改成为生命而艺术。这样，在内容上它比浪漫主义更亲切，更接近生命。"①欧洲一些作家是"以深刻的观察而依实描写"，英国的作家像狄更斯虽然也这样去"依实描写"，但终不免浪漫气，"终不免用想象破坏了真实"。而真正能写实的要属于俄国19世纪的那些"大写家"。但是，"完全写实是做不到的事"②。现实主义作家要有"深刻的观察，与革命的理想"，他才敢写实，"这需要极伟大的天才与思想。"老舍对现实主义既有肯定，又有三点不满：第一，"写实家要处处真实，因而往往故意的搜求人类的丑恶，他的目的在给人一个完整的图画，可是他失败了，因为他只写了黑暗那方面。"比如左拉的作品，只见坏人、强盗、妓女、醉汉，等等，而没有一个伟大的人与高尚的灵魂，没有一件可喜的事。第二，专求写真而忽略了"文艺的永久性"。第三，"写实主义敢大胆的揭露丑陋，但是没有这新心理学的帮忙，说得究竟未能到家。"他不赞成"完全写实"，他的小说创作也不完全是写实的，像《骆驼祥子》那样的现实主义的作品，也有象征与传奇的成分。因此，在老舍看来小说创作应该用多种创作方法，不应该单纯地用某一种创作方法。现实主义的也可融入现代主义的东西，需要新心理学帮忙。与对现实主义认识相比较，老舍对自然主义评价较低。自然主义是在"浪漫主义稍微走到极端"而后兴起来的。它是"将近代的内部生活，由一个极端转移到一个极端的。即是从溺惑个性，转向拜倒环境的"。它有自身的特点，在世界文学发展史上起过作用，但也有它的缺点。老舍认为它的缺点有三：第一，"自然主义所主张的纯客观的立场，这是人所做不到的事"。第二，自然主义"把人的生活断定为宿命的，视人的生活为一个现象"，"一切尽皆依自然律存在着，人也跑

---

① 老舍：《文学概论讲义》，《老舍文集》（第15卷），人民文学出版社1990年版，第109页。
② 老舍：《文学概论讲义》，《老舍文集》（第15卷），人民文学出版社1990年版，第110页。

不出那支配万有的自然律"。第三,"自然主义是决定主义,不准有一点自写家而来的穿插,一切穿插是事实的必然的结果。"①英国作家亨利·费尔丁与狄更斯的作品有与自然主义相合之处,但是他们往往以自己的感情而把故事结局的悲惨或喜悦改变了,这在自然主义看来是不真实的,而在现实主义看来是允许的,是真实的。老舍初期的小说创作既吸取了狄更斯的现实主义,又舍去了自然主义"纯客观的","决定主义"的缺点,显示了现实主义的真实性、深刻性。

其次是对西方浪漫主义小说创作的认识。随着新文学运动的深入发展,尤其到倡导无产阶级革命文学阶段,现实主义或革命的现实主义成为文坛一尊,而浪漫主义和现代主义受到轻视,包括郭沫若在这个时期也大骂浪漫主义了。恰在此时,作为革命小说派代表人物的蒋光慈仍在坚持认为革命需要浪漫主义,并公开站出来为浪漫主义辩护,显示出难能可贵的精神。但他所尊崇并运用的浪漫主义则是"革命的浪漫谛克"式的浪漫主义。老舍也在浪漫主义渐弱的情况下提倡浪漫主义,但他所论述的浪漫主义不是蒋光慈所崇尚的俄苏式的浪漫主义,而是延续五四时期的面向西欧的浪漫主义,他通过对西欧文学思潮的比较分析,显示出浪漫主义的特点、优势及不足。以浪漫主义与古典主义相比较,老舍欣赏希腊人的静美匀称,但他更喜欢浪漫的故事以力量为主。他认为古典派的作品纵有热情也用方法拘束住,浪漫的故事便任其狂驰而不大管形式的静美了。卢梭是浪漫主义运动的先锋,他要的是个人的自由权,不只是艺术的解放。他的风格给法国文艺创了一个新体,自由、感动、浪漫。他向一切挑战:政治、宗教、法律、习俗都要改革。"作品的内容一定要新奇不凡","专在结构惊奇上用力"。对这种追求内容和结构新奇的浪漫主义艺术,老舍是欣赏的。同时,他又认为浪漫主义在艺术上的创新、变革,实际上是"心理倾向的结果",浪漫主义的运动是"心理的变动"②。以浪漫主义与现实主义相比较,老舍认为浪漫主义作品取材于过去,使人脱离现在,进入另一个幻美世界。浪漫主义作家常以行动为材料,借鉴行动来表现人,所以作品充满堂皇而细腻的笔调,"但是他们不敢把人心所藏污浊与兽性直说出来"。"写实主义的好处是抛开幻想,而直接的看社

———————

① 老舍:《文学概论讲义》,《老舍文集》(第15卷),人民文学出版社1990年版,第114页。

② 老舍:《文学概论讲义》,《老舍文集》(第15卷),人民文学出版社1990年版,第105页。

会。"①现实主义作家所看到的"有美也有丑,有明也有暗,有道德也有兽欲"②。老舍肯定了现实主义作家注意写"丑的暗的与兽欲"这种批判的暴露式的写实方法,他发现欧洲重要作家像左拉、都德、莫泊桑等,都毫无顾忌地写实,不替贵族伟人吹嘘,写社会罪恶,不论怎样的黑暗丑恶。从他们的作品里可以看出,"好人与恶人不是一种代表人物,而是真的人;那就是说,好人也有坏处,坏人也有好处"③。老舍理论上的这种认识,在他初期的小说创作中已经实践过了,像《老张的哲学》《赵子曰》《二马》等作品中的人物,也都呈现出"好人也有坏处,坏人也有好处"的特点,因而那是现实生活中的活生生的真的人物。

再次是对新浪漫主义即现代主义小说创作的认识。老舍在《文学概论讲义》里对新浪漫主义和象征主义的介绍,实际上是对现代主义的认识问题。他认为新浪漫主义是在写实主义衰败后兴起的。照他给小说下的定义,小说是"解释人生"的,但是现在现实主义已不能"找出些东西来解释生命"。在失望之余,老舍发现"新浪漫主义可以说是找寻这些不可知的东西"。新浪漫主义是写实主义未死的一些精神与矫正过的浪漫主义的一种新结合。"从历史上看,新浪漫主义是经写实主义浸洗过的。它既是发生在写实主义衰败之后,不由它不存留着写实主义一些未死的精神。浪漫主义的缺点是因充分自我往往为夸大的表现。新浪漫主义对于此点是会矫正的,它要表现个人,同时也能顾及实在。"新浪漫主义之所以既能表现个人又能顾及现实,是因为它打破了传统写作手法的局限,以前浪漫主义的局限是不肯把人心的污浊与兽性说出来。写实主义的缺点是表现未能到家:"敢大胆的揭破丑陋,但是没有这新心理学的帮忙,说得究竟未能到家。"而新浪漫主义"能写得比浪漫作品更浪漫,因为那浪漫主义者须取材于过去,以使人脱离现在,而另入一个玄美的世界;新浪漫主义便直接在人心中可取到无限错综奇怪的材料,'心'便是个浪漫世界!同时,他们能比写实主义还实在,因为他们是依据科学根据的刀剪,去解剖人的心灵"④。但新浪漫主义也有缺点,往往破坏了他们作品的"调和之美"⑤。老舍看到了新

①老舍:《文学概论讲义》,《老舍文集》(第15卷),人民文学出版社1990年版,第109页。
②老舍:《文学概论讲义》,《老舍文集》(第15卷),人民文学出版社1990年版,第107页。
③老舍:《文学概论讲义》,《老舍文集》(第15卷),人民文学出版社1990年版,第108页。
④老舍:《文学概论讲义》,《老舍文集》(第15卷),人民文学出版社1990年版,第115—116页。
⑤老舍:《文学概论讲义》,《老舍文集》(第15卷),人民文学出版社1990年版,第116页。

浪漫主义也即现代主义在哲学上与直觉说的关系,在心理学上与弗洛伊德精神分析学的关系。现代主义受弗氏学说影响写人的潜意识,这有助于文学描写向人的内心深层领域开掘,但他们把文艺归结于性欲的说法,又为老舍所不满。老舍说:"近代变态心理与性欲心理的研究,似乎已有拿心理解决人生之谜的野心。性欲的压迫几乎成为人生苦痛之源,下意识所藏的伤痕正是叫人们行止失常的动力。拿这个来解释文艺作品,自然有时候是很可笑的,特别是当以文艺作品为作者性欲表现的时候;但是这个说法,既科学而又浪漫,确足引起欣赏,文人自然会拾起这件宝贝,来揭破人类心中的隐痛。"①老舍在理论上接受了弗洛伊德精神分析学影响,对这种新心理学在文艺上的运用而带来的利弊认识非常深刻。他也在创作上运用弗洛伊德精神分析学写了"下意识所藏的伤痕"给人物带来的矛盾痛苦,比如《离婚》中老李对马少奶奶的"诗意"追求而遭压抑带来的忧郁痛苦,就连《骆驼祥子》中祥子最后在肉体上精神上的彻底堕落,也有性意识遭压抑而造成痛苦这方面的原因。老舍在艺术方法上还运用现代主义的手法写了一些小说,像短篇小说《丁》就是用意识流手法写出来的。所以,老舍对现代主义既有理论的论述,又有创作上的具体实践。

同样,老舍对象征主义的认识,也是以理论与创作实践相融通的形态出现的。他看过鲁迅翻译的厨川白村的《苦闷的象征》,因而他对象征主义的论述与运用,也受了厨川白村的影响。他在论述象征主义时,抓住神秘性这一主要特征给象征主义下定义:象征主义追求不可知的神秘性,以作者所作的记号来象征某事物。"神秘性与象征主义是分不开的,这个由求知那个不可知的东西而走入神秘,不仅是文艺的一个修辞法,而且是一种心智的倾向。这个倾向是以某人某记号象征某事。"以某人某记号象征某事,是指使用个人的象征,不是传统的象征。老舍认为象征主义的写法"是有诗意的,因为拿具体的景象带出实物,是使读者的感情要渗透过两层的"。老舍要表现出来的是"心觉",是隐秘的情感,"心会给物思想,物也会给心思想"。他进一步认识到:那些极有情调的作品都是"心与物的神秘的联合"②。在他的小说里,也有这"心与物的神秘结合"。老舍曾经说过自己的创作有两条

---

① 老舍:《文学概论讲义》,《老舍文集》(第15卷),人民文学出版社1990年版,第115页。

② 老舍:《文学概论讲义》,《老舍文集》(第15卷),人民文学出版社1990年版,第117页。

道路，"《月牙儿》和《骆驼祥子》各代表了其中一条"①。一条是现实主义道路，一条是现实主义与象征主义相融合的道路。《月牙儿》《微神》《阳光》等属于抒情性较浓的诗化小说，它们就用了"心与物的神秘结合"的象征主义的写法。这些作品里出现的"月牙儿"、"小绿拖鞋"、"阳光"等都是主人公"心觉"、情感的象征物，它们的变化是随着作品中的人物变化而变化的。即使是以现实主义为主体的《骆驼祥子》，也不乏"心与物的神秘结合"的写法。像第十八章对烈日暴雨的描写，景物的象征就很富有诗意，它们是紧紧地连接着祥子的心理情感的。暴雨过后，大杂院里更多的人病了，祥子也病了。这个病不单是指身体的，也是心灵上的，精神上的。老舍论述象征主义突出了它的神秘性，发现了它的写法富有诗意，而在创作时，则有意削弱其神秘性，增强其"心与物神秘结合"的诗意美。老舍发现了象征主义的诗意美，同时也实践了象征主义的诗意美。

应该说，老舍所论述的文学的倾向或曰文学的创作方法，在五四及20年代初期都有作家介绍和论述过，像曾活跃于欧洲文坛的浪漫主义、现实主义、象征主义、未来主义、表现主义等，都在五四及20年代初期的文坛上露过面。除浪漫主义与现实主义为18至19世纪的传统文艺思想与文艺方法外，其他如象征主义、未来主义、表现主义等，都是出现在19世纪末和20世纪初整个欧洲文坛的"新思潮"与"新方法"。当时统称之为"新浪漫主义"，也就是后来人们称之为的"现代主义"或"现代派"。为了以欧洲文学为参照系来革新中国文学，很多人都致力于欧洲文学发展史的研究，他们认为整个欧洲文学发展的历史顺序大体为：古典主义—浪漫主义—现实主义—新浪漫主义。为了赶上世界文学发展的潮流，中国既需要浪漫主义、现实主义，更需要新浪漫主义。而在新浪漫主义的各流派中，象征主义又特别为人们所重视。所以从《新青年》《新潮》《少年中国》和较有影响的四大报纸的副刊，到《小说月报》《创造周报》《语丝》等，都发表过象征主义及新浪漫主义的介绍与评论。鲁迅、郭沫若、茅盾等作家都曾介绍过象征主义。但发展到20年代后期及30年代，现实主义和革命现实主义发展成文学主潮，现代主义、象征主义相对弱化，在这种情况下，老舍全

---

① [苏]费德林：《老舍及其创作》，载舒济编：《老舍和朋友们》，生活·读书·新知三联书店1991年版，第443页。

面论述各种文艺方法,这无疑是30年代文学发展的需要,是老舍对中国现代小说理论的重要贡献。

二

如果说五四及20年代小说理论的审视重点是小说观念的革新,即确立新的小说观念以及引进、介绍西方各种文学思潮和文学方法,而对小说本体艺术特征的探索显得较弱的话,那么,发展到30年代,小说家及小说理论家们共同关注的则是小说本体的艺术特征,因而对小说本体的艺术特征的探索即显得特别活跃和深入了。新小说在内容和形式上如何"做"才能加入世界近代小说之林,这是老舍当时在理论和创作上共同探讨的问题。与那些探讨小说本体艺术特征的纯理论著述不同,老舍对小说本体艺术特征的探讨,除有接受西方文学思潮的影响外,而更多的是紧紧结合着他的创作经验进行的。

新小说在内容上如何"做"? 如何反映社会生活? 一直是老舍在创作上追求的和在理论上加以思考总结的问题。前文论及老舍的小说观念时就说过,老舍把小说看成是反映人生,解释人生的。人生是丰富复杂的,老舍表现的社会人生紧紧连接着他的生活经,是他熟悉的古都北京中下层市民的社会生活,而且是市民社会"最平凡的日常生活"。写市民社会最平凡的日常生活,不是一般的照搬生活,而是要在生活中提炼出思想和哲理。他认为"伟大的文艺自然须有伟大的思想与哲理",但文学又不同于政治、哲学、道德和科学知识,它是以情感、美和想象为特征的,所以小说要反映社会人生,必须要靠感情、美、想象,"感情与美是文艺的一对翅膀,想象是使它们飞起来的那点能力"[①]。虽然老舍很重视文学作品的思想内容,他给人谈创作也总离不开谈思想内容的重要性,"有思想自是作文最重要的事"[②]。但他在总结自己的创作经验和评论别人的作品时,总不把思想内容的表现放在第一位,而是以谈艺术形式技巧为重点。即使谈思想内容,也是以审美的眼光从小说表现社会生活的特点方面来谈内容,谈思想的。读他的创作经验集《老牛破车》和他的评论文章如《读巴金的〈电〉》就可以看到这一特点。老舍是描绘市民社会生活的艺术大师,他的文学创

---

① 老舍:《文学概论讲义》,《老舍文集》(第15卷),人民文学出版社1990年版,第50页。

② 老舍:《论创作》,《老舍文集》(第15卷),人民文学出版社1990年版,第266页。

作始终贯穿着文化审视和社会批判相融合的思想意蕴。初期的创作《老张的哲学》《赵子曰》《二马》对市民精神状态的刻画,表现了老舍善于从中国古代文明与现代文明的对比中透视市民心理的特点。30年代,随着对现实关系认识的深化,老舍改变了初期偏重对市民社会心理中传统观念的剖析,而将审美视觉投向市民社会生活的各个方面,从现实的发展中探讨市民性格动态变化的时代原因,加深了对旧的社会制度、伦理道德的批判。40年代,老舍的文化审视和对社会现实的关注,对民族性格的思考更为深刻、深入,这主要表现在:他一方面从悠久的传统文化影响的角度发掘了北平市民阶层的某些共同弱点;另一方面又从特定的时代精神出发深化了中华民族所具有的反侵略思想的民族心理传统。老舍如此反映社会生活,充分体现了他作为文化型作家的特点。同时也印证了他在理论上所强调的"文艺要抓住时代的主流"①。他是在"抓住时代主流"的形态下从事文化审视和社会批判的。他的小说提供的社会生活形态虽然融入了现在的现实生活,但主体上还是过去时态,多数是由追忆而写成的。他从狄更斯、威尔斯以及自己创作的体验中,总结出小说由"追忆"而写社会人生的理论经验,认为:"许多好小说是由这种追忆而写的,我们所最熟悉的社会与地方,不管是多么平凡,总是最亲切的。亲切,所以能产生好的作品。""因为只有这种追忆是准确的,特定的,亲切的,真能供给一种特别的境界。"②《老张的哲学》《赵子曰》《离婚》《骆驼祥子》《四世同堂》和《正红旗下》等小说,都是由"追忆"而写成的好的作品。

老舍对小说本体特征的认识,更多的是从艺术形式方面思考问题。五四时期的小说理论曾引进哈密顿的"结构、人物、环境"三分法的理论,后来这种三分法一直延续下来,为小说家和小说理论家们所遵从。这种三分法理论对突破以情节为轴心的传统小说的写作很有帮助,促进了现代小说对人物描写的重视。五四以来的小说理论著述,不乏对人物、环境、结构的阐释和论述,30年代对这三种要素论述地更加深入,老舍是其中的一个,他对三要素的论述富有个性特色。首先,他特别强调在小说中创造人物的重要性:"创造人物是小说家的第一项任务。把一件复杂热闹的事写得很清楚,而没有创造出人来,

---

① 老舍:《关于文艺诸问题》,《老舍文集》(第15卷),人民文学出版社1990年版,第537页。
② 老舍:《景物的描写》,《老舍文集》(第15卷),人民文学出版社1990年版,第237页。

那至多也不过是一篇优秀的报告,并不能成为小说。"①他把故事与人物相比较,认为人物比故事更重要,"故事的惊奇是一种炫弄,往往使人专注意故事本身的刺激性,而忽略了故事与人生有关系。这样的故事在一时也许很好玩,可是过一会儿便索然无味了。"②显然,老舍是不欣赏这种以故事取胜的小说的。他对那些注重写人物的小说特别赞赏,称《红楼梦》为中国最伟大的小说,认为它的成功是"它创造出人物,那么多那么好的人物!它不仅是中国的,而且也是世界的,一部伟大的作品!"③他反对《红楼梦》研究中的自传说,认为小说中"总有我自己在内",但里面的"哪个人物的一言一行是我自己的?我说不清楚。"所以成功的作品必定不全是自传。小说中即使有自我,作者本人与模特儿有关系,也不是人物随着作者走,而是作者随着人物走。"当我进入创作的紧张阶段中,我是随着人物走,而不是人物随着我走。"④他将这种理论用在自己的作品里,像《骆驼祥子》中的洋车夫、《月牙儿》中的暗娼、《断魂枪》中的拳师,都是从他熟识的许多类似的人物中淘洗出来,加工加料炮制成的。老舍这种创造人物的方法,实际上是将生活中的材料典型化,小说中的人物也像鲁迅所说的是一个"拼凑"起来的角色。老舍觉察到30年代有些小说对人物的创造不够重视,尤其不重视写人物的个性,所以在他的理论文章里,特别强调写人物的个性,写人物"首先把个性建树起来",个性突出了,人物"立得住"了,才能感动人。他欣赏自己的小说《断魂枪》中的三个人物,说:"这三个人与这一桩事是我从一大堆材料中选出来,他们的一切都在我心中想过了许多回,所以他们能立得住。"老舍对人物的要求不仅要有个性,而且要有"普遍性",他说:"我们必须首先把个性建树起来,使人物立得牢稳;而后再设法使之在普遍人情中立得住。个性引起对此人的趣味,普遍性引起普遍的同情。"⑤老舍在理论上强调了个性与共性的统一,而在创作实践上也做到了个性与共性的统一。

其实,30年代的理论家们都比较关注人物典型化的理论,鲁迅的广取模特儿进行"拼凑"塑造人物的理论观念,周扬和胡风关于典

① 老舍:《怎样写小说》,《老舍文集》(第15卷),人民文学出版社1990年版,第451页。
② 老舍:《怎样写小说》,《老舍文集》(第15卷),人民文学出版社1990年版,第451页。
③ 老舍:《〈红楼梦〉并不是梦》,《老舍文集》(第16卷),人民文学出版社1991年版,第364页。
④ 老舍:《〈红楼梦〉并不是梦》,《老舍文集》(第16卷),人民文学出版社1991年版,第367页。
⑤ 老舍:《人物的描写》,《老舍文集》(第15卷),人民文学出版社1990年版,第250页。

型化与个性化的讨论等。与这种人物典型化的理论相联系的是关于环境与人物关系的理论。如果说五四以来的小说理论和小说创作对人物和人物的情感心理投以更多的关注,而相应地对环境(背景)的关注较弱,那么发展到30年代,有的理论家对法国小说的环境决定性格颇感兴趣,将这种重视环境的理论观念纳入中国小说,从而提高了小说的环境描写的独立价值。老舍此间也担当了这一时代的对环境理论的探讨重任,他在《景物的描写》一文中评价狄更斯、威尔斯的小说,认为他们写自己少年时代的经历,其境界让人感到特别亲切。他认为哈代与康拉德作品中的背景与人物的关系更为紧密,"在这二人的作品中,景物与人物的相关,是一种心理的,生理的,与哲理的解析"①。因此他强调景物描写一定要真切,既让人看到它是一个独立的景,又让人感到它与人物是密不可分的,"真实的地方色彩,必须与人物的性格或地方的事实有关系,以助成故事的完善与真实"。这样的景物描写才是最动人的。老舍小说大都以北京为背景,写北京的地理环境,"那里的人、事、风景、味道,和卖酸梅汤、杏儿茶的吆喝的声音",组成一张张彩色鲜明的图画,活脱脱地立在读者的心中。所以,他的第一部长篇小说《老张的哲学》问世后,就引起朱自清的称赞,尤其称他是写景大师。有了写景的经验,才能将景物描写的理论引向深入。

　　中国的古代小说本来是以故事(情节)见长的,随着中国小说现代化的发展,受西方文学思潮及外国小说的影响,五四时期有不少小说都向心理方面转换,淡化了故事情节,而对"传统"、"民间"否定较多。但是,传统的东西,民间的东西,有些的确又是很宝贵的。发展下来,尤其到30年代,有些小说家和理论家们对以往的欧化倾向不满了,于是便出现了向故事的回归。老舍、沈从文等即代表了向故事归位的倾向。他的小说创作本来就走的是一条取法外国并融合民间的路子,所以结合他的创作经验,他在理论上始终强调小说要有故事,在《我怎样写〈老张的哲学〉》里说他在小说里所写的都是"浮在记忆上的那些有色彩的人与事",是"人挤着人,事挨着事"②。在《事实的运用》一文中开篇就说:"小说中的人与事是相互为用

　　① 老舍:《景物的描写》,《老舍文集》(第15卷),人民文学出版社1990年版,第237页。
　　② 老舍:《我怎样写〈老张的哲学〉》,《老舍文集》(第15卷),人民文学出版社1990年版,第166页。

的。"到40年代他在《怎样写小说》里仍强调"大多数的小说里都有一个故事,所以我们想要写小说,似乎也该先找个故事。"①在《现代中国小说》中,他更从一个全新的角度分析了现代中国小说的发展进程,揭示出它植根于民间这一重要特点,显示了他对白话和故事的重视。强调写故事这只是老舍关于小说故事(或曰情节)理论的第一层意识。第二层的意识是写什么样的故事,老舍要求要写平凡的故事,"由一件平凡的故事中,看出他特有的意义。"②事实的新奇倒在其次,新奇的事也可以写,但不要以热闹惊奇取胜,要在惊奇中求合情合理,一味追求惊奇热闹,就会使自己描写的事物流入低级趣味。他说:"康拉德的小说中有许多新奇的事实,但是他决不为新奇而表现它们,他是要述说由事实所引起的感情,所以那些事实不止新奇,也使人感到亲切有趣。"③第三层的意识是怎样述说故事,构成故事。老舍在《老牛破车》一书中谈小说的创作经验,大部分是在谈小说的故事结构、叙述技巧问题。他说他在读了狄更斯的《尼考拉斯·尼柯尔贝》和《匹克威克外传》,就觉得这些外国小说比中国小说在写法上"有更大的优势",所以就促使他采取西方小说的写法,创作了初期的两部小说。《老张的哲学》颇似狄更斯流浪汉小说的编织体系,《赵子曰》除了保持《老张的哲学》结构特点外,还加进了狄更斯"情节剧式的母题",因而在情节的心理感应上,增添了一些神秘色彩,比《老张的哲学》"显着紧凑了许多"④。当老舍阅读英法等国当代作品的范围扩大后,他发现"心理分析与描写工细是当代文艺的特色",所以他从《二马》开始决定往"细"里写。"《二马》在一开首便把故事最后的一幕提出来,就是这'求细'的证明:先有了结局,自然是对故事的全盘设计已有了个大概,不能再信口开河。可是这还不十分正确;我不仅打算细写,而且要非常的细,要象康拉德那样把故事看成一个球,从任何地方起始它总会滚动的。"⑤《二马》采用双线结构倒叙方法,这是受了康拉德的影响。在《事实的运用》中,他又提到康拉德惯用这种"忽前忽后的述说"方法,在《一个近代最伟

---

① 老舍:《怎样写小说》,《老舍文集》(第15卷),人民文学出版社1990年版,第450页。
② 老舍:《怎样写小说》,《老舍文集》(第15卷),人民文学出版社1990年版,第451页。
③ 老舍:《事实的运用》,《老舍文集》(第15卷),人民文学出版社1990年版,第252页。
④ 老舍:《我怎样〈赵子曰〉》,《老舍文集》(第15卷),人民文学出版社1990年版,第172页。
⑤ 老舍:《我怎样〈二马〉》,《老舍文集》(第15卷),人民文学出版社1990年版,第173页。

大的境界与人格的创造者——我最爱的作家——康拉德》中,再一次赞赏康拉德的"忽前忽后"的叙事方法。30年代,老舍更多地受到了俄国文学作品的影响,在他读了大量的俄国文学作品之后,他便认识到:英国的小说"飘洒",法国的小说"平稳",而"俄国的小说是世界伟大文艺中的'最'伟大的"①。在接受俄国小说影响后,比如同是采取向心结构的《骆驼祥子》,以主人公为中心的逐层深入的思考,既有狄更斯"情节剧式的母题"显示,又有心理情绪的波动,类似陀思妥耶夫斯基、托尔斯泰探索人的心理奥秘的审美构造方式。当然,老舍也将受传统小说、民间说书艺术影响的"说"的艺术纳入小说,形成了他的小说"写"与"说"的统一。他"写"的小说讲述口吻较浓,这种"说"的特点在他的小说中处处可见,比如《骆驼祥子》开篇的那段文字就可印证。所以,外国小说叙述艺术与中国民间"说话"技巧的结合,形成老舍小说叙事艺术的独特形态,而他又不时地将自己的叙事艺术形态总结出来,成为经验并上升为理论,从而为小说理论和创作提供示范。

三

五四时期的小说理论和创作突破的重点是在短篇方面,胡适接受哈密顿小说理论的影响,在《论短篇小说》一文中对短篇小说作了界定,其中的"用最经济的手段",横断面的结构以及细节描写等,均为后来的小说理论所接受。随后出现的张舍我的《短篇小说泛论》、清华小说研究社的《短篇小说作法》、赵景深的《短篇小说的结构》等,论述的问题不外乎短篇的性质、题材、布局、描写等方面。30年代,中长篇小说崛起并获得丰收,可是长篇小说体式理论并没有跟上长篇小说的发展步伐,理论比较匮乏。当时的小说家和理论家们对小说体式的探求仍然放在短篇方面,老舍也很关注短篇。从创作上看,他是先长篇而后在30年代陆续发表了不少短篇小说,从自己的创作经验出发,他觉得短篇似乎比长篇更难作,因而便更深入地进行了短篇小说理论的探求。他的理论探求有两大特点:首先,突破了五四时期主要从短篇与题材的联结上探求理论的思路,将长篇与短篇进行比较分析,认为:短

---

① 老舍:《写与读》,《老舍文集》(第15卷),人民文学出版社1990年版,第546页。

篇与长篇在解释人生,用想象表现真实上面具有相同的条件,但它们表现的特点不一样。短篇小说表现生活、解释人生一是用片断的方法,"在时间上、空间上、事实上是完好的一片断,由这一片断的真实的表现,反映出人生和艺术上的解释与运用。"二是它"须用最经济的手段写出",写得极简洁,极精彩,极美好。三是在结构上"必须自始至终朝着一点走","必须把思想、事实、艺术、感情,完全打成一片",然后才能让读者在很短的时间里得到一个事实,一个哲理,一个感情,一个美。长篇可以用穿插衬起联合,而短篇的难处便在用联合限制住穿插。所以老舍认为"短篇小说是后起的文艺,最需要技巧,它差不多是仗着技巧而成为独立的一个体裁"①。结合老舍的短篇小说创作,可以看出他的小说篇篇都是注重技巧的,每一篇都有每一篇的形式,有许多堪称短篇小说中的精品,像中篇《月牙儿》《我这一辈子》《微神》,短篇《断魂枪》《上任》《老字号》等。其次,他结合自己短篇小说创作的经验,将已发表的短篇小说分组分类,论述其材料的来源,艺术的加工以及故事的叙述技巧。在他看来小说可以写"亲眼看见的事实",但真事也有靠不住的,"因为事实本身不就是小说","太信任材料就容易忽略了艺术"。而听来的事情,或在经验基础上想象的事情,写出来同样可以动人。他总结出自己短篇小说创作的路子有两条:一是先有事实,然后根据事实确定思想进行创作;二是"先想到意思,而后造人"。两条路子都是可取的,而且在他先有思想而后造人的小说里,同样能把故事叙述的曲曲弯弯,《黑白李》的叙述艺术即是明证。另外,老舍特别提倡用长篇的材料写短篇,他说《月牙儿》是从《大明湖》里截取的"最好的一段",所以写出来显得"紧凑精到",集中整齐。而这"最有意思的一段"放在长篇《大明湖》里就"不象《月牙儿》这样整齐"②。由此,他觉得宁要《月牙儿》而不要《大明湖》了。

30年代小说体式理论对历史小说、讽刺小说、抒情小说和通俗小说等也都作了探讨。与这些小说体式探讨不同的是老舍运用西方幽默理论写下了《滑稽小说》一文,探索了幽默小说理念及做法。他认为"滑稽小说"不能成立,可用"幽默"二字来代替它,"因为'滑稽'的意思是没有幽默那样广的"。小说最适宜表现幽默,而幽默压根儿是"一种

---

① 老舍:《我怎样写短篇小说》,《老舍文集》(第15卷),人民文学出版社1990年版,第194页。

② 老舍:《我怎样写短篇小说》,《老舍文集》(第15卷),人民文学出版社1990年版,第198页。

心态"。他由解释幽默小说的特点而进一步与论述小说的风格联系起来。在《言语与风格》一文中,认为小说的风格"很难规定",但对小说的风格提出了参考意见:一要文字真诚,二要力避晦涩,三要把语言写成"心灵的音乐",四要有清楚的思想,因为"思想清楚,才能有清楚的文字"。从这四点看,他探求小说的风格重点还是在语言上,语言文字上的幽默是形成他的小说风格的重要方面。他在创作经验集《老牛破车》中专门收了《谈幽默》的文章,此后又写了《老舍幽默诗文集序》《"幽默"的危险》,解放后他谈创作仍然谈幽默、谈讽刺。从他谈幽默的文章中,可以看出其幽默理论的四大特点:一是将幽默看成是一种心态,幽默家的心是热的,他以和颜悦色、心宽气朗的态度对待对象。二是突出幽默的笑的美感特点,将幽默的笑与讽刺的笑区别开来,认为讽刺的笑是"淡淡的一笑",笑中不含同情;幽默的笑是痛快的笑,"笑中带着同情",笑后让人落泪。三是将幽默与讽刺、机智、滑稽、奇趣等进行比较阐释,突出其审美特征。他说以奇趣言,《西游记》的奇事,《镜花缘》中的冒险,《庄子》的寓言,可以叫做奇趣。尤其是人们在分析文艺作品时,"往往把奇趣与幽默放在一起"。以讽刺言,老舍认为"讽刺必须幽默",讽刺"比幽默厉害"[1],而幽默不一定讽刺。机智是用极聪明极锐利的言语,来道出像格言似的东西,使人读了心跳。机智的应用在讽刺中比在幽默中多"[2]。滑稽是幽默的充分发挥,使幽默发了狂,似乎只为逗笑,而失去"笑的哲人"态度[3]。理论上将这几种喜剧的因素作了区分,而在创作上,他早已进行过实践。他在创作上运用更多的是幽默与讽刺。四是幽默的危险是"摆弄文字",流入"油腔滑调"。幽默的人,"他悲观,他顽皮,他诚实",这在革命期间容易"讨人嫌",流入"危险"[4]。这显然流露出对幽默遭批评的不满情绪。所以,他的幽默理论及其幽默文学的创作,在幽默遭到批评的时代,显得十分可贵,对促进小说创作风格的多样发展是有积极意义的。

[原载《中国现代文学研究丛刊》2002年第4期
（以《论老舍对中国现代小说理论的贡献》为题）]

---

① 老舍:《谈幽默》,《老舍文集》(第15卷),人民文学出版社1990年版,第232页。
② 老舍:《谈幽默》,《老舍文集》(第15卷),人民文学出版社1990年版,第233页。
③ 老舍:《谈幽默》,《老舍文集》(第15卷),人民文学出版社1990年版,第234页。
④ 老舍:《"幽默"的危险》,《老舍文集》(第15卷),人民文学出版社1990年版,第314页。

第二节　老舍与英国文学

一、老舍与狄更斯

老舍曾在《写与读》①一文中,谈到了自己早年阅读过的外国文学作品以及所受到的多方面影响。他读过古希腊、罗马的作品,特别欣赏阿里斯多芬的喜剧;读过中世纪的文学,尤其推崇但丁;还读过文艺复兴以及近代英、法、俄等国的小说。法国的福楼拜、莫泊桑,俄国的托尔斯泰、契诃夫、陀思妥耶夫斯基,对他的影响都很大。但是,对老舍影响最大的还是英国文学,而英国文学中他最喜爱的是狄更斯、康拉德、梅瑞狄斯的作品,狄更斯引领他走上小说创作道路。正如他在《我怎样写〈老张的哲学〉》中所说,他到英国后,"为学英文,所以先读小说",由读小说而引起欲写小说的兴趣,"小说中是些图画,记忆中也是些图画,为什么不可以把自己的图画用文字画下来呢? 我想拿笔了"②。正当他写小说的激情冲动的时候,刚巧读了狄更斯的《尼古拉斯·尼克尔贝》和《匹克威克外传》等作品,他决定不取中国传统的小说形式,而借鉴狄更斯这两部小说的写法,创作了《老张的哲学》等小说。

（一）老舍与狄更斯的情缘。在外国作家中,老舍为何首先效法于狄更斯而创作《老张的哲学》等小说呢? 这主要是他们在人生经历、创作思想与创作方法、艺术形式上形成了共识与共鸣。

第一,小说题材选择的共识。由他们身份、身世相同的人生经历,形成他们多以城市下层小人物的命运为题材对象。狄更斯出身卑微,他出生于一个职员家庭,家庭经济状况十分拮据,后日渐穷困,债台高筑,他的父亲被投入债务监狱。十岁的狄更斯被迫中断学业,在一家黑鞋油作坊当童工。在作坊他吃尽了苦头,亲身体验并接触到了资本家对童工的残酷剥削和压迫。再后来,他成为新闻记者,走遍了伦敦的大街小巷,接触到了英国社会各阶层的人,特别是那些社会底层的人物的穷困的生活,深深触动了狄更斯的心灵,成了他后来创作中的描绘对象。老舍出生于北平小羊圈胡同的一个城市贫民家庭,父

---

① 老舍:《写与读》,《老舍文集》(第15卷),人民文学出版社1990年版,第541页。
② 老舍:《我怎样写〈老张的哲学〉》,《老舍文集》(第15卷),人民文学出版社1990年版,第165页。

亲是一位每月只拿三两饷银的护军,家境十分贫穷。三岁伤父,从此全靠母亲给别人浆洗缝补衣服度日。贫苦的生活环境与动乱的社会现实,使老舍早早饱尝了生存的辛酸与艰难,目睹了巡警、裱糊匠、洋车夫等北平各种下层人民的种种不幸。而这种特殊的在贫民窟里挣扎出来的生命,以及深有体验的城市下层市民生活,就成了他日后创作的主体。

第二,人道主义思想,成为他们描写小人物的情感共鸣。正是由于两位作家有着相似的生活环境,贫困的生命历层,才使他们描写这些小人物时,表现了对他们的深切关怀,流露出关心人民疾苦的人道主义情怀。狄更斯坚持从人道主义立场出发,对各种丑恶的社会现象及其代表人物进行揭露批判,对劳动人民的苦难及其反抗斗争寄予同情和支持。但他又反对暴力革命,希望上层社会进行一些改革,反映了他思想的矛盾性。在《双城记》中,狄更斯人道主义出发,真诚地同情劳动人民所受的苦难,愤怒地揭露了封建贵族的恶行,他笔下的乡村是一个萧条的地方,而贫困的原因不是土地的贫瘠,更不是农民的懒惰,而是统治阶级残酷的剥削,封建贵族用各种苛捐杂税压榨农民的血汗。不仅农村如此,城市的居民也过着同样悲惨的生活。一边是下层人民的悲惨贫苦,一边是那些贵族老爷们的穷奢极欲的生活。狄更斯不仅描写了贵族地主在经济上对劳动人民的剥削,而且揭露了贵族对人民欺凌的种种罪行:埃弗瑞蒙德侯爵是一个极端荒淫的恶徒,他为了抢到德伐日太太美丽的姐姐,不惜将她的丈夫折磨致死。而后将她的弟弟刺死,致使这位年轻的少妇不堪凌辱而死。马奈特医生目睹了这家人家破人亡的过程,愤然写信向朝廷大臣控诉,但被埃弗瑞蒙德发现。于是这位医生被关进了巴士底狱整整十八年,出来时已成为形容枯槁的活尸,一架只会埋头做鞋的机器,完全丧失了理智和感情。在这里可以看到狄更斯对底层人民的同情,希望他们能过上幸福的生活,但他又反对暴力革命。《双城记》里所描写的1789年法国人民攻打巴士底狱的斗争场面是可歌可泣的。但随着革命的一步步深入,特别是1792年,群众革命运动进入高潮,暴怒的人民群众进一步向贵族阶级讨还血债。后来连法国国王路易十六和皇后都被送上了断头台,愈来愈猛烈的革命风暴吓坏了狄更斯,他对革命群众大规模镇压反革命的态度改变了。他把法国群众看作是"可怕的魔法所招引的",

把革命者描写成杀人成性的刽子手、吃人鬼，他们狂奔在一面红旗下，变成野人了。比如写德伐日太太，作为一个受压迫的下层妇女，作家用大量笔墨去描写她的凶狠、可怕、冷酷无情，以及为了复仇不惜殃及无辜的变态心理，最终她在读者中失去了同情。由此可见狄更斯在小说中表现的是既同情下层人民又反对暴力的人道主义思想。狄更斯这种人道主义思想在老舍的作品中也有表现。老舍对下层人民同样怀着人道主义情怀，他在暴露黑暗社会，鞭挞坏人恶人的同时，对底层人物赋予深切的同情与关怀。《老张的哲学》里的老张作恶多端，他既办学又经商，放高利贷逼死人命，活活拆散两对青年男女的婚姻。作者讽刺鞭笞了老张这位土绅士的罪行，而对受老张迫害的无辜穷人，则怀着深厚的同情。老舍在小说里将人物分成好人与坏人，好、坏形成鲜明对立，这种好人与坏人阵线分明的形态，在他以后的小说中一直保持下来。他在《我怎样写〈老张的哲学〉》一文中说"我恨坏人，可是坏人也有好处；我爱好人，而好人也有缺点……我只知道一半恨一半笑的去看世界"①。这种温情的人道主义显然受了狄更斯的影响。但是，老舍与狄更斯不同的是，他既保持与暴力革命的间隔、距离，又从市民立场出发，用好人惩治坏人，以实现除暴安良的社会理想。所以到《赵子曰》里，热血青年李景纯便去刺杀军阀贺占元了，他主张用暴力手段去惩治坏人，他说了这样一段话："我常说，救国有两条道，一是教民，一是杀军阀；——是杀！我根本不承认军阀们是'人'，所以不必讲人道！现在是人民活着还是军阀活着的问题，和平，人道，只是最好听的文学上的标题，不是真看清社会状况有志革命的实话！救民才是人道，那么杀军阀便是救民！"这是老舍借用李景纯之口，说出了自己与狄更斯反对暴力的温情的人道主义的不同处。

第三，狄更斯批判现实主义的创作方法，为老舍所接受，进而形成了老舍式的严格、客观的现实主义创作原则。狄更斯所生活的维多利亚时代，经常被描述成一个歌舞升平、井然有序的太平盛世，然而隐藏在这背后的却是资本家积聚财富，大批小资产阶级分子被打入贫困的地狱，更广大的无产阶级在严酷的剥削下已经到了无法维持奴隶生活的地步，资本主义文明的矛盾已显露出它残酷的全部真相。因此在狄

① 老舍：《我怎样写〈老张的哲学〉》，《老舍文集》（第15卷），人民文学出版社1990年版，第166页。

更斯的小说世界里，他始终以暴露资本主义社会的丑恶现象为主体。他的《匹克威克外传》深入社会制度层面揭露了当时英国政治制度、司法制度、教育制度、福利制度、宗教制度的伪善和吃人本质以及债务监狱的残酷现象。《老古玩店》揭露了高利贷暴发户的凶狠，讽刺了律师的制造假证、栽赃陷害，司法界的腐败、黑暗和法官的胡审乱判等。《荒凉山庄》则集中抨击了司法制度和贵族昏庸没落。老舍生活在半殖民半封建的旧中国，社会黑暗腐败，坏人横行霸道，下层人民受尽欺凌虐待。正是这样的社会环境，迫使他将自己亲历和目睹的种种苦难和不平用笔写出来，从而彻底地揭露和控诉旧的社会制度对人性的摧残和扭曲。如在《老张的哲学》中，他描写了民国八、九年至十一二年间所亲历的人和事，展示了北京各阶层市民的生活及精神状貌。主人公老张是一个无恶不作的无赖恶棍。他信奉的是"钱本位而三位一体"的人生哲学，他不学无术而办学堂，巧立名目剥削学生。他办学又经商，他的杂货铺子里上自鸦片下至葱蒜什么都卖。他还放高利贷，逼债逼死人命，活活拆散两对青年恋人婚姻，致使少女李静郁郁而死。就这样一个恶棍，最后竟然升任教育厅厅长！老舍用讽刺幽默的笔调揭露了官场老爷们的丑恶嘴脸，批判腐朽的教育制度。

《赵子曰》写的是住在北京"天台公寓"的一群学生的灰色生活。他们胡吃，闷睡，瞎起哄，整天过着浑浑噩噩的日子。这些学生又以赵子曰为中心，他成天消磨在筵席之上，划拳酗酒，醉生梦死，不好好读书，打架闹事，国民劣根性在这群学生身上暴露无遗。《二马》在比较中国人与英国人的不同处，既批判了老马这类老中国国民的愚昧、守旧、昏庸等国民思想弱点，又极端反感于英国人的民族自大狂以及对中国人的民族歧视，从而表达了作者期盼民族复兴的思想。《猫城记》则以寓言形式的写法，从政治、经济、文化、教育、军事、外交等多方面，彻底、系统、深入地暴露和批判了旧中国的黑暗腐败。整个三四十年代，老舍对旧社会、旧制度的批判更加深刻有力。

第四，在塑造人物的方法上，老舍与狄更斯有诸多相似之处。他们往往一开始就概括地介绍出人物的性格特征，并使之定型。性格一经确定，便前后贯穿，反复强调，多方铺展乃至用漫画式的方法加以突出。他们把人物放到一个个不相同的情境中，但人物在任何地方都表现着同一性格。在他们的作品里，情节的拉长不在于刻画人物性格的各个方面,而在于重复性格的同一方面。首先他们都善于利用人物的语言揭示人物的性格。老舍和狄更斯常常让人物用外表庄严的口气叙述琐屑荒唐的小事,人物的语言都是高度个性化的。《老张的哲学》中南飞生的语言无疑有着《匹克威克外传》中骗子金格尔的影子,试比较以下两段话即可印证。

　　《老张的哲学》中的南飞生走上讲台,向大家深深鞠了一躬:"鄙人,今天,那么,无才、无德,何堪,当此,重任。"台下一阵鼓掌,孙守备养着长长的指甲,不便鼓掌,立起来扯着嗓子喊了一声,"好!"

　　《匹克威克外传》中的金格尔:"……你应该养狗呀——我从前有条狗……有一天去打猎——进围场的时候——盯着一块牌子——一看,牌子上写着'猎场看守人奉命,凡进入本围场之狗,一概打死'——狗不走了——奇怪的狗——有价值的狗——好极了"。——"真是难得见到的事情"——匹克威克先生说——"请允许我把它记下来……"。

这两个人物的形神兼似之处,既表现在他们因过份抑扬顿挫而割断了的句式中,又表现在他们无聊的内容和严肃的态度,卑鄙的目的和高尚的语言的矛盾中。

老舍和狄更斯又擅长借助人物言行举止的习惯怪癖来表现和突出人物性格特征。狄更斯在描绘这个或那个人物时,常常强调某一典型细节或某一典型情节,然后将它重复到底。这样的重复使他的人物形象显得特别准确而鲜明,长久地印在读者的记忆里。老舍也像狄更斯那样抓住人物的习惯性言谈举止,反复出现某一用语及人物身上的某一记号、特征,如《老张的哲学》里老张的眼睛总是盯着金钱,孙八总是说"辛苦辛苦";《赵子曰》中的武端总是打听和扩散"秘密",开口必是"你猜怎么着";《离婚》中的张大哥总是说媒;《黑白李》中的车夫王五"头上有块疤";《骆驼祥子》祥子颧骨与右耳之间也"有一块不小的疤";等等,以此加深读者对人物形象的印象。

老舍和狄更斯往往用漫画式的文笔刻画人物肖像,突出人物的外表特征,他们都善于抓住人物喜剧性的外表用谐谑幽默的语言,给予淋漓尽致的描绘,从而动态浮雕式地显示人物的风采。狄更斯在《艰难时世》里写葛雷硬的额头"四方笔直像一堵墙壁一般",头发"竖在那秃头的边缘,好像一排枞树,挡住了风,使它不致吹到那光溜溜的脑袋上来"。《匹克威克外传》写瘦绅士"机伶的小黑眼睛不断地在好事的小鼻子两边溜着眨着,像是跟鼻子在玩着永久的'捉迷藏'的游戏"。这样的谐谑幽默笔调在老舍的小说中常见不鲜。比如《老张的哲学》中写老张是"两道粗眉连成一线,黑丛丛的遮着两只小猪眼睛。一只短而粗的鼻子微微向上掀着,好似柳条上倒挂的鸣蝉。一张薄嘴,由下嘴唇往上翻着,以便包着许久失修渐形垂落的大门牙,因此不留神看,最容易错认成一个夹馅的烧饼。"《赵子曰》里刻画赵子曰是"鹰鼻子"、"母狗眼"、"八戒嘴"。五官的不合比例加上奇特的比喻和谐谑夸张的语言,突出了人物的奇形怪状,显示了人物的性格,也创造了幽默的艺术效果。

老舍和狄更斯甚至在人物名字的挑选上,也都比较斟酌各种不同的名称并赋予这些名字一定的艺术上的意义,企图通过人物名字本身直接或暗示人物的道德风貌、性格特征。信口开河的骗子金格尔可译为"叮当声",不学无术的赵子曰却偏取个《论语》上的雅号。在狄更斯的《马丁·瞿伟述》中,伪君子俾克史涅夫给自己两个远非软心肠的女儿取名为"慈悲"和"仁爱",老舍短篇小说《善人》几乎是移用了这一细节,并不善良的汪太太被称为善人,她给受尽自己虐待的两个使女取名为"自由"和"博爱"。老舍在《老张的哲学》里给毫无道德可言的老张取名张名德,其实老张哪里是什么名德。《离婚》中的张大哥、吴太极、方墩太太,《骆驼祥子》中的骆驼样子、虎妞,这些富有特征的名号,除了加强形象性外,还起到了暗示他们性格特征的作用。

(二)老舍对狄更斯小说叙事结构的接受与超越。结构作为文学作品形式构思的基本内容,是测度艺术家叙事技巧、构思才能的重要标尺。中外古今优秀作家都十分重视作品的叙事结构,总是在结构的新巧多样上不懈追求,如同刘勰所说的"执术驭篇,似善奕之穷数"①。老舍也不断追求小说叙事结构的创新,形成其叙事形态的多

---

① 刘勰:《文心雕龙·总术》,《文心雕龙》,上海古籍出版社2008年版,第89页。

姿多彩,结构方法的多种多样。由于老舍对历史和生活的熟悉,文化知识的渊博和文学造诣的精深,再加上他有独特的思路和艺术视野,因此使他的小说叙事结构方法摇曳多姿,显示了他构思的高度才能和独特风格。

老舍初期的小说创作受了狄更斯小说叙事影响。狄更斯初期作品属于西欧流浪汉小说的编织体系,这种小说编年顺序的写法在当时颇具代表性。事件是一个接一个发生,每次历险都是一个小事件,成独立的故事,而所有这样的故事都由一个主人公串起来。用主人公串故事这种叙事方式很适合老舍表达内容的需要。《老张的哲学》写的是民国八、九年至十一二年间作者所亲历的人与事。"在人物与事实上我想起什么就写什么,简直没有个中心"。"人挤着人,事挨着事。"①小说里的人物、事件是比较多的,老舍说它没有一个"中心",是指没有统一的贯穿到底的故事情节,其实它是以主人公老张的活动为"中心",其他人物的出场离去都与老张发生关系,尤其是王德、李应等人与老张的矛盾不断激化,使情节的发展曲折、波澜,最后两章在各种矛盾日趋解决的情势下,交代了每个人的结局。开头与结尾留有中国传统小说尤其是说唱文学的影响,中间叙事方式与狄更斯的《匹克威克外传》颇为相近。

《老张的哲学》采取狄更斯《匹克威克外传》式的以人物为中心的向心结构方式。同是以人物为中心的向心结构,《赵子曰》又加进了狄更斯"情节剧式的母题",因而在情节的心理感应上,增添了一些隐秘的色素,比《老张的哲学》"显着紧凑了许多"②。《赵子曰》"以一个王女士为枢纽,却不出面。虽不出面,但书中人却常常提到她,虽提到她,却总未说破,她是怎样的人。象闷葫芦一样,直到末章才揭开了,由她给李景纯的信里,叙出她的身世。这样达到了极点,一切都有了着落。"③结尾"点破",一切都有了"着落",这也属于有头有尾的,但它的结尾与《老张的哲学》不同,是用点破原来奥秘的方式,交代几个人物的结局。像这样采用各种技巧把小说导入"情节剧式的母题中去"的方式,也是受狄更斯的影响。比如在狄更斯的小说里,常常能见到这

---

① 老舍:《我怎样写〈老张的哲学〉》,《老舍文集》(第15卷),人民文学出版社1990年版,第166页。
② 老舍:《我怎样写〈赵子曰〉》,《老舍文集》(第15卷),人民文学出版社1990年版,第172页。
③ 朱自清:《〈老张的哲学〉与〈赵子曰〉》,《朱自清文集》,大众文艺出版社2005年版,第287页。

样的情节:被认为死去的人复活,孩子的生父最后被证实,神秘的保护人原来却是一个罪犯,等等。这些情节本身具有戏剧性,读者原先并不知道其中的奥秘,只是随着作者的层层深入描写,最后才被点破。《老张的哲学》和《赵子曰》属于生活型的小说,有一定的故事性、情节性,按时序发展情节,有头有尾,显然也受了传统小说的写法的影响。

如果说《老张的哲学》《赵子曰》以借鉴西方现代小说叙事结构为主,容纳了传统小说的叙事成分,那么,后来的发展,则有时在"现代"上加强,有时又在"传统"上着色。前者如《二马》,采取双线结构,以老马为中心联络一帮人,组合成一条线,以小马为中心联络一帮人,又组合成一条线。双线平行,时而交接,互相推进,不断向前发展。老舍在写《二马》时,先在心中筹划好了故事的全局,然后采用倒叙手法,人和事的安排有了限制性,"不能再信口开河",这是他"'求细'的证明"①。他这时不只学狄更斯的一条路子,而是从多方面接受外国文学的影响,对待故事的编织态度及其方法,他觉得"象康拉德那样把故事看成一个球,从任何地方起始它总会滚动的","二马"的活动即象一个滚动的球,将马威离开伦敦提到前面来写,时空观念发生变化。后者如《牛天赐传》,它写的是"小资产阶级的小英雄怎样养成的传记",从天赐出生写到二十来岁,按时间的顺序,与我们传统记文学的写法有些相似,但不是以编年史的方法,年年记载,岁岁分叙,而是"以全力表现一种环境和一个性格"②。事件的安排,人物的出离,都为展示主人公的性格,事多而不乱,富有连续性。

老舍写小说始终是因人取事、事随人走的。他思考的重点是人,是人的思想感情、精神世界的变化,这就给他的生活型的小说增添了心理型的因素,后来逐渐发展成生活心理型的形态,《骆驼祥子》是这种形态的代表。作者对主人公的命运前途的思考更加精细,克服了以往受狄更斯影响的"向心结构"上的不足,创造了多层次心理结构艺术高峰。老舍说祥子的故事在他心中"酝酿的时期相当的长,搜集的材料相当的多","所以一落笔便准确,不蔓不枝,没有什么敷衍的地方"③。在充分占有生活材料的基础上,进行构思酝酿,确定以车夫祥

①老舍:《我怎样写〈二马〉》,《老舍文集》(第15卷),人民文学出版社1990年版,第173页。
②毕树棠:《牛天赐传》,《宇宙风》1936年第26期。
③老舍:《我怎样写〈骆驼祥子〉》,《老舍文集》(第15卷),人民文学出版社1990年版,第207页。

子为中心来写,他说:"我的眼一时一刻也不离开祥子;写别的人正可以烘托他"①。其他人物、事件均围绕着祥子命运、出路来展开,祥子的命运遭遇又紧紧结合着他的心理活动而进行,这就组成了一幕幕多层次的内心生活悲剧。作者先从祥子进入都市拉车写起,开头介绍车夫的派别和祥子的特点,与传统小说、说唱文学的叙述方式相似,但作者并没作过多的铺排,很快进入三起三落的悲剧故事的描述。在叙述三起三落的悲剧故事时,既有传统小说、民间说书的叙述方式,又吸取西方小说尤其是俄国托思妥耶夫斯基小说侧重探索人物心理奥秘的方式。作者按时间的进展,顺着客观事件的衍变描绘祥子心灵生活历程。客观生活的危机,牵动着祥子内心生活的变化,而这个变化始终围绕着一个轴心,这个轴心即是祥子所追求的目的物(车子),对目的物追求由强到弱再到消失,便造成了心理生活的希望、失望再到绝望的变化历程。展示这一完整的心理过程,才能达到"要由车夫的内心状态观察到地狱究竟是什么样子"②的创作目的。《骆驼祥子》叙事结构达到了融"现代"与"传统"为一体的圆熟境界。

老舍在30年代,大量地用人性美的毁灭来探讨社会人生问题,并且努力寻找着在悲哀中探讨社会人生问题的最佳表现形式,他不仅深化了像《骆驼祥子》那样一种情节结构的写实的路子,而且也创造了像《猫城记》《月牙儿》《微神》等情绪结构的象征的路子。它们属于心理生活型小说,注重情绪分析,写的多是愤恨、悲观、痛苦、忧伤的情绪。并且,它们都善于捕捉与叙述者、作品中的人物的情感相契合的对应物,用象征化的手法使情感的表达具有较深的隐秘性。《猫城记》以"我"到火星上探险,"我"的观感,"我"的情绪的衍变为中心网织事物。"我"的情绪的衍变始终沿着一个轨迹:愤恨与悲哀交织发展,达到极点,形成绝望,最后以绝望的情绪写了猫国的彻底灭亡。《月牙儿》抓住女主人公的一条情绪线索,串连起人生的几个片断。并为女主人公遭遇最惨的几个片断捕捉非常适应情感表达的象征物月牙儿,让月牙儿担当了引领女主人公情感变化的角色。同样,《微神》中的"小绿拖鞋"成了"我"的性爱意识流动的牵引物,像这样用情绪结构方式叙事,没有严格的时间顺序,没有故事的连贯,则完全属于现代化的叙事形

---

① 老舍:《我怎样写〈骆驼祥子〉》,《老舍文集》(第15卷),人民文学出版社1990年版,第206页。

② 老舍:《我怎样写〈骆驼祥子〉》,《老舍文集》(第15卷),人民文学出版社1990年版,第206页。

态,与传统的写法相去甚远。

　　与《骆驼祥子》同属于生活心理型小说,《离婚》《四世同堂》则采用了人像展览式的叙事结构。《离婚》把人物拴在"苦闷病"的木桩上,人物在这个"观念"统率下活动着,既有张大哥作"统领",又有老李这个主要人物作贯串,中间围绕救天真组合了比较复杂的矛盾纠葛,最后以李赵矛盾得以解决而老李的"苦闷病"无法解除结束全篇,布局完整,组织严密。其实,《离婚》的结构只是接近于人物展览,还留有初期小说以主人公活动为中心的"向心结构"的"影子"。《四世同堂》用的是比较规格的人像展览结构。它的时间跨度长,写了抗战八年沦陷区人民的生活和斗争。人物众多,事件繁杂。作家用"观念"'(即民族精神)网织人物、事件,选择小羊圈胡同作为人物活动中心,以祁家为描写重点,通过对各种不同人物的精神面貌的展示,让人们看到,亡城北平所经历的惶惑、偷生、饥荒三阶段的民族灾难史,恰恰是广大人民不甘受辱、勇于抗争,由弱到强的心灵变化史。解放后,老舍又用人像展览结构方法写了著名话剧《茶馆》,进一步完善了小说与戏剧的沟通。

　　(三)老舍小说叙事结构的创新。老舍的长篇小说常用第三人称的"向心结构",短篇小说常用第一人称的"我"进行叙述,不管用"他"和"我",作者、叙述者、作品中的人物都能达到高度的和谐统一。在情节的开展、情绪的变化过程中,总能看到"隐含的作者"在那里活动着,作者的情感介入是非常微妙精巧的。先考察第三人称"他"的叙事功能。我觉得老舍用第三人称的向心结构,似乎有意强化以不露面的"我"的立场和口吻来观察和叙述的心理作用。像《断魂枪》用"断魂枪"作联结物,代替了不露面的"我"的功能。二十年前,沙子龙曾拿这把"五虎断魂枪"创造了神枪沙子龙的威名,如今,时代变了,他的武艺"都梦似的变成昨夜"。他只能在夜间独自拿起枪来耍弄几下。他的徒弟王三胜在土地庙开场子,遇高手孙老者。孙老者欲和沙子龙见高低,王三胜也想看看师博的真本领。可是,沙子龙给他带来的是"不传!"的遗憾。全篇三个人物的所作所为,所思所想,都离不开那把"五虎断魂枪"。同样,《眼镜》里用"眼镜"将各个独立事件联系成一个整体。表面看,这类作品是以物为中心网织情节的,而实际上在"物"的后面隐藏了一个"我"的面孔,也即隐含的作者。所以每当沙子龙在夜深人静之时,独自耍几路"断魂枪",那悲凉的气氛总是从隐含的作者乃至作者的胸中抒发出来,因而它能很真切地感染读者。有时不露面的"我"附在物上面;有时附在作品的主人公身上,像《骆驼祥子》;有时附在作品其他人物身上(主要是理想人物)。以"物"和"人"连结了隐含作者和作者,实现了物我境界的合一,使小说具有一定的抒情性。这类小说与传统小说和民间说书艺术不同,作者力避直接露面的简单叙述,而时时注意强化隐含作者的叙事功能。在他的小说里,隐含的作者、叙述者的情感活动,基本上形成一个比较固定的模式,即开始好象不动声色,带有说书人的那种味道,中间逐渐加强情感色彩,最后形成情感高潮。《骆驼祥子》开头介绍北平的洋车夫派别,目的是为了引出祥子,叙述者是不动声色的,就象全书开篇那一段话:"我们所要介绍的是祥子,不是骆驼,因为'骆驼',只是个外号,那么,我们就先说祥子,随手儿把骆驼与祥子那点关系说过去,也就算了。"说得倒挺轻巧,开头写祥子的理想追求和拉车奋斗的情景,笔调也比较轻松,但随着祥子遭受一连串的打击,叙述者的情感就不那么轻松了,悲哀、痛苦、怜悯之情越来越浓,祥子彻底堕落,作者则以充满同情的诅咒结束全书。短篇小说《新韩穆烈德》,1至6段交代叙述田烈德本人的思想性格及家庭情况,叙述者与主人公的情感还比较松缓。7至12段,当作者用田烈德的眼光写他回到家里的所见所闻,以显示田家果店的衰败情景时,叙述者、作者的情感浓烈起来了。由这样的情感波动,才深刻揭示了田家果店的衰败是由于"经济的侵略与民间购买力的衰落",才深刻揭示了田烈德的理想与现实的复杂矛盾。可见,作者向隐含的作者、叙述者、作品中的人物的情感投入是步步深入的,大体上呈金字塔式的形状,层层升高,最后达到顶端。

　　下面考察第一人称"我"的叙事功能。在第一人称的小说里,作者、隐含的作者、叙述者又都附着在"我"上画,"我"直接露面,作为小说中的一个人物而充当叙述人,以露面的"我"作为视点进行观察、叙述,这在老舍短篇小说中是比较普遍存在的现象。像《赶集》《樱海集》《哈藻集》共收三十二篇小说,其中以第一人称的"我"写成的就有十四篇。这类小说与第三人称的小说不同,它们的隐含作者和叙述者的情感渗入是波澜起伏的,有的一开始就切入情感的激流,形成波涛,然后一浪一浪推进,有起有伏。根据隐含作者或叙述者在作品中所占的位置,我们又可似将这类用第一人称叙述的小说分为以下几类。

　　第一,"我"的情感衍变与象征物的契合统一。如前所述《月牙儿》《微神》《阳光》等小说以主人公"我"的命运、情感变化为线索,串连起人生的几个片断,并为这几个片断捕捉非常适应情感表达的象征物,让象征物担当引领主人公情感变化的角色。《月牙儿》写女主人公七岁时,父亲去世,家境凄苦,给她带来了无限悲伤,所以她看到的月牙,都带着"寒气",充满着"酸苦","月牙儿照着我的眼泪!"一开始便切入了女主人公悲伤的情感世界。当女主人公随着妈妈离开住惯了的小屋,要到新爸那里去时,她的悲苦情感里又渗进了命运难测的"可怕"与担忧。新爸走后,妈妈当了暗娼。"我"的悲苦情感不断加深,且增加了对妈妈的可怜与厌弃。"我"不能像妈妈那样生活,不能让妈妈用那样的方式来养活"我"。自从女主人公和胖校长侄儿接触后,原先的悲苦、凄哀的情感似乎有点松缓,产生了一种由性爱带来的新鲜感和希望感,因而此时出现的月牙儿,不再像原先几次充满冷气、寒气、冰似的痛感色彩,而透露出一点希望之光,但这"希望"迅即消失,"月牙儿忽然被云掩住",她被骗失身后,心灵的创伤增加了悲哀与凄凉的情感。这种情感再向深处发展,使她悲苦到了极点,不得不走妈妈的老路,"上市"出卖肉体。当了暗娼的"我"的悲哀情感里,又加进了愤世的情感。这种愤世的情感喷发出来,变成了对人生的有力诅咒。"女儿已是个暗娼,她养着我的时候,她得那样,现在轮到我养着她了,我得那样,女人的职业是世袭的,是专门的!""这个世界不是个梦,是真的地狱。"悲哀与愤恨情感的合流,组成了全篇情绪发展的高潮。小说可以到此结束,但作者又给它续了个尾声。这个尾声是女主人公情绪经过压抑,由高潮进入缓流时出现的。"我"被关进了监狱,又看见了"我"的"好朋友月牙儿",使"我想起来一切"。月牙儿最后出现,不仅与开头呼应,而且又勾起女主人公的万千思绪,也引起读者的联想,把首尾呼应的月牙儿与中间几次出现的月牙儿连结起来进行思考,正好应验了女主人公自己的话,"我心中的苦处假若可以用个形状比喻起来,必是月牙形的。它无依无靠的在灰蓝的天上挂着,光儿微弱,不大会儿便被黑暗包住。"月牙儿成了女主人公悲苦命运的象征,是连结"我"的情感的纽带。同样,《微神》在"小绿拖鞋"的牵引下,展开了"我"的凄哀、感伤的"初恋的梦"。小说也写了女主人的悲惨遭遇,满可以用情节构造的方式把它们编织成一个完整的故事,但老舍没有那样做。他用男主人公"我"的情绪的波动,断断续续地把女主人公的遭遇吐露出来,没有严格的时间顺序,没有故事的连贯。在这类情绪结构的小说里,老舍将象征主义引进来,使它与现实主义相融合,消融了内在世界与外部表现之差,使小说既具有强烈的现实精神,又增强了内在的心理容量。早就有人指出:《猫城记》运用"象征表现的手法","于神秘的外衣里,包含着现实的核心"①。作者用象征物寄托情感,没有一处含"非现实"成分。《猫城记》里的"我"担当串线领情的角色,里面的象征物是在"我"进入梦幻世界的观感中出现的,处处有影射,"我"不是作品里的主角,作者可以让"我"站出来大发感慨以表达他的情感。在《微神》《月牙儿》里,作者则把自己隐藏起来,极力控制自己的情感,让情感自然地融入主人公的内心世界,以主人公的情绪变化来观照外界的容观事物。象征色彩更浓一些,但也没走上纯心理分析的道路。

第二,由"我"作为主要人物的自述。《我这一辈子》是属于由主要人物进行自述的典型篇章,与《月牙儿》《微神》等作品不同,它采取的是情节结构方式。"我"是作为主人公的旧巡警,出身贫苦,十五岁学裱糊匠手艺,出师后,成了街面上的人,"年轻、利落、落得场面。"二十岁结婚,二十四岁生一男一女,可"我"的妻被人拐走。"当时我怎样难过,用不着我自己细说。"又一次严重的人生打击,使"我"改了行,当上了"臭脚巡"。"我"遭受别人欺压,"我"也亲眼看到许许多多人欺负人的惨剧,最使人惊心动魄的就是那次"兵变"给人民造成的巨大灾难,明明是上边事先布置好的,让辫子兵们夜里出来杀人放火抢铺户,借以镇压人民革命。警官们心里早就有了数,可就不告诉下边的巡警们。"我"被派站在街上出"勤务",差一点送了命,"我"忍辱偷生,做牛做马,混了几十年,到头来连巡警也当不了。"我"一生充满着悲哀,"我"强烈地诅咒旧世界,"我"还希望在"我"的诅咒中,世界能"换个样儿"。小说从"我"的直观感受出发,由事件挑起内心情感变化,又由情绪的波动去组合新的事件。这种由主人公作为贯穿始终的视点人物,采用由外而内,由内而外的写法,便于多层次地刻画人物心理活动。如果不采用这种叙述方式,改用第三人称的"全知全能"的叙述,象"兵变"那样的惊心动魄的场面,尤其是主人公由"兵变"而掀起的心理活

① 王淑明:《猫城记》,《现代》1934年第4卷第3期。

动、情感变化,那种由愤世、恨世的心态而激发出来的骂世、咒世的特殊言语,就不可能写得如此细腻,真切。

第三,由"我"作为次要人物的侧叙。像《热包子》《爱的小鬼》《歪毛儿》《黑白李》《大悲寺外》等篇中的"我",主要承担故事叙述者的角色。"我"与作品中主要人物的关系,或同学,或同事,或朋友,对他们都有深切的了解,所以能借助"我"的眼光,去写他们的言谈举动。《马裤先生》《牺牲》《柳屯的》等篇讽刺性较强,"我"与主人公形成情感对立关系,这就有利于将笔端深入到讽刺对象的内心世界中去。《马裤先生》中的"我"是主人公所作所为的目睹者,他一上火车,十来分钟内,一连喊了四五十声"茶房",甚至睡着了还不得让人安宁,还一个劲的喊"茶房"。对此,"我"非常痛恨,怀着这样的感情,活画了一个极端利己主义者、庸俗者的丑恶嘴脸。同样,《牺牲》里对毛博士的洋奴思想,《柳屯的》对"柳屯的"泼悍、霸道,都由"我"出面作了彻底否定。"我"可以自由地抒发感受,发表议论。《大悲寺外》由"我"到离大悲寺外不远的黄先生墓地写起,从途中所想起的黄先生的人生几个片断,到墓地遇丁庚,最后离开这块墓地,都是在"大悲寺外"的悲凉气氛中述说着人生的隔膜的。"我"的情绪与大悲寺的气氛以及黄先生的遭遇融为一体。这里的"我"不仅是事件的目睹者,而且是道德的评判者。《黑白李》中的黑白李始终未打照面,用一个"我"把时写黑李、时写白李的情节线串起来。开头写黑李为白李作爱情上的牺牲,把他们同爱的一个女性让给弟弟。继之写白李并不因此而感激他的哥哥,他走自己的路,为车夫生计着想,准备砸电车轨道。第三段再写黑李,他打听弟弟的"计划",要为弟弟牺牲。第四段借车夫王五的嘴,向"我"述说了白李砸电车轨道的事。最后写黑李替白李牺牲了生命。小说中形成的黑李和白李这两条线,发展到后面,出现一明一暗状态,白李的"革命"是暗线,黑李的牺牲是明线,两条线都是由"我"搭起来的。此外,像《开市大吉》《柳家大院》中的"我"都是小说中不可缺少的人物之一,"我"不仅担当叙述的任务,而且成了里面的一条独立线索。总之,这类以第一人称"我"作为叙述形态的小说,作者与叙述者实现了较完美的统一,加强了作者与人物、作品与读者之间的情感交流。

是的,文学作品是以情感人的,小说也不例外,但小说与诗歌、戏剧的情感表现方式又不一样。它主要通过作家在叙述故事时自然而然地掺进主观情感,而那个情感还不能让读者感到是作者的有意介入,必须通过隐含的作者或叙述者发挥作用。如上所述,老舍小说不管通过"他"或"我"的眼光和意识来讲述故事,都非常重视隐含作者或叙述者以情感网织情节、连结人物的作用。只不过在那些以"他"的眼光和意识进行叙述的篇什里,情绪隐藏得比较深邃,而在那些以"我"的眼光和意识进行叙述的篇什里,情绪表现较强烈。所以我们读老舍的小说,无论是长篇或短篇,无论用的是一人称或是三人称,都会感到幕前或幕后有一双作家的眼睛,注视着人物的一言一行,注视着整个事件的发展进程,他用他的态度、情感去感染读者,让读者心甘情愿地跟着他的情感去转动。

　　老舍小说不追求史诗式的宏伟,也不擅长写大的社会斗争场面,而擅长在日常生活的描写中展示人物的性格和冲突。他的小说的叙事结构具有自然、单纯、朴素美的特点。他开始写小说并没有对结构布局作完整的考虑,只是把浮在记忆里的人与事随意写出来,随意性大,当然就显得松散,但它也有好处,就是可以发挥小说家的特长,随时穿插情节,给读者带来新鲜感、灵活感。不以严谨见长,而以天然浑成取胜,不争奇斗巧,而逼近生活的原色。自《二马》始,他的结构开始严谨起来。后来的创作,都能做到:事前有统盘考虑、周密安排,提笔不信口开河。他在自然、朴素中求严谨,像《牛天赐传》《离婚》《骆驼祥子》均具有这种特点。即使到《四世同堂》人物关系非常复杂,人多事繁,但作者确定以小羊圈胡同为中心,以祁家为描写重点,显示出在复杂中求单纯的特点。老舍善于将人物放在日常的家庭生活的普通场景中,从人物个人生活的各个方面去描写他,把分散的部分连成一个完整的统一整体。他的小说有时也出现一些社会事件和政治斗争,像《离婚》里涉及的张天真被捕,《骆驼祥子》里阮明的活动,但没去正面描写事件的本身,而是写这些事件在小说人物心理上产生的影响,在情绪上引起的变化。比如《四世词堂》里祁家一家人在听到上海"八·一三"抗战的消息后,兴奋地包饺子进行庆贺,大事件是从普通市民人物的生活琐事中透视出来的。所以,在叙事方式,事件的组合,人物关系的安排、处理等方面都能显示自然、朴素之美。当然,同是追求自然之美,老舍与巴金不一样,巴金偏重于抒情,老舍偏重于叙事,他善于讲故事,善于把一个个幽默的小故事编织起来,这使他接近于传统,为广大市民读者所喜爱。老舍讲述故事,不仅自然、朴素,而且高度的简洁。他在谈小说创作的时候说过:"一件事必当有个特别时间,唯有在此时间内事实能格外鲜明","如大跳舞会,赶集,庙会等"①。他在《正红旗下》的结构布局上,选取了少数的几个最有特色、也最为方便的时间与场景:出生(正赶上阴历腊月二十三过小年,又是有名的戊戌年),洗三,过年,满月。这很像电影的艺术手法,四个大场面,就好比全景镜头,之后又有分镜头和特写镜头,每个镜头都有色彩、声音,图画和形象。因为正赶上逢年过节,所以便于描写礼俗与风尚。《四世同堂》写了整整一条胡同的居民,它涉及十七、八个家庭和一百三十个人物,形似一个庞杂的社会,结构规模在老舍所有小说中是最宏大的了,但作者巧妙地用"观念"作统率,用"三个副标题,曰《惶惑》《偷生》与《饥荒》",作为一条"红线儿"贯穿下去,"以清眉目",这样就获得了高度的简洁、集中、凝炼、概括。

老舍小说的叙事结构不仅有"俗"的一面,还有"雅"的一面。他虽然偏重于叙事,但也很注重将情感自然而然地融入他所描写的人与事中,他的小说也不乏诗的意境美的创造。这种诗的境界的创造,有的是属于作者或叙述者直接抒发内心感情。这时,主观情感与描述的客观对象,美的情操与美的艺术画面互相交流,读者被强烈感染,在心底唤起作者曾经体验并通过小说传达出来的那种情感,进入一个诗的境界。像《老字号》里写三合祥大徒弟辛德治在钱掌柜走后,因周掌柜丢掉"老字号"的经营方式,他感到不满,怀着恋旧情绪,对此,作品中有一段抒情文字:"辛德治要找个地方哭一大场去! 在柜上十五六年了,没想到过——更不用说见过了—— 一三合祥会落到这步天地! 怎么见人呢,合街上有谁不敬重三合祥的?"他想想三合祥以往的历史,"这个光荣的历史,是长在辛德治的心里的。可是现在?"现在,他充满了悲哀,是由怀旧而带来的悲哀。这是一种感情的世界,是诗的世界。当然,像这样直接抒情,更多的地方是以叙述人的角色"我"来承担的。《月牙儿》一开始就写:"是的,我又看见月牙儿了,带着点寒气的一钩儿浅金。多少次了,我看见跟现在这个月牙儿一样的月牙儿,多少次了。"用"我"的口吻直接抒情,使读者感到格外亲切。另外,老舍还

---

① 老舍:《景物的描写》,《老舍文集》(第15卷),人民文学出版社1990年版,第243页。

常让抒情自然而然,了无痕迹地融化于对人物、景物的描写中,以达到
"意与境浑"的境界。《微神》用融情于景的手法,创造出诗的境界。《微
神》是小说,但又是一篇非常优美的抒情诗。

如果说老舍用加强叙述者情感力量的方法创造诗的意境,那么,
为了使意境更为深远,他又在情与意中加进理与智的成分,让理智控
制情感,用道德力量支配情感力量(主要指后期创作),这样就使他的
叙事技巧与道德发生联系,在实现技巧完美的同时,又达到了用正确
的道德观念去感染、净化读者心灵的目的。作者要进行道德审视,就
得在叙述者的"意"里加"理",而"理"要靠议论来阐明,所以高明的小
说家都善于用议论阐明道理,把议论作为叙述技巧中不可缺少的成
分。老舍也非常重视议论的审美选择,他把议论作为小说中事件的一
部分,从不让议论游离于事件、人物之外。比如戏剧化的议论,就是让
小说中的人物对事件、其他人物或自身进行评论,像《牺牲》里让"我"
对毛博士的"美国精神"非常厌恶而产生的议论,《柳屯的》"我"对泼悍
的夏家媳妇"柳屯的"产生不满情绪而发的议论,都增加了批判、讽刺
的力量。《骆驼祥子》运用精辟的议论,具有更高的审美价值。比如孙
侦探敲诈祥子时,祥子内心活动很强烈,作者借此发表的议论,而这里
议论的文字也即心理刻画的文字。明明是作家在叙述,在议论,但读
者却感觉不到,像跟着作家在他的主人公内心世界参观游览似的,使
人忘返。老舍还擅长让叙述者通过特殊的场面引起心里的波动,然后
用人物的心理感受发表议论,像《我这一辈子》中写旧巡警"我"在街上
值勤,亲眼看到辫子兵搞兵变杀人放火抢东西的情景所发的议论,即
便如是。老舍用各种议论,不仅增加了以"他"和"我"的情感进行叙述
的理性色彩,而且也起到了用某种价值尺度去造就读者的审美判断的
重要作用。

老舍有时把叙述者变成与他所讲述的人物同样生动的人物,让他
们每句言词、每个动作能起到讲述的作用,以便告诉读者必须要知道
的东西。在那些以"我"的眼光进行观察和叙述的小说里,"我"基本
上被戏剧化了,不仅起到了推动情节发展的作用,而且被作为一个活
生生的艺术形象出现在作品里,具有独立的思想意义。以《马裤先生》
为例,"我"、茶房与马裤的情感对立,就富有戏剧性冲突。后来作者将
它改编成独幕剧《火车上的威风》,"我"变成两个人物,一是五十来岁

的商人奚先生,一是三十多岁的某部的一位科长孟先生,他们和茶房一起与马裤形成情感对立,从而发生矛盾冲突,推动剧情开展。此外,像《柳家大院》《大悲寺外》《柳屯的》等小说中的"我",都与作者描写的主要对象发生矛盾冲突,"我"的戏剧化叙述效果也非常明显。是的,老舍有不少小说与戏剧是沟通的,都可以改编成独幕剧或多幕剧或影视剧,后来老舍写话剧时,还保留了小说家善于穿插故事情节、组织矛盾纠葛的特点。可见,老舍不仅创作了诗化的小说,而且也创作了一些富有戏剧性的小说,由这些小说形成他创作的高雅的一面。而另一方面,他的小说又具有通俗性,因为他反映了市民社会生活,在具体描写过程中,隐含的作者、叙述者始终没有忘记他的拟想的读者——市民、民众,再加上叙述人又能熟练地掌握和运用市民化了的通俗幽默的民间语言来讲述故事,故能博得广大市民、民间读者的热爱。

二、老舍与康拉德

老舍在创作第一部长篇小说《老张的哲学》时,就受了狄更斯《尼考拉斯·尼柯尔贝》和《匹克威克外传》的影响。后来,他又系统地读了古希腊文艺,古罗马文艺,中古时代的北欧、英国、法国的史诗,但丁与文艺复兴时期的文艺作品。由读《神曲》而认识了"细腻",但又不忍心放弃粗壮,在这种情况下写完了《赵子曰》。写《二马》时,老舍说:"从'读'的方面说,我不但读得多了,而且认识了英国当代作家的著作。心理分析与描写工细是当代文艺的特色;读了它们,不会不使我感到自己的粗劣,我开始决定往'细'里写。"①很明显,他是受了英国当代作家"心理分析与描写工细"的影响,才决定往"细"里写的。而在英国当代作家中,老舍最崇拜的是约瑟夫·康拉德,他称康拉德是"一个近代最伟大的境界与人格的创造者",从他那里"偷学一些招数",促进了自己艺术上的深化。

康拉德小说的"结构方法迷惑住了"老舍。老舍说:"在我写《二马》以前,我读了他几篇小说。他的结构方法迷惑住了我。我也想试用他的方法。这在《二马》里留下一点——只是那么一点——痕

---

① 老舍:《我怎样写〈二马〉》,《老舍文集》(第15卷),人民文学出版社1990年版,第173页。

迹。"①《老张的哲学》《赵子曰》采取狄更斯初期作品用主人公串故事的结构方式。这种以人物为中心的向心结构,写起来比较灵活,"想起什么就写什么",可以随意穿插,"泼辣恣肆",粗犷潇洒,但有失严谨细致。写《二马》则不同了,老舍受了康拉德的启示,要象康拉德那样,"把故事看成一个球,从任何地方起始它总会滚动的。"②不再采取有条不紊的直线式的按时间顺序的叙述方式,而采取了倒叙的方式,老舍说这是他求"细"的具体表现。是的,康拉德的小说就常常采取倒叙的方法,他极力打破传统小说依照直线的方式按部就班地认识人物、叙述故事,他认为在展示人物时,不应该按时间顺序从生到死平铺直叙,而应该首先从这个人物在某一时刻的经历所给人留下的强烈印象开始,然后在忽前忽后、交叉穿插的描述中使人物形象渐趋完整。譬如《胜利》一书虽然也是从介绍主要人物海斯特开始,但读者对他的性格一时没有清楚的印象,他有许多彼此矛盾的绰号,读者不知哪一个更能确切地反映他的性格,对于他的过去也茫然无所知。小说第一页突如其来地告诉读者,海斯特所经营的煤矿已经失败。然后再回溯他如何当上经理的历史。在小说中间,康拉德又通过小说中一个人物告诉读者海斯特已与一个英国姑娘一起逃跑,然后再倒叙他如何结识以及解救这个姑娘的过程。老舍创作《二马》本来打算分三段写马威进入伦敦后的活动、马威离开伦敦和马威离开伦敦以后的情况。先从中段马威离开伦敦写起,然后再补叙进入伦敦后的情况,再接下去讲马威离开以后的情况。但是我们现在所看到的《二马》并不是原计划中的《二马》,它没有写马威离开伦敦以后的事。就是说,原计划写三大部分,而眼下只写了二段。"在原来的计画中本是'腰眼儿'",现在却成了"尾巴"③。这个"尾巴"正好是开头的两节。《二马》共五章,第一章用了两节文字,写马威和父亲闹翻离开伦敦。第二章开始倒叙一年前马氏父子进入伦敦的情景。第三、四章写他们进入伦敦后的情景,第五章最后的结尾写马威离开伦敦,正好对上了第一章倒叙的内容。采取这种倒叙的方法,表面看似乎没有什么了不起,不就是将马威离开

---

① 老舍:《一个近代最伟大的境界与人格的创造者——我最爱的作家——康拉得》,《老舍文集》(第15卷),人民文学出版社1990年版,第301页。

② 老舍:《我怎样写〈二马〉》,《老舍文集》(第15卷),人民文学出版社1990年版,第173页。

③ 老舍:《我怎样写〈二马〉》,《老舍文集》(第15卷),人民文学出版社1990年版,第173页。

伦敦的两节文字提到前面,后面的情节还不照样按时间的顺序来写?其实不然。当老舍思考着将马威离开伦敦提到前面来"倒叙"时,必然在心中筹划好了故事的全局,"先有了结局,自然是对故事的全盘设计已有了个大概。"这样就使得材料有了限制性,"不能再信口开河",时间观念的变化,是他在艺术上的一个深化,这深化无疑得益于康拉德,"康拉德使我明白了怎样先看到最后的一页,而后再动笔写最前的一页"[1]。

　　康拉德很会说故事,老舍从他那里学了一些说故事的本领,老舍的短篇小说有不少带有传奇气味,与他能把故事说得曲曲弯弯有很大关系。老舍说:"郑西谛说我的短篇每每有传奇的气味!无论题材如何,总设法把它写成个'故事'。这个话——无论他是警告我,还是夸奖我——我以为是正确的。在这一点上,还是因为我老忘不了康拉德——最会说故事的人。"[2]所以在"说故事"且用"说故事"增加作品的"传奇味"上面,两位作家有惊人的相似之处。不用说,康拉德的航海小说所写的是一个个海洋冒险故事,其本身就具有传奇性,而他的丛林小说、政治小说,也都具有现代主义的神秘色彩,这里的传奇与神秘,与他的叙述方式、印象主义的写法有关。以《吉姆爷》为例,如果把吉姆的经历按时间顺序作扼要的归纳,那应该是:吉姆担任帕特那号的大副。这条船在深夜因误触无主漂船而失事。吉姆出于本能的恐惧而跳海逃生,与船长一样,也置满船乘客的生命于不顾。吉姆的跳逃,使他背离了道义的责任,从此落入了无底的深渊。他时时受到良心的谴责,生怕别人知道他的底细。为了隐瞒自己不光彩的历史,为了寻求赎罪,他逃避到东方的某一港口工作,最后作为一家贸易商的代表来到丛林深处马来人的居住地帕妥赛岛。在那里恢复了平静与安宁。他在岛上帮助居民做事、退敌,深得头领的喜爱,获得了"吉姆爷"的尊称。后来与一个半马来血统的女子结婚。不久,一伙以布朗为首的海盗入侵海岛。布朗的作为又引发吉姆想起自己昔日的罪孽。吉姆与布朗达成协议,要布朗一伙退出马来人住地,不料海盗违

　　①老舍:《一个近代最伟大的境界与人格的创造者——我最爱的作家——康拉德》,《老舍文集》(第15卷),人民文学出版社1990年版,第301页。
　　②老舍:《一个近代最伟大的境界与人格的创造者——我最爱的作家——康拉德》,《老舍文集》(第15卷),人民文学出版社1990年版,第302页。

约，杀死了头领的儿子。吉姆因有失众望而悔恨不已，遂主动请求惩罚。最后在头领的枪声中倒下，以死表示他的赎罪和悔恨。小说的结构打破了时间序顺，从吉姆经历的中段开始，最先叙述吉姆在东方港口担任职员一事，而发生较早的事(跳海逃生)一直到第七章才交代，弃船并未沉这一重要事实也是到此时才透露的。康拉德采取这种前后穿插多次往复的叙述方式，目的是要剖析决定吉姆性格的各种影响、动机、情绪与信念。在叙述角度方面，康拉德作了新的尝试，第一部分采用全知叙述方式，以展示主人公的内心深处；第二部分由马罗接过来用第一人称叙述；第三部分以马罗致无名氏函件和手稿的形式出现。像这样变换叙述角度的方式在其他一些小说里也都存在着。在康拉德的小说中，除了以主人公作为透视，采用全知全能的叙述方法外，其中总有一个马罗作为他的替身去进行观察、叙述，这样的写法，老舍认为它"能帮助他给他的作品一些特别的味道，或者在描写心理时能增加一些恍惚迷离的现象，此外并没有多少好处。"而对于他常用两个或两个以上的叙述人来叙述故事，老舍说："据我看，他满可以去掉一个，而专由一人负述说的责任；因为两个人或两个人以上述说一个故事，述说者还得互相形容，并与故事无关，而破坏了故事的完整。"①因此，当我们看到老舍在写《二马》时用了倒叙的方法，留下了受康拉德影响的"一点痕迹"，而在以后的长篇小说里，多用全知叙述方式，叙述人由一人承担，在结构方法、叙述角度上很少能找到受康拉德影响的"痕迹"。和长篇小说一样，在他的短篇小说里，仍有不少篇运用了第三人称的向心结构方式，但在运用第三人称叙述时，作者似乎有意强化了以不露面的"我"的立场和口吻来观察和叙述的心理作用。像《断魂枪》用"断魂枪"作联结物，代替了不露面的"我"的功能，全篇三个人物所作所为、所思所想，都离不开那把"五虎断魂枪"。因此，"断魂枪"有点像康拉德小说中的"马罗"，但它又不是"马罗"，老舍没有把它作为自己的替身去充当叙述人，只是把情感好恶紧紧粘附在"断魂枪"上面，叙述者所承担的叙述任务始终如一。在那些以第一人称"我"写成的小说里，一部分由"我"作为主要人物的自叙，增大了心理容量，加浓了抒情色彩。一部分由"我"作为次要人物的侧叙，除了

---

① 老舍：《一个近代最伟大的境界与人格的创造者——我最爱的作家——康拉得》，《老舍文集》(第15卷)，人民文学出版社1990年版，第302页。

由说故事而带上一些"传奇气味"与康拉德保持相似外,其叙述角度始终不变,叙述人始终由"我"一人承担,不像康拉德那样用两个或两个以上的人叙述一个故事。请看《黑白李》,其故事很简单:黑李、白李兄弟俩,白李上大学,暗中从事革命事业,怕把哥哥拉扯在内,故意与黑李同争一位姑娘,以激化兄弟矛盾,实行分家,各奔前程。可黑李为尽孝悌之道,不愿分家,不仅让"对象",让家产,而且在弟弟身临危境时,主动替弟弟牺牲。黑李死了,白李脱离了危险,仍然在从事"砸地狱的门"的工作。这个简单的故事,却被老舍说得曲曲弯弯,扣人心弦。事件发生的时间顺序与小说的叙述顺序完全一致,叙述人由"我"承担,始终不变。开篇用他们兄弟俩同恋着一位姑娘,拎起矛盾,"明知他俩不肯吵架,可是爱情这玩艺是不讲交情的。"下面重点写了三个场面,借以发展情节,激化矛盾。第一次写"我"在一个初夏的夜晚,到黑李家通过交谈了解到他把那个女的"让给"弟弟了,黑李说"不能因为个女子失去了兄弟们的和气。"第二次还是"我"与黑李的会见。又过了十来天,黑李找"我"来了,他谈到了围绕"让"的矛盾,说白李对他不满,姑娘也埋怨他。第三次写"我"与白李的交谈,从中得知白李之所以和哥哥争对象,是"借题发挥",故意捣乱,制造矛盾,和黑李分家,好实行他的"计划"。到这时候,"我"明白了同时读者也明白了白李为何要"吵"、要分家的原因。作者已将"爱情"引入"计划"这个中心,可他偏偏不让读者了解"这是个什么样的计划",所以"我"问白李:"你有什么计划?"而白李并不告诉"我",只是说:"得先分家,以后你就明白我的计划了。"在读者急待了解"计划"秘密的前提下,小说第二部分开讲了。借着"我"与黑李的会谈,重点写黑李急于了解白李的"计划"内容,他占课、打卦、测字、研究宗教,并推测出白李的"计划"是带"危险性的",故准备为弟弟牺牲。"我"要把黑李的推测及他的决定告诉白李,可白李"人不知鬼不觉地不见了。"由第一部分的最后说出白李有个"计划",到第二部分推测出这是一个"有危险性的计划",但读者还不知道"计划"的真实内容,危险在哪里?因此,叙述者必须把"计划"的秘密揭开,才好告慰读者。小说第三部分先插叙了李家的车夫王五,如果按照康拉德的写法,此时"我"便可以退出,换成王五作叙述人,可老舍没这样做,他仍让"我"作叙述人,通过"我"与王五的两次交谈,揭示了"计划"的真实内容,秘密戳破,高潮来临,于是出现黑李游街示众,替白李牺牲的情节。整部《黑白李》是靠制造悬念,运用逐步揭开秘密的方式,使情节曲折有致,并带上一定的"传奇气味"。这与康拉德颠倒时序、前后穿插多次往复、变换叙述角度的方法不同,在康拉德,"他的故事可以由尾而头,或由中间而首尾的叙述。这个办法加重了故事的曲折,在相当的程度上也给一些神秘的色彩。可是这样写成的故事也未必一定比由头至尾直着叙述的更有力量。"①康拉德采用的叙述方式正好配合了他的印象主义的写法。在老舍,他即使用"说故事"的技巧增加了作品的"传奇气味",但他与康拉德的恍惚迷离不同,他是现实的,又是民族的,他的小说是耐读、易解的,而不像康拉德的某些小说是难读、难解的。

其实,老舍看中的不光是"会说故事"的康拉德。他更喜欢的是作为"海上的诗人"的康拉德。由于康拉德在英国商船上工作前后达十六年之久,因而大海成了他的主要描写对象,航海生活成了他创作的重要源泉,"海与康拉得是分不开的。"②他着力描写海洋,创作出不少著名的海洋小说,但他显然与斯蒂文生等"海洋作家"不同,他在写海洋的时候,把陆地当作了对应物,并把海洋与陆地的对立引伸到自然与社会对立的高度。在康拉德看来,海是纯朴的,是劳动的对象;陆是复杂的,是苦难的根源。他热爱海,海是他的理想和神祇,通过海,他与世界上"最崇高的感情"沟通了。老舍说他读了康拉德的海洋小说后,"不但使我闭上眼就看见那在风暴里的船,与南洋各色各样的人,而且因着他的影响我才想到南洋去。"③必想看看南洋,"想找写小说的材料,象康拉德的小说中那些材料。"④老舍于1929年10月到达新加坡,通过实地观光,了解熟悉南洋的生活,在这个基础上,他写了《小坡的生日》。老舍在《我怎样写〈小坡的生日〉》中谈到,他由读康拉德的小说而引起写南洋的兴趣,但他对康拉德多以白种人为主角,东方人为配角的做法不满。他要反过来,以中国人为主角,表现中国人的

---

① 老舍:《一个近代最伟大的境界与人格的创造者——我最爱的作家——康拉得》,《老舍文集》(第15卷),人民文学出版社1990年版,第303页。

② 老舍:《一个近代最伟大的境界与人格的创造者——我最爱的作家——康拉得》,《老舍文集》(第15卷),人民文学出版社1990年版,第299页。

③ 老舍:《一个近代最伟大的境界与人格的创造者——我最爱的作家——康拉得》,《老舍文集》(第15卷),人民文学出版社1990年版,第301页。

④ 老舍:《我怎样写〈小坡的生日〉》,《老舍文集》(第15卷),人民文学出版社1990年版,第178页。

伟大。"中国人能忍受最大的苦处,中国人能抵抗一切疾痛:毒蟒猛虎所盘据的荒林被中国人铲平,不毛之地被中国人种满了菜蔬。中国人不怕死,因为他晓得怎样应付环境,怎样活着。中国人不悲观,因为他懂得忍耐而不惜力气。他坐着多么破的船也敢冲风破浪往海外去,赤着脚,空着拳,只凭那口气与那点天赋的聪明,……可是南洋之所以为南洋,显然的大部分是中国人的成绩。"①没有中国人,便没有现在的南洋。从这种强烈的民族意识出发,他才在作品的前半部实写了小坡的生活环境,托出了南洋的自然风光。老舍把南洋风光写得很美,其目的是要通过南洋的美景来调动人们的思维器官,让人们认识到南洋的美应归功于它的开发者,应归功于中国人。小说不仅表现了"中国人的伟大",而且还有意将中国小孩、马来小孩、印度小孩拉在一起,而没有一个白色民族的小孩,以强调"联合世界上弱小民族共同奋斗"的思想。这与康拉德"有时候把南洋写成白人的毒物——征服不了自然便被自然吞噬"②不同,老舍写的是被中国人征服了的自然,是美的自然。所以康拉德的小说只召示了老舍去看南洋,写南洋,但他并不能决定老舍如何去写南洋。老舍没有按照康拉德的样子去写南洋,他是按照自己的审美观,写出了属于自己情感世界的南洋。

由于两位作家的审美世界不同,因而他们画出的海景图也会呈现出不同的色调。在康拉德,海使他忘记一切,又使他想起一切。海水的腥味浸透了他的作品,因为那咸水本来就是他生命的饮料。康拉德驾驶着"水仙号"和《台风》中的"南山号"接受大自然的洗礼。我们听得见整个宇宙的骚动,看得见天接云涛,海雾骤起。舷外,时而是激烈的音乐,时而是和谐的舞蹈,无穷的自然变化永无止境;舷内,时而是莫测的人群,时而是起伏的心涛,世态炎凉在一叶扁舟上细细描出。如果说康拉德描绘的海景图总体上显得严峻、沉郁的话,那么老舍描绘的大海则显得清新、甜美。你看,由远处山下的蓝水罩上一些玫瑰色,把小船上的白帆弄得有点发红,作家像触摸到了小姑娘害羞时的脸蛋儿。小风儿的吹动,小燕儿的舞姿,小白鸥"忽然一抿翅儿,往下一扎",小船儿挤起一片浪来,发出"哗啦哗啦"的响声。而且,船多声音也多,笛声、轮声、起重机声、人声、水声,音多而不杂乱,并不影响大海的庄严寂静。这个

---

① 老舍:《我怎样写〈小坡的生日〉》,《老舍文集》(第15卷),人民文学出版社1990年版,第178页。

② 老舍:《我怎样写〈小坡的生日〉》,《老舍文集》(第15卷),人民文学出版社1990年版,第178页。

海的世界是老舍的,同时也属于小坡的。因为海的清新与娇嫩,正好联结着小坡的稚气与天真。这是老舍即兴观察借着小坡眼光而写下的海,没有经过长期的对海的探索,因而也就没有康拉德的复杂、深奥。

老舍受了康拉德的启示,产生写海的兴趣,他的确也写出了他所理解的海,但他压根儿就没想在写海上超过康拉德。因为他自己特别清楚,一个作家的描写对象紧紧联结着他的生活经验。他没有康拉德长期的航海生活经验,他哪敢在"海"上与康拉德比高下,所以老舍说:"一遇到海和在南洋的冒险,他便没有敌手。"①但是,在如何写海尤其是如何写景上面,老舍吸收了康拉德的经验,又有对康拉德的超越。老舍一开始创作就具有高超的写景本领,《老张的哲学》《赵子曰》一问世,朱自清就评价说:"写景是老舍先生的拿手戏,差不多都好。"②《赵子曰》第十六章开头一段写北京端阳节时的美景,朱自清说他读后,就像读到一首美妙的诗。我们读了这段文字以及他初期作品中的写景文字,总感到他是把我国古代诗词写景造境的方法用于小说的景物描写,因而才创造出一首首美妙的诗,才使他的景物富有诗的境界。随着老舍对西方小说的广泛接受,他的描写手法更加丰富,艺术技巧日臻圆熟。他称康拉德从电影中"得到许多新的方法",说"他的景物变动得很快,如电影那样的变换。"③在风暴中的船手用尽力量想从风浪中保住性命时,忽然康拉德的笔画出他们的家来:他们的妻室子女,他们在陆地上的情形。康拉德用这个方法,把海与陆联上。老舍小说也常用电影方法来写景,但他不像康拉德那样流动迅速,他把镜头对着景物,调整空间位置,慢慢推拉,这样即可减少跳跃,让读者细细品味。他写北海的白塔,在蓝天的衬托下,很美。"塔与天的中间飞着那么几只灰野鸽,一上一下,一左一右,诗人的心随着小飞鸽飞到天外去了。"这显然是远取景的方法,白塔与作家测视点之间保持相当大的空间位置。在我看来,老舍用电影方法写景,《骆驼祥子》里的"烈日暴雨"为最上乘。老舍让祥子在烈日暴雨下拉车,遭受暴风雨的袭击,与康拉德让他的船员乘着"水仙号"或"南山号"在海上遭受风暴的袭击

① 老舍:《一个近代最伟大的境界与人格的创造者——我最爱的作家——康拉得》,《老舍文集》(第15卷),人民文学出版社1990年版,第300页。
② 朱自清:《〈老张的哲学〉与〈赵子曰〉》,《朱自清文集》,大众文艺出版社2005年版,第287页。
③ 老舍:《一个近代最伟大的境界与人格的创造者——我最爱的作家——康拉得》,《老舍文集》(第15卷),人民文学出版社1990年版,第303页。

有些相似，康拉德笔下的风暴似乎也感染了老舍笔下的风雨。请看《青春》里写"犹太号"遇险燃烧的情景：

在漆黑的天地中间，它烧得好旺——在被血红的、摇曳的火光照耀出一圈紫色的海面上——在一圈亮晃晃又阴森森的水面上。从海里腾起了一股明亮的火焰，一团巨大、孤独的火焰；火焰的顶端吐着黑烟，一个劲儿地直向天空冲去。帆船猛烈地在燃烧，好不悲壮，就像火葬的积薪在晚上燃烧，大海围绕着，星星守望着。这条辛苦的老船，临终却这样煊赫，好象这是老天给它的一种恩惠、一种赏赐、一种嘉奖。它所疲乏不堪的灵魂交出，托付给星星和海洋，就跟光荣的凯旋同样激动人心。船桅倒下时，刚巧在天亮以前；一时里只见进出万千火星，纷飞乱溅，叫那耐心守望的黑夜，那默默地躺在海洋上的广漠的黑夜，好象充满了流火。黎明时分，大船烧剩了一个焦壳，却仍旧载着一船燃烧着的煤块，飘浮在那烟云底下。

再看老舍写酷热暴雨：

天上那层灰气已散，不甚憋闷了，可是阳光也更厉害了许多，没人敢抬头看太阳在哪里，只觉得到处都闪眼，空中、屋顶上、墙壁上、地上，都白亮亮的，白里透着点红；由上至下整个的象一面极大的火镜，每一条光都象火镜的焦点，晒得东西要发火。在这个白光里，每一个颜色都刺目，每一个声响都难听，每一种气味都混含着由地上蒸发出来的腥臭。

……又一阵风，比以前的更厉害，柳枝横飞着，尘土往四下里走，雨道往下落；风，土，雨，混在一起，联成一片，横着竖着都灰茫茫冷飕飕，一切的东西都被裹在里面，辨不清哪是树，哪是地，哪是云，四面八方全乱，全响，全迷糊。风过去了，只剩下直的雨道，扯天扯地的垂落，看不清一条条的，只是那么一片一阵，地上射起无数的箭头，房屋上落下万千条瀑布。几分钟，天地已分不开，空中的河往下落，地上的河横流，成了一个灰暗昏黄，有时又白亮亮的，一个水世界。

两段写景的主体意象、所用的主要词汇大体相近,景中都有灵魂,都带有感情。在康拉德,他是把浪漫的气息吹入写实里面去,海上的冒险时有乐趣,带点浪漫;在老舍,他以严格的现实主义态度写自然,"连一阵风,一场雨,也给他的神经以无情的苦刑。"①残酷的自然、现实加深了祥子的悲剧。

在人与景的关系上面,康拉德的"景物也是人","他的伟大不在乎他认识这种人与景物的关系,而是在对这种关系中诗意的感得,与有力的表现。"②康拉德的表现是通过声、光、色、影、形的运用来唤起读者的感觉,他认为一切艺术都仰赖感觉,文学的艺术也是如此,所以在他的作品里大量使用黑白明暗的对照等视觉形象来作用于读者的感官,激发读者的联想,表达各种象征意义。比如在《黑暗的心灵》里,阴森黑暗是压倒一切的色调。布鲁塞尔贸易公司总部两个身穿黑衣、手织黑色毛线的女人,象征着神话里守卫地狱大门的人。马罗结束刚果之行以后,回到布鲁塞尔去见科兹的未婚妻。这个女人依然痴心眷念着科兹,把他作为欧洲文明的楷模来缅怀和崇拜。在表现现实与幻想的对立时,康拉德更是有意识地运用黑白、明暗的对比造成一种富有象征意味的气氛。他是这样描绘科兹未婚妻出场时的情景的:"她向前走来,一身黑色衣服,淡淡的头发,在黑暗中飘飘悠悠地向我移来。"在势欲吞没一切的黑暗中,那一点点微弱、惨淡的光亮代表着她不可磨灭的希望与幻想,"她的眉宇之间还剩有皎洁的亮色,燃烧着不可扑灭的信念与爱情。"为了突出情势的险恶和幻想的脆弱,作者一再渲染一大片黑色和一小点亮光之间的对立。康拉德在许多作品里运用了明暗对比的复杂图景,目的正是为了说明他要用文字的形象作用于读者的感官,使他们"感觉到","看到"作者对人生、对社会所作的评论。

如果说康拉德在色彩与象征上,善于抓住黑、白相衬来表达他的情感意蕴,那么老舍则常用绿色来展开他的情思联想。在老舍的作品里,你可以看到,他的视线一旦接触到绿色,马上会引起兴趣注意,从

---

① 老舍:《我怎样写〈骆驼祥子〉》,《老舍文集》(第15卷),人民文学出版社1990年版,第206页。

② 老舍:《一个近代最伟大的境界与人格的创造者——我最爱的作家——康拉得》,《老舍文集》(第15卷),人民文学出版社1990年版,第306页。

而加深他往"细"里看,往"细"里想。《老张的哲学》里写北京的积水潭有"绿水"、"绿荷",岸上"绿瓦高阁",垂柳在池中形成"绿盖",微风吹来,摇成"绿浪"。以绿为主色,画面是清新的。同样,《二马》写泰晤士河岸边的小树,呈浅绿、淡绿、嫩绿,有绿色作为底色,加上水上的白帆,阳光镶成的金鳞,也给人以淡雅清新之感。《小坡的生日》里小坡观光的海的色彩变化,也是围绕绿色展开,尽管里面的色彩有红、黄、蓝、绿,但重点写的是绿——深绿、碧绿、娇绿。这种绿色具有"人间的、自我满足的宁静",它能唤起人们对大自然的清新感觉。发展到《微神》《月牙儿》《阳光》等小说,他的色彩象征意义更为丰富。《微神》一开始用了那么大的篇幅写自然景物,并非一般的"置阵布势",为人物出场创造环境。而是在以绿为主色的图案中,寄托主人公的"诗意"与遐想。小山上的绿意,香味、天空、白云、细风、鸡鸣等。这一切都不是纯粹的自然,而是被诗人心灵浸润过的自然。它蒙上了"梦"的云雾,流动着主人公潜性爱的追求。它是"自然而然地从心中滴下来些诗的珠子,滴在胸中的绿海上",组成"胸中的绿海"的主体结构,即是"我"所认识的"那只绣着白花的小绿拖鞋"。绿色的山连接着胸中绿色的海,而埋藏在绿色海里的最深沉的东西是"小绿拖鞋"。同样,《月牙儿》中的"月牙',是作家抒发情感、表述主人公苦难命运、悲惨身世的"象征物"。

　　如上所述,老舍是从"说故事"、写海(景)、描写方法上接受康拉德影响的。但老舍之所以为老舍,他不是单一地吸收某一作家的艺术营养。在他看来,英国的小说"漂洒",法国的小说"平稳",而"俄国的小说是世界伟大文艺中的'最'伟大的。"① 他是将每一国家的小说的"长处"统统"拿来",广泛地吸收、消化,然后再进行营造、创新。他之所以在那么多外国小说家中热衷于康拉德,把康拉德作为他"最爱"的作家之一,这主要是因为他们在感情上比较贴近。在康拉德,由于父母早丧,童年颠沛,生活艰辛,因而形成了忧郁、孤独与飘零的情绪。在老舍,因为家境的贫穷,童年的悲苦,也形成了忧郁、孤高与悲观的情绪。特殊的生活经历,共同的情感特色,使老舍看了康拉德的作品就产生那种一见如故的亲切与热爱之情。其次,老舍之所以热爱康拉

---

① 老舍:《写与读》,《老舍文集》(第15卷),人民文学出版社1990年版,第546页。

德,是因为康拉德对艺术有执着的追求精神,他认为在艺术创作中,艺术家的良知比规定的公式更重要,艺术家的良知是艺术创作的生命。老舍在创作中特别重视的就是"艺术",他是最具有艺术良知的作家,他有时甚至把"艺术"看得比思想还重要,这不是说他不重视"思想',他也像康拉德那样重视道德教育,可他从不用道德说教代替他对人物复杂性格的刻画,他处处用生动的艺术形象表达他的思想情感,因此,"艺术"就像一根链条,把他和康拉德紧紧地拉在一起。当我们看到老舍用"一个近代最伟大的境界与人格的创造者"来评价康拉德的时候,我们何尝不认为老舍也是"一个近代最伟大的境界与人格的创造者"呢?!

[原载《安庆师范学院学报》(人文社会科学版)1993年第1期。]

三、老舍笔下的伦敦都市文化景观

老舍是带着贫穷离开故国赴伦敦东方学院讲学的,在人们眼里到外国"讲学"那经济收入该是可观的了,可是老舍"讲学"年薪微薄,加上每月都要寄钱养活老母,他在伦敦依然过着一般市民知识分子的生活,没有摆脱"贫穷"走向上层的绅士殿堂,这就决定了他所接触的城与人,就不是一个贵族式的伦敦的城与人,那现代化的大都市的声光色电、歌舞升平、菜色男女式的喧嚣奢华的文化景观,也不是他所观照描绘的对象。正像他自己所说:"长发的诗人,洋装的女郎,打微高尔夫的男性女性,咬文咂字的学者,满跟我没缘。看不惯。"①更为重要的是老舍以一个中国人的眼光和"中年人"的认知情感去描绘伦敦,这就使伦敦形象呈现出老舍式的多维的都市文化景观。本文不仅全面考察老舍所描绘的多维的伦敦都市文化景观,包括自然景观,人文景观,民族形象以及民族精神景观,而且探讨伦敦都市文化对老舍的文化思想及其创作所产生的影响。

(一)老舍在英国期间创作了三部长篇小说:《老张的哲学》《赵子曰》《二马》,前二部是写北京的"人与事",《二马》是写伦敦的"城与人";前二部是以回忆的方式写"北京",是记忆中的现实,是过去式的现实,《二马》则是对伦敦的现实观察、体验与文化审视,是现在的现

---

① 老舍:《习惯》,《老舍文集》(第14卷),人民文学出版社1989年版,第490—491页。

实。而最能体现这"现在的现实"的是老舍对伦敦的自然景色的描绘，他笔下所呈现的伦敦自然景观是真实的、实在的。李振杰曾将《二马》中描写的地名一一进行寻找、考察，他发现小说里面的几乎所有的伦敦地名都是真实的，"小说中一共出现了近40个地名，其中有街道、大院、车站、码头、展览馆、教堂、公园、河流等。这些地名绝大部分都是真实的，经得起核对"①。宁恩承曾回忆说："有一次我同他坐船沿泰晤士河到汉谟吞故宫去，那是亨利第八的皇宫，雄踞河上，古堡春深，十分优美。他全记下来。又一次到瑞屈港（Rich,mond）正是日落，我们坐在山坡上，静看太阳西下，红霞晚照，泰晤士河水溶溶，清风拂面。他掏出他的零页纸片，一一记下来以为他日写景物的材料。……《二马》中的泰晤士河的红霞日落，是经过一番实际体验工夫的。"②而这种经过实际体验的泰晤士河的美景的确是诱人的：

　　　　从窗子往外看，正看太晤士河，河岸上还没有什么走道儿的，河上的小船可是都活动开了。岸上的小树刚吐出浅绿的叶子，树梢儿上绕着一层轻雾。太阳光从雾薄的地方射到嫩树叶儿上，一星星的闪着，象刚由水里捞出来的小淡绿珠子。河上的大船差不多全没挂着帆，只有几只小划子挂着白帆，在大船中间忽悠忽悠的摇动，好象几支要往花儿上落的大白蝴蝶儿。
　　　　早潮正往上涨，一滚一滚的浪头都被阳光镶上了一层金鳞：高起来的地方，一拥一拥的把这层金光挤破；这挤碎了的金星儿，往下落的时候，又被后浪激起一堆小白花儿，真白，恰象刚由蒲公英梗子上挤出来的嫩白浆儿。

　　如果我们把老舍在《老张的哲学》里写北京积水潭的美景与这一段写泰晤士河的美景连起来读，你就会发现老舍观察、描写自然景物，对绿色特别偏爱。北京的积水潭有"绿水"、"绿荷"，岸上有"绿瓦高阁"，垂柳在池中形成"绿盖"，微风吹来，摇成"绿浪"。以绿为主色，画面是清新的。而到了写泰晤士河时，除了以绿为主色外，写了浅绿、淡

---

① 李振杰：《老舍在伦敦》，国际文化出版公司1992年版，第39页。
② ［美］宁恩承：《老舍在英国（节录）》，载舒济编：《老舍和朋友们》，生活·读书·新知三联书店1991年版，第147页。

绿、嫩绿,而且还加上水上的白帆,绿色与白色互相辉映,更给人以淡雅清新之感。同样,他写亥德公园的晚景:绿树、清池、池边的小白花、水边上下飞的小白鸥,又是绿色与白色的映衬。他写伦敦夏天的景色:"春天随着落花走了,夏天披着一身的绿叶儿在暖风儿里跳动着来了……街上高杨树的叶子在阳光底下一动一动的放着一层绿光,楼上的蓝天四围挂着一层似雾非雾的白气;这层绿光和白气叫人觉着心里非常的痛快"①。他写瑞贞公园夏季的景色:花池子满开着各色各样的花,细沙路两旁的大树轻俏的动着绿叶,树下大椅子上坐着的姑娘,都露着胳臂,树影儿也给她们的白胳臂上印上些一块绿,一块黄的花纹。他写冬天的植物园:"老树,小树,高树,矮树,全光着枝干,安闲的休息着";"小矮常青树在大树后面蹲着,虽然有绿叶儿,可是没有光着臂的老树那么骄傲尊严。缠着枯柳的藤蔓象些睡了的大蛇,只在树梢上挂着几个磁青的豆荚";"河上的白鸥和小野鸭,唧唧鸭鸭的叫";"地上的绿草比夏天还绿上几倍,只是不那么光美。靠着河岸的绿草,在潮气里发出一股香味,非常的清淡,非常的好闻";"河上几只大白鹅,看见马威,全伸着头上的黄包儿,跟他要吃食"②。马威本来是怀着愁闷来植物园的,如今他看着水影,踏着软草,闻着香味,常青树、绿地、白鸥、白鹅,又是这绿色与白色相辉映的美景赶走了他的愁闷,带来了欣喜与欢慰。

是的,老舍以绿色为底色配以白色相映衬的写景方式,的确能给人带来诗一般的欣慰与遐想,这种写景方式,在他以后的创作中仍延续着,比如他写青岛:"青岛是颗绿珠"③。他写齐鲁大学:绿楼、绿草地、绿树,深绿的爬山虎把楼盖满,"只露着几个白边的窗户",绿树下有"洁白的石凳","白石的礼堂"④。他写五月的青岛,"绿意无限"除了连接着的"各种绿色",总不忘向绿色上加"白色":"那短短的绿树篱上也开着一层白花,似绿枝上挂了一层春雪。"⑤你看,老舍真不愧为"自然诗人"了。这位"自然诗人"对都市的奢华喧闹并不倾慕,他倾慕的是淡雅清新、安静幽美的自然之趣,所以在《二马》中特别安排了马

① 老舍:《二马》,《老舍文集》(第1卷),人民文学出版社1980年版,第467页。
② 老舍:《二马》,《老舍文集》(第1卷),人民文学出版社1980年版,第583页。
③ 老舍:《青岛与山大》,《老舍文集》(第14卷),人民文学出版社1989年版,第59页。
④ 老舍:《非正式的公园》,《老舍文集》(第14卷),人民文学出版社1989年版,第9—10页。
⑤ 老舍:《五月的青岛》,《老舍文集》(第14卷),人民文学出版社1989年版,第92页。

威和李子荣两人在一个礼拜天坐火车到邦内地,然后步行到韦林新城去,这也是老舍自己曾去的地方,借此,他让主人公去体验乡村生活,于是就有了对伦敦郊外的乡村景致的描绘,从邦内地到韦林一路上尽是田园风光,绿色的草地,忽稀忽密的树林。"人家儿四散着有藏在树后的,有孤立在路旁的,小园里有的有几只小白鸡,有的挂着几件白汗衫,看着特别的有乡家风味。路上,树林里,都有行人:老太婆戴着非常复杂的帽子,挂着汗伞,上教堂去作礼拜。青年男女有的挨着肩在树林里散逛,有的骑着车到更远的乡间去。中年的男人穿着新衣裳,带着小孩子,在草地上看牛,鸡,白猪,鸟儿,等等。小学生们有的成群打伙的踢足球,有的在草地上滚。工人们多是叼着小泥烟袋,拿着张小报,在家门口儿念。有时候也到草地上去和牛羊们说回笑话。""英国的乡间真是好看:第一样处处是绿的,第二样处处是自然的,第三样处处是平安的。"①老舍说的这"乡间真好看"的韦林新城,"建于第一次世界大战后,英文全名的意思是韦林花园城。它的确是个花园城,所有的建筑都掩藏在绿色的树林里,市中心是个大花园,周围的商店也都被树木遮掩。街上行人、车辆不多,更看不见马车了,到处显得非常整齐、美丽、安静、舒适。"②老舍用如此多的笔墨书写"英国的乡间真好看"的自然景色,这正体现了他身居繁华的都市而对自然、平安、绿色如画的乡村之境的倾慕,代表了他欲在都市与乡村之间寻求理想之地的文化愿望。现代城市文明发展到一定程度,"城市的乡村化",城市文化追求乡村文化的自然之趣,大概可以成为"都市人"的共同的文化愿望,因此,老舍所描绘的所倾慕的"自然、美丽、安静、舒适"的带有田园风光的韦林新城,也就成了都市文明在现代化进程中人们共同追求的理想文化了。

（二）老舍在都市文化中追求乡村文化的自然之趣,这只是他作为"自然诗人"书写伦敦自然景观的文化思想的一个方面,而另一方面,他更是一位"社会诗人"。他以"社会诗人"的情感去描绘伦敦的"城与人",即出现了对伦敦都市人文景观的多维审视,这种审视与他对伦敦自然景观的欣赏、倾慕态度不同,他对伦敦都市的人文景观既有欣赏又含批判、沉思的态度。

① 老舍:《二马》,《老舍文集》(第1卷),人民文学出版社1980年版,第625—626页。
② 李振杰:《老舍在伦敦》,国际文化出版公司1992年版,第56页。

　　老舍是从一个古老的农业国走到现代文明的工业国,是从封闭自守的老北京走到开放发达的英伦敦的。他到英国的头一天就感到"这不是个农业国"①。伦敦的房屋、街道、广场、教堂、饮食习惯、服饰衣着、节令习俗、生活观念等,都与北京不同,他笔下呈现的不是一个农业国的文明,而是一个发达的工业国的现代文明。他刚到伦敦,就发现车站、地铁、咖啡馆等地方,"外面都是乌黑不起眼,可是里面非常的清洁有秩序"。伦敦中等人的住房,大多是二、三层的小房,红砖青瓦,"那些房子实在不是很体面,可是被静寂,清洁,花草,红绿的颜色,雨后的空气与阳光,给了一种特别的味道。"他从伦敦人住房感受到"它是城市,也是农村",而这些房屋"表现着小市民气,可是有一股清香的气味,和一点安适太平的景象。"②老舍在伦敦的住房以及《二马》中的温都太太家的住房(马则仁、马威到伦敦住在温都太太家),也都体现着老舍所记述的"表现着小市民气"的景象,具有静寂、清洁、安适的特点。这与老北京市民居住的多是四合院的平房和"大杂院"的旧房不一样了,同是在住房中体现"小市民气",伦敦的"小市民气"带有"工业国"的现代文明特征,北京的"小市民气"带有"农业国"的安稳、凝固、沉静的特点。就街道论,《二马》中温都太太家住的戈登胡同,那是个不大不小的胡同,路是柏油碎石子的,两旁都是些两层小房,走道上有小树,多像冬青,结着红豆,这些胡同给人的感受同样是静寂、清洁、安适的。与这种寂静、清洁的房屋、胡同不同,伦敦的广场、大街则是喧闹的。《二马》描写最多、最细致的是牛津大街,它位于伦敦中心,是一条最繁华的商业街,街上的铺子"差不多全是卖妇女用的东西。"平时人很多,人挨人,人挤人,一刹步,一伸手,就要碰到别人。除了人多,便是车多,"街上的汽车东往的西来的,一串一串,你顶着我,我挤着你。大汽车中间夹着小汽车,小汽车后面紧钉着摩托自行车,好象走欢了的驼鸟带着一群小驼鸟。"远处近处全是车,前后左右全是车,"全冒着烟,全磁拉磁拉的响,全仆仆吧吧的叫,"整个街道形成了"车海"③。老舍对伦敦繁华喧嚣的景象,如此的"车海"并不欣赏,他感受到那现代化的繁华喧嚣的背后,带来了"车海"对空气的污染,对静寂、

　　① 老舍:《头一天》,《老舍文集》(第14卷),人民文学出版社1989年版,第21页。
　　② 老舍:《头一天》,《老舍文集》(第14卷),人民文学出版社1989年版,第22页。
　　③ 老舍:《二马》,《老舍文集》(第1卷),人民文学出版社1980年版,第445页。

清洁、自然的环境破坏,因此才有对伦敦的感喟:"伦敦真有点奇怪:热闹的地方是真热闹,清静的地方是真清静。"① 显然,老舍对伦敦形象的两面,欣赏的是那"真清静的地方"。

从老舍对伦敦房屋、街道的描绘中,我们能够看到"这不是一个农业国",体现了都市文化现代化的人文景观,那么再深入考察老舍对教堂的描绘,就更能够体味到伦敦都市文化的特殊的人文景观了。《二马》重点写了圣保罗教堂,李振杰曾对这个地方作过核对与统计:"在小说中圣保罗教堂出现过 11 次,是作家着意最多的一个地点。马家的古玩铺就在教堂左边的一个小斜胡同儿里"②。其实这 11 次有 9 次只是提到"二马"(马威、马则仁)到圣保罗教堂或从古玩铺望见教堂或听到教堂的钟声,简单地用一、两句话带过。他没有对圣保罗教堂面貌作整体的描写,也没有对圣保罗教堂的历史作文字的讲述,只是有一处提到了马威听李子荣讲了教堂的历史,然后就关了古玩铺的门回去了。值得注意的有两处写圣保罗教堂,虽然用墨不多,但很能够体现老舍的文化思想。一处是在一天的中午,父子两个出了古玩铺,他们望见教堂的塔尖,老马说教堂是不坏,可塔尖把铺子的风水夺去了,他似乎把基督教全忘了,一个劲地报怨风水不好。而马威不同,他"仰着头儿看圣保罗堂的塔尖,越看越觉得好看"③。另一处是写马威因失恋带着沉闷,"走到圣保罗堂的外面,他呆呆的看着钟楼上的金顶;他永远爱看那个金顶"④。从这两处的描写可以看出,老马是信基督教的,可是他从中国的风水迷信观念出发,报怨教堂破坏了他家铺子的风水,可见他忘了对基督教的虔诚。而小马对基督教是非常虔诚的,所以他看到教堂的塔尖,"越看越觉得好看",特别爱那个"金顶"。在老舍看来,"金顶"象征着基督教的精神,他同小马一样,爱那个"金顶",对基督教十分虔诚。老舍对基督教的深厚情感,也隐藏在他对伦敦圣诞节的生动描绘中,"圣诞节的前一天,伦敦热闹极了。"街上拥挤的人们,忙着购买送人的礼物,"街上的铺子全是新安上的五彩电灯,把货物照得真是五光十色,都放着一股快活的光彩。处处悬着'圣诞

① 老舍:《二马》,《老舍文集》(第1卷),人民文学出版社1980年版,第446页。
② 李振杰:《老舍在伦敦》,国际文化出版公司1992年版,第47页。
③ 老舍:《二马》,《老舍文集》(第1卷),人民文学出版社1980年版,第455页。
④ 老舍:《二马》,《老舍文集》(第1卷),人民文学出版社1980年版,第636—637页。

老人',戴着大红风帽,抱着装满礼物的百宝囊。"圣诞晚上,人们盼望着"救世主"的降临,祈求天下四海兄弟的太平。"教堂的钟声和歌声彻夜的在空中萦绕着,叫没有宗教思想的人们,也发生一种庄严而和美的情感。"①联系他早年参加基督教,而眼下对教堂的"金顶"的热爱以及对教堂的钟声和歌声的衷情,你就可以感受到他的基督教文化思想在《二马》里也作出了"庄严而和美的情感"表现,而且这种基督教文化思想在他以后的创作中仍有着时隐时现的表露。

老舍在对伦敦的人文景观进行考察时,总不忘对英国人的生活方式、生活习惯、生活观念的审视。在老舍笔下,英国人在饮食方面是以面包、牛肉、甜点心等为主,爱喝啤酒,喝茶要加牛奶,饮食简单而富有营养,讲究卫生,甚至饮食的摆放也要体面、干净、漂亮。老舍借着马威的眼光写道:"马威再细看人们吃的东西,大概都是一碗茶,面包黄油,很少有吃菜的。"李子荣则向马威发出感叹:"唉,英国人摆饭的时间比吃饭的时间长,稍微体面一点的人就宁可少吃一口,不能不把吃饭的地方弄干净了!咱们中国人是真吃,不管吃的地方好歹。结果是:在干净地方少吃一口饭的身体倒强,在脏地方吃熏鸡烧鸭子的倒越吃越瘦……"②。由此显示出东西饮食文化的差异。如果我们将这里的李子荣的感叹与《老张的哲学》里所写的进北京的饭馆要经过的"五关"(以表现脏、乱、差、喧闹、醉酒为主)对照着读,就会感到老舍对中国饮食文化持一定程度的批判、讽刺态度,而对英国的饮食文化有衷情、赞赏的成分。当然,老舍对英国人的生活方式、生活习惯尤其生活观念,又多含批判、否定的因子。《二马》一开头就写马威到海德公园,领受了那里的自由演说、自由辩论的情景:一圈圈的人群围着站在小凳子上的演讲者,演讲的内容各种各样,有谈政治的,有讲宗教的,有评论世界大事的,听者有赞同的就报以热烈的喝彩,有不同观点的就进行激烈的辩论,而警察又在自觉地维持秩序,使这里显得既热闹又文明,没有像《赵子曰》中所写的学生们打校长、打教员、闹风潮的"起哄"的局面。因此,对这样的自由论坛,马威愿领受,老舍也比较欣赏。但是,老舍对伦敦的各种赛会、赌赛马、赌足球比赛的结果等不以为然,带有揶揄与讥讽,他看到了英国人贪玩

---

① 老舍:《二马》,《老舍文集》(第1卷),人民文学出版社1980年版,第560页。
② 老舍:《二马》,《老舍文集》(第1卷),人民文学出版社1980年版,第461页。

贪闲的一面："溜冰场，马戏，赛狗会，赛菊会，赛猫会，赛腿会，赛车会，一会跟着一会的大赛而特赛，使人们老有的看，老有的说，老有的玩，——英国人不会起革命，有的看，说，玩，谁还有工夫讲革命。"①"英国人的好赌和爱游戏，是和吃牛肉抽叶子烟同样根深蒂固的。"②但是，老舍又认为："从游戏中英国人得到很多的训练：服从，忍耐，守秩序，爱团体……"③他对英国人的"守秩序，爱团体"的国民性格多有赞赏。他还对英国人的守法度、遵守时间观念大加赞赏："英国人是事事讲法律的，履行条件，便完事大吉，不管别的。"④老马睡懒觉不按时起床吃早饭，过了规定的时间，再想要吃早饭，温都太太答应给他重做，但要外付一个先令，可见温都太太是严格按照他们双方签订的契约行事。英国人讲究法度、讲究时间观念，老舍深深感到："城市生活发展到英国这样，时间是拿金子计算的，"人们的交际来往是遵循"时间经济"⑤的。老舍到伦敦的头一天就深有体验，赞赏埃文斯的遵时守信："易教授早一分钟也不来；车进了站，他也到了。"⑥他在《我的几个房东》中称赞两个老姑娘中的妹妹的"勤苦诚实"，佩服她的"独立精神"，同时又认为"这种独立的精神是由资本主义的社会制度逼出来的"⑦。英国人虽然"守秩序，爱团体"，遵时守信，有"独立精神"，但他们对外人冷漠、傲慢与偏见，万事不求人，不易交朋友，"非常高傲"⑧。总之，老舍对英国人、英国形象的审视，显示出他对伦敦都市文化思想的双重矛盾性：他既欣赏英国人的独立特行、勤奋自强的精神，又不屑于英国人的冷漠、傲慢的绅士风度；他既称赞英国人的"守秩序，爱团体"，讲文明，又反感他们的保守、冷漠、自私；他既倾慕英国的富强文明、民族自信，又特别痛恨他们对华人的极端的民族歧视，因而他在《二马》里抒发了对歧视、奚落中国人的亚历山大等英国人的愤懑，表达了对"真爱中国人"、无民族偏见、富有新思

① 老舍：《二马》，《老舍文集》（第1卷），人民文学出版社1980年版，第549页。
② 老舍：《二马》，《老舍文集》（第1卷），人民文学出版社1980年版，第614页。
③ 老舍：《二马》，《老舍文集》（第1卷），人民文学出版社1980年版，第636页。
④ 老舍：《二马》，《老舍文集》（第1卷），人民文学出版社1980年版，第441页。
⑤ 老舍：《二马》，《老舍文集》（第1卷），人民文学出版社1980年版，第510页。
⑥ 老舍：《头一天》，《老舍文集》（第14卷），人民文学出版社1989年版，第21页。
⑦ 老舍：《我的几个房东》，《老舍文集》（第14卷），人民文学出版社1989年版，第70页。
⑧ 老舍：《英国人》，《老舍文集》（第14卷），人民文学出版社1989年版，第67页。

想的凯萨林这样的英国人的亲近感。

（三）老舍在《我怎样写〈二马〉》中说他写《二马》时"开始决定往'细'里写"，这往"细"里写不仅包括老舍自己所说的"心理分析与描写工细"，而且在我看来还含有小说叙事视角的多重性。《二马》里既有老舍视角下的或"二马"视角下的伦敦城、英国人、英国形象，又有着英国人、伦敦城视角下的中国人和中国形象。这种叙事视角的多重性，是由他创作《二马》的文化思想决定的，他写《二马》的意图是"在比较中国人与英国人的不同处"，分析"他们所代表的民族性"①。这种比较分析、鉴别、判断、批判的文化审视，又是作为"哲理诗人"的老舍往"细"里写的重要内容。

老舍在写《老张的哲学》《赵子曰》时就继承了五四新文学的"启蒙现代性"主题，《二马》同样坚守了五四"思想启蒙"的新传统，以"启蒙主义"为主导审视中国人的国民精神。不过，《二马》的文化审视与《老张的哲学》《赵子曰》不同，它是通过对中国人与英国人以及中国与英国两个民族进行比较分析，既展示了现在式中国人和中国形象，又展示了现在式英国人和英国形象。上一节我们主要论述了中国人视角下（主要是作者视角和作品中的人物"二马"视角）的英国人与英国形象，本节主要论述伦敦城和英国人视角下的中国人和中国形象。在伦敦城和英国人的视角下，老马（马则仁）这位"背后有几千年的文化"，"代表老一派"的中国人，处处显得落后、守旧、愚昧与荒唐。他的生活方式、思想观念与伦敦城格格不入：到伦敦的第一个早晨就因睡懒觉吃不上饭，用不上热水而生气，"早知道这么着，要命也不来！"他过不惯西方生活，为吃不到北京的饽饽而纳闷。英国人喝茶加牛奶，吃饭少菜，爱养狗而不爱种花，他感到奇怪而不屑一顾。英国人时间观念强，把时间当作金钱，他则慢条斯理，懒散闲静，毫无时间意识。英国人满脑子商业观念、市场意识，作买卖赚钱，他认为作买卖是"没出息，不高明"，俗气。英国人讲究地位，但并不贪求作"官"，他则满脑子的"官本位"思想，认为"发财大道是作官"，他要马威读书，也是为将来回国好作官。英国人自尊自傲，有进取"独立精神"，而老马则自尊自傲，"对将来他茫然，所以无从努力，也不想努力"②。英国人作生意讲究

① 老舍：《我怎样写〈二马〉》，《老舍文集》（第15卷），人民文学出版社1990年版，第175页。
② 老舍：《我怎样写〈二马〉》，《老舍文集》（第15卷），人民文学出版社1990年版，第176页。

商机、策略，以"利"为重，老马则讲究礼仪文明，以情义为重，保持老北京的古旧商业情调。李子荣按西方人作生意的法子，给古玩铺作广告，老马则按老规矩、老气度，拒绝广告。英国小孩骂他"老黄脸"、"挨打的货"，他则投以笑脸、无动于衷。亚历山大欺骗戏弄他，将他灌醉，他不思反抗，还依然和他交往、讲交情。老舍以如此老派的中国人与英国人的对比，既表露了他对中国国民性的批判精神，又彰显了他对英国人的某些民族性格的欣赏态度。但是，老舍对英国人的欣赏是有限的，英国人对中国人的民族歧视又使他特别反感、愤慨。他在《二马》里写出了英国人对中国人的歧视，不单是学校、商店、大街上的行人鄙视中国人，就连饭馆跑堂的甚至连妓女也看不起中国人，由此发出了国弱受人欺的呼喊："国家衰弱，抗议是没有用的；国家强了，不必抗议，人们就根本不敢骂你。"他真诚地期盼着中国的富强、民族的复兴。

老舍在《二马》里又通过新一代中国国民小马（马威）、李子荣与英国人的对比，让人看到作为"新文化"代表的中国人的进取务实精神。中国新一代的国民热情谦和、敏感要强，活跃进取，"个人的私事，如恋爱，如孝悌，都可以不管，自要能有益于国家，什么都可以放在一旁"①。同时又让人看到了英国的年青人像保罗之流，则整天无所事事，喝酒肇事，自私偏狭，妄自尊大，显露出西方物质文明烛照下的精神危机。老舍在英国还体验到："英国人很正直"，做事认真，"自重"，但英国人又傲慢与偏见，"非常高傲"，万事不求人，不愿谈政治、谈宗教、谈书籍，乐于"讲论赛马、足球、养狗、高尔夫球等等"②。他真切地感受到了英国人的保守、安稳、不喜革命、高傲冷漠的绅士风度。可见，英国的国民精神潜藏着抑制现代化发展缓慢的危机，而中国新国民如饥似渴地向西方现代文明求科学、求进取的精神，又预示着民族复兴的希望与前景。

［原载《南京师范大学文学院学报》(CSSCI来源期刊)2012年第3期］

---

① 老舍：《我怎样写〈二马〉》，《老舍文集》(第15卷)，人民文学出版社1990年版，第176页。

② 老舍：《英国人》，《老舍文集》(第14卷)，人民文学出版社1989年版，第66页。

第三节　老舍与法国文学

一、老舍对法国文学的接受

19世纪现实主义在法国的文学艺术领域开始发展起来,并逐渐占据主导地位。法国现实主义文学以其广阔的社会画面、独特的艺术形象和强烈的理性批判精神等特征而著称。在内容上,主要写城市富裕平民和没落贵族的矛盾,以及小市民的虚荣。法国现实主义的倡导者认为:"文艺作品必须反映现代生活,提倡作家客观地、无偏见地观察事物。按照生活的本来面目如实地反映现实,排除先入为主的主观偏见,精确细腻地描写现实,不使用艺术手段美化或歪曲生活,也不回避生活中平淡无奇或消极黑暗的场面,从而真实地表现典型环境中的典型人物。"[1]1928年至1929年,老舍开始读近代的法国小说,从中受到了法国现实主义文学的影响。老舍在回忆外国文学对他影响的时候,曾说过:"法国的福禄贝尔与莫泊桑,都拿去了我很多的时间",在他们的小说中,老舍"喜欢近代小说的写实的态度,与尖刻的笔调。这态度和笔调告诉我,小说已成为社会的指导者,人生的教科书;他们不只供给消遣,而是用引人入胜的方法作某一事理的宣传。"[2]在老舍的小说创作和理论世界里,他似乎特别看重现实主义。他认为:"写实主义的好处是抛开幻想,而直接的看社会。这也是时代精神的鼓动,叫为艺术而艺术改成为生命而艺术。这样,在内容上它比浪漫主义更亲近,更接近生命。"[3]

法国现实主义文学作品十分注重细节的真实性,认为"文学要有真实的细节描写,用历史的、具体的人生图画来反映社会生活"。现实主义文学作品要以形象的真实性来感染人,要能使读者如入其境,如见其人。福楼拜是现实主义文学的大师,他在文学创作中遵循的准则就是真实和美。乔治·桑曾经指出:"居斯塔夫·福楼拜是一个伟大的

---

① 陈振尧:《法国文学史》,外语教学与研究出版社1989年版,第308页。
② 老舍:《写与读》,《老舍文集》(第15卷),人民文学出版社1990年版,第546页。
③ 老舍:《文学概论讲义》,《老舍文集》(第15卷),人民文学出版社1990年版,第109页。

探索者。"①福楼拜以客观的态度,描写普通人的生活,追求小说的真实性。他认为,美学就是真实,只有在真实的情况下才是理想的,小说家不能随意地美化现实,只有进行精心的选材、合适的概括和适当的夸张才能达到真实。同时,不在文学作品的故事中加入抒情内容,只是尊重现实,让事实本身说话。《包法利夫人》中举行农业评比会的情节,福楼拜只是如实地描绘了农业评比会现场的盛况和获奖老妇的外貌:"她戴一顶没边的帽子,干瘦的脸上布满皱纹,就像一只褐红色的干瘪了的粗皮苹果。从她红色上衣的袖子里,露出一双关节疙疙瘩瘩的长手。谷仓的尘土,洗衣服的碱水和羊毛上的油脂,使她的手粗糙、发硬,结上了一层厚皮,尽管刚刚用清水洗过,仍然显得很脏;由于长期劳动,它们老是半张开着,它们本身就仿佛是她所受的说不完的苦痛的卑微的见证人。"②老妇人辛辛苦苦劳动了五十四年,得到的报酬只是一枚银质奖章和二十五法郎,即使是这一点钱她还要送还给教堂的神甫。福楼拜通过对老妇人枯瘦肮脏的外表真实客观的描写,揭示了资产阶级颁奖的虚伪和穷苦人民命运的悲惨。

　　老舍接受了法国现实主义文学关于真实性创作的观点,他喜欢法国现代小说中"写实的态度"。但是老舍的现实主义创作又舍去了现实主义"纯客观"地描写事物,反对只有唯一的一种真实和反映所谓全部的真实,他坚持"艺术是有选择的和有表现力的真实"。这一观点和法国现实主义作家莫泊桑的观点相契合,莫泊桑认为:现实主义倘是个艺术家的话,不仅要力图避免给我们提供生活的平庸照片,而且要给我们提供比现实更全面、更鲜明、更令人信服的图景。老舍小说创作的现实主义的真实性、深刻性,主要表现在生活真实与艺术真实的统一以及心理真实、内在真实上面。老舍笔下的北京是相当真实的,山水名胜古迹胡同店铺基本上用真名,大都经得起实地核对和验证。这些真实的地方经过老舍的艺术加工后,成了具有情感化的人物活动背景。老舍的文学作品中,很多人物形象都是有生活原型的。《我这一辈子》中的主人公"我"的影子为马海亭,是老舍大舅家的二儿子,做过护军兼任糊棚匠,是个多才多艺的旗人,可命运不佳,最终穷困潦倒。《月牙儿》《微神》中的女主人公的气质好些是和满族人的气质相通的,

　　①郑克鲁:《外国文学史》(上),高等教育出版社1999年版,第231页
　　②[法]福楼拜:《包法利夫人》,张道真译,上海文艺出版社2007年版,第119页。

在《月牙儿》前十章中,主人公母亲的身上有老舍自己的母亲的影子,等等。现实生活中的人物原型,经过老舍的艺术概括加工成文学作品中生动的人物形象,这正是表现了生活真实与艺术真实的统一。

法国现实主义还强调文学要具有典型性,典型化是现实主义的核心,是区别于自然主义的标志。现实主义要求作者选取各种现实生活中有意义的人物和事件,通过个性化和概括化的艺术加工,创造出典型的人物和典型的环境,正如恩格斯所说的,现实主义要"除细节的真实外,还要真实地再现典型环境中的典型人物。"①莫泊桑是福楼拜的得意门生,福楼拜将现实主义的创作原则深深印在了他的脑海里。莫泊桑是法国短篇小说的集大成者,他的人物画廊丰富多彩,创造了众多的典型性形象。可以说莫泊桑与同时代的作家相比,创造的典型比任何人都种类齐全。莫泊桑尤其擅长刻画农民和小资产阶级,把真正的小人物作为主人公。爱国善良的羊脂球,嫉恶如仇的菲菲小姐,有强烈虚荣心的罗瓦塞尔太太,吝啬猥琐的奥莱依太太,为了荣誉不惜牺牲妻子的萨科尔芒,感情专一的修软垫椅的女人,暴烈残忍的村长勒纳代,企图压抑情欲的马里尼昂长老……这些人物个性鲜明,气质突出,是19世纪末法国社会形形色色的人物的典型代表,拓展了莫泊桑描绘生活的广度和深度。老舍也同样接受法国现实主义对典型性创作的要求。在他的文学作品中,老舍同样刻画了一系列生动形象的典型人物。有出卖体力混口饭吃的车夫祥子,泼辣的悍妇虎妞,靠出卖肉体养活家人的妓女,恪守中庸的男性媒婆张大哥,知识分子"新韩穆烈德"……这些典型的人物形象反映了当时穷苦人民的悲惨生活,以及市民社会的生命形态。

法国现实主义还注重文学作品中细腻真实的细节描写和心理描写。福楼拜的细节描写是经过精心选择的。他通过细节和日常生活的细小事件,去表达生活的悲剧性。他描写饭桌的场面,是要表现爱玛对生活的厌烦。人物的内心往往通过目光的所见反映出来,更增加心理的真实。从1928年老舍开始读近代的法国小说以后,就在法国作家的影响下,开始创作《二马》,这部小说初步体现了"细腻"的写作风格,"《二马》中的细腻处是在《老张的哲学》与《赵子曰》里找不到

---

① [德]恩格斯:《致玛·哈克奈斯》,载中共中央马克思、恩格斯、列宁、斯大林著作编译局编:《马克思恩格斯选集》(第4卷),人民出版社1995年版,第683页。

的,……文字的风格差不多是'晚节渐于诗律细'的"①。老舍认为"心理分析与描写工细是当代文艺的特色;读了它们,不会不使我感到自己的粗劣,我开始决定往'细'里写"②。

老舍的文学创作受到了法国现实主义文学的影响,主要从法国文学中批判地继承和借鉴了一些对自己创作有益的东西。他的小说也一直体现着不刻意摹仿任何一派作家,在不断地吸收和融合中,形成老舍独有的艺术特色。

二、老舍对法国小说表现技巧的探寻与发展

福楼拜和莫泊桑都注重对形式的追求,并且认为形式必须服从于内容,要有独创性。老舍也相同于法国作家的看法,他认为"形式重要",认为小说的形式应该多样化,他多次在谈小说创作的文章中说:"小说的形式是自由的,它差不多可以取一切文艺的形式来运用:传记,日记,笔记,忏悔录,游记,通信,报告,什么也可以。……它可描写多少人的遭遇,也可以只说一个心象的境界,它能采取一切形式,因而它打破了一切形式。"③在《文学的形式》中,老舍又谈到了形式与内容的密切关系,他说:"我们不要以为创作的时候,形式与内容是两个不相同的进程:美不是这两者的粘合者。……在一切美中必有个形式,这个形式永远是心感的表现。"他还认为:"形式之美离了活力便不存在。艺术是以形式表现精神的,……形式与内容是分不开的。形式成为死板的格式便无精力,精神找不到形式不能成为艺术的表现。"④可见,老舍特别重视小说的表现形式及艺术技巧。他从法国小说中主要接受了细腻的细节描写艺术和独特的心理刻画技巧。

(一)细腻的细节描写艺术。老舍在《写与读》一文中说:"细腻是文艺者必须有的努力,而粗壮又似乎足以使人们能听见巨人的狂笑与嚎啕。我认识了细腻,而又不忍放弃粗壮。我不知道站在哪一边好。"⑤这种既想细腻又不忍放弃粗壮的矛盾心理一直困扰着老舍。

---

① 老舍:《我怎样写〈二马〉》,《老舍文集》(第15卷),人民文学出版社1990年版,第173页。
② 老舍:《我怎样写〈二马〉》,《老舍文集》(第15卷),人民文学出版社1990年版,第173页。
③ 老舍:《文学概论讲义》,《老舍文集》(第15卷),人民文学出版社1990年版,第155页。
④ 老舍:《文学的形式》,《老舍文集》(第15卷),人民文学出版社1990年版,第93页。
⑤ 老舍:《写与读》,《老舍文集》(第15卷),人民文学出版社1990年版,第544页。

但是,到他创作《二马》的时候,便"开始决定往'细'里写"①。

　　谈到细节描写,福楼拜是极其讲究细节描写的,他对作品精雕细琢,甚至到了自我挑剔的地步。福楼拜教导莫泊桑如何在普通事物中发现人所未见的细节,怎样只用寥寥数笔就使人物描写具有与众不同的特色,鼓励他去追求文学创作的独创性。莫泊桑牢记老师福楼拜告诫他不要急于求成,独创性才是作品的生命的教诲,"如果一个作家有他的独创性,首先就应该表现出来;如果没有,就应该去获得。"②莫泊桑回忆福楼拜的教导时曾说过:"他还告诉我这样的真理:全世界上,没有两粒砂、两个苍蝇、两只手或两只鼻子是绝对相同的。所以他一定要我用几句话就把一个人或一件事表现得特点分明,并和同种其它的人或同类其它的事有所不同。"③他还直接引用福楼拜的话:"当你走过一位坐在他门口的杂货商的面前,一位吸着烟斗的守门人的面前,一个马车站的面前的时候,请你给我画出这杂货商和这守门人的姿态,用形象化的手法描绘出他们包藏这道德本性的身体外貌,要使得我不会把他们和其他杂货商其他守门人混同起来,还请你用一句话就让我知道马车站有一匹马和它前前后后五十来匹是不一样的。"④在老师福楼拜的严格要求下,莫泊桑刻苦学习,在生活中捕捉生动鲜明的细节,努力锤炼自己的语言,寻找最恰当的表达方式,写出一篇篇优秀的文学作品。正如他自己认为的:"艺术家在选定了主题以后,就只能在充满了偶然的琐碎事件的生活里,采取对他的题材有用的具有特征的细节,而把其余的都抛到一边。"⑤

　　莫泊桑的人物肖像描写惟妙惟肖,他善于抓住最能反映人物特征的肖像细节,以细节描绘渲染人物性格,表现矛盾冲突,使人物形象活灵活现。他笔下小职员、市民、妓女、水手、农民、流浪汉、贵族、资本家等众多的人物,形象各异,绝不雷同。请看他对于羊脂球细腻、真实的细节描写,给人留下了深刻的印象。"她个头矮胖,浑身圆滚滚的,肥得油脂流溢,连一根根手指也是肉鼓鼓的,只有每个骨节周围才细一圈,皮肤紧绷而发亮,像一串短香肠。她的胸脯丰满挺拔,在连衣裙里高

　　① 老舍:《我怎样写〈二马〉》,《老舍文集》(第15卷),人民文学出版社1990年版,第173页。
　　② 伍蠡甫:《西方古今文论选》,复旦大学出版社1984年版,第261页 。
　　③ [法]莫泊桑:《小说》,柳鸣九译,人民文学出版社1958年版,第264页。
　　④ [法]莫泊桑:《小说》,柳鸣九译,人民文学出版社1958年版,第177页。
　　⑤ [法]莫泊桑:《小说》,柳鸣九译,人民文学出版社1958年版,第177页。

高耸起。她皮肤细嫩,明艳照人,叫人看着就怦然心动,其顾客着实不少。她的脸蛋像一只红苹果,又像一朵含苞欲放的牡丹花,脸蛋上部,两只美丽而乌黑的眼睛闪闪发亮,四周围着一圈又长又浓的睫毛,而睫毛又倒映在眼波里;她的脸蛋下部则是一张媚人的小嘴,两排细牙洁白明亮,嘴唇柔美湿润,简直就是专为接吻而造设的。"①羊脂球那圆润的身体、肉鼓鼓的手指、紧绷的皮肤、丰满的胸脯、像红苹果又像牡丹花的脸庞儿、美丽而乌黑的眼睛、又长又浓的睫毛、柔美湿润的嘴唇以及洁白明亮的细牙,都逼真地凸显于读者眼前了。这显然是一个胖而美的年轻少女形象,从美丽而又可爱的外表下映射出她内心的天真与纯洁,饱含着作者对她深深的爱。正是这样生动的细节描写,才让那些淫欲横溢的禽兽们对她"垂涎三尺",才给后文中民主党人科尔尼代对她的纠缠做了铺垫。正是这样逼真的细节描写,才使像野兽般的德国军官想要占有她,甚至用逃难车的启程作为要挟的情节有了依据,打下了基础。正是这样细腻的描写,才使读者对这位妙龄发胖,美丽善良,名副其实的"羊脂球"产生了极大的同情心,而对那些外表道貌岸然,实则卑鄙无耻的"上等人"无比痛恨。尤其是这美丽的外表下更有一颗美丽的爱国心灵,更加得到人们的赞许。也使读者对厚颜无耻的德国军官、玩弄她的淫棍们以及那些忘恩负义的"上等人"们表现出了极大的憎恨和愤慨。这些惟妙惟肖、活灵活现的肖像细节描写,对于刻画具有美好的爱国心灵的妓女形象,推动故事情节的发展,增强故事的真实性,都起到了画龙点睛的作用。

同样,老舍《微神》中女主人公的细节描写也是细腻传神的,他通过对肖像形态以及言谈举止前后变化的细节描写,形成强烈的对比,从而达到强化形象的目的。小说一开始写女主人公,"像燕儿似的从帘下飞出来","喜欢得像清早的阳光,腮上的两片苹果比往常红着许多倍,似乎有两颗香红的心在脸上开了两个小井,溢着红润的胭脂泉。"②青春、阳光、轻盈、俏丽,女主人公是那么光彩夺目。当她见到他时,没有话只是"白润的脖儿直微微地动",当她发现他看着那双小绿拖鞋时,连忙"往后收了收脚,连耳根都有点红了。"当她和"我"两人相处时,"她的两手交换着轻轻地摸着小凳的沿,显着不耐烦,可是欢

①[法]莫泊桑:《羊脂球》,柳鸣九译,《莫泊桑短篇小说选》,北京燕山出版社2011年版,第91页。
②老舍:《微神》,《老舍文集》(第8卷),人民文学出版社1985年版,第56页。

喜得不耐烦。"两人分别时，四目相对，难舍难分，她"眼上蒙了一层露水"①。老舍通过对女主人公的脖儿、双脚、两手、眼睛、酒窝的外貌细节描写，表现了一位清纯美丽的少女会见心上人时无限娇柔害羞的情景，向读者展示了一个动人心弦的美好情影。但是等他从国外求学归来，似乎这一切的一切都变了。她为生活所迫，沦落风尘，变成娼妓。曾几何时，她"脸上的粉很厚，脑门和眼角都有些褶子"，"象个产后的病妇"②。这些外貌形象上的巨大变化反映了她生活境遇的颠覆、灵魂上的变异，面对旧时相爱的恋人，"她点着一支香烟，烟很灵通地从鼻孔出来，她把左膝放在右膝上，仰着头看烟的升降变化，极无聊而又显着刚强"，原本娇羞、纯真、柔美，"像仙女飞降下来"的少女瞬间全部消失，展现在读者面前的是个"脸上加着皱纹"带有些许冷漠，甚至带有些许放荡的暗娼，她已经失去了最初的样子，原本的心灵和躯壳早已变得面目全非。老舍通过对女主人公前后变化的肖像细节描写，展现了女主人公受尽凌辱的灵魂的血泪控诉，为了养活一个不成器的父亲，从"富室的玩物"沦为"尽着肉体所能伺候男人"的娼妓。无情的岁月让她遍体鳞伤，惨无人道的现实让她灵魂扭曲，但她在非人的境遇中心灵却未甘堕落，仍保存着圣洁的爱情。可是"我"的归来却把她的梦彻底击碎了，她"把爱藏在心中"却杀死了自己。在这哀怨凄婉的基调中，老舍通过前后形象的细节描写和对比，缓缓地诉说着女主人公心灵的悲愤和爱情被毁灭的心声，揭示了黑暗社会对爱情的吞噬，强烈控诉那撕毁美好事物的人吃人的社会。

莫泊桑和老舍小说的细节描写，无论是写人物还是展现事物，都能够充分表现人物的形态和思想性格，能够深刻地揭示事物的思想意义。环境描写是文学作品的一个重要组成部分。选取真实典型的环境描写，并把它与作品的人物、情节融为一体，使之成为作品不可分割的有机组成部分，这是作家成功的奥秘之一。作家必须选取那些典型真实的环境细节，为人物安排一个合适的"舞台"，才能塑造出栩栩如生的典型人物。

莫泊桑环境细节描写的一种常见的手法是：描写秀丽的自然美景，并使它和人物悲哀的心境形成鲜明的对比，揭示主题。在《西蒙的

---

① 老舍：《微神》，《老舍文集》（第8卷），人民文学出版社1985年版，第57页
② 老舍：《微神》，《老舍文集》（第8卷），人民文学出版社1985年版，第58页

爸爸》中小西蒙私生子,受到社会上的歧视。幼小的心灵受到周围儿童们的折磨和侮辱后,再也承受不了了,想要投河自杀。他来到河边,"注视着流水,河水清澈,有几条鱼儿在追逐嬉戏,偶尔轻轻蹦起,捕食在水面上飞来飞去的小虫。"①还有蹦蹦跳跳的小青蛙、晴朗的天空、和煦的阳光、暖暖的草地、明亮如镜的河水……这幅大自然的风景画是多么秀丽、清新、诱人!幼小的西蒙在看到游鱼嬉戏,虫儿飞起后,已经停止了哭泣,甚至驻足与小青蛙周旋,不禁笑了。可是暂时的快乐始终代替不了他心头的悲哀,一想到家,想到母亲,想到自己私生子的身份和周围儿童们的侮辱和戏弄,"心里不胜悲伤,不禁又哭起来了",直至"他浑身颤抖,跪倒在地","抽泣得太急促、太剧烈"②。美丽的环境描写与西蒙此时此刻绝望悲伤的心情形成鲜明的对比,更加显得西蒙的可怜。大自然中的小动物们都能够自由自在地生长着,而"年纪约莫七八岁"的西蒙,却因私生子的身份,小小年纪就受到人们的歧视,无辜的他竟然被逼得走投无路,打算投河!莫泊桑的这段环境细节描写反映了当时法国农村社会习俗的落后、腐败,让人不禁掩卷遐思,拍案叫绝!

老舍的环境描写细腻动人,他用语言画出一幅匀称谐调,处处长短相宜,远近合适的美丽的画面。《月牙儿》通过情景交融的手法,运用"语调的缓慢,文字的暗淡"构成了悲伤、凄凉的情调。老舍小说中唯一以爱情为主题的作品《微神》,抒写了一对男女的爱情悲剧故事。老舍通过对色彩的细节描绘和环境的细节描写,来表现对美好事物的怀念和感叹。小说的一开始,作者就以抒情、细腻的笔触,推出一个暮春田野的空镜头,描绘了一幅生趣盎然、色彩鲜艳的春景图。在这幅画中,地上有那些还很弱的蝴蝶们,一出世就那么挺拔的蜜蜂,"好像世界确是甜蜜可喜的"。天上"只有三四块不大也不笨重的白云",有"给白云上钉小黑丁字玩"的燕儿们。近处有"故意地轻摆,像逗弄着四外的绿意"的柳枝,远处有美丽的山色。而这幅画的色调又是绿色的,"田中的清绿轻轻地上了小山,因为娇弱怕累得慌,似乎是,越高绿色

① [法]莫泊桑:《西蒙的爸爸》,柳鸣九译,《莫泊桑短篇小说选》,北京燕山出版社2011年版,第48页。
② [法]莫泊桑:《西蒙的爸爸》,柳鸣九译,《莫泊桑短篇小说选》,北京燕山出版社2011年版,第49页。

越浅了些";"山腰中的树,就是不绿的也显出柔嫩来"①。这生机勃勃的绿春景象,都是神思迷离的"我"之心灵的映照,一切的美景都渗透着"我"内在感情的泉水,是"我"做着凄凉哀痛的爱情梦的内心世界。

总之,老舍继承了法国作家细腻的细节描写,在此基础上又加以独特的创新,使小说中无论是写人或是写事,都是真实深刻、妙趣横生的,都能深入地揭示人物的思想性格和心理状态,充分表达了事物的思想意义。同时,这些精致的细节描写,使读者如见其人,如闻其声,如临其境,大大增加了作品的艺术感染力。

(二)独特的心理刻画技巧。法国的圣伯夫说过,文学是一种研究心灵的自然科学。勃兰兑斯还从史的意义上强调:"文学史,就其最深刻的意义来说,是一种心理学,研究人的灵魂,是灵魂的历史。"②"研究人的灵魂",就得去描写人物心理,展示人物的内心世界。③莫泊桑曾经说过,在福楼拜的文学作品中,只用人物的行动来展示人物的内心世界。这种创作态度莫泊桑也是同意的,他认为客观派的作家们隐藏人物的心理,把人物的心理活动作为作品的骨架,就像给我们画肖像的画家不表现我们的骸骨一样。作为"短篇小说之王",莫泊桑在心理描写的手法上,有着自己的特色。

《散步》是莫泊桑写小人物生活的短篇小说,情节简单,但它对于人物心理发展的描写和分析,揭示小说中蕴含的深沉的人生哲理却显示出作者独特的心理描写技巧。小说的主人公勒腊老爹,四十年来一直在一间又冷又潮湿的工作室里工作,那个屋子如同"监狱","非常晦暗","满是霉气和阴沟的臭气"。他对生活本没有过高的要求,但在一次散步中,想到自己空虚的一生,因缺少天伦之乐而极度寂寞后,自缢结束了平庸的一生。在小说中作者没有写人物自杀的原因,也没有分析勒腊老爹濒临绝望的心理状态,而只是把人物思维中的某种心理变化和当时的想法心情反映出来,从而写出了人物最终的命运在偶然中所出现的必然结果。《在一个春天的晚上》也是一篇心理分析小说,小说的女主人公是老姑娘莉松阿姨,但是通篇写的都是一对年轻人让娜

① 老舍:《微神》,《老舍文集》(第8卷),人民文学出版社1985年版,第52页
② [丹麦]勃兰兑斯:《十九世纪文学主流》(第一分册),人民文学出版社1988年版,第2页。
③ [俄]车尔尼雪夫斯基:《〈童年〉和〈少年〉、〈列·尼·托尔斯泰伯爵战争故事集〉》,载易漱泉等选编:《外国文学评论选》(下册),湖南人民出版社1983年版,第267页。

和雅克的热恋,对莉松阿姨的心理活动却不着一笔,只通过眼睛、手指的不同寻常来显示出她激动的内心世界。最后,面对年轻恋人间的关怀密语,她终于控制不住自己的感情,"猛然用双手掩住脸,开始抽噎,大哭起来"。"这可怜的老妇人,悲痛得全身抽搐,泣不成声,结结巴巴地说:'因为……因为……他对你说:你可爱的小脚不冷吗?……从来没有人对我这么说过,从来没有……从来没有!'"①一句话道出了她内心的痛苦,凄凉孤独无爱的一生以及莉松阿姨对生活中爱的期望。

老舍受到了莫泊桑等法国文学心理描写的影响,他对于人物心理状态的描写,既有细腻的描述,又有深刻的剖析。因此,老舍的小说里,人物心理更多地是通过夹叙夹议的形式来表现的。老舍只是给人物画出一个模糊的心理轮廓,而在生活中的情绪、感受却不太明朗。于是,老舍就以全知全能的观点,让其明朗化,从而让读者明白其中蕴含的意义。例如《离婚》中的老李,他心目中有个"诗意",但是"诗意"究竟是什么,他自己也不明白:"他有个不甚清楚的理想女子,形容不出她的模样",正如在他心中,"常有些轮廓不大清楚的景物","她没有相当的言语把它们表现出来"。这是老舍对人物心理状态在现实生活中的客观描述。接着作家就以全知全能的观点,理智清醒的语言对人物心理状态进行了剖析,对老李心中那个模糊的"诗意"做了清楚的描述:"他的理想女子不一定美,而是使人舒适的一朵微有香味的花,不必是牡丹芍药;梨花或是秋葵正好"。

在老舍的作品中,心理描写是为了更深入地刻画人物形象。《骆驼祥子》中的祥子是个"嘴常闲着,所以有工夫去思想"的角色,所以老舍把心理描写作为重点放在这个人物身上。祥子在曹先生家拉包月,曹先生被侦探盯上了,躲到左先生家,而祥子却被孙侦探敲诈完了所有的积蓄。祥子半夜跳墙躲在邻家拉包月的老程屋子里,来回的翻腾,胡思乱想,始终睡不着。先是想去曹家趁火打劫,去偷些东西,然后又想到决不能当贼,穷死也不能偷,最后想到怕别人偷了曹家,自己跳到黄河也洗不清……。这一段复杂多变的心理过程的刻画,生动地表现了在现实的多次打击下,原本淳朴善良、忠厚要强,对生活具有骆驼般坚韧的奋斗精神的祥子正在开始蜕变。

① [法]莫泊桑:《在一个春天的晚上》,柳鸣九译,《莫泊桑短篇小说选》,北京燕山出版社2011年版,第57页。

　　直接心理描写有助于直接揭露人物心灵的奥秘。同时，老舍和一些法国作家还借助肖像、表情、动作和场景描绘等手段对人的心理进行间接的暗示，达到了耐人寻味、含蓄的美学效果。

　　莫泊桑运用外部描写与虚写来间接显示人物心理的变化的这种手段，已经达到了炉火纯青的地步。《项链》中对女主人公卢瓦瑟尔太太的刻画入木三分。玛蒂尔德是一个家境贫寒的教育小科员的妻子，她年轻貌美，不甘寂寞，他非常向往贵族和大资产阶级的奢华生活，因此常常抑郁寡欢。丈夫卢瓦瑟尔为了博得妻子的欢心，好不容易弄到了一张部长邀请参加舞会的请柬。从这里开始，情节跌宕起伏，莫泊桑通过对马蒂尔德压抑的表情："她闷闷不乐、心事重重、烦躁不安"；爆发的愤怒："她用愤怒的眼睛瞪着丈夫，很不耐烦地嚷了起来"；自卑而感伤的语言："我既无首饰，又无珠宝，没有什么东西可以佩戴，想起这我就心烦。在晚会上，我一定会显得很寒碜，我还是不去为好"以及借到项链时的兴奋："她蹦了起来，一把搂着女友的脖子，激动地吻了一下，然后，带着这件宝物飞快地回家了"，揭示了生活在资本主义社会一个贪慕虚荣而又卑贱弱小的小人物的心理活动状态。特别是对马蒂尔德借项链、丢项链这两个情节高潮时人物表情、神态、动作的虚写，进一步体现了作者间接心理描写的妙用，极准确又丰富地表现了马蒂尔德此时此地的心理活动。并在《项链》结尾时，作者抖开了"原来借来的项链是假钻石"的"包袱"，这"惊心动魄的收煞"，是对马蒂尔德追求上层奢华生活的虚荣心的尖锐讽刺。

　　莫泊桑的这种以肖像、表情、动作等来展示人物内心世界，在老舍的小说中也常常加以运用。《四世同堂》中对于韵梅的肖像描写逼真传神，表现了在民族罹难之际，韵梅忍辱负重，扛起家庭重担，为"家"献身的精神。当时韵梅刚排队买粮回来，瑞宣见到的韵梅："她，因为缺乏营养，因为三天两头的须去排队领面，因为困难与愁苦，已经瘦了很多，黑了很多。因为瘦，所以她的大眼睛显着更大了；有时候，大得可怕。在瑞宣心不在焉的时节，猛然看见她，他仿佛不大认识她了；直到她说了话，或一笑，他才相信那的确还是她。"[①]老舍对韵梅肖像的刻画，抓住了这双被生活和精神摧残过的眼睛，读者可以看到她内心的

----

　　① 老舍：《四世同堂》，《老舍全集》（第5卷），人民文学出版社2008年版，第971页。

世界是多么无奈,多么痛苦!也正是这个没有搏击时代潮流的魄力,没有自我意识觉醒的传统女子,却在民族危难之际,反而成为民族的脊梁。她坚强勇敢,忍辱负重,不失为中国传统女性的高尚品德,赢得了老舍的高度赞扬。

老舍的小说还善于巧妙地使用戏剧化的场景来展示人物的心理。《四世同堂》中,"八·一三"上海抗战炮火打响后,祁家一家人包饺子来庆祝的对话场景就展现了人物当时的心理。

> "大嫂我帮着你包!"
>
> "你呀?歇着吧!打惯了球的手,会包饺子?别往脸上贴金啦!"
>
> 天佑太太听到大家吵嚷,也出了声:"怎么啦?"
>
> 瑞全跑到南屋,先把窗子都打开,而后告诉妈妈:"妈!上海也开了仗!"
>
> "好!蒋委员长作大元帅吧?"
>
> "是呀!妈,你看咱们能打胜不能?"瑞全喜欢得忘了妈妈不懂得军事。
>
> "那谁知道呀!反正先打死几万小日本再说!"
>
> "对!妈你真有见识!"

这段场景对话,表现了韵梅和天佑太太虽然有些担忧,但是仍然坚持反抗的心理以及瑞全兴奋的抗战心态。在他们的对话中,蕴含着深深地爱国情感和民族精神。

老舍并没有完全模仿法国文学对于心理描写的方法,他在广泛吸取法国文学精华时,更注重小说的独创性。老舍将心理描写运用在人物性格的发展上,追求"心灵的辩证法"的心理描写方法。他写主人公祁瑞宣,在国家面临灾难,敌人侵入国门,家乡沦亡的危险时刻,他陷入了忠孝不能两全的两难境地:他要尽忠国家,亲人的生活无法保障;他要遵守孝道,就不能出城杀敌抗日保国,由忠孝不能两全而形成深沉的内心谴责,矛盾痛苦,一直伴随着他。老舍真实地描写了一个爱国知识分子的心灵历程,并且让祁瑞宣最终从"偷生"中艰难地走了出来,投入到了抗日救亡的斗争洪流中去。

从上述比较分析中可以看出老舍小说继承了欧洲小说尤其是法国小说中的一些心理描写技巧。并且还从英国作家狄更斯、康拉德、劳伦斯、伍尔芙，俄国作家托尔斯泰、陀思妥耶夫斯基以及契诃夫等作家那里得到了很多启示。但是老舍并没有模仿西方小说的写法，而是有选择地对西方作家心理表现技巧进行吸纳，从而形成自己的心理描写手法：在描写人物心理的同时进行叙事，在叙事中也不忘夹杂着心理描写，保持了小说叙事情节的一致性和连贯性。可以说，老舍小说中的心理描写艺术是融中西小说之精华的个人独创，是创新的，民族的。

第四节　老舍与俄罗斯文学

19世纪俄国文学是中国现代文学发生时期的重要影响源之一，它不仅影响了初期的现代作家，也深深地影响了三四十年代老舍的思想与创作。从五四新文学运动开始，老舍就受到了国内俄国文学热潮的潜移默化的刺激，30年代回国之后，出于时代因素和对俄国文学主体情绪上的共鸣，他开始对俄国文学进行了一次有意识地、全面地思考。俄国文学的精髓不时地渗透到他后来的小说创作中，主要表现在以下几个方面：在文学观念上，他坚定了"文学为人生"的小说观，加深了对文学的特质、功能的理解；在小说题材上，他以形形色色的市井人物的生活和命运为毕生关注的焦点，开拓了现代小说史上的市井题材；在人物形象塑造上，他借鉴了俄国小说中的复杂的心理剖析，从人物的外表写到内心，从内心、世界透视整个社会文化和心理；在小说的艺术形式上，俄国文学中表现复杂心理的艺术技巧，精美的结构艺术以及严肃的幽默等，促进了他三四十年代小说艺术的成熟。

一、老舍与俄国文学的沟通和对话

当"俄国风暴"盛行于五四文坛的时候，老舍正在北京一所小学里担任校长，工作的繁忙使他无暇亲身参与这场运动，他后来曾多次声称自己只是五四运动的"旁观者"、"局外人"。1924年，老舍去了英国，在海外度过了七年时间。这一段时间里，他"昼夜的读小说，好象是落在小说阵里"，从古希腊罗马的史诗，但丁的《神曲》、文艺复兴时期的戏剧一直到近代英法等国的小说等,都是他重点涉猎的对象。英法的批判现实主义作家,像狄更斯、康拉德、威尔斯、梅瑞狄斯、菲尔丁、福楼拜、巴尔扎克、莫伯桑等人,对他这一时期的思想和创作产生了深刻的影响,尤其是狄更斯的小说,不仅为他所爱,而且还由此激发了他最初的创作冲动。因此,在1924—1930这一段时间里,老舍主要是受英法等欧洲文艺的影响,这一时期的小说创作,英国的味道很浓。然而,老舍20年代虽然远在海外,但国内五四运动强烈的冲击波仍然使他的心灵产生了不小的共振,他虽然没有像其他作家那样深处于俄国文学氛围之中,但俄国文学中的一些思潮和流派不可避免地在他的记忆里留下了某些痕迹,这一点,从他早期小说里所反映出来的政治理想中可以窥见一斑。

　　老舍早期的长篇小说中所表达的政治理想与19世纪俄国的"民粹派"思想有密切的关联。"民粹派"兴盛于19世纪的70—90年代,正值俄国封建农奴制解体、资本主义萌芽的时期。这一派作家极力主张民主主义和村社制度,认为封建宗法制的村社制度体现了一种平等、友爱的集体主义原则,是理想社会的蓝图。民粹派作家对知识分子的活动和作用极为重视,着重描绘他们如何探求同人民相结合的道路,这一主张迎合了中国当时的环境,因此,"民粹派"思想在20世纪初便被介绍到中国来,其代表作家契诃夫,更为国人所推崇,他的小说也在中国被广泛地翻译和介绍。老舍早期的小说特别强调知识分子的活动与作用,像《赵子曰》中的李景纯,曾经明确给不学无术的赵子曰们指出两条救国的道路,"一条是低着头念书,念完书到民间去做一些事,慢慢地培养民气;一条是破命杀人",这里所主张的"民气说"实际上是19世纪俄国"民粹派"思想的投影。除去"知识救国"外,老舍早年还有过"英雄救国"的思想,寄望于有志之士的暗杀活动来遏制恶势力的扩张,这种革命的主张不管是否受到过俄国作家的影响,但至少是和俄国作家有心灵感应的。鲁迅曾经说过,早期的知识分子,"至于俄国文学,却一点不知道,——但有几位也许自己心里明白,……不过在别一方面,是已经有了感应的。那时较为革命的青年,谁不知道俄国青年是革命的,暗杀的好手?"[①]因此,老舍早期与俄国文学思想的

―――――――――――
① 鲁迅:《祝中俄文字之交》,《鲁迅选集》(第三卷),人民文学出版社1983年版,第143页。

这一契合,是不足为怪的。

五四时期由于种种条件的限制,使老舍与俄国文学之间还未发生深层接触,尚处于"神交"阶段,俄国文学对他的影响主要是在政治思想上,还没有落实到真正的小说创作实践上来。直到30年代老舍回国,接受了当时国内的一些革命理论之后,随着视域的扩大,他才真正清醒而又有意识地去阅读和吸收俄国小说,开始了与俄国小说家的沟通与对话。在《写与读》中,老舍回顾了自己接受外国文艺的历程,他说:"回国之后,我才有机会多读俄国的作品。我觉得俄国的小说是世界伟大文艺中的'最'伟大的。"①这是他对俄国小说的一次最高的评价。从1928—1929年整天沉在英法小说阵里,到30年代如此地偏嗜俄国小说,是什么原因促成的呢?从老舍的思想与小说创作道路来看,主要有两个方面的因素。

一是俄国小说中强烈的民本意识、人道主义思想和老舍主观情绪上的契合。正如普列汉诺夫所说的那样:"某个国家的艺术家或作家要对别国居民的智慧发生影响,那这个作家或艺术家的情绪就必须适应那些阅读他的作品的外国人的情绪的。"②俄国文学是年青的文学,其代表性作家大多出身于社会的底层,对中下层人民的生活都有着切身经历。因此,他们在小说创作中,体现着一种强烈的民本意识和民治思想。爱罗先柯说得好:"你们要问俄国的文学这样有势力,其成功的秘诀在那里呢?可用一句话回答,是在俄国文学的民治主义的思想!"③这种民本意识和民治思想是19世纪俄国文学最耀眼的地方,得到了中国作家的共鸣。周作人就曾经指出:"俄国人所遇的是困苦的生活",所以"俄国的文人都爱那些'被侮辱与损害'的人","俄国人的生活与文学差不多是合而为一,有一种崇高的悲剧的气象"④这正中问题肯綮。和俄国作家一样,老舍也是出身于社会底层,生活的贫困使他和穷人们心连心,把他们当作自己患难与共的朋友。他带着深深的切肤之痛,同情着这些贫苦的人们,为他们呐喊,为他们申唤,俄国小说家的共同情绪因此引起了他的共鸣,使他乐于读俄国小说,感悟

① 老舍:《写与读》,《老舍文集》(第15卷),人民文学出版社1990年版,第546页。
② [俄]普列汉诺夫:《论象征主义》,郭值京译,载中国艺术研究外外国文艺研究所《世界艺术与美学》编辑部编:《世界艺术与美学》第一辑,第13页。
③ [俄]爱罗先柯:《俄国文学在世界上的位置》,周作人口译,《晨报副刊》1922年12月9、10日刊。
④ [俄]爱罗先柯:《俄国文学在世界上的位置》,周作人口译,《晨报副刊》1922年12月9、10日刊。

俄国小说，从俄国的小说中，他找到了知音。此外，俄国作家在描写社会中下层人物生活和心理时，对他们的悲苦命运往往给以人道主义的同情，这种真挚的人道主义精神，打动了中国现代作家，也深深打动了老舍，无形中对他产生了亲和力。

二是30年代对俄国代表作家小说的译介，为老舍接受俄国文学提供了客观条件。前面已经谈到，在五四和30年代，我国译介的俄国小说的数字是惊人的，几乎现在所认为的俄国代表作家的代表作品，当时都有译本，像《战争与和平》之类，译本还不止一种，这种现象是空前绝后的。以托尔斯泰、陀思妥耶夫斯基、契诃夫为例，五四到30年代翻译的托尔斯泰小说就有30多种，其中包括《安娜·卡列尼娜》《复活》《战争与和平》；陀思妥耶夫斯基的代表作《穷人》《赌徒》《诚实的小偷》以及长篇小说《死屋手记》《被侮辱与损害的》《罪与罚》《卡拉玛佐夫兄弟》等，也有了翻译。契诃夫的小说则更多，他的著名的短篇，在这一时期大都被介绍过来。除了作品翻译之外，还有不少学者对俄国的文学史及作家作品从事研究，以专著和评论的形式发表出来。代表性的像郑振铎、瞿秋白的《俄国文学史》，茅盾的专论《陀思妥耶夫斯基的思想》，鲁迅的《祝中俄文字之交》《〈竖琴〉附记》《陀思妥耶夫斯基的事》，以及耿济之等人从俄国和日本翻译过来的评论等。这么多的俄国小说作品和评论，为老舍提供了一个广阔的接受环境。此外，老舍这时正在齐鲁大学和山东大学教授《文学概论》《欧洲文艺思潮》等课程，在系统地研究了中国古典文学和民间文学之后，他发现了民族传统文艺的诸多不足，使他不由自主地向当时世界上较为先进的俄国文艺看齐。在30年代的理论著述中，老舍多次把《战争与和平》和中国的古典小说《红楼梦》相提并论，足见他对俄国文艺的热爱。

在以上这两种因素的促进下，老舍对19世纪的俄国文学更加理解，与俄国作家作品的接触更为频繁。在他30年代的文学论著中，经常出现普希金、果戈理、屠格涅夫、托尔斯泰、陀思妥耶夫斯基、契诃夫、高尔基等俄国经典作家的名字，俄国文坛泰斗托尔斯泰的小说《战争与和平》，在老舍的理论著作中出现的频率最高，评论也最为精到。其他俄国作品像《复活》《罪与罚》《卡拉玛佐夫兄弟》《被侮辱与损害的》《穷人》等，老舍也发表过不少评论，有时还用外国评论家的相关论述来参照印证。广泛地阅读再加上深入细致地比较，使老舍对俄国文学的认识加深了，理解也更为深刻。虽然老舍直接谈俄国文学的文字很少，他甚至很少明确承认自己受过俄国哪一位作家的影响，但从他对俄国作家作品的诸多独到见解来看，老舍是从宏观的和整体的角度来看待整个俄国文学的，这使他能够对俄国文学博采众长，而不受任何一个作家或流派思想的束缚。从他三四十年代的具体小说创作中，不仅可以看到托尔斯泰的那种史诗般的宏大叙事结构，贵族青年深沉的心灵忏悔；还可以看到陀思妥耶夫斯基对人的病态心灵的鞭辟入里、剔骨见髓的剖析；契诃夫对城市中下层人民生活中的种种现状的生动刻绘。这种求其"神"而不求其"形"的宏观接受模式，正是老舍接受俄国小说影响的独特之处。

　　老舍是一位主观情绪非常浓厚的市民作家，他对俄国小说的接受，主要是从市民作家的眼光出发的，这种独特的主观气质决定了老舍接受俄国小说的独特性。俄国小说中的市民本位意识、人道主义和爱国主义、对人类生存命运的思考、对人与文化的心理透视技法以及独特的艺术形式等，是老舍主要的接受维度。这个维度是微观而具体的，同时又是多元的。市民本位意识是俄国小说的内核，从普希金、屠格涅夫、果戈理等所开创的"自然派"起，经托尔斯泰、陀思妥耶夫斯基，再到契诃夫、高尔基，都是以表现市民情绪为中心，探索市民阶层的生存和发展的道路。普希金的《驿站长》中的维林，屠格涅夫的《前夜》《父与子》中的英沙洛夫和巴沙洛夫，果戈理《外套》中的巴施马奇金，陀思妥耶夫斯基《穷人》中的杰符什金，《被侮辱与损害的》中的伊赫缅涅夫、小涅莉以及契诃夫《一个官员的死》的切尔维亚科夫等，均反映了在黯淡的社会中偷生的"小人物"悲剧命运。老舍30年代的小说《离婚》《骆驼祥子》《我这一辈子》等与俄国文学的这一主旨有很多相似之处。俄国作家在写下层人民的悲惨生活遭遇的时候，往往都是带着浓厚的阶级感情和人道色彩的。他们把社会下层人物当作是和自己血肉相连的兄弟、亲人，因为他们和自己一样的不幸。他们的人道主义思想与下层人民走得很近，虽然仍摆脱不了宗教的因素，为人民规划未来的美好生活蓝图，主张人民以对现世的忍耐来获得安宁和幸福，但在现实沉重的黑暗面前，也不乏有强烈的抗争意识和批判意识，与英国维多利亚时期的作家的人道主义有本质上的不同，这种以弱者为本位的人道主义逐渐为老舍所接受。

老舍早期的小说受狄更斯资产阶级人道主义的影响,在小说中宣扬"自由"、"博爱"、"平等"思想,试图通过统治者良心上的自我悔悟来改变人民的命运,或是通过单个传奇式人物的侠义行动来救民于水火。30年代以后的小说虽然还残留着这些思想的印痕,但却渐渐的淡化了,虽然还达不到彻底的革命人道主义的高度,但却无愧是民主主义人道主义的顶峰。这种变化,一方面是由于老舍在国内受到过"革命理论的影响",但另一方面,恐怕与这一时期对俄国文学的接受是分不开的。19世纪蒙莱托夫成为俄国爱国主义小说的前驱,列夫·托尔斯泰继承了这一传统,并将之发扬光大,在《战争与和平》中,他以数百万言的篇幅,描写的1805年俄法战争中俄国人民全民奋战、抵御外侮的爱国主义情怀,曾感动了世界各国的读者。老舍40年代所写的《四世同堂》《火葬》和一系列描写抗战,歌颂爱国的短篇小说中明显受到托氏爱国主义思想的熏染。从艺术本身来看,老舍极度喜爱俄国小说对"小人物"生活和命运的真实描绘,对人的社会悲剧根源的思考,对人的庸俗、病态灵魂的深入剖析以及丰富多样的叙事结构,辛酸冷峻、含蓄幽默的讽刺艺术以及平民化、大众化和口语化的语言艺术,常常使他对此击节叹赏,并以此作为模鉴,激励自己的小说创作。

上述种种,可见老舍对俄国文学的接受并不是单一的,而是多元的。他不仅吸收了俄国小说中的民本意识、人道主义、爱国主义思想,而且还从艺术的本身入手,对俄国小说杰出的灵魂透视、精美的结构形式和平实的语言艺术等,也广为采纳,比一些作家的单一接受要全面得多。他的一些小说中,你很难分析出到底是受俄国哪一位作家的影响,但能很清晰地感觉到有一些俄国小说气质的存在。

二、老舍和俄国小说的市井聚焦

老舍和俄国作家陀思妥耶夫斯基都是市井小说题材的拓荒者,并取得了高度的艺术成就,他们在两国文学史上的地位,是其他作家难以匹敌的。老舍和陀思妥耶夫斯基都具有关注本国市井生活的特点。

作家的出身和相应的人生经历会对其创作产生一定的影响,这在陀斯妥耶夫斯基和老舍身上体现得特别明显。

陀思妥耶夫斯基出生在一个医生家庭,父亲曾经是个小农场主。他从小在父亲的庄园里长大,亲眼目睹了破产农奴的悲惨生活,并与他们结下了深厚的友谊。青年时期,他因参与空想社会主义组织彼得拉舍夫斯基小组的活动而被沙皇政府逮捕,被发配到西伯利亚。在服苦役的近十年时间里,他熟识了形形色色的在贫民窟和地下室中生活的人们,感同身受着他们的痛苦,理解着他们内心中未被泯灭的高洁的灵魂。从西伯利亚流放地回来后,他的心理发生了巨大的变化。1856年,他在致阿·尼·迈科夫的信中写道:"一切俄国的事物对于我是如此亲切,甚至连苦役犯都没有使我害怕,这是俄国人民,是我的患难兄弟,我有幸不止一次地、甚至在强盗心中发现宽宏大度的品质,主要原因是我能理解他们,因为我自己就是俄国人。我的不幸使我了解了许多实际情况,这种实践,可能对我有很多影响,而且我还通过实践了解到,我在良心上永远是俄国人。"①西伯利亚的苦役生活给陀思妥耶夫斯基提供了丰富的人生经验,他事实上已把自己当成一切被侮辱与损害者的贫民阶层的代表,贫民阶层的悲剧命运,成了陀氏艺术的社会基础和主要表现领域。

陀氏笔下的小市民层次涵盖甚广,既有杰符什金、高略德金那样的小官吏、小公务员;叶麦利扬那样的城市无业游民;马尔美拉托夫那样无力维持生计的失业官员;拉斯柯尔尼科夫那样的贫穷知识分子;梅思金那样的没落贵族;杰里米·史密斯那样的破产资本家;以及被社会毁灭的形形色色的城市女性,像善良的疯女丽莎;高洁的女性卡捷琳娜·伊凡诺夫娜和娜思塔谢·费里波夫娜;世故的女性鲁申卡;坚强的女性涅莉等。作家深深的爱着这些可怜的人们,因为他感到他们与自己是"一样的不幸",他以如实的态度,向读者展示着这些底层市民的悲惨命运:小公务员杰符什金在等级制度的威压下,无力改变自己和情人的命运;小涅莉失去她唯一的亲人,沦为乞丐,受到残暴的女房东的非人折磨;善良的疯女丽莎,被老卡拉玛佐夫奸污后抛弃,生下孩子后悲惨死去;穷人家的孩子打伤了富人家的狗,被富人唆使群狗当着他母亲的面活活咬死;失去地位的退伍军官被人揪着胡子当众游街等等。陀氏不仅表现了这些人命运的悲惨,更深入了他们的内心深处,挖掘出他们饱受屈辱而又高洁的尊严,向人们宣布:"最卑微的人

---

① [俄]陀思妥耶夫斯基:《陀思妥耶夫斯基选集·书信选》,冯增义、徐振亚译,人民文学出版社1993年版,第78页。

也是人,而且是我们的兄弟"①,对残暴的沙皇专制制度提出了严正的抗议和控诉。

　　老舍的出身和经历和陀思妥耶夫斯基非常相似,从小在北京的贫民窟中长大,他和穷人们的孩子在一起,亲眼目睹着北京下层人民像车夫、艺人、手工业者、泥水匠们在内忧外患中的生活惨景,同时也感受着他们不畏艰苦、勤劳朴实、刚直不阿的性格与气质。这些少年的记忆都为他后来的小说创作以市井为焦点打下了坚实的基础。青年时期,他又感受着从农村流入城市的破产农民的病苦,城市中下层人民谋生的艰难。他熟悉他们的语言、性格,了解他们的心理,他与他们是同呼吸、共命运的。同俄国作家一样,他也爱着那些"被侮辱与损害的"人,从他们被生活的苦难扭曲的躯体内发掘出他们内心的灵魂和尊严。

　　老舍小说中的市民人物形象同样是丰富多彩的,很多论者对此作了深入而细致地研究。赵园在《老舍——北京市民社会的表现者与批判者》一文中,把老舍笔下的市民人物形象分为三类:第一类是因循守旧的老派市民形象:如张大哥、祁老太爷、祁天佑、牛老者之流,他们受传统宗法制思想的毒害很深,恪守封建纲常,排斥和抵制各种新思潮,是社会变革和进步的遏制力量;第二类是五四以后受过新思潮熏染的新派市民形象,像赵子曰、蓝小山、张天真等,他们受小资产阶级拜金主义和享乐主义思潮的影响,不愿受传统的封建纲常的束缚,以悖反传统作为自己新派意识的表现,是五四以后市民社会中的一种怪胎;第三类是从农村流入城市的贫民形象:像车夫、艺人、棚匠、巡警、妓女等,他们的人格气质中饱含着农民式的纯朴、善良,但是却无法在社会上求得一块立足之地,是老舍寄予同情的对象,这些形形色色的市民人物的生活与精神状态,构筑了老舍小说宏伟的殿堂。

　　由此可见,相近的出身和生活经历在不同的国度里能造就同样伟大的小说家,在俄国是陀思妥耶夫斯基;在中国,则是老舍。他们的创作成就或许会有高下之分,但在世界文学史上的地位同样是令人瞩目、不分轩轾的。

　　老舍和陀思妥耶夫斯基都是作为城市下层平民苦难的申唤者而

---

　　①[俄]陀思妥耶夫斯基:《陀思妥耶夫斯基作品集·被侮辱与损害的》,李霁野译,上海译文出版社1984年版,第35页。

蜚声于两国文坛的,他们的小说从各个层面展示了形形色色、五行八作的市民生活的苦难,挖掘出他们精神上的病苦,对他们的不幸遭遇深表同情,同时还热情歌颂了他们顽强的反抗精神。

19世纪中叶,西方资本主义的侵入,加速了俄国宗法制封建制度的解体,农村自给自足的自然经济遭到破坏。随着资本经济的恶性膨胀,原本稳定的社会层次发生了分化。一部分上流社会的官员受到排挤,生活日渐贫困;农村经济的急剧破产,使一些农民纷纷流入城市,成为新兴的无业游民,为了谋生饱受社会的歧视和侮辱,生活与精神上受到了双重压迫。

社会使这些自由的人们丧失了生存的权利,剥夺了他们作为一个人应有的尊严,陀氏的小说正反映了这一历史。

陀斯妥耶夫斯基在《诚实的小偷》中表现出他对破产的城市贫民生活的关注。主人公叶麦利扬曾经是一个诚实、正直、善良的人,农村经济的破产使他成为一个无业游民,流落到城市,被裁缝阿思达发收留,整天像"一条小狗"样的随着主人奔走。生活的烦恼和屈辱使他只好借酒消愁,迫于无奈,他偷了主人的裤子去换酒喝,受到怀疑后羞愧出走,最终迫于饥饿又回到他身边。叶麦利扬是俄国社会中城市贫民的典型,他们完全失去了生存的经济基础,为了生存,不得不放弃自己的尊严,沦落到社会的最底层。在报告文学体小说《死屋手记》中,他又对俄国社会中另一类贫民形象进行了淋漓尽致地描绘,这些人大都是为生活所迫,犯下了莫名其妙的罪行,被当局流放到西伯利亚。他们中有杀人犯,有盗窃犯、有刽子手等,然而他们的犯罪,有不少人是因"保卫妻女们、姊妹们的名誉不受荒淫暴君的侮辱",有的是"故意犯罪,只求被抓去罚做苦役,好逃避必须服更重的苦役的自由生活。他先前过着最大极限的屈辱的生活,从来没有吃饱过肚子,从早到晚给老板做工;而在苦役中,工作比外边轻松些,面包尽你吃……"。如此残酷的生活图景,在陀思妥耶夫斯基笔下被无情的展示出来,从这一意义上说,陀氏的确是一位"残酷的天才"。

老舍三四十年代的小说对北京市民社会各阶层的生活反映之广,揭露之深达到了空前的程度。这一方面是由于他长期生活在形形色色的市井人物中间,有得天独厚的表现土壤。另一方面恐怕也得益于19世纪俄国小说的启示。在他的小说中,车夫(《骆驼祥子》)、艺人

(《鼓书艺人》)、巡警(《我这一辈子》)、棚匠(《四世同堂》)、土匪(《上任》)、大兵(《也是三角》)、妓女(《月牙儿》)等三教九流的城市贫民经常出没其间,他们的生活状况和精神状态成了老舍最主要的关注对象。并且这种固定的关注对象还一直延伸到他的戏剧创作当中,在他五六十年代的著名话剧《龙须沟》和《茶馆》里,数以百计的市民人物和市井生活场景轮番登场,展示了丰富多彩的市井风俗画。

中篇小说《我这一辈子》采用第一人称自述的方式,将主人公悲苦的人生经历展现出来,同时也带出整个城市底层社会阴暗、凄惨的生活画面。小说中向我们展示了旧社会一名巡警一生的遭遇。在旧社会里,巡警是一种生活在夹缝中的人,不仅要遭受到战乱、上级的迫压,也得不到人民的好感,他们只是社会生活中的一样"摆设"。生活的压抑使"我"明白了"在这么个以蛮横不讲理为荣,以破坏秩序为增光耀祖的社会里,巡警简直是多余的"。民国以后,"我"灾难更深重了,"原先大官儿的车夫仆人们欺负我们,现在新官儿手底下的人也并不和气。"到了五十岁头上,为官事服务了二十多年的"我",因为上了年纪,被新局长撤差。不仅如此,"我"的命运还延续到自己的子女身上,儿子无奈也当了巡警,劳累致死;女儿也只好嫁给巡警,受一辈子的苦。他生下的孩子将来也逃不出这个辙!巡警的命,正像小说中所说的,"并不象那些施舍稀粥的慈善家所想的——不是几碗粥所能救活了的;有粥吃,不过多受几天罪罢了,早晚还是死。""我"的一生都在为嚼谷奔忙,心里有无数辛酸的泪,却哭不出来。在这里,老舍对旧社会巡警乃至一切下层市民们的苦难的揭示是令人发指的,他以此而控诉着那个时代,控诉着那个社会。

从老舍对这些下层城市贫民生活遭遇的表现上看,明显带有陀思妥耶夫斯基"残酷的天才"色彩。他这些小说里的主人公与陀氏笔下的小偷、赌徒一样,蒙受着生活的屈辱,得不到一点人的尊严,精神上极度苦闷、麻木,他们同情着这些苦人们,小说中常常带有人道主义的色彩。在形形色色的下层市民当中,处于社会中间阶层的小公务员的生活和心理一直是俄国作家们所乐于表现的对象。陀斯妥耶夫斯基的《穷人》展示了俄罗斯社会中一位下等文官的悲苦遭遇。主人公杰符什金是一个地位卑微的小职员,他的工作是成天抄写文案,这对他来说完全是挣取面包的一种手段。在上层人和同行当中,杰符什金是一个被遗忘的角落,他小心翼翼地工作,但却受到来自社会各方面的歧视,就连他想借刷子来刷净身上的尘土,也得不到门房的允许。他在给瓦莲卡的信中哀叹自己"在这些先生们看来,连一块擦脚的破布都不如"。瓦莲卡的出现,给杰符什金的精神生活带来了一点"诗意",他们同病相怜,相互理解,但地位的卑下,生活的重压使他们无法决定自己的命运,瓦莲卡最终被上层人强娶,他们的结合化为泡影。在小说里,杰符什金是俄国社会中蒙受着生活与精神双重压迫的小公务员的典型,他不仅受到生活的压迫,更受到精神上的摧残。

老舍和俄国作家的可贵之处,就在于他们不仅仅停留在市民苦难的皮相展示上,而是发掘到忍受这苦难的市井主角的内心世界,让我们看到他们在苦难中高洁的灵魂,丝毫没有泯灭的良知! 陀思妥耶夫斯基的《穷人》中的杰符什金,尽管生活在社会的夹缝当中,却没有失去自己的理想追求。《诚实的小偷》中的叶麦利扬虽然穷得走投无路,但是他却从不求乞,他偷过裁缝的衣服,但是他害羞,他并没有失去内心的廉耻。老舍笔下的巡警"我"虽然一辈子受穷,一辈子圆滑世故,五十岁上还被革职,但是"我"也一辈子自食其力,当不成巡警,流浪外乡、当兵打杂,靠的是自己的勤劳和血汗! 这才是他们小说的闪光点。在那个时代里,一个人受苦、受穷、受歧视并不是稀奇事,但重要的是,他们在各种社会苦难的压迫中,时刻没有失去自己应有的良好品格!

三、老舍和俄国小说的结构艺术

小说是一种叙事艺术,而小说叙事总是依照一定的秩序进行的,这便是小说的结构。在传统小说中,结构被当作一种技巧而颇受文艺理论家重视,现代的小说家中,不少人把它当成了一门艺术,捷克的作家米兰·昆德拉所提出的复调结构,把音乐的多重奏手法用于小说,使小说叙事产生一种多声部奏鸣曲的音响效果。在老舍和俄国作家的小说艺术中,结构艺术占有很重要的地位。他们都多次强调结构的重要性,并在小说中进行了多种结构的尝试,其中有很多地方是相通的。

把长篇小说与史诗的结构相结合,形成史诗般的宏大叙事,恐怕是托尔斯泰的独创。他的长篇巨著《战争与和平》堪称是一部辉煌的俄罗斯现代民族史诗。小说分四部,以1805年法国拿破仑入侵俄罗斯的战争到1805年俄国十二月党人起义前夜为背景,以包尔康斯基、别祖霍夫、罗斯托夫和库拉金四大家族的活动为主线,展示了整整一个时代的历史风貌。全书人物众多,事件繁杂,单线结构和封闭式的结构均已不足以表达,托尔斯泰在对这种结构的处理上颇具匠心,他采用了一种具有史诗特点的主题(观念)统一、多线穿插、主次有序的开放性结构模式,从而使小说的叙事有条不紊地进行。在小说的结构模式中,托尔斯泰大胆借用了史诗,历史小说和编年史的样式,把它们的特点巧妙地结合在一起,组成集史诗、历史小说和风习志之大成的作品。托尔斯泰也因此而被誉为"史诗小说家"①。

　　老舍曾多次赞誉过《战争与和平》,在《文学概论讲义》中,对叔本华所说的"小说家的事业不是述说重大事实"的错误论点,老舍曾引用《战争与和平》予以批驳。他说:"小说决不限于缕述琐事,更不是因为日常琐事而使人喜读;托尔斯泰的《战争与和平》和一些历史小说可以作证。"②40年代,老舍写出了中国的《战争与和平》——《四世同堂》,无论在思想上,还是在结构上,都吸收了托尔斯泰小说的精髓。这部小说采用的是俄国小说家们常用的三部曲形式。全书以八年抗战为背景,着力刻绘了小羊圈胡同中的祁家、冠家和钱家的生活,出场人物一百三十多个,小事件的穿插更是难以计数。老舍对这些题材的处理上,也采用了和《战争与和平》相类似的结构技巧。

　　其一,《战争与和平》与《四世同堂》都有一个统一的主题观念,即书中的爱国主义情怀和文化批判意识,这个观念是贯穿全书始终的一条红线。两部小说中的一切人物和行动在作家的这个观念下得到了统一,成为一个貌似松散,内核凝聚的有机体。在《战争与和平》里,托尔斯泰在爱国主义的观念下,把人物分成了两个派别。以库图佐夫为中心的主张抗法救国的一极和以拿破仑为中心的主张卖国求荣的一极。围绕着前一派别,作家写出了理想人物安德烈·包尔康斯基的参军抗法,彼埃尔·别祖霍夫的地下活动,由此而带出包尔康斯基、别祖霍夫两大家族的私人生活,形成一条主张积极抗法救国,探索国家出路的线索;围绕着后一派别,作家又写出了一组妥协求荣的俄罗斯上

---

　　①〔法〕法朗士:《列夫·托尔斯泰》,载陈燊编:《欧美作家论列夫·托尔斯泰》,中国社会科学出版社1983年版,第33页。

　　②老舍:《文学概论讲义》,《老舍文集》(第15卷),人民文学出版社1990年版,第153页。

流贵族们的生活。通过两极对照,一从正面颂扬,一从反面批判,来体现作家心中的爱国主义观念和文化反省意识。将一个主题分成正反两个方面,成为独立发展的线索,进行对照,从而凸现主题,是《战争与和平》的一大特点,也得到了俄国文学史家的承认:"《战争与和平》结构上的基本方法是对照法。互相对照的两个极端——拿破仑和库图夫,体现着两种完全相反的道德哲学原则。所有的主要人物都被配置在这两个极端之间,有的倾向于这一极端,有的倾向于那一极端。"①这一对照法在《安娜·卡列尼娜》中通过列文与安娜、伏伦斯基的生活也有所体现。

在小说的结构形式中,以主题或观念带动全局的作法一直是许多理论家所提倡的。柏拉图在论文章的修辞术时,曾经强调文章的结构要"统观全体,把和题目有关的纷纭散乱的事项统摄在一个普遍概念下面,得到一个精确的定义,使我们所要讨论的东西可以一目了然"②。

老舍对《战争与和平》中以主题统率全局的作法也深表叹赏。他在评论这部小说时说"《战争与和平》的伟大不在乎人多事多,穿插复杂,而在乎处处亲切活现,使人真想拿托尔司太当个会创造世界的一位神仙。最伟大的作家都是这样,他们在一个主题下贯穿起来全部的人生经验。"③《四世同堂》中就借鉴了这种主题对照的技巧。小说围绕着抗战救亡的爱国主义主题,把在这一历史环境中的人物分成了两个派别。一是以钱诗人、仲石、瑞全以及小文夫妇、车夫小崔为中心的爱国阵营,他们的思想与活动,带出了抗日形势的发展,战场上的可歌可泣的英勇事迹。二是以冠家为核心的叛国阵营,以他们为中心,牵扯出瑞丰、蓝东阳等卖国求荣分子,他们在小说中的卖国行径自成一条线索。作家让这两派之间产生矛盾冲突,将这两条线索交叉对照,通过正义和邪恶力量的较量,凸显了爱国主义和文化反思的主题。这种以观念统率全局,进行主题对照的手法,使这部抗战史诗在结构上更为清晰明了。

其二是事件的穿插。《战争与和平》和《四世同堂》均有上百个人物

---

① 〔俄〕波斯彼洛夫:《俄国文学史》(下卷),蒋璐等译,作家出版社1962年版,1180页。
② 〔希腊〕柏拉图:《文艺对话集》,朱光潜译,人民文学出版社1963年版,第152页。
③ 老舍:《景物的描写》,《老舍文集》(第15卷),人民文学出版社1990年版,第242页。

出场,事件繁杂,怎样处理这么多的人和事? 托氏和老舍都采用了穿插的办法,这种手法有点类似于电影中的镜头切换。在《战争与和平》中,托尔斯泰在叙述故事的主要人物活动时,经常插入一些次要生活场景,使整个庞大叙事显得有条不紊,松弛有致。他一面叙述着宏伟的战争场面,让人惊心动魄;一面又插入乡村日常生活的场景,多线交叉,紧张有序。整部小说在历史事件与生活场景之间不停切换,不仅描绘出激烈的战争场面和战局形势,而且还展示出乡下的庄园生活,莫斯科贵族太太们安娜·舍雷尔的沙龙,以及贵族之家的奢侈生活。这种方法普希金以来的历史题材小说中曾经有所尝试,托尔斯泰在继承的同时又有了新的创造。"他统一调动各条线索,既不致因'各自为政'而使某一线索孤军奋战,片面突进,也不致因'群雄崛起',乱了阵势,布不成阵。结果是达到了小说的情节发展有张有弛,富于变化,既活泼多姿又构成完整的格局。"①除了事件的穿插外,托氏在写人叙事当中,还常常大段插入对历史、哲学、道德和宗教观点的叙述,阐明作者对这些问题的态度,或启迪人们如何看待该问题,这些议论有的能起到配合中心的作用,但是有的却冗长庞杂,从而使小说叙事显得松散,是托氏小说结构的一个弊病。

《四世同堂》在结构上也大量使用了穿插的手法。他展示了130多个人物,以北京西北角的小羊圈胡同为中心,将不同阶层、职业和性格的人物的活动进行穿插,组织情节,真实地再现了抗战八年北平市民社会的复杂的生活环境和精神状态。这些人物不断地粉墨登场,带出了一系列的矛盾冲突,大至日本军阀与市民、农民及汉奸的矛盾,人民与民族败类之间的矛盾,英国人与日本人的矛盾;小到小羊圈胡同居民之间的矛盾,家庭矛盾等。作家好像手拿摄像机,不断地切换镜头,把这些杂乱无章的生活场景一幕一幕地在小说中进行穿插。正是这种穿插,才使抗战时期前线与后方的生活得以完整缜密地展示,战争的灾难与人民的困苦才能在一部作品中全方位地得以展现。可贵的是,老舍《四世同堂》中这种穿插的笔法,不仅用于史诗性小说中,而且还被他用到戏剧创作中,《茶馆》就是一个明显的例证。和托尔斯泰相比,虽然在小说中都大量使用穿插,但托氏的穿插是以事件为中心,

---

① 李明滨:《〈战争与和平〉的艺术成就》,载上海译文出版社编:《托尔斯泰研究论文集》,上海译文出版社1983年版,第342—343页。

按历史的编年顺序来表现,使情节沿着单一的时间顺序线性向前发展。而老舍的小说则多以人物为中心,采用以人带事的写法,每个人物上场都带出一条线索,一段故事,使小说呈现出一种纵横交叉的网状结构,充分利用时间和空间的优势,多层面的展示事件,这是二者的不同之处。

其三是主次分明,相得益彰。《战争与和平》和《四世同堂》都写出了许多社会矛盾,但在这些矛盾的结构处理上,两位作家都颇下了功夫,做到了主次交叉。《战争与和平》中的主要矛盾是民族矛盾,托尔斯泰把这个矛盾放在小说的首要地位,着重围绕着两次大的战役来表现。一次是1805年到1807年在俄国境外进行的申格拉本战役和奥斯特里茨战役,一次是1812年在俄国国内以保卫莫斯科为标志的波罗金诺战役。在两次战役中,作家又描写了彼得堡的上流社会对拿破仑侵略战争的反响,斯彼兰斯基的改革,"共济会"的活动,莫斯科居民的大撤退以及十二月党人的酝酿起义等活动,使得民族矛盾得以凸现。而四大家族之间的生活矛盾,安德烈和娜塔莎的情感矛盾等,则是小说中的次要矛盾,它们作为附笔,在小说中进行穿插,使小说的内容更丰富多彩,同时又衬托出民族矛盾的激烈。

《四世同堂》也是如此。小说中的小羊圈胡同中矛盾复杂,但民族矛盾始终是一个中心。全书虽然没有正面的写战争,但却通过小羊圈胡同中的居民钱仲石、钱诗人、瑞全等的抗敌活动展示出来。小说沿着战势的发展叙述,抗战八年中的主要战役给小羊圈胡同带来的影响都写到了。钱家与冠家、小文夫妇与日本兵之间的矛盾是民族矛盾,作家抓住它们极力渲染,而对于邻里之间的矛盾,祁家内部的家庭矛盾,冠家与小羊圈胡同居民之间的阶级矛盾等,在小说中只是作为附笔而存在的,它们只是民族矛盾的一个侧影和补充。这样处理,使得《四世同堂》虽然人多事杂,但却井然有序,重点突出。

以上我们谈到了老舍的长篇小说对俄国作家托尔斯泰小说结构艺术上的借鉴,并以个案的比较为主。其实,老舍小说在结构形式上不只是借鉴俄国小说,他初期的创作,曾借鉴过英国的流浪汉小说那种松散的结构,狄更斯的《尼考拉斯·尼柯尔贝》和《匹克威克外传》中的向心结构,在《老张的哲学》《赵子曰》中有所体现。《二马》曾经借鉴过英国作家康拉德的双线结构,《牛天赐传》则有英国流浪汉小说、孤儿小说结构的印记。短篇小说《丁》甚至还全篇借用了意识流小说的心理结构，可见老舍对外国文学结构艺术的吸收之广博，融化之高妙。

除长篇小说结构形式之外，我们不能忽视老舍大量的短篇小说的结构艺术。通过比较可以发现，在老舍的著名短篇小说《大悲寺外》《月牙儿》《我这一辈子》等中，不乏有契诃夫小说形式的影子。契诃夫的短篇小说结构的特点是极为简炼明快，像"小型画"一般。为了求得简炼，他在小说中避免引出大批的人物，没有过多的背景介绍。在事件的处理上，他往往注重抓住一件事情写，而且特别强调事件的开头和结尾，对过程只一笔带过，用精炼的文字叙述。他说自己写惯了只有开头和结尾的短篇小说，因此他通常是从小说的主要情节讲起，从不旁骛。契诃夫的短篇小说《醋栗》《姚尼奇》以及《苦恼》等都是以精炼著称的。《醋栗》写出了主人公由一个贫农依靠敛财发迹为农奴主的过程，其题材完全可以写成一个中篇，但作家只抓住其中的主要情节，他开始时是如何的贫困，发迹以后又如何的奢侈，而对他发迹的过程，则只用一些像"几年后"之类的时间副词，一笔带过，使小说不仅有强烈的社会意义，而且在结构上又显得特别的精巧。《姚尼奇》也是如此，主人公斯达尔采夫是一位医生，作家写他蜕变的历史时，抓住一个不为人注意的细节变化，就是他的马车。斯达尔采夫第一次去叶卡捷琳娜家庄园的时候，是步行去的，还没有马车；第二次，他坐上了一辆由两匹马拉的马车，还雇了一个车夫；最后一次又有了一部系着小铃铛的三驾马车，车夫座位上坐着一名肥肥胖胖的车夫。中间的变化没有作任何说明，也无必要，这样简单的勾勒就足以表现主人公物质欲望的增长和他那越来越粗俗的情形了。这种无背景淡情节的勾勒式结构也为老舍所欣赏和接受，在他的小说中有不少吸纳了这种技法。如《歪毛儿》《月牙儿》《老字号》《断魂枪》《大悲寺外》《我这一辈子》等，主题单一，结构精巧。歪毛儿的变化可以写一部人生的历史，但作家只抓住了他幼年时的情况和目前为生活所迫的艰难，以他一生中经历的主要事件为中心，足以反映出歪毛儿的心理变化，没有任何旁支。《月牙儿》是从《大明湖》中抽出来的，短短几千字的篇幅就写出了"我"一生的悲剧命运，把原本写一部长篇的材料写成了一个短篇，足见结构上的匠心。作家抓住"月牙儿"这个象征物，结合主人公在不同的人生遭遇中对月牙儿不同的心理感受，结构布局显得严谨精炼。契诃夫小说中还有一种"故事套故事"的结构模式,这种手法在民间故事中也经常使用,像印度神话《一千零一夜》,欧洲文艺复兴时期的作家薄伽丘的《十日谈》、乔叟的《坎特伯雷故事集》等,俄国作家普希金的《别尔金小说集》、屠格涅夫的《猎人日记》也一定程度上采用了这一结构。在契诃夫小说中,作家对这一结构技巧运用得更为纯熟。像《套中人》《醋栗》等,作家在小说中确立一个叙述者和一个听众,叙述者与故事的真正主人公有联系,知晓他生活中的一切,以他来叙述主人公的故事,并发表自己的看法。这种模式与中国传统说书艺术有很多相似之处,老舍巧妙地把二者融合起来。他的小说《五九》《柳屯的》《柳家大院》《大悲寺外》等,就受"故事套故事"结构模式的影响,只不过故事的叙述者由两人对话变为第一人称"我"的叙述而已。

此外,老舍短篇小说还借鉴了契诃夫小说常用的对照式结构。这种结构一般有两条叙事线索,交叉进行对比,一正一反,以反衬正,以此来显示人物的性格。从小说的标题上就可以看出,像契诃夫的《胖子和瘦子》就是一例。老舍对此运用的更加广泛,小说《黑白李》《铁牛和病鸭》等,就是这种模式的体现。

总之,老舍小说在结构上受俄国小说的影响较大。他的长篇小说接受了托尔斯泰的宏大叙事,短篇小说又采用了契诃夫的微观叙事,这种对俄国小说结构模式的接受,博采众长,同时又融入中国传统小说及说书艺术的叙事方式,创造了老舍独特的小说叙事艺术的创新模式。

［原载《民族文学研究》2004 年第 1 期
（以《论俄国文学和老舍的小说创作》为题,与许德合作）］

第五节　老舍与西方现代派文学

我们虽然不能同意弗洛伊德把一切文学现象归之于无意识,按弗氏解释这种无意识即性意识。但是,他所提供的埋藏在人们大脑深层的无意识活动,却是作家创作心理生活中不可缺少的内容。以现代文坛论,鲁迅、郭沫若、郁达夫、茅盾、巴金等作家,哪一个创作没有无意识的趋向。老舍的小说创作也不例外。

一

　　人们在从事社会活动中，总伴随着对衣食住行、性爱婚配的追求，七情六欲，人皆有之，性爱是人生的重要内容。和一般动物的性欲不同，人的七情六欲包含着丰富的社会内容。老舍从小就生活在市民社会的最底层，特殊的社会环境、家庭教养，规定了他对性爱追求的特殊内容。

　　不同的经济状况能够产生不同的心理欲望。穷人家的孩子从小就为温饱忧愁。他们希望每天能够吃饱肚子，至于男女间的性爱，不是他们过早考虑的事项。自古以来，风流总是与富贵连结在一起的。所以，性爱的酿就，性意识的觉醒，不能不与经济条件发生关系。毫无讳言，那些出身富贵大家或是小康之家的现代作家，从小都有一些性爱方面的风流韵事。从郭沫若的自传里，你可以看到他的性意识的觉醒是比较早的。而老舍生活的那个家庭环境，无论如何也提供不了他过早地波动性意识的条件。我们不妨听听《骆驼祥子》中生活在大杂院里的车夫们的议论："干咱们这行儿的，别成家，真的。""干咱们这行儿的就得它妈的打一辈子光棍儿！""既是一个车夫，便什么也不要作，连娘儿们也不要去粘一粘。"这是老舍从小就耳濡目染的穷人们的性爱感受。在这样严重压抑性心理正常发展的社会环境里，哪里还能滋生像富家公子式的"罗曼史"呢？从老舍早期作品里，只能感到他对女性的"拘束"，"平常日子见着女人也老觉得拘束"①。这是社会环境造成的"拘束"，又是这"拘束"延迟了他的性意识的觉醒。

　　我们不妨把《小坡的生日》和郭沫若的《叶罗提之墓》作一比较，可以看出，同是孩童，叶罗提性意识波动竟如此之早，如此强烈。一个七岁的孩子，便产生了"很想扪触他嫂嫂的手"的"奇怪欲望"，乃至发展到拉嫂嫂的手，吻嫂嫂的手。小坡与小英的友谊是深挚的，他为小英"报仇"，和张秃子"拚命"，要回了小英的"纸摺的小船"。他的举动受打抱不平思想意识的支配，留有孩童的天真稚气，没有叶罗提的"奇怪欲望"。由此看来，他们年龄相近，但叶罗提的性意识已觉醒，而小坡却处在迷蒙状态，即使他拉着小英的手走进课堂，也感觉不到他的性

_____
① 老舍：《我怎样写〈赵子曰〉》，《老舍文集》（第15卷），人民文学出版社1990年版，第172页。

意识的波动。由小坡和叶罗提的世界，我们能否推断老舍性意识的觉醒较郭沫若晚呢。我看是可以作如是观的。

从小坡的世界走进王德、李应的世界，情况发生了变化。王德、李应都是二十来岁的青年，以年龄论，他们均处在性意识最易冲动的时期。他们都有性爱的追求，也都有性意识的冲动。王德向李静面诉衷肠时，将梦里说的千万遍的话，一下子倾吐出来，"静姐！我爱你，我爱你！"他拉着李静的手，央求李静接受他的爱。"我爱你！我死，假如你不答应我！"他们内心的爱流化作激动的泪水，他们用握在一处的手擦泪。甚至王德走后，李静"从镜子里，不知不觉的抬起自己的手吻了一吻，她的手上有他的泪珠"。又一次，王德走进李静的住屋，没说话，"走上前去吻了她一下"。这一对青年男女的爱的冲动是够强烈的。不同于他们的恋情冲动，李应与龙凤是在公园的幽会中表述着各自的衷肠，流动着隐性的爱潮。在这里，我们无意要将王德性意识的流动等同于老舍。但是，在王德向李静表达爱情后的那一大段议论，无论如何也排除不了作家处在青春期的性意识的觉醒与波动。"爱情要是没有苦味，甜蜜从何处领略？爱情要是没有眼泪，笑声从何处飞来？爱情是神秘的，宝贵的，必要的，没有他，世界只是一片枯草，一带黄沙。为爱情而哭而笑而昏乱是有味的，真实的！人们要是得不着恋爱的自由，一切的自由全是假的，人们没有两性的爱，一切的爱都是虚空的。"从老舍把性爱看得如此神秘宝贵中，难保他在青春期不作如是之追求。何况《老张的哲学》里写的人与事全是他在二十至二十五岁之间的生活记忆。既然是记忆的浮现，怎么能完全排除在王德的世界里就不留下作家的人生经验。从结局看，这两对青年男女的性爱没能得到正常的顺利的发展，活活地被老张拆散。王德另娶了陈姑娘，李静抑郁而死，李应出走天津，龙凤嫁一富人。腐恶的社会制度阻碍了他们合理的性爱，无爱情的婚配又不能把他们从性的苦闷中解脱出来。所以，这种由性意识的波动遭严重压抑而形成的特殊的苦闷，既是书中人物的，又是老舍自身的。

是的，老舍自身也经过这样一种性苦闷的阶段。在《小型的复活·自传之一章》中，他记述了自己是如何度过"二十三，罗成关"的。一般说来，人过了二十一岁，自然要开始收起小孩子气而想变成个大人了。这时候，"老实一点的人儿，即使事情得意，而又不肯瞎闹，也总会想找个女郎,过过恋爱生活。"年轻的老舍,何尝不想"过过恋爱生活",但是,他的薪水要供奉家用,"每逢拿到几成薪水,我便回家给母亲送一点钱去。由家里出来,我总感到世界上非常的空寂"。这种空寂、苦闷,其中就含有因经济条件限制而造成的性意识的压抑。或许为了排遣这种压抑之闷吧,他"去看戏,逛公园,喝酒,买大'喜'烟吃"。理智控制住了他的感情,使他"不嫖",不进妓院。"无论是多么好的朋友拉我去,我没有答应过一回。"客观条件的压制和主观意识的克制,给他造成的性的苦闷是惨重的。同时,个人的婚事又增添了他的性心理的创伤。在婚姻自由理论的冲击下,老舍欲寻求这种"救世的福音",做自由恋爱的"新人物","而母亲暗中给我定了亲事"。这样,他要做个"新人物",就不得不退婚。要退婚,"又恐太伤了母亲的心,左右为难,心就绕成了一个小疙瘩"。后来婚约虽然废除了,"可是我得到了很重的病"①。这是在真正的性爱生活得不到,正常的性心理受挫伤情况下得的病,是追求、压抑与苦闷相交织的病。

老舍在追求着,同时又在压抑着。这种被压抑的性的苦闷,在作品里相继地流露着。老舍说他"怕写女人",可是他一开始创作就写了女人。不用说,《老张的哲学》里爱情描写为作品增添了不少光彩。并且以两个女子为全篇枢纽,更能显示作家无意识心理波动所起的重要作用。也是凭着个人的生活记忆,用他以往"所看到的女人的举动与姿态"②作为写女人的材料,这样便塑造了《赵子曰》里的王女士。王女士在作品中没有露面,但书中人常常提到她。张教授、王女士和赵子曰组成一个三角恋爱关系。赵子曰追逐王女士,而王女士又和张教授要好,这就使赵子曰格外痛恨张教授。这种三角关系,在故事发展过程中,作家始终未说破,故事结束时,才由王女士给李景纯的信里,叙述了她的身世。原来她受欧阳天风欺骗失身,张教授帮助王女士摆脱欧阳天风的纠缠,反而成了招恨的对象。是欧阳天风把赵子曰拉入追逐王女士的恋情圈子里,所以,在作品里才出现常常被人提到而又处处加以隐藏的三角关系。老舍说没让王女士出面,是他"最诚实的地方"。这"诚实"里包含作家潜意识的流动。不可否认,作品描写赵

---

① 老舍:《小型的复活·自传之一章》,《老舍文集》(第14卷),人民文学出版社1989年版,第107—108页。

② 老舍:《我怎样写〈赵子曰〉》,《老舍文集》(第15卷),人民文学出版社1990年版,第172页。

子曰最生动的地方,不是他的吃喝玩乐、打校长、闹风潮等愚蠢举动,而是受王女士牵引的隐性心理活动及其精神状态。王女士追求性爱的曲折历程及其心灵创伤,又是那么凄婉动人。尽管老舍回顾说:"在我作事的时候,终日与些中年人在一处,自然要假装出稳重。我没机会交女友",而他写的女角,"是我心中想出来的"①。没有"交女友"的生活经验,是他"怕写女人"的主要原因。但是,他毕竟又很注意观察女人的举动与姿态,由此可能会形成一些潜意识的积淀。这些积淀在创作时便自然地加以浮现,于是升华了作家的经验,增强了作品"诚实"的魅力。

有趣的是,当老舍远渡重洋,来到西方大都市伦敦时,这里的人们给他的印象与感觉和在故国时不大一样。头一天,他看到站台上接客的男女"接吻的声音与姿态",这样的"文明"与开化,老舍在中国是看不到的。如果说老舍身处"礼义之邦",和女人接触时感到"拘束",那么,当他跻身于西方这个性开放的异域时,可该消除这种"拘束"了吧? 如果说他在中国做事时,没有机会交女友,那么,到英国后,在客观上具备了结交女友的条件。从后来写的回忆文章《我的几个房东》里看出,他和"房主人是两位老姑娘"以及艾支顿夫妇,都结下了深厚情谊。尤其值得注意的是他记述了和达尔曼姑娘的交往。"达尔曼姑娘只看《晨报》上的广告。有一回,或者是因为看我老拿着本书,她向我借一本小说。随手的我给了她一本威尔思的幽默故事。念了一段,她的脸都气紫了! 我赶紧出去在报摊上给她找了本六个便士的罗曼司,内容大概是一个女招待嫁了个男招待,后来才发现这个男招待是位伯爵的承继人。这本小书使她对我又有了笑脸。"②由这段文字作为引子,我们可以找到老舍与达尔曼和《二马》中马威与玛力之间的紧密关系。这是作家的现实感受向艺术形象渗透的关系。小说中出现了两对三角恋爱的穿插:马威爱慕玛力,而玛力却倾心于华盛顿;凯萨林和华盛顿相爱,马威也深知内情,但他对凯萨林仍有潜性爱的追求与表示。在状元楼惩治姓茅的留学生,以及与保罗的对打,都表现他对凯萨林爱的真挚。老舍说,《二马》中"最危险的地方是那些恋爱的穿插",他不许这些恋爱情节自由发展,把它紧紧地扣在"民族成见"上

① 老舍:《我怎样写〈赵子曰〉》,《老舍文集》(第15卷),人民文学出版社1990年版,第172页。
② 老舍:《我的几个房东》,《老舍文集》(第14卷),人民文学出版社1989年版,第74页。

面①。在这里,中国人的性爱是被种族支配着的。"种族比阶级更厉害"。英国人是一个极骄傲的民族,看不起嫁外国人的妇女,更看不起中国人。因此,种族歧视造成马威恋爱的失败,使他的性意识受到严重压抑。性苦闷的加深,又帮助他进一步思考民族问题,从而增强民族苦闷和忧愤的情感。

随着作家的足迹,马威差一点也到了巴黎,老舍于1929年6月离英回国,途经巴黎,他说:"在巴黎,我很想把马威调过来,以巴黎为背景续成《二马》的后半。"这只是一种想法,"凭着几十天的经验而动笔写象巴黎那样复杂的一个城,我没那个胆气"②。可以设想,倘若马威到了巴黎,倘若他在巴黎还要恋爱,他仍然会失败,他的性苦闷仍然会加深。就老舍自身而言,他此时年过三十,虽处而立之年,却是孑然一身,怎不令人忧闷。所以,他从马赛搭船到新加坡,为打发船上寂寞的生活,他竟看法国的舞女"抢大腿","二十多天就这样过去:听唱,看大腿,瞎扯,吃饭"③。从这样的生活里面,也可以窥视到他的性苦闷的加深。在《老张的哲学》《赵子曰》《二马》里,已经出现了潜意识活动,不过,他没有"放胆"地去写性爱,"在题材上不敢摸这个禁果"④。后来到《阳光》《月牙儿》《微神》《骆驼祥子》等小说中,他便"放胆"地去写,完整地品尝这人生的"禁果"了。

二

按照弗洛伊德精神分析学说,人们由性等本能冲动组成的"本我"受到严重压抑,并且这种压抑达到极度时,便会引起精神疾患。而文学家、艺术家与一般的人不同就是往往使这种欲望发泄到自己的创作中,这就是"升华",从老舍回国到他和胡絜青女士结婚之前的这段时间里,他的性心理受压抑已达极点,因此,那种由性心理转移升华而进行的艺术想象,也远远超过初期的创作。

30年代,老舍对各种类型的女性性心理生活作了抽样分析。他既发现富家女子的浪漫纵欲与自我堕落,更察觉到良家女子的性恐

---

① 老舍:《我怎样写〈二马〉》,《老舍文集》(第15卷),人民文学出版社1990年版,第177页。
② 老舍:《我怎样写〈小坡的生日〉》,《老舍文集》(第15卷),人民文学出版社1990年版,第178页。
③ 老舍:《还想着它》,《老舍文集》(第14卷),人民文学出版社1989年版,第26页。
④ 老舍:《我怎样写〈二马〉》,《老舍文集》(第15卷),人民文学出版社1990年版,第177页。

惧、性痛苦与性毁灭。不管是富家与良家女子,她们都有被男性支配、玩弄、损害的一面。

据老舍自述,在到新加坡之前,他曾计划写一部爱情小说《大概如此》,当时已得四万多字。"这本书和《二马》差不多,也是写在伦敦的中国人。内容可是没有《二马》那么复杂,只有一男一女。男的穷而好学,女的富而遭了难。穷男人救了富女的,自然喽跟着就得恋爱。男的是真落于情海中,女的只拿爱作为一种应酬与报答,结果把男的毁了。"①到新加坡后,他中止了《大概如此》的写作。但是,它里面的某些情节,在小说《阳光》里作了披露。

《阳光》较系统地分析了富家女子由孩童到小姐再到太太的性意识的觉醒、成长、追求、变化发展的全过程。"我"的记忆中的幼年是一片阳光,富裕的生活环境养成了特有的娇贵与任性。可是,"我"在家庭里看到的是一片黑暗,"我父亲,哥哥,都弄来女人",可以肆意糟踏,而对"我"则要求严厉,并"给我议了婚"。"我"在性爱领域"奋斗"着,用"奋斗"来对付家庭。但还是和家中议婚的那个男人结了婚,"他是二十世纪的孔孟",死守旧道德。"我"做他的太太,感到空虚与悲哀。"我"的性爱生活里,"似有一小片黑云掩住了太阳"。婚后,"我"又捉住了"一个粗莽的,俊美的,象团炸药样的贵人",作为性欲不能满足的补充,"我所缺乏的,一次就全补上了。"有了两个男人,"我"又在阳光里生活了。但阳光是短暂的,那"贵人"丢弃了"我"。后来,由想到贵家女郎嫁了个乡村平民的电影故事,引起"我"的性心理向另一个角度去追求,"我要尝尝生命的另一方面",即是"素淡的方面",去找一个旧日的同学,"拿他当一碟儿素菜,换换口味"。在礼教森严的旧时代,阔人的交友应在同等人之间,而"我"却超过了这个范围,因此犯了不可赦的罪过。"我"最后彻底失去了阳光,丈夫成了平民,"我丢了一切"。一个富家女子,自幼发展下来,到完全走上浪漫纵欲的人生道路。是幸福? 是欢乐? 是悲哀? 是对旧礼教的对抗? 还是性意识的自我毁灭? 老舍分析了别人,也启用了自己的潜意识。他说,《阳光》里的材料,"没在心中储蓄过多久",但是,从写《大概如此》到写《阳光》,这些材料的储存毕竟也有几年时间,追究其来源,可能是他听来的故事。

---

① 老舍:《我怎样写〈小坡的生日〉》,《老舍文集》(第15卷),人民文学出版社1990年版,第182页。

把听来的故事写成小说,让人们看了"我"的浪漫纵欲,自然想起李瓶儿、潘金莲来,这难道含有作家读《金瓶梅》得到的潜意识积淀?作家把"我"的丈夫说成是地地道道的杨四郎,可见,他写丈夫时联想到了古书里或古戏文里的杨四郎。由此推想,他在写"我"的性心理活动时,该会想到古书里纵欲型的女郎。或许就是这种无意识的转移升华,丰富了作家的艺术想象,也为读者提供了欣赏的再造天地。

　　同是写女人的性爱,《月牙儿》提供了一部贫家女子性心理生活的变迁史。《月牙儿》是《大明湖》里截取的最精彩的部分。《大明湖》遭了"一·二八"战火,故读者无法看到它的内容的全貌。老舍在《我怎样写〈大明湖〉》里谈到:它的"故事的进展还是以爱情为联系,这里所谓爱情可并不是三角恋爱那一套。痛快着一点说,我写的是性欲问题。"而这个性欲"全没有所谓浪漫故事中的追求与迷恋,而是直截了当的讲肉与钱的获得"。母亲受着性欲与穷困的双重压迫,女儿也走上了母亲所走的道路。"在《樱海集》所载的《月牙儿》便是这件事的变形"①。和《阳光》里富家女子相比,由于家庭环境不同,"我"的童年没有她那样娇贵,"我"的生活里没有阳光,有的是那象征悲苦命运的充满寒气的月牙儿。同是少女,"我"缺少她那种性的觉醒与波动,靠妈妈做暗娼过日子,有的只是眼泪与痛苦。同处青春时期,《阳光》里的女主角的性意识是勃发的,浪漫的,纵欲的。而"我"的性生活是受骗的,充满恐惧的。"我"是被胖校长的侄儿欺骗失身的,自从那位少妇把他"拉"了回去后,"我只觉得空虚,象一片云那样的无倚无靠"。在这种情况下,"我"没有去追求新的性欲,以弥补旧的空虚。尽管做了女招待,也没有"把自己放松一些"。还是照着年龄来推算,当《阳光》里的女主角处在阔太太的地位,在两个或多个男人中,品尝着多种"性味"时,《月牙儿》的"我"也被迫"上市"了。"我"明白了"要卖,得痛痛快快地"。这之后,便是残酷的人肉交易。从表面上看,她们都处在性欲的放荡之中,但是,一个是浪漫的性意识的自我堕落,一个虽接触过很多男子,却根本没有什么浪漫、爱情可言,是地地道道的肉欲与金钱的关系。穷人家的女子走完了她不愿走而又不得不走的人生道路,这是一幕充满辛酸泪水的美的毁灭的悲剧。《阳光》与《月牙儿》都是写女性的性爱

---

① 老舍:《我怎样写〈大明湖〉》,《老舍文集》(第15卷),人民文学出版社1990年版,第185页。

悲剧,而这些悲剧的社会价值是通过女性潜意识的流动实现的。不过,前者性心理的发展是堕落,后者的结局是毁灭,她们具有不同阶级的质的规定性。

对男性性心理生活的抑制和否定,是老舍创作中非常明显的倾向。作为否定型出现的:有像老张、孙八那样的封建式买卖婚姻、纳妾生活;有像《阳光》里"我"的丈夫那样的"杨四郎";有像欧阳天风、小赵、《月牙儿》中胖校长侄儿等流氓恶少,他们的性意识泛滥成灾,残害了无数良家女子。这些人性心理世界的卑污,也给世间带来了卑污。完全不同于否定型的是作为抑制型出现的性心理世界,这是老舍的理想世界。不用说,它掺杂了作家的主观色彩,是老舍小说中潜意识流动的最动人所在。

《微神》不但对女性性心理分析细微,而且对初恋者的男性潜意识透视真切。主人公的性爱情景是在梦中表现的。正像有的评论者所说:"《微神》是一个梦,由一个失去了爱情的人,躺在晴暖的山坡上,神思迷离中所做的一个长长的凄哀的梦。"①这感伤凄哀的梦,是性意识受压抑所致。"我"始终忘不了它,因为它是"我"的性爱的理想世界。我们在十七岁时,作为初恋者的第一次相见,全没有性爱的冲动与外露的狂吻,一切都是在压抑下的感觉中进行。

有意思得很,《离婚》中的老李也在压抑中不断地做着潜性爱的"春梦"。问题在于,老李已经结了婚,已婚的男人却做着"浪漫"的"春梦",是否大逆不道? 老舍没按一般的世俗眼光,对老李的潜性爱作全盘否定和有力谴责,而是怀着既揶揄又保留的态度对待老李的性爱生活。老李应该有恋爱的自由,但这个自由被不情愿的婚配打消,乡下土包子式的太太给他带来的是无爱的婚姻。按传统道德,他要维持这样的家庭,就不能和太太离婚,也不能再和别的女性尝试恋爱生活。但是,作为知识分子,他又追求着"诗意",所以书中多次提到"我并不想尝恋爱的滋味,我要追求的是点诗意"。他不敢浪漫而愿有个"梦想"。"他不是个诗人。没有对美的狂喜。在他的心中,可是,常有些轮廓不大清楚的景物。"这些地方所说的"诗意"、"梦想"、"景物",均属老李对潜性爱的追求。他对隔壁马少奶奶的"诗意"追求是强烈的,这种

---

① 赵园:《爱的弦上的哀歌——谈〈微神〉的梦与真》,《十月》1981年第3期。

追求对女性没有伤害,对自身是个压抑。它带来了人物内心的矛盾和痛苦。老舍宁要他的人物痛苦下去,甚至请马克同回家和马少奶奶团圆,以打碎老李的桃色梦。最后,老李带着家眷走了。难道这一去就能消去他对马少奶奶追求的"诗意"? 可以断定,这"诗意"将在老李的记忆中长存下去,它符合民族传统的性爱道德,是老李的,又是民族的。

三

除了《月牙儿》《微神》《阳光》等篇什外,你很少能见到老舍对爱情问题作系统的思考和集中的描写。常有涉猎,也只是作为小说中的主线故事的穿插。自从他花费精力,完整地描述这人生的重要课题后,其创作便出现了具备散文或诗的意境美的主情风格。老舍曾说过自己的创作有两条道路,"《月牙儿》与《骆驼祥子》各代表了其中一条"[1]。一条是严格的现实主义道路,一条是现实主义与象征主义相融合的道路。走前一条道路,你可以看到他描写人物时有性意识的宣泄与外露,偶含自然主义的因素。走后一条道路,他多用象征主义手法描写人物的潜性活动,隐藏含蕴,符合民族审美心理特点。

老舍是把人物被压抑的性心理欲望强烈地"象征"出来,运用多种象征手法,增强了性心理描写的审美功能。色彩的象征(自然景物的象征)很富有特色。老舍有一种对绿色十分偏爱的色彩感觉。他写自然景物,总是以绿色为主,给人以清新之感。写人物,在他所厌恶的对象身上,多以不匀称的杂色出现,从不调度他所喜爱的色彩感觉。可是,当他为了表达理想的性爱时,那一贯偏爱的绿色色彩又出现于笔端,显示出特有价值。《微神》一开始用那么大的篇幅写自然景物,并非一般的"置阵布势",为人物出场创造环境。而是在以绿为主色的图案中,寄托主人公的"诗意"与遐想。小山上的绿意,香味,天空,白云,细风,鸡鸣……这一切都不是纯粹的自然,而是被诗人心灵浸润过的自然。它蒙上了"梦"的云雾,流动着主人公潜性爱的追求。它是"自然而然地从心中滴下来些诗的珠子,滴在胸中的绿海上"。组成"胸中的绿海"的主体结构,即是"我"所认识的"那只绣着白花的小绿拖鞋"。

① [俄]费德林柯:《老舍及其创作》,载舒济编:《老舍和朋友们》,生活·读书·新知三联书店1991年版,第443页。

绿色的山连接着胸中绿色的海,而埋藏在绿色海里的最深层的东西是"小绿拖鞋"。与其说《微神》是从写景引出"小绿拖鞋",不如说是由主人公潜意识流动推出"小绿拖鞋"。通篇"小绿拖鞋"成了主人公抒发性爱情感的主旋律。失去它,便失去《微神》诗一般的乐章。

《月牙儿》中的"月牙"象征蕴含更加丰富。它是作家抒发情感,表述主人公苦难命运、悲惨身世的"象征物"。从总体上看,月牙儿的残损形象与女主人公的被损心灵是微妙的契合"对应"。这正像主人公的自白:"我心中的苦处假若可以用个形状比喻起来,必是月牙形的。它无依无靠的在灰蓝的天上挂着,光儿微弱,不大会儿便被黑暗包住。"但是,每次在"我"眼前出现的"月牙",又都有不同的内涵。"那第一次,带着寒气的月牙儿",是人生酸苦的象征,是七岁的女主人公在丧父后产生的特殊的感觉象征,所以它带着"寒气","一点点微弱的浅金光儿"。此后,"我"和妈上坟时看到的放着"冷光"的月牙儿;"我"去当铺质典时出现的月牙儿;妈妈给人家洗衣,"我"坐在旁边所看见的月牙儿;以及母亲改嫁时出现的"那可怕的月牙放着一点光,仿佛在凉风中颤动"。这些月牙儿,形状固定,色彩变化,"冷气"加深,象征女主人公人生悲苦的加深。月牙儿始终伴随着"我",仿佛成了"我"的伴侣。它不仅含酸苦,有时也蕴希望。比如,当女主人公决定"出去找事,不找妈妈"时,看到的"清亮而温柔"的月牙儿,即是她的"希望的开始"。但是,女主人公被骗失身后看到的月牙儿,"被云掩住",是性心灵创伤的象征,是希望的破灭,是毁灭的先兆。女主人公当上了暗娼后,作家实写她的遭遇,剖析性心理的痛苦,虽没用象征手法,但措辞含蓄,不作大胆的显性宣泄。直到她被巡警拿入狱中,才看见了这个久违的"好朋友"。月牙儿最后出现,更衬托了女主人公的孤独与凄苦。

应该看到,以上出现的"小绿拖鞋"、"月牙儿"、"阳光"等象征物,在发展故事,烘托气氛,刻画人物心理活动方面,的确发挥了重要作用。我们仅仅分析了它们在揭示人物潜意识活动中所起的作用,其他方面,未作涉猎。那么,老舍为什么要用象征手法描写人的性心理活动?这样的描写有何审美价值?

从老舍1930年至1934年在齐鲁大学任教时编写的《文学概论讲义》里,我们找到了他创作《月牙儿》《微神》《阳光》等小说,接受西方象征主义、弗洛伊德精神分析学影响的线索。老舍认为象征主义的"写法是有诗意的,因为拿具体的景象带出实物,是使读者的感情要渗透过两层的。"①老舍运用象征主义富有"诗意"的写法,创造了含蓄蕴藉的艺术境界。他追求象征内涵的双重性或多义性,但又不涉猎西方象征派的怪诞神秘,他将现实主义与象征主义相融合,开创出一条以《月牙儿》为代表的创作道路。

老舍对弗洛伊德精神分析学也作过科学地阐述,认为:"近代变态心理与性欲心理的研究,似乎已有拿心理解决人生之谜的野心。性欲的压迫几乎成为人生苦痛之源,下意识所藏的伤痕正是叫人们行止失常的动力。拿这个来解释文艺作品,自然有时是很可笑的,特别是当以文艺作品为作者性欲表现的时候";他不同意将文学的原动力归之于性欲的表现。但是他又认为文人可以拿起这件宝贝,"来揭破人类心中的隐痛"②。在《月牙儿》《微神》《阳光》等小说里,你可以看到他笔下的人物"下意识所藏的伤痕",以及作家性压抑的"隐痛"。老舍接受了弗氏学说的积极影响,也用了心理分析派小说的某些方法来描写人物的性心理活动,但他的小说又完全不同于心理分析派的小说,他仍保持着现实主义创作的心理定势。

可贵的是,老舍接受外来影响,借鉴西方现代派创作方法,并没有丢掉民族传统的审美意识。中国古代哲学告诉我们,奠定汉民族文化心理结构的是儒家"不以规矩不成方圆"的实践理论精神和道家"任从自然以得天真"的天人合一的精神。这是一种以理性节制日常感情,以社会伦理影响主动性的内在欲求的中庸精神;是一种内在心理被强制服从社会现实后产生的忧患意识;是一种阴阳两极相生相克、相互牵制的动态平衡。这种深层积淀的民族意识,决定了人们的种种特定行为模式,如:对伟大人格的向往;对统一、秩序、仁爱、礼让、义务、亲和的追求;四平八稳的行为;欲想前进而又不去冒险的心理;成功之后不露喜悦,遭到挫折而又处之安然的状态。而在这种种特定的行为模式中,以追求性爱而不敢作公开表露,男女谈情隐隐藏藏表现尤为突出。老舍生长在古都北京,从小就受"史"文化的浸泡,繁缛的规矩礼节和传统的地方风气长久地积淀在他的脑海里,限制他在行为上必须

① 老舍:《文学概论讲义》,《老舍文集》(第15卷),人民文学出版社1990年版,第117页。
② 老舍:《文学概论讲义》,《老舍文集》(第15卷),人民文学出版社1990年版,第115页。

遵循着固定的模式,所以,他想把压抑的性苦闷表现出来,而又要思考表现的审美方式有没有冲犯民族的深层意识。他既要表现着自己,又要隐藏着自己,他有意识地用民族文化优异因素克制不符合传统审美需要的劣根因素,尽力创作出具备民族文化审美心理特点的作品来。

在文学发展的历史长河中,性爱领域一直存在着隐性与显性的表现方式。可以说从《诗经》开始的含蓄蕴藏、绵里裹铁、虚实相生和意在言外的写法,占着一统地位。故发展到《金瓶梅》大胆的性挑动,直露式的性心理描写,遭到不少人的非议,原因就在于《金瓶梅》的作者用这种描写方式冲击了我们民族的深层意识。历史进入五四时期,文学作品中的性心理描写,形成了以鲁迅以及文学研究会某些作家和郭沫若、郁达夫等创造社作家为代表的隐蔽和外露两种方式、两条线索,它们的出现均具有不可磨灭的时代审美价值。发展到30年代,尽管有不少作家在作显性的性心理描写,但老舍却继承了鲁迅那条隐蔽式的性心理描写方法。这种方式发展到以后又占独尊地位,显示出长久的民族审美生命价值。

[原载《安庆师范学院学报》1989年第3期
(以《论老舍小说创作的无意识迹象》为题)]

第三编　老舍与五四新文学

第五章 老舍小说"改造国民性"思想的生命力

不可否认这样一个史实:由鲁迅作品开拓并深刻表现出来的"改造国民性"思想,曾渗透于众多现代作家的创作中,成了二三十年代较风行的主题。将鲁迅这种思想继承得忠实而富有独创性、系统性的是老舍。以"改造国民性"思想作为主题体系,暴露和批判国民性的弱点,肯定和发扬国民性的某些优点,"教导国民","改善社会",以期国民精神振兴、民族解放,这是老舍小说具有历时性和共时性思想生命力的重要所在。

第一节 初期小说对市民社会心理的探寻

从现实生活出发,反思历史文化,努力挖掘传统风习积淀着的市民社会心理,是老舍初期作品的重要特色。20年代创作的《老张的哲学》《赵子曰》《二马》对国民精神状态的刻画,既留下了《阿Q正传》"暴露国民的弱点"的影子,又表现了老舍批判国民劣根性的思想特质。

如果说,鲁迅在《阿Q正传》中将19世纪末到20世纪初的中国社会心理,荟聚于阿Q这个民族性格的典型上加以表现,让人看到阿Q思想既有受统治阶级影响的保守、愚昧、妄自尊大、自欺欺人、自轻自贱,遭受痛苦而又易于忘却,不敢正视现实等"精神胜利"特征,又混合着千百年来农民小生产者的弱点——狭隘、自私、冷漠、忍辱等,显示鲁迅剖露的国民劣根性具有巨大的社会容量和思想深度。那么,老舍早期的三部小说,虽然缺乏鲁迅式的典型概括的深度,但具有老舍式的人物形象的新鲜性、多样性。

老舍善于从中国"古代文明"与"现代文明"的对比中透视国民心理。《老张的哲学》中老张与兰小山的对比,正好显示了"正统的十八世纪的中国文化"与"二十世纪的西洋文明"之间的矛盾性、统一性。老张对妇女的鄙视以及顽固的尊卑长幼的伦理观念,对外国人的崇拜,对新事物的鄙薄,对封建文化的固守,都是国民劣根性的表现。然而,老张的"钱本位"哲学又深深打上了以金钱贪欲为特征的"西洋文明"的烙印。他的思想具有"新旧咸宜","东西文化调和"的特色。同样,兰小山所代表的"二十世纪的西洋文明"也不是"全盘西化"的。他一方面极爱脸面,喜欢摆阔,自吹自擂,卖弄渊博,受着封建传统观念、旧的风俗习惯熏染。另一方面,他在恋爱婚姻观上的道德伦丧,将女人当成玩物,"玩耍腻了一个,再去诌媚别个",又具有资产阶级腐朽肮脏的心理特质,体现西方现代性爱意识。老舍说,《老张的哲学》"写的是民国八九年至十一二年间的事",从总体上看,这个时候的中国经过五四新文化运动的洗礼,历史进入了新的时期。但正如马克思所说:"历史不断前进,经过许多阶段才把陈旧的生活形式送进坟墓。"①封建文化思想的影响,传统的陈规旧习,要经过"许多阶段"的冲洗才会消退。五四时期外来的"思潮"、"主义",欧风美雨并没能冲掉中国国民性的弱点,只是使它的色彩更加驳杂。对此,鲁迅有深刻的分析、认识。他说:"看看报章上的论坛,'反改革'的空气浓厚透顶了。满车的'祖传','老例','国粹'等等,都想来堆在道路上,将所有的人家完全活埋下去"②。老舍也感到了国民性弱点的严重性、复杂性,他不但看到老一代人身上所具有的传统弊病,也发现青年一代身上受到的"西洋文明"的浸染。

鲁迅在小说中更多的是以老一代人精神弱点的解剖为主,闰土、祥林嫂、柳妈、七斤、华老栓等人物的封建迷信、麻木守旧,愚昧落后精神状态便是如此。老舍虽然也发现了青年身上某些美好、理想的东西,如《赵子曰》中的李景纯、《二马》中的李子荣等,但更多的为我们提供了具有不同国民性弱点的青年知识分子形象。《赵子曰》的特点就在于作家对五四以后一部分青年学生精神弱点剖露、讽刺得深刻。赵子曰所处的环境是封闭沉寂的,人的思想是迷离混沌的。他感到"象一位五十岁的寡妇把一颗明珠似的儿子丢了一样的愁闷! 生命只是一片泛溢不定的潮水,没有一些着落"没有正当的人生追求,整天在烟酒

①［德］马克思、恩格斯:《黑格尔法哲学批判导言》,载中共中央马克思、恩格斯、列宁、斯大林著作编译局编:《马克思恩格斯选集》(第一卷),人民出版社1972年版,第5页。
②鲁迅:《通讯》,《鲁迅作品集》(二),郑州大学出版社2004年版,第491页。

中沉溺。"内而酒与妇人，外而风潮与名誉"是赵子曰的人生"哲学"，这个"哲学"内容即是"孔教打底"，"西洋文明"镶边的混杂思想。这种貌新实旧的思想给赵子曰的行为带来荒唐性、愚蠢性、可笑性，老舍用讽刺的笑轻轻搔了像这类"新人物"身上的"痒痒肉"。"五四"以后的青年学生中的确有象赵子曰式的糊涂迷惘，他们没有接受"五四"新思想的正确影响，像浮在水面上的油，思想浅薄得可怜却偏要用一些新的时髦的东西来装饰，甚至将"五四"反封建的优良传统歪曲为打校长、打教员，无故闹风潮。"不打校长教员，也算不了有志气的青年"，赵子曰的"志气"具有较深刻的社会悲剧性。老舍不是作"收罗'珍珠'之类的专门工作"，而是在剖析愚弱国民的精神弊病。因此，从批判国民性弱点的角度去考察《赵子曰》的思想意义，便不会得出这部小说"对五四以后的学生和学生运动作了不正确的描写"的结论。

　　从东西文化的比较中去寻找中国国民性产生的原因，以期引起疗救的注意，这是《二马》探讨国民性问题的深入。马则仁似乎比《老张的哲学》里所描绘的老一代人的思想弱点更严重一些，而马威的思想则不同于《老张的哲学》与《赵子曰》中的愚弱的青年人。老舍在这里作了三方面的对比：一是马氏父子思想的比较。老马的封建传统观念顽固，小马比较淡薄；老马死爱面子、喜摆架子，小马对人热情、谦和；老马愚昧麻木，自私自利，小马敏感要强、活跃进取。对比中让人看到老一代人的思想僵化，急需改造，青年一代的思想可塑性强。二是中国人与英国人的对比。英国人以强者自居，看不起中国人，而中国人（主要指老马之类）则自暴自弃，走起路来也觉得低人一等。在恋爱方面，二马的追求与温都母女的嫌弃，一切都显得不平等，而在不平等中表现出中国国民精神弱点的严重性、可悲性。三是通过两种民族、两个国度的对比，让人看到英国的进步与中国的"老化"。总之，老舍在比较中较深刻广泛地剖露了国民性弱点，并发掘了产生这些思想弱点的原因，即传统文化思想的弊端对人们的束缚以及国家制度的腐败。从老舍的解剖中可以看到他偏重于文化批判，这一点与鲁迅既相似又有区别。相似处是他们都看到了由孔子首创而逐渐形成的文化结构，给广大人民心灵上、习惯上所带来的严重印痕。不同处是鲁迅把封建等级制度，把我们民族屡受外来侵略看成是形成国民性弱点的重要原因，这种深刻的思想性在老舍小说中不易见到。鲁迅能将文化批判与社会政治、伦理道德的批判有机地结合起来，老舍则结合得不够，他的早期小说缺少鲁迅小说那种巨大的社会容量以及反封建思想深度。

老舍初期小说以批判国民劣根性为主，但也尽力挖掘国民思想中的优异因素。《赵子曰》中的李景纯一方面忠告别人要用拼命硬干的精神改善社会，教导国民，"国民觉悟了，便是革命成功的那一天。"另一方面又充当刺杀反动军官、"为民除害"的英雄。《二马》中的李子荣热情诚实，埋头苦干，用务实精神，朴素的爱国主义思想"教民"，更具备思想启蒙者的特点。他们是作家除暴安良的理想化身。老舍是富于理想的，他热望中国社会的进步发展，这种理想直接地体现在作品正面形象中，而在那些具有严重国民性弱点的形象中，也间接地反映出他的审美理想。

第二节　30年代探讨"国民性"的思想的深化

随着对现实关系认识的深化，老舍改变了初期偏重对市民社会心理中传统观念的剖析，而将审美视角投向30年代中国市民社会的各个方面，从现实的发展中探讨国民性动态变化的时代原因，加深了对旧的社会政治、伦理道德的批判。

作为传统文化积淀着的市民社会心理，既有一定的历史凝固性，又有随着社会变化的变化性。《猫城记》就是从30年代中国国情分析入手，发掘民族性格变化的原因的。政治的腐败，经济的落后，军事力量的软弱，文化教育的瘫痪，"他们的社会：处处是疑心，藐小，自利，残忍……黑暗，黑暗，一百分的黑暗"。中国人民受内外压迫太重，才造成精神上严重的扭曲变形，愚昧、糊涂，"上下糊涂，一齐糊涂，是猫国的致命伤"。这种分析认识与鲁迅逐渐驱于一致。鲁迅认为："自有历史以来，中国人是一向被同族和异族屠戮，奴隶，敲掠，刑辱，压迫下来的，非人类所能忍受的楚毒，也都身受过，每一考查，真教人觉得不像活在人间。"[1]"两次奴于异族"，曾被鲁迅认为"是最大最深的病根"。他在《沙》中说过，小民的"象沙"，"是被统治者'治'成功的"[2]。不过，

---

[1] 鲁迅：《病后杂谈之余——关于"舒愤懑"》，《鲁迅作品集》（六），郑州大学出版社2004年版，第1826页。

[2] 鲁迅：《沙》，《鲁迅作品集》（五），郑州大学出版社2004年版，第1465页。

鲁迅在30年代侧重于发扬民族精神的积极的方面,张扬的是中国人的民族自信心、"自信力",歌颂的是"中国的脊梁"①。老舍从1929年写《小坡的生日》开始,欲侧重发掘民族精神力量,后来,他又不止一次地盛赞我们民族的伟大和中国人民的勤劳、坚韧。可是,浓重的黑暗包围着他,加之主观上与政治上的隔膜,便造成把国民性弱点看得太重,太不堪改造,甚至以猫国全部毁灭作结,流露出对国事的失望情绪。

老舍亲眼看到30年代社会对人性、人欲的摧残,对民族性格中优异素质的破坏,怀着深沉的忧患意识,用人性美的毁灭来控诉旧社会、旧制度罪恶,增强了艺术审美的时代性和对社会政治的批判性。老舍尽力挖掘下层劳动人民身上的传统美德。祥子的朴素勤劳、刻苦节俭、忠厚要强。《我这一辈子》中"我"(旧巡警)的饱经忧患、含辱忍让、正直善良。那些沦落风尘的妓女、暗娼,也都有一颗美好的心灵,像小福子、《月牙儿》中的母亲,除了具备一般女性的善良温顺,还富有为养家度日的献身精神。这些都是中华民族传统美德的具体体现。能够引起人们揪心疼痛的是他们身上那些"有价值的东西",被社会一点一点"吃"掉,痛苦地活着,委屈地死去。祥子虽然没有像小福子那样离开人生,但他已失去存在价值。老舍写出他肉体被摧垮、心灵被扭曲的全部历程,"要由车夫的内心状态观察到地狱究竟是什么样子"②,以表现旧社会的阴森可怖。当然,作为祥子身上所具有的自私偏狭、愚昧麻木等思想弱点,又恰好适应了小生产者的生活环境,与市民社会心理中的传统文化沉淀合流,加速了祥子人性美的毁灭。

以人性的扭曲,剖露30年代资产阶级"现代文明"对民族灵魂的污染,这在沈从文的以都市生活为内容的小说中表现突出。在暴露都市生活的肮脏罪恶方面,老舍与沈从文均具有"反城市倾向",意识到旧世界正在没落。不同的是,老舍将祥子从乡下拉进城市,让农民的特质、传统美德被污损乃至最后毁灭,出现的是一个把人变成鬼的世界,并没有沈从文笔下的田园世界。沈从文憎恶都市的腐败,但他又通过返归自然,对人性美的讴歌来加以冲淡。在他大量的以湘西农村为题材的小说中,苗人固然存在着这样那样的国民性弱点,但他们勇

---

① 鲁迅:《且介亭杂文·中国人失掉自信力了吗》,《鲁迅全集》(第6卷),人民文学出版社1981年版,第181页。

② 老舍:《我怎样写〈骆驼祥子〉》,《老舍文集》(第15卷),人民文学出版社1990年版,第206页。

敢,好斗,朴质的行为,到后来则形成了本地少年人一种普通的德行。这些作为道德美、人性美的化身,一是植根于特定历史条件下的民族社会生活的土壤,二是染上了作家的理想色彩。可见,老舍与沈从文在以国民性问题为思考中心去作社会批判时,既有区别又有联系。

民族性格优劣因素的消长在老舍笔下的知识分子形象上也有鲜明体现。《离婚》描写了城市中、下层知识分子灰色人生,并从伦理道德上作了批判。老李和小赵的精神状貌、道德规范形成鲜明对比。作家肯定了老李忠厚诚实、办事认真、乐于助人的道德品质,鞭挞了小赵的恶德、恶习。此外,《文博士》《牺牲》《柳家大院》等作品对洋奴思想的否定;《新时代的旧悲剧》《老字号》对死守封建伦理道德、抱守残缺人物的讽刺;《马裤先生》对极端利己主义者的嘲弄,这都体现了老舍从事伦理道德批判的深广性。同是对小资产阶级灰色人物进行挪揄讽刺,张天翼与老舍呈现不同特色。张天翼小说中的人物,如白慕易、陆宝田、邓炳生等,他们身上确实有很多阿Q性。老舍小说中的人物"阿Q相"没有张氏作品突出。在探讨国民性问题上,张天翼具有左翼作家的强烈的政治色彩,老舍则弱于从政治上观察、解决问题。

老舍不善于从政治上观察问题,但最擅长在风俗民情的描绘中揭示国民性问题。初期小说有关北平市民社会风情描写已具特色,30年代的小说表现得更为突出。《牛天赐传》是描绘市民风俗的小说。老舍写出了这个"富家小孩"的坎坷遭遇,揭示了牛天赐软弱、怯懦、迂腐、自私的性格,并真实地描绘了这种性格形成的土壤是小市民庸俗虚伪的污浊环境。生活上的优裕,家庭对他进行的"官与钱"的教育,使得天赐只会玩,只会花钱,只懂得排场,什么事都不会做,什么本事也没有,钱造就了这么个畸形少爷。牛家的衰败,使天赐明白:钱造成人与人之间"互相敷衍,欺弄,诈骗"。老舍描写"洗三"、"抓周"、出殡等风俗民情时,都深深烙印了以金钱为轴心的冷酷与自私、虚伪与欺瞒的市民社会劣性文化特质。"有钱的真讲究,没钱的穷讲究"的生活方式,繁缛的规矩礼节,各种带封建迷信色彩的禁忌,老舍既着眼于现实,又联系着历史,使他看到了这些传统习俗的根深蒂固;由于立足现实,他又发现人们在强大的习俗力量中很难摆脱悲剧的命运。是的,"当旧制度还是有史以来就存在的世界权力,自由反而是个别人偶然产生的思想的时候,换句话说,当旧制度本身还相信而且也应当相信自己的合理性的时候,它的历史是悲剧性的。"①因此,小市民们越是坚守古老的传统习俗,越显示出悲剧的必然性、改造国民性的艰巨性。老舍不仅意识到这一点,而且作了鲜明表现。

第三节 40年代对国民精神特点的深入审视和思考

抗日战争的炮火轰毁了我们民族许多不健康的东西,促进了民族意识的觉醒。尖锐激烈的民族矛盾,大波大澜的时代生活,推动作家去努力表现优良的民族精神。与30年代不同的是,老舍此间在分析国民性动态变化时,突出了民族意识、爱国精神。如果将40年代所作的短篇小说集《火车集》《贫血集》所收的作品,连同以反映敌占区生活为中心的长篇小说《火葬》作为老舍对抗战时期国民精神特点的审视和思考,那么有这样一个过渡,才会出现《四世同堂》以地域为中心的"国民性"的形象化概括。老舍从悠久的传统文化影响方面去发掘北平人的某些共同弱点。让我们看到生活在这座文化古城的人们由于长期受封建传统精神的束缚,而形成的封闭自守、惶惑偷生、含愤忍让等种种思想弱点。老舍又从特定的时代精神出发深化了中华民族所具有的反侵略思想的民族心理传统,让我们看到北平人民在国破家亡危急时刻所作的不同形式的反抗,以及这种反抗精神的不断增长。

老舍描写的小羊圈胡同里的人物可分为三种类型:反抗型,由软变硬型,民族败类型。从创作意图上考察,老舍为了深入揭露日本侵略者罪恶,非常生动真实地讽刺鞭挞了形形色色的汉奸、民族败类。大赤包、冠晓荷、李空山、兰东阳、祁瑞丰等肮脏透顶的灵魂,是市民性格精神弱点的恶性发展。老舍剖析国民性的主要任务不是通过这种类型的人物来完成的,而是通过前两者来完成的。最能显示民族性格丰富性的是由软变硬型的人物。祁老人、祁瑞宣性格的多样性正体现在所受传统文化影响的复杂性、可变性上面。祁老人身上存在着老一辈人传统的思想弱点。由长期过着封闭式生活而产生的对现实关系的认识偏狭、见识浅短,在国破家亡面前又表现出妄自尊大;由严重的

---

① [德]马克思、恩格斯:《黑格尔法哲学批判导言》,载中共中央马克思、恩格斯、列宁、斯大林著作编译局编:《马克思恩格斯选集》(第1卷),人民出版社1995年版,第5页。

家庭观念而造成的对国家民族命运的感应浅薄;在旧的传统观念、道德规范束缚下,他希望极力保住"四世同堂"的家室;在封建等级观念影响下,他把小羊圈胡同的居民分了贵贱等级,瞧不起大杂院的穷人;他忠厚老实、正直善良,但又安分守己,胆小怕事,宽容敷衍。老舍剖露了祁老人的思想弱点,也突出了他身上的民族正气。他不愿当亡国奴,对侵略者、汉奸、民族败类特别痛恨,比如他仇视大赤包、冠晓荷,说他们"什么屎都拉,就是不拉人屎!"对瑞丰态度的变化,由仁爱、忍让到斥责、惩罚,均可看出祁老人具备优良的民族气节。在侵略者的搜刮下,北平发生了饥荒。他的曾孙女在饥荒中死亡,更使他认清了侵略者罪行,愤怒地去找日本人算帐。残酷的现实使他认识到"客气谦恭并没救了天佑,小文,小崔,于是便硬碰硬的对付日本人"。抗战炮火的洗礼,使他变硬了。

祁瑞宣是个善良正直,具有爱国思想,但又受传统文化思想束缚,软弱忍从的知识分子。当国家、民族处于危亡之时,瑞宣在"尽忠"与"尽孝"中自谴自责。他要对国家"尽忠"就不能对上辈"尽孝",他要对祖辈、父辈"尽孝",就不能丢开他们走出北平。他既不满意瑞丰的无耻行为,又要对他尽兄长之情,尽量地宽容、忍让他。作家很善于将瑞宣置身在家庭尤其是兄弟之间的矛盾纠葛中来揭示他的性格。瑞宣在矛盾中产生痛苦,在痛苦中表现出软弱,而他又痛恨自己的软弱,在自谴自责中造成更大的矛盾苦闷。他的苦闷又不是一般的苦闷,而是他的爱国思想受压抑时的特殊表现形式,他在忍从时总掩饰不住心灵深处蕴含着的不满与反抗。他对日本侵略者极端愤恨,宁肯挨饿也不愿给日本人做事;他对大赤包、冠晓荷极端蔑视;他对钱默吟十分关心照顾;他对车夫小崔具有深厚的感情;他对为国捐躯的英烈们钦佩敬仰;他终于被时代推向前进,走向反侵略的正确道路。瑞宣性格的成长过程是摆脱传统文化弱质影响的过程,也是作为国民精神弱点逐渐被清除的过程。

在中国悠久的历史文化中,民族气节、爱国主义精神历来是受到人们尊崇的。老舍通过反抗型的人物描绘,也突出地歌颂了这一点。钱默吟一开始是以旧式文人的面貌出现在读者眼前的。那时候,他每天的工作是"浇花、看书、画画和吟诗",是个消极的避世者。诚然,作家剖析的不是钱默吟受传统文化影响的弱点的一面,而是着重歌颂被抗战炮火震醒了的民族气节和硬骨头精神。他冒着生命危险救助了一位素不相识的王排长,他得知儿子仲石为国献身后而感到光荣自豪,他被汉奸诬告入狱受尽折磨而不屈服,他出狱后做了一系列抗战宣传工作。作家层层深入地揭示他的反抗性格,让我们看到了岳飞、文天祥、夏完淳等民族英雄气质在新的时代条件下的发扬光大。

此外,祁瑞全先走出北平参加抗日队伍,后回到北平从事地下工作,进行暗杀汉奸的活动,表现了坚强勇敢,不怕牺牲的革命精神;车夫小崔施展拳头的威力对付不给车钱的"日本兵",他穷但没穷掉民族骨气;几位老太太个性不同,既有着受传统文化心理弱点影响的一面,又有着不愿当亡国奴的共同愿望,因而也以各自不同方式从事特殊的抗争。至于书中描写的年轻媳妇韵梅,更是我们民族传统美德的化身。尽管她的举止不大文雅,服装不大摩登,思想不出乎家长里短。但在国难中,她一心操劳一家大小事务,把什么惊险困难都用她的经验与忍耐接受过来,然后微笑着去想应付的方策。老舍赞扬了她敬老抚小,任劳任怨,朴实善良,温顺厚道的美好性格。从这些小人物身上焕发出来的光彩,正显示了民族传统素质中的优异因素、崇高因素,在抗战年代得到发展,成了主宰那个时代的精神力量。

老舍探讨国民性思想是不断深化的。在他的小说中,我们一方面看到了民族传统文化中的劣性东西的某些沉淀,诸如惰性,墨守成规,顺从忍让,乐天安命,麻木愚昧等,这些东西和千百年来积淀下来的封建意识纠织在一起,形成了一种顽强的习惯势力,阻碍着历史的发展进步。不排除这些"阻力",社会就很难向前发展。所以他初期用市民社会的"侠"、"义"意识教化民众;30年代用集体主义思想去开导祥子;抗战爆发后,怀着高度的民族责任感,鼓动人们走出沦陷区,献身于民族解放斗争,显示了以"改造国民性"为内容的思想启蒙特色。另一方面,我们也看到了民族传统美德在不同历史时代所发生的变化,由受西方文化的冲击到遭旧制度破坏再进展到民族精神的全部振兴。这个变化紧随着社会历史的发展进程,强化了老舍小说"改造国民性"思想生命力。

[原载《安徽师范大学学报》(人文社会科学版)1986年第4期,
收入《中国文学年鉴(1986)》]

第六章 老舍小说创作方法及艺术形式的创新

老舍是以小说家的姿态登上文坛的,20年代中后期以多部长篇小说创作奠定了他的文学史地位,30年代又以大量的长中短篇作品创造了小说的艺术高峰,40年代更以史诗式的巨著丰富了中国长篇小说的艺术宝库。他在不断地创造小说的艺术方法和表现形式,同时又在不断地总结小说创作的艺术经验,将经验升华为理论,又用理论去丰富、深化他的艺术创作。他是小说本体艺术的积极探索者,又是小说"现代化"艺术方法的全新创造者。

第一节 对文学创作方法的多元吸纳与广泛运用

老舍在谈到新文艺形式时说:"新文艺之形式,多取法欧西。"①"五四"新小说的确是在吸取西方小说创作方法和艺术形式的基础上创造出来的,"现代的中国小说,已经接上了欧洲各国的小说系统"②。就小说创作方法言,像曾活跃于欧洲文坛的浪漫主义、现实主义、象征主义、未来主义、表现主义等,都在"五四"及20年代初中期的文坛上露过面,被新文学作家介绍或运用过。除浪漫主义与现实主义为18—19世纪的传统文艺思想与文艺方法外,其他如象征主义、未来主义、表现主义等,都是出现在19世纪末和20世纪初整个欧洲文坛的"新思潮"与"新方法",当时统称之为"新浪漫主义",也就是后来人们称之为的"现代主义"或"现代派"。"五四"新小说开放式吸取西方文学的各种"思潮"与"主义",开创了中国小说"现代化"路程。老舍继承并发展了五四新文学开放式的艺术传统,在小说创作和小说理论上,始终在探索着、运用着多种艺术方法,坚持着以现实主义为主体而又有

---

① 老舍:《文学遗产应怎样接受》,《文坛》1943年4月第2卷第1期。

② 郁达夫:《现代小说所经过的路程》,《郁达夫文集》(第6卷),花城出版社1983年版,第106页。

机地融入其他创作方法的多样的表现形态。

在老舍的小说创作和理论世界中,似乎对现实主义格外看重和特别亲近。他认为:"写实主义的好处是抛开幻想,而直接的看社会。这也是时代精神的鼓动,叫为艺术而艺术改成为生命而艺术。这样,在内容上它比浪漫主义更亲切,更接近生命。"①欧洲一些作家是"以深刻的观察而依实描写",而真正能写实的,要属于俄国19世纪的那些"大写家"。现实主义作家要有"深刻的观察,与革命的理想",他才敢写实,"这需要极伟大的天才与思想。"②老舍对现实主义既有肯定,又有不满,认为写实家要处处真实,给人一个完整的图画,实际上很难做到。同时,"写实主义敢大胆的揭破丑陋,但是没有这新心理学帮忙,说得究竟未能到家"③。在老舍看来,小说创作应该用多种创作方法,而不应该单纯地用某一种创作方法。现实主义的也可融入现代主义的东西,"需要新心理学的帮忙"。与对现实主义的认识相比较,老舍对自然主义评价较低。自然主义是在"浪漫主义稍微走到极端"而后兴起来的。它是"将近代的内部生活,由一个极端转移到一个极端的。即是从溺惑个性,转向拜倒环境的"。它有自身的特点,在世界文学发展史上起过作用,但也有缺点。其缺点有三:第一,自然主义所主张的纯客观的立场,这是人所做不到的事;第二,自然主义把人的生活断定为宿命的,视人的生活、人的一切"皆依自然律存在着,人也跑不出那支配万有的自然律"。第三,"自然主义是决定主义,不准有一点写家的穿插,一切穿插是事实的必然结果。"④英国作家亨利·费尔丁与狄更斯的作品有与自然主义相合之处,但是他们往往以自然主义看来是不真实的,而在现实主义看来是允许的,是真实的。老舍初期的小说创作既吸取了狄更斯的现实主义,又舍去了自然主义"纯客观的"、"决定主义"的缺点。他创作的现实主义的真实性、深刻性,主要表现在生活真实与艺术真实的统一以及心理真实、内在真实上面。以其作品中的背景、环境而言,很大一部分是以北京的真实地名为依据的,而且是绝对经得起核对的。它们经过作家的艺术处理后,便成了

---

① 老舍:《文学概论讲义》,《老舍文集》(第15卷),人民文学出版社1990年版,第109页。
② 老舍:《文学概论讲义》,《老舍文集》(第15卷),人民文学出版社1990年版,第110页。
③ 老舍:《文学概论讲义》,《老舍文集》(第15卷),人民文学出版社1990年版,第115页。
④ 老舍:《文学概论讲义》,《老舍文集》(第15卷),人民文学出版社1990年版,第114页。

充满诗情诗意的自然景观，成为人物活动的背景环境，表现出老舍人格化情感化了的写景特点，达到了外在真实与内在真实的统一。以人物形象言，他的作品中的人物许多是有生活原型的，真实的人物原型，经过作家的艺术概括升华为生动的艺术形象，达到了生活真实与艺术真实的高度统一。这种"真实"进一步融入作家对小人物命运的人道主义的关怀同情，又使得他描绘的社会生活具备内在的真实、情感的真实的特点。

尽管老舍说过"在我的作品里，我可是永远不会浪漫"。但他对浪漫主义的作品有着深深的爱恋之情，他不喜欢维吉尔，"乌吉尔是杜甫，而我喜欢李白"。最心爱的作品是"威尔斯与赫胥黎的科学的罗曼司，和康拉德的海上的冒险"①。同时还对浪漫主义有着深入的理论阐释和创作上的合理吸纳。他认为浪漫主义在艺术的创新、变革，实际上是"心理倾向的结果"，浪漫主义的运动是"心理的变动"。以浪漫主义与现实主义相比较，浪漫主义作品取材于过去，使人脱离现在，进入一个幻美的世界。浪漫主义作家常以行动为材料，借鉴行动来表现人，所以作品充满堂皇而细腻的笔调，"但是他们不肯把人心所藏的污浊与兽性直说出来。"②"写实主义的好处是抛开幻想，而直接的看社会。"③现实主义作家所看到的"有美也有丑，有明也有暗，有道德也有兽欲"④。老舍的创作既以现实主义的方法暴露人间的污浊丑恶，又吸收浪漫主义的表达理想，抒发情感，追求新奇的特点。老舍说他初期小说受狄更斯的影响，而在他看来，狄更斯小说是批判现实主义的，但终不免有浪漫主义色彩，情节的处理有着出人意料而奇特的转折，富有戏剧性。老舍的创作与狄更斯相似，也是"依实描写"而不免有浪漫气。《老张的哲学》中王德与李静、李应与龙凤的爱情描绘，尤其是青年人的初恋的心理渴求、情感波动，则是采取由内而外的主观抒情的写法。《赵子曰》中赵子曰受欧阳天风唆使追求王女士，王女士受张教授保护以及她先前被欧阳天风损害的经历，这些围绕王女士而发生的曲曲折折的矛盾纠葛，并没有通过她的出场而正面揭开，她在作品中

① 老舍:《写与读》,《老舍文集》(第15卷),人民文学出版社1990年版,第546页
② 老舍:《文学概论讲义》,《老舍文集》(第15卷),人民文学出版社1990年版,第115页。
③ 老舍:《文学概论讲义》,《老舍文集》(第15卷),人民文学出版社1990年版,第109页。
④ 老舍:《文学概论讲义》,《老舍文集》(第15卷),人民文学出版社1990年版,第107页。

始终未出场,最后由她给李景纯的信才揭破这个"秘密",这在情节结构上显得比较新奇隐秘。看来他在艺术上欣赏卢梭善于创造内容与结构新奇的浪漫主义手法,在这里也得到了运用。《二马》中老马、小马父子俩与温都太太、温都姑娘母女俩的爱情关系的描绘,本身讲的是两个中国人到英国伦敦的爱情奇遇故事;《断魂枪》围绕"五虎断魂枪"所发生的故事,李老者欲与沙子龙比试,沙子龙"不传,不传"的举动,而在夜深人静时于院落里耍几路五虎断魂枪所显示出的悲凉;《黑白李》中白李组织车夫暴动,黑李替他顶罪而献身的壮举,其中还有弟兄俩同恋着一个女人的穿插;与此情节类似的,《同盟》里也有两个男的同恋着一个漂亮的女护士;《爱的小鬼》里表哥恋两个表妹;《老年的浪漫》里60多岁的刘老头子对一位年轻姑娘的潜性爱的追求,"心理的浪漫"最终又没有浪漫起来;《热包子》中的小邱嫂突然离去,半年后又突然回来。这些情节也都具有浪漫、传奇的特点。至于《微神》通篇所写的爱情故事,更是浪漫的,理想主义的,"小绿拖鞋"永存于男主人公心中,是老舍所强调的心与心相恋的理想主义爱情观的表现,正像老舍所说"偏于理想的,他的心灵每向上飞,自然显出浪漫"①。

由以上论述可见,老舍对文学创作方法的多元吸纳与广泛运用,增强了小说"解释人生"表现情感的容量和艺术的美。现实主义加深了他对社会人生的真实描绘和对人性的深入思考,显示了艺术的真实与深刻;浪漫主义又使他能充分地展开自己的想象,理想化写人叙事抒发情感,使一部分小说具有浪漫传奇色彩;应该说,老舍的艺术追求与创造,在现实主义和革命现实主义成为主潮,现代主义、象征主义、浪漫主义相对弱化的30年代,具有促进中国小说艺术方法多样化、向"现代化"方向全面发展的重要作用。

第二节 对小说本体艺术特征的新的探索

老舍是从1926年开始创作长篇小说的,那期间,小说家及小说理论家们对小说本体艺术特征特别关注,发展到30年代,作家们对小说本体艺术特征的探索显得特别活跃和深入。新小说在内容和形式上

---

① 老舍:《文学概论讲义》,《老舍文集》(第15卷),人民文学出版社1990年版,第70页。

如何"做"才能更好地加入世界近代小说之林,这也是老舍当时在理论和创作上共同探讨的问题。经过他的创作实践,又通过对西方文学理论的认真研讨,形成老舍对小说本体艺术的独特见识。老舍认为小说是反映人生,解释人生,描绘社会生活的。"思想"固然很重要,"思想是文艺中的重要东西"①。但他在总结自己的创作经验和评论别人的作品时,总不把思想内容的表现放在第一位,而是以谈艺术形式为重点,"有高深的思想而不能艺术的表现出来便不能算作文艺作品。""风格,形式,组织,幽默……这些都足以把思想的重要推到次要的地位上去。"②他始终把小说看成是艺术,"小说是艺术",艺术的本质是美,因而小说非美不可,这美主要表现在小说艺术本体上面。早在"五四"时期,就引进了西方小说的"人物、情节、环境"三分法理论,后来这种三分法一直延续下来,为小说家和小说理论家们所遵从。这种三分法理论对突破以情节为轴心的传统小说的写法很有帮助,促进了现代小说对人物描写的重视。老舍对小说"三要素"的认识具有独特的理论建树。首先,他特别强调在小说中创造人物的重要性,认为创造人物是小说家的第一项任务。他把故事与人物相比较,认为人物比故事更重要,"故事的惊奇是一种炫弄,往往使人专注意故事本身的刺激性,而忽略了故事与人生有关系。这样的故事在一时也许很好玩,可是过一会儿便索然无味了。"③显然,老舍是不欣赏这种以故事取胜的小说的。他对那些注重写人物的小说特别赞赏,称《红楼梦》为中国最伟大的小说,就是因为《红楼梦》创造了许多好的人物。他反对《红楼梦》研究中的自传说,认为小说中"总有我自己在内",但里面的"哪个人物的一言一行是我自己的? 我说不清楚"。所以成功的作品必定不全是自传。小说中即使有自我,作者本人与模特儿有关系,也不是人物随着作者走,而是作者随着人物走。"当我进入创造的紧张阶段中,我是随着人物走,而不是人物随着我走。"④他将这种理论用在自己的作品里,像《骆驼祥子》中的洋车夫、《月牙儿》中的暗娼、《断魂枪》中的拳师,都是从他熟识的许多类似的人物中淘洗出来,加工加料炮制成

① 老舍:《文学概论讲义》,《老舍文集》(第15卷),人民文学出版社1990年版,第43页。

② 老舍:《文学概论讲义》,《老舍文集》(第15卷),人民文学出版社1990年版,第43页。

③ 老舍:《怎样写小说》,《老舍文集》(第15卷),人民文学出版社1990年版,第451页。

④ 老舍:《〈红楼梦〉并不是梦》,《老舍文集》(第16卷),人民文学出版社1991年版,第367页。

的。老舍这种创造人物的方法,实际上是将生活中的材料典型化,小说中的人物也像鲁迅所说的是一个"拼凑"起来的角色。老舍觉察到30年代有些小说对人物的创造不够重视,尤其不重视写人物的个性,所以在他的理论文章里,特别强调写人物的个性,个性突出了,人物"立得住"了,才能感动人。他欣赏自己的小说《断魂枪》中三个人物,说"这三个人与这一桩事是我同一大堆材料中选出来,他们的一切都要我心中想过了许多回,所以他们都能立得住。"老舍对人物的要求不仅要有个性,而且要有"普遍性",他说:"我们必须首先把个性建树起来,使人物立得牢稳;而后再设法使之在普遍人情中立得住。个性引起对此人的趣味,普遍性引起普遍的同情。"①这里强调了个性与共性的统一。以写车夫形象为例,老舍一方面写出了车夫处在社会最底层的穷苦命运,引起人们的同情;另一方面又写出了车夫中的不同类型、不同个性。《老张的哲学》中的车夫赵四"作好汉,替别人卖命",乐于助人。《赵子曰》中的车夫春二,舍命拉车,刻苦耐劳。《柳家大院》中的车夫张二,在穷苦生活中养成"穷嚼"的坏毛病。《眼镜》中的车夫王四,以别人的痛苦而自乐。《黑白李》中的车夫王五是个"诚实可靠"的人。发展到《骆驼祥子》中的祥子,则成了车夫形象的典型。祥子既有勤劳要强、刻苦节俭,忠厚善良等骆驼似的美好性格,又有着小生产者的自私、偏狭、落后、封闭的思想弱点,老舍写出了祥子生活遭遇和心理悲剧的全过程,揭示其性格的丰富性、复杂性,真正做到了个性与共性的统一。同样,虎妞这一典型,也可以从老舍所写的厉害女人形象找到发展线索,像《柳屯的》中的柳屯的,她泼悍、凶狠、厉害,个性鲜明。虎妞不仅虎、泼、辣、狠,而且还有善待祥子的温情的一面,是一个性格复杂的艺术典型。

其实,30年代的小说家、理论家们都比较关注人物典型化的理论,比如鲁迅的广取模特儿进行"拼凑"塑造人物的理论观念;周扬和胡风关于典型化与个性化的讨论等。与这种人物典型化的理论相联系的是关于环境与人物关系的理论。如果说"五四"以来的小说理论和小说创作对人物和人物的情感心理投以更多的关注,而相应地对环境(背景)的关注较弱,那么发展到30年代,有的理论家对法国小说的

---

① 老舍:《景物的描写》,《老舍文集》第15卷,人民文学出版社1990年版,第250页。

环境决定性格颇感兴趣,将这种重视环境的理论观念纳入中国小说,从而提高了小说的环境描写的独立价值。老舍此间也担当了这一时代的对环境理论的探讨和在创作中加以运用的重任,他在《景物的描写》一文中评价狄更斯、威尔斯的小说,认为他们写自己少年时代的经历,其境界让人感到特别亲切。哈代与康拉德作品中的背景与人物的关系更为紧密,"在这二人的作品中,景物与人物的相关,是一种心理的,生理的,与哲理的解析"①。因此他强调景物描写一定要真切,既让人看到它是一个独立的景,又让人感到它与人物是密不可分的,这样的景物描写才是最动人的。老舍小说大都以北京为背景,写北京的地理环境,"那里的人、事、风景、味道,和卖酸梅汤、杏儿茶的吆喝的声音",组成一张张彩色鲜明的图画,为人物活动提供了鲜明的环境,具有浓郁的北京地方特色。

中国的古代小说本来是以故事(情节)见长的,随着中国小说现代化的发展,受外国小说的影响,五四时期有不少小说都向心理方面转换,淡化了故事情节,而对"传统"、"民间"否定较多。但是,传统的东西,民间的东西,有些的确又是很宝贵的。发展下来,尤其到30年代,有些小说家和理论家们对以往的欧化倾向不满了,于是便出现了向故事的回归。老舍、沈从文等即代表了向故事回归的倾向。他的小说创作本来走的就是一条取法外国并融合民间的路子,所以结合他的创作经验,他在理论上始终强调小说要有故事,在《我怎样写〈老张的哲学〉》里说他在小说里所写的都是"浮在记忆上的那些有色彩的人与事",是"人挤着人,事挨着事"②。在《事实的运用》一文中开篇就说:"小说中的人与事是相互为用的。"到40年代他在《怎样写小说》里仍强调"大多数的小说里都有一个故事,所以我们想要写小说,似乎也该先找个故事。"③在《现代中国小说》中,他更从一个全新的角度分析了现代中国小说的发展进程,揭示出它植根于民间这一重要特点,显示了他对白话和故事的重视。强调写故事,再深入一层思考,就是写什么样的故事,老舍强调要写平凡的事:"在平凡的事中看出意义,是最要紧的。"事实的新奇倒在其次,新奇的事也可以写,但不要以热闹惊

---

① 老舍:《景物的描写》,《老舍文集》(第15卷),人民文学出版社1990年版,第237页。
② 老舍:《我怎样写〈老张的哲学〉》,《老舍文集》(第15卷),人民文学出版社1990年版,第166页。
③ 老舍:《我怎样写小说》,《老舍文集》(第15卷),人民文学出版社1990年版,第450页。

奇取胜,要在惊奇中求合情合理,一味追求惊奇热闹,就会使自己描写的事物流入低级趣味。他说:"康拉德的小说中有许多新奇的事实,但是他决不为新奇而表现它们,他是要述说由事实所引起的感情,所以那些事实不止新奇,也使人感到亲切有趣。"①所以,他的小说都是写平凡的事、普通的人,市民小人物痛苦地活着委曲地死去,没有什么惊天动地的大事件,也没有什么英雄人物的悲烈壮举。他的小说几乎都有个故事的架子,而且还善于穿插,尤其善于穿插爱情情节或用爱情性爱做枢纽。《老张的哲学》写恶棍老张办学又经商,放高利贷破坏两对青年男女婚姻的故事。《赵子曰》是写发生在北京天台公寓一群青年学生的浑浑噩噩的生活,里面用王女士作枢纽,还穿插了赵子曰追求谭玉娥的情节。《二马》讲了老马小马父子俩到英国伦敦的生活爱情故事,写了小马追求玛力,还穿插了小马和凯萨林的爱情。《离婚》写了一个财政所的小公务员闹离婚而最终又没有离婚的啼笑皆非的故事,内中穿插了老李对马少奶奶的"诗意"追求。《骆驼祥子》主要写祥子"三起三落"的悲剧故事,里面不仅设置了祥子与虎妞的婚姻线索,还穿插了祥子对小福子的爱情追求。以上作品里的爱情描写或作枢纽或作穿插,不仅扭紧了故事,而且使故事情节生动有趣。

第三节　追求小说文体的完美与格式的创新

在现代作家里,老舍可称得上真正的文体大家,他一直追求着文体的完美与格式的创新。像托尔斯泰"为了发展文体","着手从外语作翻译",同时"注意研究别的作家创作特点","顽强地探索文学作品的形式"②。老舍也在学习研究外国小说中,先找到一个而后发展到几个和自己文学气质相投的作家,对他们的艺术形式作合理的吸纳;另一方面又把外国小说与中国小说相比较,从中悟出一定的发展规律,然后再把它投入自己的创作中去。从而做到了"把固有的与外来的东西细细揉弄,揉成个圆圆的珠子来"③。老舍的小说叙事结构多种多样,《老张的哲学》采用狄更斯流浪汉小说的编织体系,《二马》采

---

① 老舍:《事实的运用》,《老舍文集》(第15卷),人民文学出版社1990年版,第252页。
② [苏]O·H·尼季耶伏洛娃:《文艺创作心理学》,魏庆安译,甘肃人民出版社1984年版,第125页。
③ 老舍:《观画偶感》,《老舍文集》(第15卷),人民文学出版社1990年版,第517—518页。

取双线结构倒叙方式,《骆驼祥子》叙事描写时时离不开祥子,采用以主人公为中心思考的向心结构方式。他的小说中还有单线结构的童话《小坡的生日》,采用了带有英美流浪汉小说特点的寓言体的《猫城记》,传记式的《牛天赐传》,情绪结构的中篇《月牙儿》《阳光》《微神》,以及人像展览结构的《四世同堂》。这部史诗巨著采用了生活化的手法,通过对社会历史变迁中市民生活的散点讲述,传达出时代和人物性格的变迁。其结构方法和生活化的写法,更为新中国成立后的《茶馆》等话剧创作打造了基础,显露了小说与戏剧的沟通。可见,老舍小说结构形式是完美的,多样的。

老舍不仅创造了完美多样的现代长篇小说体式,而且还致力于短篇小说文体的创造。他说:"短篇小说是后起的文艺,最需要技巧,它差不多是仗着技巧而成为独立的一个体裁。"①在形式技巧诸因素中,结构方式和叙述视角更具有审美价值。他的短篇小说仍有不少运用了长篇所采用的第三人称的向心结构方式,不过,同是采用这种叙述方式,作者在短篇里似乎有意强化了以不露面的"我"的立场和口吻来观察和叙述,像《断魂枪》用"断魂枪"作连结物,三个人物的所作所为、所思所想,都离不开那把"五虎断魂枪"。《眼镜》中用"眼镜"将各个独立的事件联成一个整体,小说写学生、写车夫王四、写掌柜的儿子,都离不开"眼镜"。表面看,这类小说是以"物"为中心网织情节的,而实际上在"物"的后面隐藏一个"我"的面孔,也即隐含的作者。同样,在以人、地、事件为中心的向心结构的小说里,作者也有意强化了隐含作者的叙事功能,比如《上任》是以出身土匪的稽察长尤老二的"拿土匪"的活动为线索来叙写的,但时时都有个隐含的作者在里面,像讲单口相声似的,以微写著,新鲜别致。当然,更能体现老舍小说文体之美、格式多样的,是那些用第一人称叙述的小说。在这类小说里,作者、隐含的作者、叙述者又都附在"我"上面,"我"直接露面,作为小说中的一个人物而充当叙述人,以露面的"我"作为视点进行观察、叙述,像《赶集》《樱海集》《哈藻集》共收32篇小说,其中以第一人称的"我"写成的小说就有14篇。根据隐含作者或叙述者在作品中所占的位置,可将它们分为三类:一是"我"的情感衍变与象征物的契合统一,《月牙儿》

① 老舍:《我怎样写短篇小说》,《老舍文集》(第15卷),人民文学出版社1990年版,第194页。

《微神》《阳光》等小说以主人公"我"的命运、情感变化为线索,串起人生的几个片断,并为这几个片断捕捉了非常适应情感表达的象征物,让象征物担当引领主人公情感变化的角色。二是由"我"作为主要人物的自叙,《我这一辈子》从"我"的直观感受出发,由事件挑起内心情感变化,又由情感的波动去组合新的事件。这样既便于写事件,又便于写内心。三是由"我"作为次要人物的侧叙。像《热包子》《爱的小鬼》《歪毛儿》《黑白李》《大悲寺外》等篇中的"我",主要承担故事叙述者的角色。"我"与作品中的人物关系,或同学,或同事,或朋友,对他们都有较深的了解,所以能借助"我"的眼光,去写他们的言谈举动,并且随时可做道德的评价和是非判断。

叙述视角和结构方式固然能创造小说的文体之美,而语言风格也是创造小说文体之美的重要条件。老舍小说人物的语言是性格化、口语化、大白话的,并且叙述描写的语言也是口语化、大白话的。他写小说就是要"使白话成为雅俗共赏的东西",不借任何佐料而"把白话的真正香味烧出来"[①]。他从"北京话的血汁里"发现鲜活、自然、通俗、浅近,从而用北京的口语俗语叙写,形成语言上的"简明"、"俗白"、"生动"的特点。尤其发展到《骆驼祥子》,老舍说它"根本谈不上什么技巧,只是朴实的叙述",小说语言采用了以叙述为主的形式。在叙述语言中,不仅融合了描绘文字,还大量地把人物内心独白,有时甚至把对话也融化、镶嵌进去,这样就紧缩了篇幅,使情节结构更为简洁、紧凑。同时,老舍还注重语言的韵律和节奏,使语言具有音乐美。老舍说:"《祥子》可以朗诵。它的言语是活的。"[②]他的小说的语言,做到了如他自己所要求的:用字力求自然,"句子也力求自然,在自然中求其悦耳生动"[③]。既俗且白而又悦耳动听的叙述语言,强化了小说的文体之美。当然,在语言文字上更能够创造文体之美,体现其独特的艺术风格的是幽默。幽默在老舍那里,既是语言形式问题,又是作家"心态"问题。他把幽默看成"心态",而作家的心态也即他的审美心理气质,不是一时半会就能够产生的。老舍的幽默审美气质是从特殊的生活环境家庭教养下培育出来的,他说:"穷,使我好骂世;刚强,使我容

---

① 老舍:《我怎样写〈二马〉》,《老舍文集》(第15卷),人民文学出版社1990年版,第175页。

② 老舍:《我怎样写〈骆驼祥子〉》,《老舍文集》(第15卷),人民文学出版社1990年版,第208页。

③ 老舍:《我的"话"》,《老舍文集》(第15卷),人民文学出版社1990年版,第463页。

易以个人的感情与主张去判断别人;义气,使我对别人有点同情心。有了这点分析,就很容易明白为什么我要笑骂,而又不赶尽杀绝。我失了讽刺,而得到幽默"①。老舍带着幽默的审美心理特质,去描绘市民社会小人物的悲苦生活,再加上一些讽刺的手法,这样就形成了他的小说喜剧其外而悲剧其内的独特的艺术形式。这种艺术形式给人提供的是痛快的笑,"笑中带着同情",笑后让人落泪。比如作家写《柳家大院》里那个穷苦人家的媳妇,说她长得像个"窝窝头",这不是看不到她的痛苦,拿穷人的痛苦寻开心,而是替她难受,"我就常思索,凭什么好好的一个姑娘,养成像窝窝头呢,从小儿不得吃,不得喝,还能油光水滑的吗? 是,不错,可是凭什么?"幽默中含有哀愁,让人看后也产生一种"难受"的感觉。这正像搔皮肤,太强烈了则生痛感,稍轻缓可生喜感。老舍有意将小人物本来具有的痛苦、痛感变弱一些,变成一种轻松愉快的微痒,这就产生了喜感。喜感里又隐现着作家那副带泪的面孔,正像胡絜青所说:"老舍的幽默包含着同情,种种灾难在人们身上留下了各种各样的缺陷,用不着再使劲地一针见血。"②他的幽默,保持了创作的严肃,所以40年代就有人指出:"林语堂的文章是幽默而带滑稽,老舍则幽默而带严肃。"③他以严肃的创作态度,始终坚持幽默的艺术风格,即使在幽默遭到批评的时代,他也不放弃幽默,显示了艺术家的执着可贵,其幽默艺术创作,丰富了小说的文体形式,促进了现代文学艺术风格的多样化发展,从而使它们在世界文学中放射着绚丽的光彩。

[原载《文学评论》2003年第5期]

---

① 老舍:《我怎样写〈老张的哲学〉》,《老舍文集》(第15卷),人民文学出版社1990年版,第166页。

② 胡絜青:《老舍的幽默》,《文学报》1981年12月24日。

③ 虔诚:《老舍》,载杨之华编:《文坛史料》,中华日报社1944年版,第178页。

第七章　老舍小说中的中国形象

老舍作为文化型的现代著名作家，他坚持以启蒙主义为"现代性"审美标尺，深入审视社会生活，生动描绘人生人性，从而在小说中创造出三种形态的中国形象：一是以启蒙现代性为审视基点的现在式中国形象；一是以反思历史文化为感知主体的过去式中国形象；一是以乌托邦精神为想象性建构的未来式理想中国形象。他小说中的中国人和中国形象，始终贯穿着弘扬民族精神，期盼民族复兴的思想意蕴，正像他自己所说：表现"人的尊严"和"中国人的尊严"是其创作的"基本思想与情感"[①]。

第一节　创造现在式中国形象

老舍从1924年秋至1929年夏在英国伦敦大学东方学院讲学，其间创作了三部长篇小说：《老张的哲学》《赵子曰》《二马》。老舍身居国外，前两部小说以北平为背景，均是写国内的人和事。作家以启蒙现代性为审视基点，以过去时态的现代呈现方式，创造了现在式中国形象。《老张的哲学》即以剖露国民精神弱点为主调，展示中国旧教育旧学校形象：这所"学堂"上至学务大人，下至校长教员不学无术、营私舞弊和贻误学生甚至摧残了学生生命。学校的教学方式、教学内容都是封建式的旧式的，新任学务大人来检查，校长则命令学生把《三字经》《百家姓》等旧书收起来，拿出"国文"读本，等到检查大员一走，又立即叫学生把旧教材拿出来。你看，这所学校表面上看是新学堂，而内骨子则是依旧的。老舍就是这样以文化教育入手，审视当时的中国形象。

---

① 老舍：《"五四"给了我什么》，《老舍文集》（第14卷），人民文学出版社1989年版，第346页。

《赵子曰》也以文化教育为审视重点,剖露、讽刺了五四以后一部分青年学生的精神弱点,彰显的仍然是现在式中国人和中国形象。赵子曰这伙混迹于"新学校"的"新人物",其实是"孔教打底"、"西洋文明"镶边的混杂物。由赵子曰们组成的这所"新学校"内骨子同样是污秽不堪的:教员无心教书,学生把"打校长教员"作为"有志气的青年",因而打校长打教员,无故闹学潮就成了这里的时尚。老舍将赵子曰们的时尚表演充分进行展示,明显带有对"五四"新文化运动的反思特点。如果说老舍通过对《老张的哲学》中的"老张"这伙中国人的审视,让我们看到了当初被"五四"文化新军猛烈扫荡过的旧传统在某一方面的复活,那么在赵子曰们身上,老舍清醒地看到"五四"以后的一部分中国人则受了西方文化中的劣性精神的污染,从而造成了他们精神上的缺陷。对以赵子曰为代表的青年学生们的思想弱点仍然要加以改造,如何改造? 老舍把改造的任务落实到书中的理想国民李景纯身上,李景纯走的是教导国民、改善社会的思想启蒙与救亡图存道路,他教导赵子曰们要学好真知识、要有真本事,"人人有充分的知识,破出命死干,然后才有真革命出现,各人走的路不同,而目的是一样,是改善社会,是教导国民;国民觉悟了,便是革命成功的第一天。"他还教育鼓动赵子曰们,为保护天坛不被外国人拆毁,有这样一段话:"我们的人民没有国家观念,所以英法联军烧了我们的圆明园,德国人搬走我们的天文台的仪器,我们毫不注意! 这是何等的耻辱! 试问这些事搁在外国,他们的人民能不能大睁白眼的看着? 试问假如中国人把英国的古迹烧毁了,英国人民是不是要拼命? 不必英国,大概世界上除了中国人没有第二个能忍受这种耻辱的! 所以,现在我们为这件事,那怕是流血,也得干! 引起中国人的爱国心,提起中国人的自尊心,是今日最要紧的事!"①这是老舍借他的理想国民李景纯之口说出的启蒙救国之道,是他启蒙主义思想的真诚表达。

是的,老舍是坚守思想启蒙的。《二马》除了继续以"启蒙主义"为主导审视中国人的国民精神,更对中国人与英国人以及中国与英国两个民族进行比较分析,既展示了现在式中国人和中国形象,又展示了现在式英国人和英国形象。老舍写《二马》特别关注"中国人与英国人

① 老舍:《赵子曰》,《老舍文集》(第1卷),人民文学出版社1980年版,第373页。

的不同处"以及"他们所代表的民族性"。老舍抓住"民族性"、"不同处"作文章,不是去做连小孩子都能感知的"洋人鼻子高,头发黄"之类,而是要从他们心灵差异上找"资料",然后"由这些资料里提出判断"①。小说中的老马(马则仁)"背后有几千年的文化","代表老一派的中国人"。他自尊自傲,"对将来他茫然,所以无从努力,也不想努力"②。顽固守旧,愚昧麻木,安于现状,不思进取,面对英国人对他的"老黄脸"、"挨打的货"的污辱也无动于衷,致使一个好端端的古玩店毁于一旦。与老马不同,英国人也爱体面,但不像老马那样死要面子,乱挥霍乱花钱,温都太太出租做饭,善于经营,务实勤俭。这与老舍在《我的几个房东》中记述的英国人相似,老舍说他初到伦敦住的房东家的房主人是两位老姑娘,他对那位妹妹特别称道,说她很会操持家务,"勤苦诚实",具有"独立的精神"③。他在这篇文章中又记述了另一位房东达尔曼先生:"这个老头儿是地道英国的小市民,有房,有点积蓄,勤苦,干净。"④如此以老派的中国人与英国人的对比,既表露了老舍对中国国民性的批判精神,又彰显了作家对英国人的独立特行、勤奋自强的性格的欣赏情感。但是,老舍对英国人的欣赏是有限的,英国人对中国人的民族歧视又使他特别反感、愤慨。他在《二马》里写出了英国人对中国人的歧视,不单是学校、商店、大街上的行人鄙视中国人,就连饭馆跑堂的甚至连妓女也看不起中国人,由此发出了国弱受人欺的呼喊:"国家衰弱,抗议是没有用的;国家强了,不必抗议,人们就根本不敢骂你。"他真诚地期盼着中国的富强、民族的复兴。

老舍在《二马》里又通过新一代中国国民小马(马威)、李子荣与英国人的对比,让人看到作为"新文化"代表的中国人的进取求实精神,他们热情谦和、敏感要强,活跃进取,"个人的私事,如恋爱,如孝悌,都可以不管,自要能有益于国家,什么都可以放在一旁"⑤。同时又让人看到了英国的年轻人像保罗之流,则整天无所事事,喝酒肇事,自私偏狭,妄自尊大,显露出西方物质文明烛照下的精神危机。老舍在英国还体验到:"英国人很正直",做事认真,"自重",但英国人又傲慢与偏

① 老舍:《我怎样写〈二马〉》,《老舍文集》(第15卷),人民文学出版社1990年版,第175页。
② 老舍:《我怎样写〈二马〉》,《老舍文集》(第15卷),人民文学出版社1990年版,第176页。
③ 老舍:《我的几个房东》,《老舍文集》(第14卷),人民文学出版社1989年版,第70页。
④ 老舍:《我的几个房东》,《老舍文集》(第14卷),人民文学出版社1989年版,第74页。
⑤ 老舍:《我怎样写〈二马〉》,《老舍文集》(第15卷),人民文学出版社1990年版,第176页。

见,"非常高傲",万事不求人,不愿谈政治、谈宗教、谈书籍,乐于"论赛马、足球、养狗、高尔夫球等等"①。他真切地感受到了英国人的保守、安稳、不喜革命、高傲冷漠的绅士风度。可见,英国的国民精神潜藏着抑制现代化发展缓慢的危机,而中国新国民如饥似渴地向西方现代文明求科学、求进取的精神,又预示着民族复兴的前景。

第二节　创造过去式中国形象

如果说老舍由《二马》对东西方文化的比较审视,创造了一个远远落后于英国的陈旧、老化的中国形象,其理性、启蒙的重点是用西方现代文明拯救东方的愚昧落后。那么到了《小坡的生日》,老舍则把审视的重点放在"东方"(中国),创造了以反思历史文化为感知主体的过去式中国形象,把一个具有悠久历史文化、勤劳勇敢、坚忍不拔的伟大的中国形象呈现给读者。

老舍从1929年秋离开欧洲大陆回国途经新加坡时,感受了南洋的自然风光和人文景观,心中油然升起"中国人的伟大"、世界的希望在"东方"的感念。他要"写南洋,写中国人的伟大"②。他高赞中国人的精神,"中国人能忍受最大的苦处,中国人能抵抗一切疾痛:毒蛇猛虎所盘居的荒林被中国人铲平,不毛之地被中国人种满了菜蔬。中国人不悲观,因为他懂得忍耐而不惜力气。他坐着多么破的船也敢冲风破浪往海外去,赤着脚,空着拳,只凭那口气与那点天赋的聪明,"中国人开发了南洋,"南洋之所以为南洋,显然的大部分是中国人的成绩。"③老舍在《小坡的生日》中描绘的美丽的南洋自然风光,处处透视着中国人的精神、"中国人的成绩"。你看:小坡到海岸边看到的一幅海景图,不仅具有海的甜美,而且具有自然与人类和谐相融的静穆庄严。那由远处山下的蓝水罩上一些玫瑰色,把小船上的白帆弄得有点发红,像触摸到了小姑娘害羞的脸蛋儿。小风儿的吹动,小燕儿的舞姿,小白鸥"忽然一抿翅儿,往下一扎",小船儿挤起一片波浪,发出"哗啦哗啦"的响声。而且,船多声音也多,笛声、轮声、起重机声、人声、水

① 老舍:《英国人》,《老舍文集》(第14卷),人民文学出版社1989年版,第66—67页。
② 老舍:《我怎样写〈小坡的生日〉》,《老舍文集》(第15卷),人民文学出版社1990年版,第179页。
③ 老舍:《我怎样写〈小坡的生日〉》,《老舍文集》(第15卷),人民文学出版社1990年版,第179页

声,音多而不杂乱,并不影响大海的庄严静寂。小坡们这一群弱小民族国家的小孩即生活在这样一个庄严静穆、风光旖旎的南洋世界里,他们感到活泼、自由、和谐、舒畅。

在写《小坡的生日》之前,老舍曾读过康拉德的南洋丛林小说,他虽然赞赏康拉德的写海洋、写丛林所呈现的境界,但对康拉德的作品所表现的欧洲自我中心主义或白人优越感感到不满。在康拉德以东南亚为背景的热带丛林小说中白人都是主角,东方人是配角,白人征服不了南洋的原始丛林,结果不是被原始环境锁住不得不坠落,就是被原始的风俗所吞噬。老舍写南洋即想颠覆康拉德小说中的欧洲自我中心主义,他以中华民族的“赤子之心”描绘小坡们的儿童世界,表现“联合世界上弱小民族共同奋斗”的精神①。在小坡们的儿童世界里,有中国小孩,马来小孩,印度小孩,就是没有一个西方白色民族小孩。而且这群弱小民族国家的小孩,是以中国小孩小坡为中心的。中国小孩身上传承着先辈们开发南洋的艰苦奋斗、勇敢拼搏精神,小坡的勇敢正直、乐于助人、惩强扶弱,他为弱小的小姑娘小英打抱不平,用拼命精神夺回了被身大有力的张秃子强占去的纸船;他又冒着危险到虎山上救出了小姑娘钩钩,这些都是老舍盛赞的开发南洋的中国人的硬气精神的体现。老舍后来在《还想着它》一文中又一次记述了中国人开发南洋的伟大功绩,与康拉德小说中的白人征服不了南洋的原始丛林相对照,中国人什么也不怕,“毒蛇猛兽,荒林恶瘴,我们都不怕。我们赤手空拳打出一座南洋来”。而在新加坡的外来人中,“马来人什么也不干,只会懒。印度人也干不过我们。西洋人住上三四年就得回家休息,不然便支持不住。”②各行各业,干什么的而最能干的全是中国人。因此,他所描绘的南洋世界以及小坡们的世界,是中国人的世界,是中国人的精神世界,“这不是英雄崇拜,而是民族崇拜”,是老舍带着“民族崇拜”情感创造出的中国形象世界。

当老舍从国外回归中华大地后,他和许多留学归国的“赤子”们有一样的心情。像郭沫若从日本回国后,感受到眼前的中国不再是一位“葱俊的姑娘”,而在上海滩上,“满目都是骷髅,满街都是灵柩,乱闯,

① 老舍:《我怎样写〈小坡的生日〉》,《老舍文集》(第15卷),人民文学出版社1990年版,第180—181页。

② 老舍:《还想着它》,《老舍文集》(第14卷),人民文学出版社1989年版,第30页。

乱走"①。闻一多从美国回国一踏上中国的国土,就发现"这不是我的中华,不对,不对!"②整个旧中国像"一沟绝望的死水"。老舍觉察到当时的中国社会是"黑暗,黑暗,一百分的黑暗!"③他既发现中国社会现实的污秽不堪,以批判现实主义的笔触从事社会的批判;又窥见中国国民因袭传统文化重负,以文化"启蒙主义"者的神圣职责从事对国民思想弱点的批判,创造了更具现实性的现在式中国形象。

20世纪30年代,老舍对社会现实的批判和对国民文化思想的批判,以前的研究包括笔者本人在内,只看到老舍所作的"两种批判"的深刻性的一面,而没有去探求老舍在批判中追寻理想的那一面,即追寻"人的价值"和"中国人的价值"的那一面,也即弘扬民族精神,期盼民族复兴的那一面。在《猫城记》中,老舍描绘了一个"一百分黑暗"的中国形象:政治腐败、经济落后、军事力量软弱、文化教育瘫痪,上层统治者投降媚外,下层民众愚昧不堪。那个"猫国"(即中国)已黑暗、腐败到了不可救药的地步,作家对它"由愤恨而失望",但失望中并未失去希望,他不仅由猫人的"老实"看到了希望:"猫人并不是不可造就的,看他们多么老实:被兵们当作鼓打,还是笑嘻嘻的;天一黑便去睡觉,连半点声音也没有。这样的人民还不好管理? 假如有好的领袖,他们必定是最和平,最守法的公民"④。而且还把拯救"猫国"的希望放在爱国者大鹰和抗战者小蝎身上,但大鹰却英勇牺牲,小蝎在绝望中自杀。老舍认为:"猫人的糟糕是无可否认的。我之揭露他们的坏处原是出于爱他们也是无可否认的。"⑤恨之深爱之切,消去了社会的污秽和猫人的糊涂"糟糕",不就能达到社会改革者所期望的"和谐"、净朗的世界了吗? 所以老舍在看了猫人"多么老实"之后,便在"心中起了许多色彩鲜明的图画:猫城改建了,成了一座花园似的城市,音乐,雕刻,读书声,花,鸟,秩序,清洁,美丽……"⑥。这不正是老舍所追寻的理想中国形象吗? 这正像胡絜青所说:"这部书反映了一个徘

---

① 郭沫若:《女神》,人民文学出版社2002年版,第152页。
② 闻一多:《发现》,《闻一多全集》(第3卷),生活·读书·新知三联书店1982年版,第187页。
③ 老舍:《猫城记》,《老舍文集》(第7卷),人民文学出版社1984年版,第397页。
④ 老舍:《猫城记》,《老舍文集》(第7卷),人民文学出版社1984年版,第368页。
⑤ 老舍:《我怎样写〈猫城记〉》,《老舍文集》(第15卷),人民文学出版社1984年版,第190页。
⑥ 老舍:《猫城记》,《老舍文集》(第7卷),人民文学出版社1984年版,第368页。

徊在黑暗中不断寻求真理的旧知识分子的痛苦处境。"①老舍徘徊在黑暗的中国,既不断地批判现实、启蒙民众,又不断地追寻、建构和谐、净朗、鸟语花香、清洁美丽的世界。

应该说,老舍始终没有放弃现代启蒙与理想追寻。老舍说他写《骆驼祥子》的意图:"是要由车夫的内心状态观察到地狱究竟是什么样子。"②祥子们的悲剧,也的确让人看到了"地狱"式的中国现状,这个"地狱"把一个朝气蓬勃、刻苦要强的祥子变成一个彻底堕落了的行尸走肉。在祥子悲剧的进程中,作家始终紧扣祥子心理的追求:做个自由的车夫。但是走什么道路,用什么方式才能实现"做个自由的车夫"的愿望,祥子采取的是个人奋斗方式,走个人奋斗道路,而这种"个人奋斗"道路在那个"一百分黑暗"的旧中国社会走不通,最后成为"个人主义的末路鬼",所以作品的结尾作家是以哀其不幸、怒其不争的情感诅咒这个"个人主义的末路鬼"。整个作品暴露、批判、诅咒的情感基调和《猫城记》既有相似之处:即揭露社会和批判个人的"坏处","原是出于爱他们";又有思想发展:作家在否定祥子的"个人主义"奋斗道路的同时,也暗示了"走集体主义道路"的可行性。如果车夫们和整个下层的穷人们联合起来,像《黑白李》里面的白李带着车夫们一起去"砸地狱的门",那祥子就有了"做个自由的车夫"的希望。可见,老舍是在对社会丑恶的批判中,寻求构建和谐、静朗社会的理想。

如果说《骆驼祥子》重点审视了人与社会的关系,生动地呈现了现在式的中国形象,也隐含了寻求建构未来式理想中国形象,那么《离婚》则重点审视了人与家庭的关系,突出彰显了以家庭伦理和社会道德为主体的中国形象。老舍对张大哥的人生哲学固然有批判的意向,但他不像在《老张的哲学》中批判"老张的哲学"那样完全采取否定的态度,而是在批判中有保留,对张大哥走"调和"、"中庸"之道,既有讽刺意味,又含欣赏情调。

第三节 创造民族振兴的中国形象

从抗战爆发到40年代,老舍依然执着于现代启蒙与理想追寻。

---

① 胡絜青:《老舍论创作·后记》,《老舍论创作》,上海文艺出版社1980年版,第201页。
② 老舍:《我怎样写〈骆驼祥子〉》,《老舍文集》(第15卷),人民文学出版社1990年版,第206页。

不过这期间他审视的重点是国家与民族,创造了山河怒吼、全民奋起、民族精神振兴的中国形象。全民族抗战的兴起,催生了高张爱国主义精神的抗战文艺,当有人说抗战文艺不好写,"战争没有什么好写的",老舍却大力鼓吹作家去写抗战文艺,他写了《火葬》,写了战争,他认为:"战争是丑恶的,破坏的;可是,只有我们能分析它,关心它,表现它,我们才能知道,而且使大家也知道,去如何消灭战争与建立和平"①。《火葬》即用满腔的爱国热情,表达了"消灭战争与建立和平"的民族文化观念,塑造了抗日英雄石队长为民族献身的中国人形象。在老舍看来,整个抗战期间,由满腔爱国热情的中国人组成的中国形象,才是世界上无坚不摧、无与伦比的精神力量。《大地龙蛇》是话剧,是以小说式写法创作的话剧,是向长篇巨著《四世同堂》的一个过渡。它更深入地审视了国家与民族文化,在思想启蒙、立足现实的基础上,以乌托邦精神为想象性建构,创造了未来式理想中国形象,实际上是一部世界"大同主义"的畅想曲。老舍将我们的民族文化分为三个阶段:过去、现在和将来。对于"过去文化"的"检讨"工作,老舍早已做过,而像这样分三个阶段综合起来进行考察却始于抗战。不用说,赵庠琛老先生代表的是旧文化,他自幼饱读孔孟之书,少壮满怀济世之志,做官二十几年,后隐退在家。抗战兴起后,他思想上存在严重矛盾。一方面,有可贵的民族气节,随国都迁移奔跑,甚至面对强敌可以自杀。另一方面,他过分地爱和平,但也决不伸出拳头去打击敌人,并且对次子赵兴邦到前线去的抗敌行为加以指责。赵兴邦是新思想、新文化的代表。他目光远大,具有为民族牺牲的精神。他说平时不大理会的东西,到前线后,一下子可以看得很远。他认为抗战促进了民族文化的发展。也是在他的开导下,他的父亲——作为旧文化代表的赵庠琛思想发生转变。他们终于在文化思想上取得一致,这种一致正"隐含着新旧文化因抗战而发生的调和",而抗战的目的,也就在于"保持我们文化的生存与自由"②。老舍不仅将中华新旧文化作了"调和",而且将"调和"后所产生的"和谐"文化形态,又纳入世界文化的体系之中,进一步探寻民族文化与世界文化的关系。在作品的最后,老舍对于文化的将来作了畅想,他认为中华民族和东南亚各民族建立友谊,几十

① 老舍:《我怎样写〈火葬〉》,《老舍文集》(第15卷),人民文学出版社1990年版,第227页。
② 老舍:《大地龙蛇·序》,《老舍文集》(第10卷),人民文学出版社1986年版,第288页。

年后将是一个天下太平的世界，是一个文化"和谐"、精神"和谐"的"大同世界"，将老舍这里的"大同世界"与他早期接受的基督教的"大同主义"的文化基因连接起来，《小坡的生日》所表现的"联合世界上弱小民族共同奋斗"①的文化思想，便形成一条追寻"和谐"世界和"和谐"中国形象的主线。

　　从《大地龙蛇》到《四世同堂》，老舍考察文化的视角范围已由一个家庭扩大到整个"小羊圈胡同"。"小羊圈"代表着中华民族的整部文化。在这里，老舍割掉了对于未来文化的畅想，而专注于过去和现在的文化的"检讨"。作为现在文化的代表，钱仲石、祁瑞全的民族献身精神比赵兴邦强烈鲜明，可歌可泣。作为旧文化的代表，老舍文化感知的对象比较多样。钱默吟固然有赵庠琛的"影子"，一开始，他也以旧式文人的面目出现，但他比赵庠琛深刻。他的民族气节和硬骨头精神的生长，确是古代岳飞、文天祥、夏完淳等民族英雄气质在新的时代条件下的发扬光大。祁老人固守着"四世同堂"的"家"的传统观念及道德规范，但他的旧的文化观念在抗战炮火的洗礼下，也发生了思想转变，由"软"变"硬"，民族精神滋长了。这正如钱默吟所说："这次抗战是中华民族的大扫除，一方面赶走了敌人，一方面也应该扫除自己的垃圾。"这"垃圾"不仅包括像冠晓荷、大赤包这些民族败类，也包含人们文化思想上的灰尘，即小羊圈胡同里的市民们的封闭自守、惶惑偷生、含愤忍让种种思想弱点。经过抗战炮火的洗礼，人们的精神面貌发生了巨大变化，民族气节、爱国精神进一步光大。中国传统文化中的保家卫国的家国情怀，始终是战胜外国侵略的民族精神文化。因此，作品结尾写到：抗战胜利了，祁老人和钱默吟老友重逢，小羊圈胡同欢腾起来了，祁家和"街坊"们准备"好好庆祝庆祝"。祁家"四世同堂"出现了新的转机，瑞宣欣慰地对爷爷说："等您庆九十大寿的时候，比这还得热闹呢。"到这里，我们看到了新旧文化的"合和"，创造了民族文化的"和谐"。这种新旧文化的"合和"，到《鼓书艺人》中的方宝庆、方秀莲身上仍然延续着，作为旧艺人，他们经过新思想的教育而走上了新生之路，方宝庆最后哼起了两句鼓词："长江后浪推前浪，一代新人换旧人"，更加彰显了民族文化的"和谐"和对建立"和谐"新中国

---

　　① 老舍：《我怎样写〈小坡的生日〉》，《老舍文集》（第15卷），人民文学出版社1990年版，第180—181页。

的期盼。

当老舍以弘扬民族精神,期盼民族复兴的愿望走进新中国以后,他就以满腔的革命激情歌颂新中国、歌颂新社会了。从《龙须沟》开始,一个改造旧思想、旧世界,建设新中国、新世界的欣欣向荣的社会主义中国形象便出现在老舍笔下了。自此,或热情讴歌新中国,或虔诚忏悔旧意识,即成了老舍创作最"基本的思想和情感"。

总之,老舍走过的道路,老舍文学创作走过的道路,老舍小说中塑造的中国形象的演化道路,正是中国社会"现代化"历史进展的道路。

[原载《中国现代文学研究丛刊》2011 年第 9 期]

第八章　老舍小说的悲剧艺术世界

　　老舍虽然一向以其特有的幽默著称,还因此被誉为"幽默大师","笑匠"。但他的幽默一开始就带着苦涩和酸辛,幽默的笑脸上流淌着痛苦的热泪。他的小说中喜剧因素和悲剧因素总是熔铸在一起,而且常常是喜剧其外而悲剧其内的。到了30年代中期,他完全走上了以悲剧格调为主的创作道路,其悲剧艺术也发展到了一个成熟阶段。那么,老舍小说的悲剧艺术世界究竟是什么样子的? 其悲剧艺术审美价值何在? 他为五四新文学的悲剧艺术发展提供了哪些新的东西? 有何新的贡献? 这些问题都是本章所要加以探讨的。

第一节　由命运悲剧到社会悲剧

　　老舍小说的悲剧艺术世界是丰富多彩的。这里既有受古希腊悲剧影响而又不同于古希腊悲剧的命运悲剧,又有类似莎士比亚笔下的因性格矛盾和性格缺陷而导致的性格悲剧,更有大量的"为人生"而思考,含有批判现实主义特色的社会悲剧。老舍的描写对象紧紧连结着他的特殊的生活经历.老舍是在城市底层的贫民窟里长大的,自幼就饱尝人间的酸辛,接触大量的人生悲剧,熟识市民社会小人物的悲哀与痛苦。这就规定了他的小说内容,只能以市民社会普通人物的生活悲剧为主体,而不可能写出类似古希腊或文艺复兴时代的英雄悲剧。他笔下的小人物都有着遭受不尽的厄运,一个个痛苦地活着,委屈地死去。《老张的哲学》里老张活活拆散两对青年男女的爱情婚姻,造成李静自杀、王德另娶、龙凤远走、李应悲鸣的悲剧;《赵子曰》中的王女士遭受流氓欧阳天风的肉体的和精神的双重摧残;《二马》里的马则仁、马威父子与温都母女相恋而又失恋的痛苦,等等。他们与西方古代悲剧的主人公的具有某种程度的反抗意志以及与"邪恶"势力作斗

· 189 ·

争的悲剧精神不同,他们在遭了厄运之后,自己并没有把它提高到悲剧的高度上来认识,即使像王德行刺老张,王女士用信披露欧阳天风的罪行,也缺乏西方悲剧主人公与邪恶观念斗争而失败的悲壮意识,更不具备传统悲剧的"崇高感"。

老舍初期描写小人物的悲剧包含着较强的个人命运色调,让人看到:市民社会的普通人物是在忍受"命运安排"的痛苦境遇里生活着、挣扎着的,他们一方面对命运不满,一方面又对命运感到无能为力,因而他们的结局又都带上"命运难测"的悲剧气氛。《老张的哲学》里王德母亲与赵姑母的一段话再清楚不过地表达了青年人婚姻无法逃脱命运安排的传统思想。《赵子曰》中的王女士始终没有出场,而书中人物又都与她有着扯不清的矛盾关系,作家最后才利用王女士给李景纯的两封信,点明她的悲惨身世,这固然出于结构上的巧妙安排,但它为王女士的悲剧命运罩上了一定的神秘色彩。这说明老舍初期的悲剧创作的确受了古希腊悲剧命运观念的影响,就是到30年代作家写祥子,40年代写鼓书艺人,他们仍然是"认了命"。《鼓书艺人》中的方秀莲想清清白白地卖艺,但后来还是没有逃脱"卖艺又卖身"的命运安排,应验了方二奶奶的话:干咱们这一行的,是清白不了的。但是,这些悲剧中的"命运",不包含古代那些带浓厚宗教色彩的不可知的神的意旨、"上帝"的力量,而蕴藉着那种左右人的命运的无所不在、难以捉摸又难以抗拒的强大的社会合力。对这种社会合力的认识,老舍初期比较单纯,认为小人物的悲剧只不过是由几个恶人造成的,只要把那几个恶人铲除掉,社会就会清明起来。因而,"除恶惩暴"的社会理想,影响了他对小人物悲剧命运的深入开掘。

如果说老舍初期关注的是小人物的个人生活命运,那么,到了30年代,作家更关心的是社会,他将审美视角更多地投向了社会,因而写出了大量的社会悲剧。《猫城记》里所写猫国全部毁灭的悲剧,不仅将读者带进了无限悲哀、无限痛苦的艺术境地,而且促使人们思考,得出一个结论:猫国毁灭的原因来自于社会制度的腐败,"黑暗! 黑暗! 一百分黑暗"的社会,必然会导致猫国的灭亡。《月牙儿》中的母女是在社会一步一步逼迫下,沦为暗娼的。尤其是女儿,她不愿像妈妈那样靠"卖肉"而生活,但最终仍不能幸免,她不得不承认:"妈妈是对的,妇女只有一条路走,就是妈妈所走的路"。乃至年迈的母亲找到女儿时,

"女儿已是个暗娼：她养着我的时候，她得那样；现在轮到我养着她了，我得那样！女人的职业是世袭的，是专门的！"女主人公一连串的悲叹，包藏着对社会的极大不满，作家说女主人公当暗娼是"世袭的、专门的"职业，这不是他的"因果报应"思想以及命运观念的显示，而是对"吃人"的社会制度所发出的血泪控诉、愤怒谴责！那象征女主人公悲苦命运的充满寒气的"月牙儿"，还不是受着整个宇宙、天体的摆布，控制。女主人公的命运同"月牙"一样，她也无法逃脱社会对她的控制，她最后连出卖肉体的权力也被社会剥夺了，这就更令人感到心酸！同样，《我这一辈子》中的老巡警、《骆驼祥子》里的祥子，他们扮演的都是人性被毁灭的悲剧，尤其是《骆驼祥子》，作者揭示造成祥子悲剧的社会原因是充分的、深刻的。由祥子的彻底堕落，让人"观察到地狱究竟是什么样子的"[①]。尽管书中的主人公在悲剧的进程中也发出巡警的儿子只能当巡警，车夫的儿子只能做车夫的职业"世袭"的悲叹，但这种悲叹是为了加深对社会控诉的色调，而不再包含初期作品对小人物"命运难测"的绝望与悲观。老舍此时也有悲观，但悲观中蕴含着希望。他在《我这一辈子》中，对于不合理的世道的愤慨，和找不到出路的痛苦交织在一起，对旧世界作了彻底否定。最后借着老巡警对旧世界充满诅咒的笑，表达他的希望："希望等我笑到末一声，这世界就换个样儿吧！"

应该看到，老舍由关注个人命运发展到关注社会命运，这是他在悲剧创作道路上的现实主义深化。这种深化是以小人物悲剧的社会价值的不断增强而体现出来的。小人物悲剧社会性的强化，并没有给他们带来悲剧精神、反抗意识的强化，他们与社会各种腐恶势力形成尖锐冲突，但他们并没有对社会的丑恶势力作有力的攻击，他们就好像压在磐石之下的可怜的小动物，只剩下微弱的呼吸，悲哀的叹气，无声的流泪。这种悲剧仍然缺乏"英雄悲剧"的悲壮意识，继续保持着下层小市民由极平常的生活事件中发出的哀哀切切的悲叹的悲剧意识特质。

我们说老舍描写小人物生活悲剧缺乏"英雄悲剧"的悲壮气质，但我们并不完全否定在他的悲剧世界中还含有一定的悲壮因素。具体

---

① 老舍：《我怎样写〈骆驼祥子〉》，《老舍文集》（第15卷），人民文学出版社1990年版，第206页。

地说,这种悲壮意识的出现与老舍大量描写小人物的死亡,表现小人物民族意识的觉醒是分不开的。《四世同堂》写了那么多小人物的死亡,像钱老太太一头撞死在儿子棺材上的壮举,像祁天佑不甘忍受游街示众对他的人格侮辱而跳水自杀,像常二爷遭受日本兵"罚跪"后的郁郁死去,像尤桐芳、小文夫妇、车夫小崔无辜被侵略者枪杀,像孙七被侵略者拉出城"消毒"活埋,像小妞子活活被饿死,等等。这些死亡悲剧里都包含着对侵略者的不满与愤慈,蕴含着一定的悲壮意识,体现小人物可贵的民族尊严和强烈的爱国主义精神。但他们身上的悲壮气质与英雄人物跟敌对力量展开殊死斗争而表现出来的慷慨悲歌性质不一样,这里仍然没有形成大波大澜的悲剧性冲突,即使像钱默吟那种"士可杀而不可辱"的民族英雄气质,也不像郭沫若笔下的屈原那样猛烈地呼喊着"雷"、"电",他们都是属于普普通通下层市民的死亡与呼喊,并且这种死亡,在亡国的时候,是"容易碰到的事"。写这些极"容易碰到的事",就能够使人们意味到北平就也是一口"棺材",时时激起人们的沉痛与愤怒,唤起人们的觉醒与抗争。

第二节　普通人物的性格悲剧

显然,老舍写小人物的悲剧是沿着个人命运—社会命运—民族命运这样一条创作思维线索向前发展的。悲剧社会价值的不断增强,使他初期创作的小人物的命运悲剧逐渐让位于含有批判现实主义特色的社会悲剧。这部分社会悲剧除了对社会制度作了比较深刻的批判、否定外,还对我们民族的历史文化作了系统的反思、深刻的批判。这种文化反思、文化批判,又总是蕴藉在小人物的性格组合中,而小人物的性格悲剧也就在老舍的文化反思、文化批判中出演了。早在创作《二马》时,老舍就对东西方文化价值作了比较,认识到英国的进取与中国的老化。无论是代表中国传统文化意识的老马,还是代表中国现代文化意识的小马,他们在恋爱、事业上都遭到了失败。他们在恋爱上缺乏西方人的进取意识、现代意识,处处以低三下四的态度、小恩小惠的手段对待对象,因而引起了温都太太母女俩的嫌厌。其实,小马在恋爱上完全有条件对玛力和凯萨林作双向选择,可惜他只单单盯住玛力,而失去对凯萨林的追求。在事业上面,老马的古玩店被砸,砸店的全都是中国人,中国人打了中国人,而最有"能耐"的中国人李子荣和马威却制止不了这场风波,这不能不使人感到悲哀。这种悲哀,主要来自于中国传统文化的落后愚昧意识,是传统文化心理严重压抑了小人物的个性,才使他们遭受人生的厄运的。他们遭受的厄运,既是个人的,又是民族的。因而《二马》表现的是"二马"的性格悲剧,也是整个民族的性格悲剧。

在小人物演出的性格悲剧中,骆驼祥子的悲剧要比"二马"的悲剧显得深沉、悲郁。祥子人性美毁灭究其原因不光是来自于社会,还来自于祥子自身。祥子进城后,在生活理想、生活道路、生活方式、生活习惯等方面,都带上了强烈的农民意识。从客观方面说,环境毁坏了他的美好气质,给他带来厄运;从主观方面看,他对自己的农民意识也缺乏相应的自我调整,不去接受一点"现代意识"的熏染,这样就很难在城市文化里立得住脚。祥子从农村流入都市求生,这在30年代初期是个普遍的社会现象,许多作家对此都作了不同程度的反映。祥子缺乏的是"现代意识",他固守农民意识,往往会使他的质朴变成愚蠢、呆笨,连吃饭蹲在地上三扒两咽的微小生活细节,也显得与"穷讲究"的市民文化极不相称。

祥子不仅固守农民意识中质朴、勤劳、忠厚的一面,而且固守农民意识中的劣根性一面,双向固守,都给他带来悲惨的厄运。祥子从农民意识出发,选择了"个人奋斗"道路。"个人奋斗"本身并没有什么可责备的,也不意味着一定导致悲剧。祥子通过个人奋斗能否达到"做个自由的车夫"的目的,关键要看他用什么样的思想意识作主导。他是抱着封闭的、落后的、狭隘的农民意识走个人奋斗道路的,这就决定了他走这条道路的悲剧性。祥子"三起三落"的悲剧与他落后的农民意识有着不可分割的内在联系。

在我看来,祥子"买车,车丢了","攒钱,钱跑了"的悲剧还没形成真正深刻的悲剧。他丢车,可以挣钱再买车。钱跑了,可以再攒钱。这两次打击使他对自己"要强"的性格发生怀疑,但从根本上没有动摇他要做个"自由的车夫"的理想信念。祥子仍然具有强烈的生活欲望和生命意识。这种生命意识在和虎妞结合后,使他感到了有"家"的好处。"不管怎样,他觉得自己是有了家,一个家总有它的可爱处"。这个"家"是虎妞带给他的,这个"家"也因虎妞的死去而失去。祥子失去

"家"之后，消褪了对事业的执着追求。他欲跟小福子结合的一线希望破灭后，才在精神上、肉体上彻底崩垮。所以，祥子最后的堕落也是他"下意识所藏的伤痕"①所致。当然，祥子"下意识所藏的伤痕"，不单是作为人的自然属性的那一面，还有社会的文化的这一面，老舍写出了祥子作为社会的人的全部复杂性，让人们看到，他在精神上所遭受的痛苦，又的确是传统"家"的观念造成的，是传统"家"的观念、社会习俗熏染了他，使他感到有"家"的可爱，无家的痛苦。

由"下意识所藏的伤痕"造成人生的痛苦，不单单表现在祥子一个人身上。有的小人物并没有像祥子那样失去了"家"，但他们的潜意识仍然遭受严重压抑，《离婚》中的老李明明对隔壁邻居马少奶奶有着潜性爱的追求，但又不能作公开表述，只好以个性压抑的形式尽着丈夫的职责，维持他那个"家"的存在。当然，祥子与老李不同，他不具备小资产阶级知识分子的"遐想"、"诗意"、"浪漫"，可他在虎妞生前，也曾以朴素的情感表现过对小福子的好感，流露过他潜性爱的心理，只是因为虎妞的"厉害"，才不敢作公开的表示，只得将自己的潜意识压抑下来。如果说老李的矛盾、痛苦是由东方的伦理观念与西方的"现代意识"发生强烈冲撞造成的，那么，像这样的冲撞在祥子身上则没有出现过，他的"下意识"所藏的痛苦，主要是社会环境、传统伦理观念对他的人性伤害。与祥子类似的市民阶层小人物，他们会用自身心造的或手造的无形或有形的东西来束缚自己的个性、压抑自己的性欲，从而造成心理的痛苦和变态，他们在初踏上人生路途时，大都是害怕成家也不愿成家的，因为像二强子那样连老婆孩子都养活不起，强逼女儿卖淫的悲剧，已经给他们心头罩上浓黑的阴影。可是传统的文化观念，"不孝有三，无后为大"又紧紧地束缚住他们，迫使他们不得不成家，哪怕是"穷对付"也要办理好婚姻大事。像祥子那样，即使是不情愿地和虎妞结合成家庭，也得在那个"家"里面尽他的义务，传宗接代，以实现"四世同堂"的美好愿望。

传统文化观念是造成小人物性格悲剧的一个方面，另一方面，小人物的人性萎缩、变态也来自于"西洋文明"的污染。西方文化进入中国后，对中国传统文化进行了猛烈冲击，使得这个历来以"文明古国"

---

① 老舍：《文学概论讲义》，《老舍文集》（第15卷），人民文学出版社1990年版，第115页。

自居的民族,愈益显露出它的落后性。五四时期,作为西方文化思潮的"个性解放"、"婚姻自由"、"恋爱至上",对青年们影响很大,成了他们追求的主要目标,也成了五四文学描写的重要题材。老舍既看到了这种社会思潮、文化思潮的进步性,又看到了"西洋文明"中的劣性东西对中国社会的严重污染。由蓝小山、欧阳天风、小赵、胖校长侄儿、蓝东阳、张文等人组成的"孔教打底、西法恋爱镶边"的"自由恋爱"世界,其实是将女人当玩物,严重摧残女性身心健康的污秽世界。他们制造了许多青年女性上当受骗、失身堕落的悲剧,让人看了感到恐惧、心悸!像《离婚》中的张秀贞失身于小赵而不敢吭声;《月牙儿》女主人公失身于胖校长侄儿后正式上市卖"肉";《阳光》中的女主人公发展成纵欲的典型,最后失去了生命"阳光"的痛苦;《微神》中女主人公死于打胎的悲剧;《鼓书艺人》中的方秀莲怀着孩子悲悲切切回到家里。这些女性的悲剧除了有社会的原因,也与她们想尝尝"自由恋爱"的甜头以及性心理的幼稚懦弱有很大关系。我们在老舍小说里,很难找到青年男女由"自由恋爱"而组合成的"幸福"家庭,他们的"自由恋爱"都是以人性的异化、扭曲、悲哀、痛苦而告终的。这就进一步让我们看到:是病态社会的病态文化造成了小人物的人性异化,而小人物的人性异化才是老舍小说重点表现的性格悲剧。这种性格悲剧仍然像前面所说的命运悲剧、社会悲剧那样,显得极平常、极普通,掀不起"英雄悲剧"的悲壮意识波澜。

第三节 悲剧意识的生成发展

我在前面论述老舍小说各种悲剧艺术形态及其审美价值时,特别强调作家的生活经验对形成他的悲剧艺术世界的丰富性、多样性以及鲜明的审美个性所起的重要作用,然而那只是问题的一个方面。另一方面,在作家将社会生活中悲剧性的事件和人物写进作品的过程中,总是融入了他自己对每场悲剧以至整个社会生活的主观感受和判断,即他的悲剧意识。他的悲剧意识始终是创作主体运动中最活跃的部分。从他写小人物的命运悲剧开始,就曾接受过古希腊悲剧艺术以及古希腊悲剧理论的影响。他那时就认为:"希腊的悲剧教我看到了那最活泼而又最悲郁的希腊人的理智与感情冲突,和文艺的形式与内容的调谐。……从书本上,我只看到它们的'美'。这个美不仅是修辞上的与结构上的,而也是在希腊人的灵魂中的"。①这里所说的"希腊人的灵魂中"的"美"主要是指命运观念和神秘色彩,老舍初期创作也融进了一些"命运"因素和神秘成分,但他并没有去宣传"神"的力量,而重点探讨的是人的价值。他在审美观念上很欣赏亚里斯多德在《诗学》中提出的悲剧的六要素:结构,性格,措辞,情感,场面,音乐。但他又不像希腊悲剧作家以及悲剧理论家那样十分看重悲剧的情节,而更注重悲剧人物性格的刻画。同是描写下层人物的命运悲剧,五四时期不少作家却偏重于神秘色彩的渲染,着眼于悲剧情节的创造,而忽视了人物性格的刻画。与这部分作品相比,老舍在吸取外来悲剧艺术营养进行创作时,的确有他的超越性,具备30年代众多知识分子的"务实"精神。

老舍在创作实践中,又不断地对自己的悲剧意识作一些自我调整。他清楚地认识到:"世界上最古老的悲剧总是表现命运怎么捉弄人,摆布人。"②他没有完全按照古希腊悲剧作法去写小人物的悲剧。他是在接受西方古典悲剧理论的基础上,又吸收了后代悲剧作家的实际创作经验,以莎士比亚、狄德罗、莱辛、易卜生等一大批作家的"性格悲格"和"社会悲剧"为参照系,强化自己的悲剧意识,发展自己的悲剧创作的。老舍认为:"后代的悲剧主要是表现人物(并不是坏人)与环境或时代的不能合拍,或人与人在性格或志愿上的彼此不能相容,从而必不可免地闹成悲剧。"③30年代产生的《骆驼祥子》《月牙儿》《我这一辈子》等作品,不仅写出了小人物与环境的悲剧性冲突,而且写出了他们悲剧心理的自我冲突。当人受环境压迫时,人性便开始了异化,但异化的程度并不深。老舍写祥子这个悲剧人物时,不是一般地写他与时代的"不合拍性",也不是一般地写"人与人之间在性格上彼此不能相容",而十分注重描写人物心理变化历程,多层次地展示人物内心生活奥秘,将心理分析与社会分析有机结合起来,从而增强了悲剧艺术的美感力量。

老舍以痛感的不断加深写祥子的悲剧,又是对五四新悲剧的开创

---

① 老舍:《写与读》,《老舍文集》(第15卷),人民文学出版社1990年版,第542页。
② 老舍:《论悲剧》,《老舍文集》(第16卷),人民文学出版社1991年版,第446页。
③ 老舍:《论悲剧》,《老舍文集》(第16卷),人民文学出版社1991年版,第446页。

者鲁迅的悲剧艺术的有力继承。鲁迅要求悲剧的作家要"大胆地看取人生并且写出他的血和肉来",表现的是"将人生的有价值的东西毁灭给人看"①的悲剧,反对中国古典悲剧"冥冥中自有安排"的"大团圆"的"瞒和骗"②。鲁迅强调悲剧的社会价值,从审美观念上反对"团圆主义",这些又都为老舍所遵从。老舍也是"大胆地看取人生",并努力写出市民社会小人物的"血和肉"的。他在30年代写出那么多人性美毁灭的悲剧,的确让人感到怜悯与恐惧。如果说他初期作品还留下"冥冥中自有安排"的"大团圆"的印痕,那么30年代所写的悲剧性作品就再也不存在"大团圆"的影响了。祥子的堕落,小福子的自杀,《月牙儿》女主人公被关进"反省院"里所发出的悲鸣,《微神》中的女主人公哀哀死去等,这些小人物的悲惨结局都成了对"大团圆主义"的反拨。或许是从弘扬五四新悲剧的美学传统出发,从反对"瞒和骗"的文艺观念出发,他才对伊文·金的英译本《骆驼祥子》将祥子的悲剧改写成喜剧的"大团圆"结局表示极大的不满。

　　老舍写小人物的悲剧,能够使人们专注于他的悲剧性的创造,将悲哀的色调不断加浓,不达到悲的极顶,绝不停笔。像这样痛感力量加强到一定程度,人们在审美心理上会出现一种精神的寄托,如有的人看了祥子的堕落,便感到"没有出路",希望祥子能够好起来;有的人看到祥子成了"个人主义末路鬼",预感到只有经过一场社会革命才能把祥子解救出来;有的人从祥子的悲剧历程中,看到作家是在探讨城市个体劳动者的出路问题,等等。这都是一种精神上的需求,出现这个需求,悲剧的痛感便实现了向快感的转化。老舍很注重这个转化,他善于将自己对人生的思考、判断融进小人物的悲哀、悲痛的情感之中,他也善于在小人物悲剧发展的过程中,穿插运用一些喜剧的手法,以喜衬悲加深悲的情调。这样创造的悲剧境界,不是以单纯的哀怜为目的,而是在唤起人们的悲痛情感之后,使人们对社会的某一方面有较深刻的认识,从而加深对社会的批判。这又是老舍的悲剧艺术的社会价值所在。

[原载《安徽师范大学学报》1989年第3期]

---

① 鲁迅:《再论雷峰塔的倒掉》,《鲁迅全集》(第1卷),人民文学出版社1998年版,第192页。

② 鲁迅:《论睁了眼看》,《鲁迅全集》(第1卷),人民文学出版社1998年版,第238页。

第九章　老舍小说喜剧艺术的审美价值

人们常称老舍为幽默艺术大师,或讽刺艺术家,这都不错。但我感到用"幽默"和"讽刺"或一方而去概括老舍创作的特色,总显得太窄,还不能把他的喜剧蕴含全部挖掘出来。正像胡絜青所说:"老舍的头上常常被冠以幽默家的头衔,当然,多数非但毫无恶意,反倒颇有赞美的味道。我可始终搞不清楚,对此老舍是感到高兴呢,还是不高兴。我想,他心里恐怕有一股哭笑不得的劲儿。"①老舍大概对别人单用"幽默"来概括他的创作特色感到不太满意,而他的"不满"又说不出来,因为他的创作中的确有浓厚的幽默色调,这样才使他可能会产生一股"哭笑不得的劲儿"。如果我们能以幽默为基本线索,进而探讨他整个丰富多彩的——喜剧世界,那么,他的"哭笑不得的劲儿"或许会减弱一些,说不定还能换上一丝欣慰的喜悦。

第一节　喜剧艺术的生成发展

喜剧是从生活中产生,并带上作家独特审美个性的艺术形态。它所处理的生活事件,一般是以"幸运"的表现形式为基础格调的。它的美学特征是要产生一种具有审美价值的笑。马赛尔·帕格诺认为笑表示一种突如其来的优越感,他在《论笑》中说:"笑是一种得意的歌声。它表示了发笑的人突然发现自己被笑的对象有一瞬间的优越感。"他根据笑的交际效果简单地划分为"肯定的"和"否定的"两类②。马塞尔·帕格诺论笑的观点,或许在实际生活中有一定的适用性,但把它完全用于喜剧的笑,未免有点偏狭,因为可笑性不能说明笑的性质、可笑性也不能等同于喜剧性。但是喜剧一定要让人发笑,艺术家要善于捕

---

① 胡絜青:《老舍的幽默》,《文学报》1981年12月24日。
② [美]苏珊·朗格:《情感与形式》,中国社会科学出版社1986年版,第393页,。

捉被笑对象的"瞬间的优越感"。他们创造出的喜剧的笑,也不外乎"肯定的"和"否定的"两大类,这两大类的笑不完全是源发于心理的,有时也属于社会性的。

　　喜剧是笑的艺术,幽默、讽刺与滑稽是喜剧的重要成分,它们都能令人发笑。它们在喜剧中所起的作用不尽一样,幽默似乎更为重要,它是喜剧的自然气质。老舍认为幽默与讽刺、机智、滑稽、奇趣"有相当的关系"①。以奇趣言,《西游记》的奇事,《镜花缘》的冒险,《庄子》的寓言,可以叫作奇趣。尤其是人们在分析文艺作品时,"往往以奇趣与幽默放在一起"②。以讽刺言,老舍认为"讽刺必须幽默",讽刺"比幽默厉害",而幽默不一定是讽刺。机智是用极聪明的极锐利的言语,来道出像格言似的东西,使人读了心跳。机智的应用"在讽刺中比在幽默中多"③。滑稽是幽默的充分发挥,使幽默发了疯,似乎只为逗笑。而失去"笑的哲人"的态度。很明显,老舍把幽默、讽刺、机智、滑稽、奇趣等都当作喜剧的成分,并特别推重幽默与讽刺,他是以幽默与讽刺为基础来建构他的喜剧艺术世界的,是以幽默与讽刺两类系列形象来展示他的喜剧性格的美学特征的。

　　幽默与讽刺是喜剧的重要因素,它们深蕴于喜剧作家的内心气质和特殊人格之中。有的作家富有幽默感,有的作家则一点儿也不会幽默。有的作家具有讽刺艺术才能,有的作家则不具备讽刺气质。可见,幽默与讽刺跟作家的心态、人格紧密相关,而喜剧作家则必须具备幽默与讽刺的人格。喜剧人格的造就,幽默气质的形成,很多人都发端于童年,成长在他成为喜剧作家之前。老舍的喜剧心理机能在童年期已基本养成。

　　由于老舍出身贫苦,自幼就饱尝了人间酸辛,因而很早就养成了忧郁的性格特质,乃至他走上社会后,还仍然是个"悲观论者"。悲观论者的内心世界蕴含着悲剧气质,这只是老舍审美心理世界的一面,另一面则是喜剧的人格,幽默的气质。老舍受母亲的生命人格教育,母亲把正直、硬气等美好性格传给了他,于是培养了一个"天生洒脱、

----

① 老舍:《谈幽默》,《老舍文集》(第15卷),人民文学出版社1990年版,第231页。
② 老舍:《谈幽默》,《老舍文集》(第15卷),人民文学出版社1990年版,第231页。
③ 老舍:《谈幽默》,《老舍文集》(第15卷),人民文学出版社1990年版,第233页。

豪放、有劲,把力量蕴蓄在里面而不轻易表现出来"①的童年的老舍。他的"洒脱"与硬气,使得他不致于用哭的形式将自己自幼积累下来的酸辛诉说出来,而用穷人的眼光看待世界,从中找出一些可笑的毛病,以"笑"的形式加以表现。"穷,使我好骂世;刚强,使我容易以个人的感情与主张去判断别人;义气,使我对别人有点同情心。有了这点分析,就很容易明白为什么我要笑骂,而又不赶尽杀绝。我失了讽刺,而得到幽默。"②

　　老舍从小生活在城市底层,与市民阶层里的各色人物有广泛的接触。市民社会生活中不乏幽默气氛。我们可以看到:城市贫民对豪门大户的奢华生活采取讥笑态度,以上层社会里的"奇闻"作为笑料加以传递;另一方面,城市贫民作为个体小生产者长期生活在分隔的、散漫的环境氛围里,他们遭受严重的剥削和压迫而又感到无法摆脱,常用自我解嘲的方法以平衡失常的心理,缓解自身的痛苦。他们不管是笑别人还是笑自己,里面都含有较多的喜剧色调。何况,古都北京的市民比别处的城镇居民最富有幽默感,旗人文化中也蕴藏着丰富的幽默气质,所以老舍说:"北平人到什么时候也不肯放弃了他们的幽默。明快理发馆门前贴出广告:'一毛钱,包办理发,刮脸,洗头!'对面二祥理发馆立刻也贴出,'一毛钱,除了理发,刮脸,洗头,还敬送掏耳,捶背!'左边的桃园理发馆贴出:'八分钱,把你打扮成泰伦鲍华!'右边兴隆理发馆赶紧贴出:'七分钱包管一切,而且不要泰伦鲍华的小账'!"③特殊的生活环境培育了老舍特殊的幽默性格,这样,他才能从"世态与人情中看出那可怜又可笑的地方来",创作出富有喜剧色彩的小说。另外,他从民间文艺,古今中外讽刺、幽默艺术作品中也吸取了喜剧营养。尤其是在英国讲学期间,不仅仅受英国民族的幽默习风感染,而且喜读幽默大师狄更斯的作品。他在写《老张的哲学》之前,刚读了狄更斯的《尼考拉斯·尼柯尔贝》和《匹克威克外传》。他一边写着《老张的哲学》,一边抱着字典读莎士比亚的《哈姆莱特》。他还接触了大量的古希腊的悲、喜剧,在读了阿里斯托芬的喜剧后,他深感"喜剧更合

①罗常培:《我与老舍》,载舒济编:《老舍与朋友们》生活·读书·新知三联书店1991年版,第81页。
②老舍:《我怎样写〈老张的哲学〉》,《老舍文集》(第15卷),人民文学出版社1990年版,第166页。
③老舍:《四世同堂》,《老舍文集》(第6卷),人民文学出版社1984年版,第105页。

我的口胃"①。他从大量地接受中外喜剧作家作品的影响中,不断地丰富发展着自己的喜剧美学性格。

老舍说他在读了狄更斯的作品之后,才决定试试自己的笔,这就难怪他一拿笔,便向幽默这边滑下来。《老张的哲学》《赵子曰》是"立意要幽默"而产生出来的"同窝的一对小动物"②。到创作《二马》《小坡的生日》时,老舍仍然保持了幽默的情趣,但幽默的锋芒有所收敛。老舍回国后,其感知事物的心灵系统被黑暗的社会现实所刺痛,他打算放弃幽默,所以30年代初所作的《大明湖》里"没有一句幽默的话,因为想着'五三'"③。《猫城记》也有意要禁止幽默。老舍故意压抑喜剧的个性,放弃幽默,使他小说创作的艺术光彩减色不少,他认真对《大明湖》和《猫城记》的创作进行反思,认为这两部作品在艺术上是"双双失败",并"经过这两次的失败",他"明白一条狗很难变成一只猫"④。于是,他在写《离婚》时,便决定扬长避短,"返归幽默"⑤。"返归幽默"的《离婚》,成功地运用了讽刺与幽默的喜剧艺术手法,并克服了初期作品"油腔滑调"的倾向。《离婚》之后出现的《牛天赐传》由于作者"抱住幽默死啃",故被一些评论者认为是"返归幽默"后的一次反复,多持指责态度。其实,《牛天赐传》是一部很有特色的风俗喜剧,它既有幽默的充分发挥,又有诙谐的讽刺、滑稽。与《牛天赐传》喜剧风格相近的是《文博士》。此外,30年代初中期创作一些短篇小说,其中也有不少是喜剧的上乘之作。

从《骆驼祥子》开始,发展到《四世同堂》《鼓书艺人》《正红旗下》等,老舍的幽默已趋于成熟。这些作品的幽默"不是由文字里硬挤出来"的笑,而是"出自事实本身的可笑"⑥。但是,幽默的成熟并不等于喜剧的成熟,老舍这几部作品都不是喜剧,而是悲剧。它们演的是人的悲剧或民族的悲剧,悲剧中运用了喜剧的手法,幽默在这里已不占主调,作家纯熟地运用它,是为了加深悲剧的色调。至此,我们可以归纳老舍小说的喜剧艺术世界的变化了。从初期"立意要幽默"的喜剧

---

① 老舍:《写与读》,《老舍文集》(第15卷),人民文学出版社1990年版,第542页。

② 老舍:《我怎样写〈赵子曰〉》,《老舍文集》(第15卷),人民文学出版社1990年版,第170页。

③ 老舍:《我怎样写〈大明湖〉》,《老舍文集》(第15卷),人民文学出版社1990年版,第184页。

④ 老舍:《我怎样写〈猫城记〉》,《老舍文集》(第15卷),人民文学出版社1990年版,第189页。

⑤ 老舍:《我怎样写〈离婚〉》,《老舍文集》(第15卷),人民文学出版社1990年版,第191页。

⑥ 老舍:《我怎样写〈骆驼祥子〉》,《老舍文集》(第15卷),人民文学出版社1990年版,第207页。

格调发展到"故意放弃幽默"的悲剧格调,再经过"返归幽默"的喜剧艺术高峰发展到《骆驼祥子》出现以悲剧为主调的转变。老舍走的是一条以喜剧为主调,喜中蕴悲,到以悲剧为主调,悲中蕴喜的道路。

第二节　喜剧艺术的审美价值

当我们粗略地勾勒了老舍对喜剧的认识以及喜剧心理机制的形成和文本中喜剧世界的变化后,再深入一步,就应该对他的喜剧艺术审美价值作一些具体地探讨。老舍喜剧艺术的审美价值主要体现在讽刺喜剧和幽默喜剧的美感特点上。

先看讽刺喜剧的美感。老舍讽刺喜剧的笑在情感上充满着批判的审美形态。作者用"嫉恶如仇的愤激"的情绪对待对象,故轻松愉悦的成分虽然存在,但已改变了性质,转变为以尽情挖苦为痛快的心情。作者将这种审美心理情绪传染给读者,就会造成一种"极强烈的冷嘲","使我们淡淡的一笑",笑中不含同情。这种笑的美感特征,在作者用漫画式的笔法勾画讽刺人物的外貌特点上被表现出来。诸如:老张的一对"小猪眼睛",鸣蝉似的鼻子;兰小山的一双"对眼",薄嘴唇上留着日本式的小胡子(《老张的哲学》),欧阳天风的油头粉面,俊俏娇美;赵子曰长得丑陋,生就一对母狗眼、鹰鼻子、八戒嘴(《赵子曰》);小赵的"耳目口鼻都没有一定地位的必要,事实上,他说话的时节五官也确随便挪动位置。眼珠象俩炒豆似的,满脸上蹦。笑的时侯,小尖下巴能和脑门挨上。"(《离婚》);刘二狗爱穿洋服,爱打扮,嘴唇上涂一层黑皮鞋油充当日本式小胡子(《火葬》);大赤包年近五十而爱穿大红衣服,脸上有不少皱纹,而且鼻子上有许多雀斑,"尽管她还擦粉抹红,也掩不了脸上的折子与黑点"。兰东阳鼻子向左歪着,而右眼向右上方吊着(《四世同堂》),等等。作者或用贬语一贬到底,加以丑化;或用褒词示贬意,以美刺丑,使丑更见其丑。让你看了这些描写之后,感到可笑,可憎,可厌。

老舍用讽刺的笔调描画人物的外表特征固然能使我们产生讽刺的笑的美感效应,但这种笑的情感比较浮浅,只有当他把讽刺、嘲弄的笔端深入这帮丑类的内心世界时,才会使我们由笑而嘲之,厌而恨之,进入轻松愉快的审美境地,真正领略他们"丑"的美学价值。《骆驼祥子》写刘四不仅满脸杀气,生就一副恶相,而且内心狠毒。他为了自己赚钱,竟拖老了虎妞的青春;他不关心女儿的婚事,不愿让女儿下嫁祥子;他做寿摆筵嫌进来的寿礼太少,一肚子气忿,欲拿女儿"杀气"。殊不知,虎妞此时也是一肚子气无处泄,于是父女俩发生一场喜剧性的争吵。父女俩"越吵越上劲,旁边却无一人来劝架,打牌的人把牌摔得更响,声音叫得更大,……'红的,碰'……"祥子在旁也有了底,说翻了,揍!当虎妞说破了她和祥子的关系后,刘四本来就反对她嫁给臭拉车的,此时更是气上加气,他"叭"地打了自己一个嘴巴"呸,好不要脸!"虎妞也回击得痛快:"我不要脸?别教我往外说你事儿,你什么屎没拉!"喜事办成了丑事。接着作者描写了刘四众叛亲离,虎妞出走,他并无怜惜之意,反而一个铜子不给;最后把车厂押出,带着现金,抖手走了,又是一个铜子不留,把父女关系紧紧扣在金钱上面,让刘四冷酷、狠毒心肠,暴露无遗。进入内心,突出个性,使人们对他的讽刺人物产生具有深意的笑。作家的讽刺笔端越深入,越能为我们创造丰富多彩的喜剧审美境界。有人说,喜剧描写类型,悲剧才描写个性。其实,老舍的喜剧人物大都是个性化的,读者正是从他们个性特点的外露中,去获得笑的审美感应的。

　　老舍讽刺喜剧的笑的美感特点,还体现在事物的偶然与偶然、偶然与必然的关系上面。我们在老舍的小说中是找不到像果戈理的《钦差大臣》那样始终反映偶然和偶然冲突的喜剧,但是,我们可以找到一些反映偶然和偶然冲突的喜剧成分。《老张的哲学》里写老张勾结孙八,想争夺自治会会长、会计职务与龙树古当选会长,打破了他们的美梦;孙八和老张沆瀣一气与孙八娶妾不成而产生对老张的嫉恨;老张眼看娶妾阴谋得逞与孙守备突然出面加以干涉。这些冲突、事件是偶然的,出乎一般人意外的。我们对于它们是无期望的,不关心的。虽然是偶然的,但却间接地反映了社会的必然性,因此,它们给予我们的审美感受是轻快的,又是批判的。

　　老舍小说有的是以好、坏人物的鲜明对立而形成偶然与必然的喜剧冲突。《赵子曰》里的欧阳天风利用王女士作诱饵拉拢赵子曰干坏事,王女士始终未出场,大家只知道她和欧阳天风之间有"隐秘",但就不知道"隐秘"的内容,最后由王女士的信揭破这个秘密,戳穿了欧阳天风的罪恶,这就使一直处于偶然状态的事物发展到必然的结果。《离婚》里的小赵买了一个姑娘，让吴太极教她几路拳，以便卖高价，想不到吴太极把这位姑娘给占了，这使小赵大为恼火；接着，小赵玩弄权术使吴丢了官，而吴太极丢官又成了小赵陷害老李的一个陷阱。张天真被捕，围绕救天真，老李把自己"全部押给了小赵"，小赵利用各种手段陷害老李。这些偶然的因素使老李的"危机"加深，最终丁二杀死小赵，解除了老李的险境。这就显示了偶然的无力和必然的有力。小赵被杀与欧阳天风的罪行败露都具有使冲突致于圆满解决性质，给我们带来了轻松喜悦的审美感受。但它们毕竟与莎士比亚的《威尼斯商人》所反映的社会的偶然与必然冲突的大团圆喜剧的结局不同，作者解决了老李与小赵的矛盾而没能解决老李自身的思想矛盾，也正因为《离婚》留下了老李思想苦闷的尾巴，才使我们在喜的感觉中又增添了悲的意蕴。

讽刺喜剧描写的人与事能引起人们审美的笑，而这种讽刺的笑，在很大程度上又得力于夸张手法的运用。夸张是一种"廓大"的描写方法。老舍有时抓住讽刺人物身上的矛盾性，加以集中夸大，创造笑的审美境界。《上任》里的土匪出身的新任稽察长尤老大，其言行不一、表里矛盾，他的自我表演所暴露出来的矛盾性，就很能够引起人们对他的嘲笑。老舍有时用狄更斯式的提炼人物的习惯动作和习惯用语的方法，创造笑的审美境界。《马裤先生》里的马裤先生，上了车之后，一个劲用力喊"茶房"为他服务，喊一次就用手挖一下鼻孔，一声比一声高，一次比一次紧，甚至睡入梦乡还一个劲地高喊"茶房！茶房！茶房！"这一系列动作与重复几十次喊茶房的习惯用语，使读者对极端利己主义者产生一种特有的厌恶的笑。老舍有时又善于抓住喜剧人物的某一性格特点加以廓大的描写，以创造笑的审美境界。他写吝啬的人很拿手。《老张的哲学》里写老张吝啬到平生只洗三次澡：一次是刚生下来后接生婆把他按在澡盆里像洗小老鼠似的洗了一次；一次是结婚前的一天，他自己到护城河里洗了一次，一个小钱未花；最后一次恐怕是要洗尸了。《骆驼祥子》里写杨太太明明赢了钱，牌局散了，她拼命地喊要替客人付车钱，"撩袍拖带的混身找钱"，她好不容易摸出一毛钱，"递过那一毛钱的时候，太太的手有点哆嗦。"声态、动作是夸张的，但符合一个吝啬人物的心理特点。鲁迅说："在或一时代的社会里，事情越平常，就越普遍，也就愈合于作讽刺。"老舍选择的是"合于作讽刺"的极平常的事情,它们具有普遍的社会性,虽经作家夸大地描写,但仍然符合生活的逻辑。它们是夸张的,又是真实的。是夸张的,能引起人们讽刺的笑;是真实的,又能使这种笑不至于戏谑化。

再看幽默喜剧的美感。老舍幽默喜剧的笑在情感上充满着轻快、机智的审美形态。作者用善意的批评、温和的规劝对待对象,故那种以尽情挖苦、嘲弄为痛快的心情,在这里已不复出现,而代之的是轻松愉悦的情趣,痛快的笑,笑中带着同情,笑完之后,便要落泪。《骆驼祥子》一开始,就以轻松的文笔,描绘了祥子的美好理想,以及他对生活的乐趣,充满幽默的情调。而当祥子遭到连续地打击,并且一次比一次严酷时,作家的笔调逐渐低沉起来,有些简直是在低声泣诉了。如果作家只设置祥子活动的一条线索,沿着祥子"拉车、买上自己的车",丢车,一直写下去,是很难幽默起来的。问题好在作品中还有一条祥子与虎妞等两性纠葛的副线,并且还在两条线交叉进行中,穿插一些生活画面故事情节,这样,就便于作家运用幽默的艺术手法了。请看祥子在杨先生家拉包月所受的苦头:对于累与苦,祥子都能忍受,可是杨家的大太太极端吝啬,她不给仆人饭吃,还经常折磨、捉弄仆人,把仆人看得连猪狗都不如。有一次,杨太太故意捉弄祥子,她打牌,叫祥子给她抱娃娃,想想看,祥子那么一个大汉,又是平生第一次抱娃娃,处境难堪极了。这里看了让人可笑,笑后则叫人落泪。同样,《柳家大院》里那个穷苦人家的小媳妇,作家说她像个"窝窝头",这不是看不到她的痛苦,拿穷人的痛苦寻开心,而是替她难受,"我就常思索,凭什么好好的一个姑娘,养成象窝窝头呢,从小儿不得吃,不得喝,还能油光水滑的吗? 是,不错,可是凭什么?"幽默中含有哀愁,让人笑后也产生"难受"的感觉。这正像搔皮肤,太强烈则生痛感,稍轻缓则可生喜感。老舍有意将小人物本来具有的痛苦、痛感变弱一些,变成一种轻松愉快的微痒,这就让人产生了喜感。喜感里又隐现着老舍带泪的面孔,这正像胡絜青所说:"老舍的幽默包含着同情,种种灾难在人们身上留下了各种各样的缺陷,用不着再使劲地一针见血。"①正因为老舍对小人物身上存在的缺陷,从不赶尽杀绝,"用不着再使劲地一针见血",而以宽厚的态度对待之,善意地加以奚落,所以才为我们创造了

---

① 胡絜青:《老舍的幽默》,《文学报》1981 年 12 月 24 日。

同情的笑、含泪的笑的特殊美感。

幽默的笑是创作主体幽默心态的反映,但读者所得到的幽默美感,则是作家将他的幽默心态技巧地表现出来的结果。因此,幽默的作家必须运用多种艺术手段来创造幽默的意境,才能激起读者发出一阵一阵的笑声。老舍创造幽默情境大体遵循四个基本环节:首先制造悬念,接着着意渲染,然后出现反转,最后产生突变。《离婚》里写老李,首先亮出他的"诗意",有何用意?作者未写,读者不明。接着渲染他对乡土气十足的太太的嫌厌,对隔壁马少奶奶的潜性爱的追求。及至马少奶奶的丈夫突然回来,老李盼望听到她同丈夫的吵嘴声,但一夜过去,他们夫妻并没有争吵,而是和睦相处。这便出现反转,宣告老李的潜性爱的追求失败,引起读者一连串联想,悟出道理,产生突变。《骆驼祥子》里写虎妞捉弄祥子,说她已怀孕了,并两手叉腰故作怀孕的姿态,及至后来花烛之夜虎妞才向祥子说明,那时她在腰里塞了个枕头,假装"有了",其实哪里是真"有"。很明显,作者制造悬念是为了抓住读者,经过渲染则为笑的产生作了有力铺垫,一旦秘密戳穿,出现反转,人们的情绪便会为之大变,迸发出笑来。老舍创造的幽默情境既注意四个环节的完整性,又注意发挥它在某一环节的灵活性,具体地说,他特别注重渲染手法的运用。他在渲染某一事物时,总是不动声色,有时看上去很过分,似乎有点出人意外,但到末了,一经反转,又恰如其分,入人意中。虎妞腰里塞枕头装怀孕,一般人感到"奇",但从老姑娘所做的性爱追求出发,你又会感到"不奇"。张天真早上起床,由打哈欠到擦雪花膏,用了一个小时另四十分钟的工夫;赵子曰在婚后的三个月中,"受爱情的激动",写了一百首七言绝句,赞扬妻子的一对三寸金莲。这些夸张渲染极符合他们的性格,妙趣横生,引人发笑。

老舍有时用重复的手法制造笑料,达到很好的艺术效果。在老舍小说中,常出现两种重复,一种是外部形体、动作、言语的重复,一种是内部心态的重复。就外部重复说,有的是在某一作品里的某一人物身上,反复多次出现相同的动作、言语。车夫赵四常抡右臂,从腋下挤出"呱,呱"的声音以取乐,开口必说"那什么"(《老张的哲学》)。武端开口必是"你猜怎么着"(《赵子曰》)。马老太太向新来的老李一家人说出那么多问寒问暖、关怀体贴的话,用语不重复,而意思全相近,她说了声"明天见"表示要走了,可又来了一番关照的话,最后再来个"明天见"(《离婚》)。有的重复表现在他所创造的系列人物身上,比如写年轻的车夫,他们大都是身强力壮,圆头圆脑,头皮刮得光光的,象打了一层蜡那样又光又亮,一看就让人发笑。不仅如此,老舍还常常在他们身体的某个部位安上某个记号、特征,让人一看即觉得滑稽有趣。《黑白李》的车夫"头上有块疤","据说小时候被驴给啃了一口"。《骆驼祥子》里的样子颧骨与右耳之间也"有一块不小的疤",据说也是"小时候在树下睡觉被驴啃了一口"。以上这些重复的对象,大都是无价值的,正因为它无价值,所以创造出来的笑才不含深意。当作家赋予它们以一定的创作用意时,这种重复就不单是引人发笑的问题,还会产生其他一些作用。比如写祥子脸上的疤,在情节的发展上,为后面孙侦探从那块疤认出祥子,埋下了伏笔。这和王五头上的疤所起的单纯逗笑的作用,就有些区别了。如果说外部重复创造的笑是轻淡的、不含深意,那么,内部重复则能引出人们富有深意的笑。《牺牲》反复多次写洋奴才毛博士"牺牲太大"的感觉,有助于深掘他的媚外心理。老舍创造幽默意境的手段是多样的,有时还用颠倒的手法,把正常情况下的人物关系本末、先后、大小、尊卑关系,主观愿望和客观效果的关系放在一定条件下互换位置;有时在两组不同的人物里作一些交叉对比,也会产生笑的美感。这些不一一加以赘述了。

第三节 老舍小说喜剧艺术的文学史价值

由于我们的新文学从它诞生之日起,就带有西欧文艺复兴时的思想特点,五四作家们大都从人文主义、人道主义、个性主义等多重结构中去寻找人的价值失落的原因,他们强烈地呼喊个性解放,发出的声音或悲愤、或悲壮、或哀切、或感伤、或忧郁,他们把人性受压抑的悲哀抒写出来,多用悲剧的表达形式,因而形成了五四新文学悲剧多而喜剧少的创作局面。这种多悲剧而少喜剧的创作态势一直发展下来,尤其在小说创作中,我们能看到一些作品在作悲剧的描写时,间或夹杂一些喜剧的手法,但很难找到一部具有真正意义的喜剧性长篇小说。老舍的出现,打破了这个局面,他为五四以后的小说创作增添了喜剧的光彩,开辟了新的风格领域。因此,当时商务印书馆在为《老张的哲学》所作的宣传广告中称它是一部"新鲜的作品",是"一本现代不可多得之佳作",其喜剧的风格,给读者带来耳目一新之感。王哲甫在《中国新文学运动史》一书中说老舍的作品,"就作风上说,在当时讽刺的小说也不是没有,然象这样雄宏的气魄,冗长的题材,巧妙的诙谐,除了老舍的作品以外,尚找不出第二个人。只就他打破当时一般作家的成规,另向新的风格方面创作而论,已经值得我们的佩服了"①。

　　30年代内忧外患的时代特点规定了小说创作中的悲剧主调,悲剧艺术在这个时期有了长足发展。喜剧艺术虽然没有跟上悲剧的发展的步伐,但作为它的一种形式的讽刺作品,则有了相应的发展,如张天翼、沙汀等作家的讽刺小说,取得了可喜成就。幽默作品没有得到大的发展。林语堂当时创办《论语》半月刊,提倡"幽默"、"闲适",他有点不顾时代需要而专门玩弄幽默之嫌,故受到鲁迅的批评。鲁迅说他把幽默引向了"将屠户的凶残,使大家化为一笑,收场大吉"②的境地,是不可取的。老舍当时常给林语堂办的刊物写稿,但他并没一味地追求林语堂式的幽默,他的幽默与林语堂是有区别的,所以40年代就有人指出:"林语堂的文章是幽默而带滑稽,老舍则幽默而带严肃。"③以连载于《论语》半月刊上的《牛天赐传》为例,他所写的市民社会的繁琐礼仪、规矩禁忌,实在是由传统文化的积淀而带来的悲凉。在这位"富家小孩"成长的人生历程中,每一步都留下了世态炎凉的印记。老舍说他是"死啃幽默",其实,他"死啃幽默"并没有影响创作思想的严肃表达。老舍采用喜剧的幽默形式来表达严肃的思想主题,既没有走向林语堂式的"滑稽"、"闲适"道路,又不像当时出现的政治上过于强化的讽刺性作品,那些作品风格稍近晚清谴责小说,"辞气浮露,笔无藏锋","描写失之张皇,时或伤于溢恶,言违真实,则感人之力顿微"④。而老舍的讽刺、幽默喜剧虽偶有"笔无藏锋"之时,但更接近《儒林外史》,"戚而能谐,婉而多讽",以含蓄酝酿为贵,因而更具有永久的艺术生命力。

---

　　① 王哲甫:《中国新文学运动史》,上海书店出版社1986年版,第225页
　　② 鲁迅:《南腔北调集·论语一年》,《鲁迅全集》(第4卷),人民文学出版社1998年版,第567页。
　　③ 虔诚:《老舍》,载杨之华编:《文坛史料》,中华日报社1944年版,第178页。
　　④ 鲁迅:《中国小说史略》,《鲁迅全集》(第9卷),人民文学出版社1998年版,第282页。

第四编　中西文化的交汇

第十章　在中西文化交汇中构建和谐文化观

所谓文化,是指代表一定民族特点的,反映某个或几个特定历史阶段政治和经济的状况,具有知识价值的精神成果的总和。它是一个包括哲学、宗教、科技思想、文学、艺术、思维方式、习俗等在内的有机整体。按老舍所说:"一人群单位,有它的古往今来的精神的与物质的生活方式,假若我们把这方式叫作文化,则教育、伦理,宗教、礼仪,与衣食住行,都在其中,所蕴至广,而且变化万端。"①这是一种广义的文化观,它包括社会的精神的物质的生活方式,那么在这精神的物质的生活方式中,老舍追寻的是"和谐"文化、"和谐"社会,而他的"和谐"文化观主要是以审美文化学和审美社会学为主体建构起来的,包括对国家与民族、人与社会、人与家庭、人与人、人与自然等多方面的民族精神思考和人文人性探寻。同时,在以审美文化学建构的"和谐"文化观中,又包含着他的"和谐"文学观。

第一节　对社会和谐、民族和谐的文化追求

老舍的审美文化学,一直是以中西文化融合的形态出现的,而中西文化的融合,在他未去英国讲学之前就已具雏形。他从小接受中国传统文化尤其是儒家文化教养,年少时受宗月大师的思想感染,又接受了佛教文化的影响,后来又在北京缸瓦寺接受基督教文化教养,形成了儒、释、基督教三位一体的中西文化融合的状态。老舍主要将儒家的讲礼仪、重道德、守秩序,佛家(尤其是宗月大师)的慈善、忍让、谦恭,基督教的博爱、"大同主义"这些优质的文化质素融合起来,奠定了他的"和谐"文化观的基石。

---

① 老舍:《大地龙蛇·序》,《老舍文集》(第10卷),人民文学出版社1986年版,第287页。

老舍的审美文化学,到英国讲学后有了新的演化,上升到国家与民族文化精神层面的审视。他亲临西方,以东方文化的身份去审视西方文化,又以西方文化的观者来反思中国文化,这样就有了《二马》对中西文化的比较审视。通过《二马》对中西文化的比较审视,既看到了西方民族的科学、进取和老中国儿女的落后、守旧,从而坚定了他以后一直遵循的"启蒙主义"文化思想,又看到了西方民族的妄自尊大,不肯吸取东方民族的优质精神而潜藏下来的文化危机;而中国的新国民,像李子荣、马威,则以进取求实精神认为吸取西方文化优质营养将会带来东方文化的复兴。

如果说由《二马》的眼观东西方,而侧重点在"西方",那么到了《小坡的生日》,老舍则把审视的重点放在"东方"。他从英国回国途经新加坡时,感受了南洋的自然风光和人文景观,心中油然升起"中国人的伟大"、世界的希望在"东方"的感念。在小坡们的儿童世界里,老舍之所以没把白色民族的小孩拉进来,一是针对康拉德著作中"主角多是白人;东方人是些配角",他要以东方人、中国人作为主角;同时,他更是针对白种人对中国人的民族偏见,而强调世界上弱小民族联合的,这种不带民族偏见的文化观,是理想的"和谐"文化观。

当老舍从英国回归中华大地后,整个三十年代,他把追寻"和谐"文化的重心放在审美社会学上,重点审视人与社会的关系。他既发现中国社会现实的污秽不堪,以批判现实主义的笔触从事社会的批判;又窥见国民因袭传统文化重负,以文化"启蒙主义"者的神圣职责从事对国民思想弱点的批判。在《猫城记》中,他虽然以讽喻的笔调对旧中国的社会现状作了鞭辟入里的抨击,看起来那个"猫国"(即中国)已黑暗、腐败到了不可救药的地步,作家对它"由愤恨而失望",但失望中并未失去希望,他是把拯救"猫国"的希望放在爱国者大鹰和抗战者小蝎身上,但大鹰却英勇牺牲,小蝎在绝望中自杀。老舍认为:"猫人的糟糕是无可否认的。我之揭露他们的坏处原是出于爱他们也是无可否认的。"①恨之深爱之切,消去了社会的污秽和猫人的糊涂"糟糕",不就能达到社会改革者所期望的"和谐"、净朗的世界了吗?《骆驼祥子》暴露、批判、诅咒的情感基调和《猫城记》既有相似之处:即揭露社会和

---

① 老舍:《我怎样写〈猫城记〉》,《老舍文集》(第15卷),人民文学出版社1990年版,第190页。

批判个人的"坏处""原是出于爱他们"；又有思想发展：作家在否定祥子的"个人主义"奋斗道路的同时，也暗示了"走集体主义道路"的可行性。如果车夫们和整个下层的穷人们联合起来，像《黑白李》里面的白李带着车夫们一起去"砸地狱的门"，那祥子就有了"做个自由的车夫"的希望。可见，老舍是在对社会丑恶的批判中，寻求构建"和谐"社会的理想。

如果说《骆驼祥子》重点审视了人与社会的关系，那么《离婚》则审视了人与家庭的关系，突出彰显了家庭伦理和社会道德。作者对张大哥的人生哲学固然有批判的意向，但他不像在《老张的哲学》中批判"老张的哲学"那样完全采取否定的态度，而是在批判中有保留，对张大哥走"调和"、"中庸"之道，既有讽刺意味，又含欣赏情调。作品对老李"诗意"追求所作的最终取舍，也代表了老舍对婚姻、家庭所作的价值判断，体现了老舍追寻传统文化的"合和"道德、伦理观。

从抗战爆发到四十年代，老舍将"和谐"文化观的重心投射到审美文化学上，他审视的重点是国家与民族。全民族抗战的兴起，催生了高张爱国主义精神的抗战文艺，当有人说抗战文艺不好写，"战争没有什么好写的"，老舍却大力鼓吹作家去写抗战文艺，他写了《火葬》，写了战争，他认为："战争是丑恶的，破坏的；可是，只有我们能分析它，关心它，表现它，我们才能知道，而且使大家知道，去如何消灭战争与建立和平。"[①]《火葬》即用满腔的爱国热情，表达了"消灭战争与建立和平"的民族文化观。《大地龙蛇》更深入地审视了国家与民族文化，实际上是一部世界"大同主义"的畅想曲。

从《大地龙蛇》到《四世同堂》，老舍考察文化的视角范围已由一个家庭扩大到整个"小羊圈胡同"。"小羊圈"代表着中华民族的整部文化。在这里，老舍割掉了对于未来文化的畅想，而专注于过去和现在的文化的"检讨"。老舍在对过去和现在的文化审视中，突出了"小羊圈"胡同居民在抗战八年中的生命精神的变化，民族气节、爱国主义精神的进一步光大，从而让我们看到了新旧文化的"合和"，民族文化的"和谐"。

---

① 老舍：《我怎样写〈火葬〉》，《老舍文集》（第15卷），人民文学出版社1990年版，第227页。

第二节　对人文与人性和谐的深层探讨

　　如果说老舍从国家与民族、人与社会、人与家庭等方面进行审视，所呈现的是一种对社会和谐、民族和谐的文化追寻，那么当他将审视的角度投向人与人、人与自然的关系时，他所要追寻的则是一种人文人性的"和谐"。所谓人文人性的"和谐"主要是指老舍以儒家"道德"的眼光去评判人，以佛家"慈善"的人格精神去引领人、以基督教"博爱"的心灵世界去感化人，从而提升"人"的人文素养，达到做一个有道德、守秩序的人的理想境界。

　　从创作《老张的哲学》开始，老舍即以道德的眼光评判人，其作品总是出现"好人"与"坏人"两个阵营，"好人"受"坏人"的迫害，而"好人"往往用"刀子"和"拳头"将"坏人"除掉，以适应市民社会"除暴安良"的理想追求。《老张的哲学》中的老张既办学又经商，放高利贷，用封建的买卖婚姻，活活拆散了王德与李静、李应与龙凤的婚姻，造成他们的人生悲剧。王德最后行刺老张未果，当众揭露了他的罪行，实现了"好人"对"坏人"的惩治。《赵子曰》中的欧阳天风将王女士玩弄失身仍不放过，还想方设法拉拢一批人去打倒保护王女士的张教授，并勾结军阀欲杀死张教授，他的恶劣行为最后被李景纯揭露出来。李景纯对"坏人"采取暗杀的手段，他说："我常说：救国有两条道，一是教民，一是杀军阀；——是杀！我根本不承认军阀们是'人'，所以不必讲人道！现在是人民活着还是军阀们活着的问题，和平，人道，只是最好听的文学上的标题，不是真看清社会状况有志革命的实话！救民才是人道，那么杀军阀就是救民！"①李景纯走上"杀军阀"的道路，他"为民除害"去刺杀军阀贺占元而英勇献身，是一个行侠仗义的英雄。当老舍将李景纯拉到国外进行考察则变成《二马》中的李子荣，在李子荣身上，似乎看不到那种侠义的刺杀行为，他的行为规范更多地被扣在传统文化的"义"、"礼"上面。但在另一个人物马威身上，则充满着民族正气和侠义行为，他为了维护伊姑娘的尊严，用拳头惩治了故意侮辱人、伤害人的老茅；在和保罗的对打中，以狠狠地两拳，揍得保罗败下

---

　　① 老舍：《赵子曰》，《老舍文集》（第1卷），人民文学出版社1980年版，第381页。

阵来。像这种充满侠气的人物,在他回国后的创作中,仍然在延续着。《离婚》中也形成了"好人"与"坏人"的对立。作为"坏人"的代表小赵,充当所长太太的"面首",有恃无恐,挑拨是非,拐卖良家妇女,干尽坏事。张大哥、老李身受其害,无法摆脱小赵的陷害。而丁二爷行侠仗义,设法将小赵除掉,为张大哥、老李报了仇。老舍在小说中,设置了这么多"好人"与"坏人"的对立,"好人"对"坏人"的惩治,让人们清楚地看到:他笔下的"坏人"都是些违反人伦道德、危害他人的人,而他笔下的"好人"都是些一身充满正气、守道德、讲义气的人,就在这好与坏、美与丑的对比中,表达了作家对美好道德人性的追寻。

其实,在"好人"与"坏人"的对立中,"坏人"形象仅仅作为道德批判的对象,"好人"形象也只是作为美好道德人性的理想追寻,对这种人与人之间关系的审视,不是老舍的优长。老舍的长处是在他所描绘的性格复杂、个性鲜明、文化蕴涵丰富的"好人"世界里,即是他所说的"我爱好人,而好人也有缺点"①的这些"好人"形象,对这类"好人"形象的描绘,最能体现老舍对人与人关系和谐的追求。以《离婚》《骆驼祥子》和《四世同堂》为例,可以看到老舍在家庭范围里追寻人与人关系的和谐。《离婚》中的老李年轻时也接受过恋爱自由、婚姻自主思潮的影响,但传统的旧式包办婚姻,将他和乡下土包子式的太太拴在一起。尽管李太太对他百依百顺,恪守家庭主妇之道,但他对太太却没有真正的爱悦之情,对太太充满土气的装扮和言谈举止十分看不惯,他经常"皱眉",为着这无爱的婚姻而忍受着痛苦。按照传统道德规范,老李要维持这个家庭,就不能和太太离婚,也不能和别的女人尝试恋爱的味道。但是,他又有"诗意"的追求,所以书中多次提到:"我并不想尝恋爱的滋味,我要追求的是点诗意"。"他不敢浪漫而愿有个梦想"。"他不是个诗人,没有对美的狂喜。在他的心中,可是,常有些轮廓不大清楚的景物"。这些地方所说的"诗意"、"梦想"、"景物",均属老李对潜性爱的追求。是的,他对邻居马少奶奶的"诗意"追求是强烈的,他的追求对女性没有伤害,对自身是个压抑。压抑造成老李内心的矛盾和痛苦,他忍受着矛盾和痛苦,最终带着太太回乡下,实现了家庭的平衡与和谐。老舍在《骆驼祥子》中将虎妞与祥子组成家庭,其意

---

① 老舍:《我怎样写〈老张的哲学〉》,《老舍文集》(第15卷),人民文学出版社1990年版,第166页。

图是让他们"在性格或志愿上彼此不能相容",发生心灵撞击,从而造成祥子的精神创伤,加深悲剧色调。在祥子和虎妞结婚后,彼此不断发生矛盾冲突,看起来这里的人与人的关系是不和谐的。但每当祥子拉车回来,总有可口的热饭热菜在等着他,到后来虎妞因难产而死,使祥子也认识到了"有家的好处"。而虎妞在临死前怀着善意告诉祥子:"等我好了,我乖乖的跟你过日子"。夫妻之间在"有家的好处"与"乖乖的跟你过日子"上面达到了平衡、和谐。在"四世同堂"的祁家,祁老人为保住这个"四世同堂"的家室,他以传统的道德观念,以行"善"施"爱"的人格精神对待子孙们;瑞宣作为祁家的长房长孙,他对祖父、父母尽孝,对两个弟弟尽兄长关爱之情,即使瑞丰当了小汉奸闹分家,他也以"合和"的态度对待之。祁家一家子之所以那么"和谐",全在于中国传统文化中的"家"的伦理观念和道德规范,将他们"合和"地拴在了一块。从以上老舍对人与人关系和谐的追寻中,可以看出,他的追寻明显地融入自身的道德精神和人格力量。老舍本人即是一个讲道德、守秩序、正直善良、亲和仁爱、"合和"中庸的人,他是一个"大善人"、"大好人",宗月大师当初引领他向善,而如今他也要用这些美好的人格精神去感化人,在《灵的文学与佛教》一文中,特别强调要用"灵的文学"净化人心,"将良心之门打开",引领人向善,提升人的道德良心,向美好道德人性方面发展,这是他追求人与人关系和谐的根本目的。

老舍不仅追求人与人关系的和谐,而且崇尚人与自然的和谐。老舍是一个"仁者爱人"的人,也是一个热爱自然、崇尚自然的人。从老舍小说所描绘的自然景物中,可以看出人与自然的和谐、融通,这里的"人"既包含作品中的人物,又包含作家本人,因而那"自然"既是客观自然的真实描绘,又是主体对象化了的自然的显现。《老张的哲学》和《赵子曰》一问世,朱自清就对这两部小说作了高度评价,尤其称赞老舍写人与写景艺术,这两部小说写北京的自然风光都是非常清新、优美的。《老张的哲学》写老舍最喜欢的积水潭(又名净业湖),很美,美得让人陶醉:"到了德胜桥,西边一湾绿水,缓缓的从净业湖向东流来,两岸青石上几个赤足的小孩子,低着头,持着长细的竹竿钓那水里的小麦穗鱼。桥东一片荷塘,岸际围着青青的芦苇。几只白鹭,静静的立在绿荷丛中,幽美而残忍的,等候着劫夺来往的小鱼。北岸上一片绿瓦高阁,清摄政王的府邸,依旧存着天潢贵胄的尊严气象。一阵阵的南风,吹着岸上的垂柳,池中的绿盖,摇成一片无可分析的绿浪,香柔柔的震荡着诗意。"这是一幅充满人情味的画面,它渗透着老舍的审美情趣,蕴藏着老舍对北京的热爱。老舍曾经说过:北京的"人、事、风景、味道,和卖酸梅汤、杏儿茶的吆喝的声音,我全熟悉。一闭眼我的北平就完整的。像一张彩色鲜明的图画立在我的心中。"①北京的自然风光,北京的一切"是整个儿与我的心灵相粘合的一段历史。"②因此,这里净业湖的美景也成了自然与人(老舍)"心灵相粘合的一段历史"。但是,小说中的人物老张则感觉不出净业湖的甜美,他期望青青的荷叶中能钻出一块一块的"洋钱",这又用自然的美景反衬了人心的丑陋,表面看自然与主人公的心灵是不和谐的,而实质上反衬强化了美的自然与美的人性的和谐。同样,老舍在《赵子曰》第十六章第一节写北京的端阳,又写了净业湖的美景,诗人(也即老舍)看了禁不住要称赞:"美丽的北京端阳节哟",呈现的是诗人与自然的和谐。但紧接着这段美景后面,老舍又写了"混杂污浊的北京端阳节"。形成了美与丑的强烈对比,寄托了老舍对人与自然和谐的追求。

　　老舍除了写北京的自然美景外,还在《二马》中写了伦敦泰晤士河的美景,《小坡的生日》描绘了新加坡"真好看"的海景图,在散文中写了济南的冬天,五月的青岛,一幅幅美丽的画图,均是以绿色为主色描绘出来的,显得格外自然、清新、恬静、怡人。尤其是在《微神》一开始写主人公"我"躺在晴暖的山坡上,小山上的绿意、香味、天空、白云、细风、鸡鸣等,组成一幅以绿为主色的图案,蒙上了一层"诗意"与"遐想"的初恋的云雾,它是"自然而然地从心中滴下来些诗的珠子,滴在胸中的绿海上"。这里呈现的是作者、主人公与自然的统一,人与自然的和谐达到了最高最美的境界。

第三节　和谐文学思想的构建与实践

　　老舍以审美文化学建构的和谐文化观,还包含着他的和谐文学观,而他的"和谐"文学观在《灵的文学与佛教》一文中,表现最为鲜明突出。将《灵的文学与佛教》与他早期接受的儒、佛文化基因连接起

---

① 老舍:《三年写作自述》,《老舍文集》(第15卷),人民文学出版社1990年版,第430页。
② 老舍:《想北平》,《老舍文集》(第14卷),人民文学出版社1989年版,第62页。

来,经过《文学概论讲义》和《老牛破车》,又形成一条追寻"和谐"文学思想的主线。这条"和谐"文学思想主要包括:古代文学理论的现代阐释,西方文学思想的民族转化,多种创作方法的"合和"运用。

在《灵的文学与佛教》中,老舍用佛学阐释文学,特别推崇但丁的《神曲》,认为《神曲》"开辟一块灵的文学的新园地",但丁以后,"文人眼光放开了不但谈人世间事,而且谈到人世间以外的'灵魂'","灵的文学就成了欧洲文艺强有力的传统",反观中国的文学,却"找不出一部有'灵魂'的伟大杰作"①。因而他期望"中国现在需要一个象但丁这样的人出来,从灵的文学入手","使人人都过着灵的生活"。这就明显地表露了他欲用"灵的文学"合和中西文学的思想倾向。老舍用"灵的文学"观察西方文学,而30年代他已经用"灵的文学"审视中国古代文学和文学理论了。在《文学概论讲义》中,开篇的"引言"就提出了要用"现代"、"现代化"的眼光审视中国的古代文论,用"现代"、"现代化"的眼光即是用"灵的文学"、生命的文学观去审视中国的古代文论。而"灵的文学"、生命的文学注重表现人的灵魂、情感、性灵,而不大关注人的政治性、功利性。从这样的"现代化"观念出发,他认为孔子说诗,"以《诗》为政治教育的工具","有孔子这样引领在前,后世文人自然是忽视了文学本身的欣赏,""于是文以载道明理便成了他们的信条"②。因而自孔子以来便形成了一条文以载道的文学线,文人论文也都"不能离开道德以观文学"。对文以载道这条文学线,老舍多有批评,有时批评的还比较尖锐。老舍认为:范晔的《后汉书》主张"以意为主,以文传意",遵循的"意"还是传道明理;刘勰的《文心雕龙》"不是真正的文学批评",它的价值在于"把秦汉以前至六朝的文说文体全收集来,作个总结",提供一些研究古代文学的材料。但刘勰把"文与道捏合在一起",是其文论的一大缺点。钟嵘的《诗品》"专论诗家的源流,并定其品次",这样做是"极难妥当"的,而如果他沿着诗人吟咏性情,"直寻"下去,写一篇诗论,"当比他这样一一评论,强定品次强得多了"③。到了唐代的韩愈更看重文以载道,他的立论基础是"道为内,文为外"。对此,老舍批评说:"道德是伦理的,文学是艺术的,道德是

---

① 老舍:《灵的文学与佛教》,《老舍文集》(第15卷),人民文学出版社1990年版,第444—445页。
② 老舍:《文学概论讲义》,《老舍文集》(第15卷),人民文学出版社1990年版,第13页。
③ 老舍:《文学概论讲义》,《老舍文集》(第15卷),人民文学出版社1990年版,第24页。

实际的,文学是要想象的。道德的目标在善,文艺的归宿是美;文学嫁给道德怎能生得出美丽的小孩呢。"①到了宋代,老舍看出那时的文论仍然"拿住'道'字不放手",欧阳修强调文以"道胜",老舍讲文学是艺术,怎能因为"道胜"便能成功呢。总之,老舍从先秦一直考察下来,对文以载道、将文学作为政治的工具这条文学线是不满的,因为文学一载道明理就不好表现人的灵魂了,就不是"灵的文学"了。而对"灵的文学",对中国文学史和文论史上的尊情说,以表现内心、性灵为主调的文学作品特别赞赏。他充分肯定了曹丕《典论·论文》"文以气为主"的理论,从中看出"为文的要件是由内心表现自己",曹丕已"承认美是为文的要素之一"。陆机《文赋》的要义是"发于心灵,终于技术",认为陆机已认识到"文学是心灵的产物"②。他推崇司空图"以神韵说诗"的"情悟"说以及严羽的诗之"妙悟"说,认为他们是"在诗的生命中找出原理"③。老舍还特别崇尚清代袁枚的"性灵"说,认为有袁枚的"主性灵"便"把一切不相干的东西扫除了去,可惜清代没有一个这样论文的人。一般文人还是舍不得'道'字。……他们作文的目的还是为了明道。"④因此,明道与尊情形成了中国古代文论中的两条理论线,老舍对这两条理论线和两种理论观均进行了比较论析,对明道派多有批评,对尊情说多加赞赏,体现了他用"新的理论"去作古代文论的"现代化"的转化,这个"新的理论"即是从厨川白村的《苦闷的象征》中提炼出来的"文艺是纯然的生命的表现"的理念,也是在"生命的表现"基础上形成的"灵的文学"观。

老舍不仅用"灵的文学"观作中国古代文学理论的现代转化,而且用"灵的文学"观作西方文学思想的民族转化。在西方文学理论的民族转化中,老舍贡献最大的有三方面:一是对克罗齐的直觉说的民族转化,二是对亚里斯多德的悲剧理论的民族转化,三是对康拉德的景物理论的民族转化。首先考察老舍对克罗齐的"直觉说"的民族转化。老舍在《文学的特质》中,一开始就提出了一个让人深思的问题:中国文学中有没有忽视世界文学中的重要问题? 这标志着老舍将中

---

① 老舍:《文学概论讲义》,《老舍文集》(第15卷),人民文学出版社1990年版,第27页。
② 老舍:《文学概论讲义》,《老舍文集》(第15卷),人民文学出版社1990年版,第17页。
③ 老舍:《文学概论讲义》,《老舍文集》(第15卷),人民文学出版社1990年版,第30页。
④ 老舍:《文学概论讲义》,《老舍文集》(第15卷),人民文学出版社1990年版,第33页。

国文学理论纳入世界文学理论或将世界文学理论与中国文学理论结合起来进行探讨的特点。将中国文学纳入世界文学中进行探讨,他发现"中国没有艺术论",而西方艺术理论比较发达。柏拉图与亚里士多德的文学理论都是"以艺术为起点来讨论文学",把文学看成是"独立的一种艺术"。确立了文学是一种艺术,然后才好去探讨它的特质。文学的特质是什么,老舍的回答是:感情,感情是文学的特质之一,"感情是文学的特质是不可移易的",而理智和思想都不是文学的特质,理智和思想要靠感情来表现。老舍如此将感情作为文学的特质,这恐怕是在他接受克罗齐的"情感表现说"后,对其作了民族化现代化的转化有关。老舍说:"据克鲁司(今译克罗齐)的哲学:艺术无非是直觉,或者印象的发表。心老是在那里构成直觉,经精神促迫它,它便变成艺术。这个论调虽然有些玄妙,可是确足以说明艺术以心灵为原动力。"①他把克罗齐的"情感表现"化为"心灵表现",以"心灵"作为文学的动力,这就有了东方的"佛"的色彩。同时,他还将"美"与"想象"也作为文学的特质,并且形象地说明了三者间的关系:"感情与美是文艺的一对翅膀,想象是使它们飞起来的那点能力"②。他论述"美"和"想象",始终将中西方美学家、作家的理论、创作结合在一起举证,凸显理论转化的个性特色。

其次,考察老舍对亚里斯多德的悲剧理论的民族转化。亚里斯多德在《诗学》中首倡"摹仿说",而老舍则认为艺术不是"摹仿",艺术是"创造"。亚氏将悲剧设了六大要素:结构,性格,措辞,情感,场面,音乐。亚氏将结构作为第一要素,老舍不以为然,他认为悲剧最重要的是悲剧人物的性格。亚氏认为悲剧的目的在唤起怜悯与恐惧以发散心中的情感,老舍也以"怜悯与恐惧"作为他悲剧情感的主要表现,可见,老舍吸收了亚里斯多德悲剧理论的合理内核。但仅仅"吸收"还不能很好地作民族转化工作。老舍又进一步继承了五四以来我国现代悲剧艺术传统及新的悲剧观念,其中最主要的是鲁迅的悲剧美学观和悲剧艺术创作。在鲁迅看来,"人们灭亡于英雄的特别悲剧者少,消磨于极平常的,或者简直近于没有事情的悲剧者多。"③显然,

① 老舍:《文学概论讲义》,《老舍文集》(第15卷),人民文学出版社1990年版,第70页。
② 老舍:《文学概论讲义》,《老舍文集》(第15卷),人民文学出版社1990年版,第50页。
③ 鲁迅:《几乎无事的悲剧》,《鲁迅全集》(第6卷),人民文学出版社1998年版,第370页。

鲁迅心目中的悲剧不是莎士比亚式的悲剧,更不是古希腊式的悲剧,而是那种"大胆地看取人生并且写出他们的血和肉来"①的悲剧,表现的是"将人生有价值的东西毁灭给人看"②的悲剧,反对中国古代悲剧"冥冥中自有安排"的"大团圆"的"瞒和骗"③。鲁迅强调悲剧的社会价值,从审美观念上反对"团圆主义",这种悲剧美学思想恰恰为老舍所遵从。或许从美学思想相通的角度出发,老舍才那样推崇《阿Q正传》。老舍说:"像阿Q那样的作品,后起的作家们简直没法不受他的影响。"④这影响自然包括《阿Q正传》悲剧艺术和悲剧思想的影响。老舍正是在接受西方古典悲剧理论的基础上,又吸收了后代的悲剧作家的实际创作经验,从而形成了自己的悲剧观念,从事自己的悲剧创作的。老舍认为:"后代的悲剧主要是表现人物(并不是坏人)与环境或时代的不能合拍,或人与人在性格或志愿上的彼此彼不能相容,从而不可免地闹成悲剧。"⑤这里强调的人与环境、人与人之间的冲突所造成的悲剧,是符合现代社会的人们的审美要求的,是民族化、现代化的。

再次考察老舍对康拉德景物理论的民族转化。在外国作家中,最先给老舍影响的是狄更斯,而最受老舍推崇的作家是康拉德,老舍还专门写了一篇文章:《一个近代最伟大的境界与人格的创造者——我最爱的作家——康拉得》,他不仅热爱"会说故事"的康拉德,写《二马》即受了康拉德"会说故事"的启示,采用倒叙的手法'而且更推崇作为"海上的诗人"的康拉德。康拉德的小说都是与海分不开的,他着力描写海洋,创作了不少著名的海洋小说,通过写海,沟通了世界上"最崇高的感情"。老舍在《我怎样写〈小坡的生日〉》中谈到,他由读康拉德的小说而引起写南洋的兴趣,老舍笔下的南洋,与康拉德"有时候把南洋写成白人的毒物——征服不了自然便被自然吞噬"不同,那是一个被中国人征服了的自然,是美的自然;与康拉德写海洋呈现的严峻、沉郁不同,老舍描绘的大海显得十分清新、甜美,而海的清新与娇嫩,正好联结着小坡的稚气与天真,这就将康拉德的海景图转化为老舍所感

---

① 鲁迅:《论睁了眼看》,《鲁迅全集》(第1卷),人民文学出版社1998年版,第237页。

② 鲁迅:《再论雷峰塔的倒掉》,《鲁迅全集》(第1卷),人民文学出版社1998年版,第192页。

③ 鲁迅:《再论雷峰塔的倒掉》,《鲁迅全集》(第1卷),人民文学出版社1998年版,第192页。

④ 老舍:《鲁迅先生逝世二周年纪念》,《老舍文集》(第15卷),人民文学出版社1990年版,第359页。

⑤ 老舍:《论悲剧》,《老舍文集》(第16卷),人民文学出版社1991年版,第446页。

受的为中国小孩所喜爱的真切的南洋图了。同时，康拉德用电影镜头的变换使景物迅速变动的方法，以及色彩的运用与象征等，都为老舍所接收和运用，组成老舍作品中的一幅幅的自然美景，且大都是以绿色为主的自然、清新的图画。

其实，老舍对西方文学理论的民族转化是多方面的，以上我们只是择其要而论之。在西方文学理论中，还包括创作方法问题。在《文学概论讲义》中，老舍用了两章，专门讲"文学的倾向"即创作方法问题，他对西方各种创作方法均作了科学地论述，既看到了各自的优长，又指出了各自的缺点，从来不作绝对化的肯定与否定。他欣赏古典主义的匀称、静美，但又觉得它有热情可又用方法加以约束；他张扬卢梭的新奇的浪漫主义艺术，认为卢梭开创了一个新体、自由、感动、浪漫的新潮，浪漫主义是"心理的变动"，"但是他们不敢把人心所藏污浊与兽性直说出来"。他高张现实主义，"写实主义的好处是抛开幻想，而直接地看社会。""在内容上它比浪漫主义更亲切，更接近生命"。但写实家要处处真实，给人一个完整的图画，实际上很难做到。同时，它没有"新心理学的帮忙"，也很难说得"到家"。他还欣赏新浪漫主义即现代主义，"它要表现个人，同时也能顾及实在"，但它也有缺点，往往破坏了他们作品的"调和之美"。老舍又特别青睐象征主义，认为象征主义是富有"诗意的"，表现的是"心觉"，是隐秘的情感，能够达到"心与物的神秘联合"①。老舍创作的主体倾向是现实主义的，但他又融合了浪漫主义、现代主义（包括象征主义、新心理分析等），所以，我们既能看到像《骆驼祥子》《黑白李》等以现实主义为主体，又具有浪漫、传奇色彩的作品，又能看到像《月牙儿》《阳光》《微神》等现实主义与象征主义相结合的作品，还有像小说《丁》那样的现代主义的意识流的写法，总之，老舍从理论和创作实践上均呈现多种创作方法"合和"运用的特点，这又是他的和谐文学观的鲜明体现

［原载《民族文学研究》2009年第2期
（以《论老舍的"和谐"文化观》为题）］

---

① 老舍：《文学概论讲义》，《老舍文集》（第15卷），人民文学出版社1990年版，第117页。

第十一章　在"传统"与"现代"之间徘徊的理想爱情叙事

老舍小说大都以过去时态、"记忆"的述说、联想、想象乃至夸张、变形而创造出一个个生动感人的艺术形象的。那过去的生活"记忆"固然因其家境的贫寒、生命的悲苦而没有留下较多的甜美，但也有让他终身难忘、积淀于脑海深处的回想起来就感到甜美的"记忆"成分，这就是在小说中多次出现的他与刘大叔（宗月大师）女儿初恋而形成的理想爱情叙事，这种理想爱情在初期小说中是作为整体叙事的"穿插"出现的，而到了30年代的《微神》《阳光》《月牙儿》等小说，则形成了理想爱情遭毁灭的整体叙事构架。他的理想爱情叙事，总是连结着初恋情结的原型想象。而在原型想象和爱情叙事中，彰显着作家的女性意识和爱情观念。

第一节　追求与消解的理想爱情叙事

从老舍自传和散文中可以发现，给他以生命教育的是母亲，母亲把美好的性格传给了他，使他终身受益。而另一个使他终身难忘感恩不尽的人物就是刘大叔原名刘寿绵，北平的高僧宗月和尚，"他是个极富的人"，一生做慈善事业，到老舍上中学的时候，刘大叔"已一贫如洗，什么财产也没有了"。老舍从9岁就是在刘大叔的资助下入学读书的，"没有他，我也许一辈子也不会入学读书。没有他，我也许永远想不起帮助别人有什么乐趣与意义"①。老舍早年在与刘大叔的深情交往中，还暗暗爱上了他的大女儿，和他的大女儿产生了初恋的情结。舒乙也曾说过：老舍初恋的姑娘"就是大富豪刘大叔的大女儿"，"这位小姐恬静庄重，性格温柔，十分可人。老舍暗暗地喜欢上她。每

_____

① 老舍：《宗月大师》，《老舍文集》（第14卷），人民文学出版社1989年版，第162页。

次见面,都使他心跳半天。"①尽管他和刘姑娘彼此都有爱慕之意,但最终他们并没有结果。刘大叔在"一贫如洗"后,入庙为僧,夫人与小姐入庵为尼。因此,初恋的甜美与失恋的痛苦以及初恋情人的最后的悲剧命运,便长久地郁积在老舍的心灵深处,成了他日后写爱情的材料。

老舍在《我怎样写〈赵子曰〉》一文中写道:"我怕写女人,平常日子见着女人也老觉得拘束。在我读书的时候,男女还不能同校;在我作事的时候,终日与些中年人在一处,自然要假装出稳重。我没机会交女友,也似乎以此为荣。在后来的作品中虽然有女角,大概都是我心中想出来的,而加上一些我所看到的女人的举动与姿态"②。在《我怎样写〈二马〉》中,他又说:"不准恋爱情节自由的展动。这是我很会办的事,在我的作品中差不多老是把恋爱作为副笔,而把另一些东西摆在正面。这个办法的好处是把我从三角四角恋爱中救出来,它的坏处是使我老不敢放胆写这个人生最大的问题——两性间的问题。"③老舍说他"怕写女人",这里所说的"怕写"实际上是慎重的写、选择的写、艺术的细致的写,由这样的"怕写",他才能在作品中写出那么多多姿多彩、个性鲜明、生动感人的"女人"形象。而在多种类型的"女人"形象中,有一个以他早年初恋的刘姑娘为原型,经过想象而创造出来的理想的女性形象。由这一理想的女性形象而衍生的爱情故事,就成了他的一些小说中的叙事"副线",与那些摆在正面的"主线"相辉映,从而为小说的叙事艺术增添了生命光彩。《老张的哲学》以老张的办学活动为主线,暴露老张的罪恶行径,彰显民国八、九年至十一二年间的社会弊端尤其是教育领域的腐败现象,同时又以王德与李静、李应与龙凤的爱情为"副笔",加深揭露了他们爱情悲剧的制造者老张的罪行。老舍在描写这两对青年男女的爱情时,突出了王德对李静的爱情追求,用充满情感的笔调写出了他们心中爱的潮流的激荡。王德向李静面述衷肠时,将梦里说过的千万遍的话一下子倾吐出来,"静姐! 我爱你,我爱你!"他拉着李静的手,央求李静接受他的爱。"我爱你! 我死,假如你不答应我!"他们内心的爱情化着激动的泪水,他们用握在一处

---

① 舒乙:《老舍的关坎和爱好》,今日中国出版社1990年版,第25页。
② 老舍:《我怎样写〈赵子曰〉》,《老舍文集》(第15卷),人民文学出版社1990年版,第172页。
③ 老舍:《我怎样写〈二马〉》,《老舍文集》(第15卷),人民文学出版社1990年版,第177页。

的手擦泪。甚至王德走后，李静"从镜子里，不知不觉的抬起自己的手吻了一吻，她的手上有他的泪珠"。这里描绘的王德与李静的爱以及他们表达爱情的独特方式，分明留下了老舍早年与刘姑娘初恋的情景。老舍用非常简短的笔墨描绘李静的外貌："她轻轻的两道眉，圆圆的一张脸，两只眼睛分外明润，显出沉静清秀"，再加上她在言谈举动行为方式中呈现出的善良温厚，可以看出李静是一个清秀恬静、俊美善良的姑娘，这与老舍自传以及有关资料文献中所记述的刘姑娘的静美、善良的特点是相吻合的。清秀、俊美、恬静、善良的青年女性是老舍追求的理想女性，对这样理想的女性表达忠贞不渝的爱情，那才是宝贵的、美的。因此，老舍也就借着这两位青年男女的恋爱，发表了议论："爱情是神秘的，宝贵的，必要的，没有他，世界只是一片枯草，一带黄沙。为爱情而哭而笑而昏乱是有味的，真实的！人们要是得不着恋爱的自由，一切的自由全是假的，人们没有两性的爱，一切的爱是虚空的。……爱情是由这些自觉的甜美而逐渐与一个异性的那些结合，而后美满的"①。这一段议论带有老舍初恋时的情感体验，蕴含着他对理想女性的崇拜和两性爱的追求。但是，老舍的初恋又是以失恋而告终的，这就如同王德与李静的爱情以悲剧而告终一样，它给作家和作品中的人物染上了初恋的甜蜜和失恋的痛苦的复杂情感。不同的是，老舍初恋的情人刘姑娘是在家庭衰败无以为生的境况下遁入佛门的，而李静是由恶人老张的逼债、逼婚造成叔父身亡，不久自己也悒郁而死。从老舍早年与刘姑娘的初恋与失恋到王德与李静的初恋与失恋，我们寻找到了《老张的哲学》写爱情"副线"的叙事策略：理想爱情的追求与消解。

《赵子曰》正面写赵子曰在学校和天台公寓的活动，其中的爱情"副线"则起着"枢纽"的作用。小说从第五章开始，便把赵子曰拉入对王女士的恋爱追求中，以此引起种种纠葛。赵子曰等人围绕王女士发生纠葛，而王女士又不露面，这样的叙事"秘密"，朱自清先生看得十分真切，他评价说："《赵子曰》以一个王女士为枢纽，却不出面。虽不出面，但书中人却常常提到她；虽提到她，却总未说破，她是怎样的人。像闷葫芦一样，直到末章才揭开了，由她给李景纯的信里，叙出她的身

①老舍：《老张的哲学》，《老舍文集》（第1卷），人民文学出版社1980年版，第84页。

世。这样达到了'极点'，一切都有了着落"①。老舍在《我怎样写〈赵子曰〉》中也谈到："赵子曰中的女子没露面，是我最诚实的地方。"②这位王女士虽未露面，但从她给李景纯的信中，可以看出她具有清秀、静美、善良的特点。欧阳天风的欺骗、损害，使她失去了女性的贞洁，同时也消解了赵子曰的爱情追求。小说中还有一个爱情的穿插，即是赵子曰对谭玉娥的追求，谭玉娥是妓女，她身世悲惨，赵子曰同情、爱悦她，但同样也以爱的消解给赵子曰带来惆怅。

《二马》的爱情叙事也是以追求与消解的形式出现的。这部小说的叙事主体是二马：马则仁、马威父子在伦敦的经商活动，这应该属于二马在伦敦的物质生活层面；但他们到伦敦后还有精神生活的层面，这就是他们对爱情的追求。老马追求温都太太，采取的方法是隔三岔五的送礼物，以求得温都太太的欢心。这一爱情"副笔"是为了加浓老马"出窝老"的中国国民的精神色彩，其中并没有渗入作家的理想成分。真正渗入作家爱情理想成分的是对马威爱情生活的描述。马威与玛力、华盛顿、凯萨林组成一个四角关系：马威追求玛力，玛力追求华盛顿，华盛顿追求凯萨林，凯萨林对马威又特别爱悦，但马威心中只把凯萨林作为"好看的老姐姐"，"像图画上的圣母"。马威对玛力爱得真挚、爱得心切，玛力和凯萨林都有一头好看的头发，甚至凯萨林的头发比玛力还要好看，"她的头发真好，比玛力的还好！然而不知道为什么，玛力总是比她好看"。其实马威眼里的"好看"不单是她们的头发，更重要的是整体的匀称的美、自然的美，而玛力的美则具有匀称的美、自然的美，请看作家对玛力的描写："笑涡一动一动的，嘴唇儿颤着，一个白牙咬着一点下嘴唇，黄头发曲曲着，象一汪儿日光下的春浪。她的白嫩的脖子，直着，弯着，都那么自然好看。说什么也好，想什么也好，只是没有说'玛力'，想'玛力'那么香甜！"③作家描写玛力除了那曲曲的黄头发很像个外国的姑娘外，而在整体上所具备的匀称美、自然美，又让我们感到玛力似乎带有李静的影子，虽然她不像李静那么清秀、恬静，但匀称、自然又是她们共同的美的特质。也正因为如此，马威才感到玛力是那么"香甜"。爱情的"香甜"是马威的感觉，早在

　① 朱自清：《〈老张的哲学〉与〈赵子曰〉》，《朱自清文集》，大众文艺出版社2005年版，第287页。

　② 老舍：《我怎样写〈赵子曰〉》，《老舍文集》（第15卷），人民文学出版社1990年版，第172页。

　③ 老舍：《二马》，《老舍文集》（第1卷），人民文学出版社1980年版，第520页。

《老张的哲学》里,王德也是这种"香甜"的感觉。但是,爱情的香甜被失恋的痛苦所代替,马威和玛力的爱情最终被民族意识消解了。

第二节 初恋情结的原型想象与理想爱情叙事

如果说老舍初期的小说形成了追求与消解的爱情叙事策略,那么这一叙事策略在后来的小说创作中依然延续着、发展着。30年代的长篇小说《离婚》写老李等人的"离婚",实际上最终都没有"离婚",老李们以东方的文化心态和东方的文化精神维持了东方家庭的"和谐"、平衡。爱情在中年人老李身上,只成了一厢情愿的潜性爱的追求,但老李的"诗意"追求最后被马少奶奶和丈夫的"和睦相处"打破了。《骆驼祥子》中祥子和虎妞结合后,祥子暗恋着小福子,形成了祥子、虎妞和小福子的三角关系,但最后是虎妞死了、小福子也死了,祥子的家庭、爱情全都毁灭了。可以说,老舍小说的爱情叙事策略一直是沿着理想爱情的追求与消解运行的,这种叙事策略的运行,有着或明或暗的艺术规律性:一是以老舍早年与刘姑娘的初恋为艺术想象的原点;二是爱情双方中的青年女性大都以刘姑娘为原型而创造出来的理想女性形象;三是这些理想女性形象都具有外在与内在的美:清秀恬静、庄重温柔、忠厚善良。即使像马少奶奶、小福子已是成过家的少妇,她们仍然是"好看"、"调匀",给人以"舒适"、静美的感觉。其实,这种爱情叙事策略和运行规律,不仅呈现在以上几部以爱情为"副笔"的作品中,而且还体现在以爱情为"主线"的作品中。《阳光》《月牙儿》尤其是《微神》,我们完全可以把它看成是以理想爱情叙事为主体的爱情诗化小说。这三部中篇的理想爱情叙事,突破了老舍所说的"怕写女人"不敢放手写爱情的"拘束"的艺术心态。

《阳光》是以一位富家女子由孩童到小姐再到太太的性爱心理的觉醒、成长、追求、变化发展的全过程为叙述主线的,为把这一爱情叙事更加情感化,作家为女主人公的理想爱情设置了一个象征物——阳光,以不断地"追求阳光—得到阳光—失去阳光"而最终演绎成了一个富家女子的爱情悲剧。女主人公从小生活的富裕环境以及后来的家庭衰败,这与刘姑娘家有相同之处。但她的娇贵、任性以及在爱情世界中的浪漫或在欢场中的放纵,均不是老舍写理想爱情以刘姑娘为原型的性格和情感元素了。老舍说《阳光》的材料,"没在心中储蓄过多久",女性形象的创造多来自他平时的生活观察和艺术的想象,因此,这种不以刘姑娘为原型而写的富家女性的浪漫爱情,显然不是老舍所擅长的。老舍擅长描写的还是以刘姑娘为原型的具有外在美与心灵美的女性形象,述说她们的理想爱情的追求与消解。《月牙儿》是从《大明湖》里截取的最精彩的部分。《大明湖》遭了"一·二八"战火,故读者无法看到它的内容的全貌。老舍在《我怎样写〈大明湖〉》里谈到:它的"故事的进展还是以爱情为联系,这里所谓爱情可并不是三角恋爱那一套。痛快着一点说,我写的是性欲问题"。而这个性欲问题"全没有所谓浪漫故事中的追求与迷恋,而是直截了当的讲肉与钱的获得"①。小说中的母亲固然没有浪漫爱情的追求与迷恋,但女儿确有对浪漫爱情的追求与迷恋。女主人公曾迷恋于胖校长侄儿的爱情,感到"他是那么温和可爱",和他同居失了身。女主人公的爱情命运,也如同天空的"月牙儿",由迷恋时"清亮而温柔"的"月牙儿"变成了失身后的"被云掩住"的"月牙儿"。理想爱情同样是以追求与消解的形态出现的。女主人公出生贫寒,这与刘姑娘和《阳光》中的女主人公出生富贵之家不同,但她的外貌与性格却具有刘姑娘式的清秀、温柔、静美的特点。

其实,真正以刘姑娘为原型作艺术的想象,以理想爱情的追求与消解为叙事主体,且最能够表现老舍早年初恋情境的是《微神》。正如罗常培在《我与老舍》一文中所记述的:"他后来所写的《微神》,就是他自己初恋的影儿。……他告诉了我儿时所眷恋的对象和当时情感动荡的状况,我还一度自告奋勇地去伐柯,到了儿因为那位小姐的父亲当了和尚,累得女儿也做了带发修行的优婆夷!以致这段姻缘未能缔结……"②《微神》即抒写了老舍和刘姑娘初恋的"春梦"。为把这初恋的"春梦"写得更加静美、甜蜜,作家运用了多种艺术手法:写实与象征,叙事与想象、抒情,潜意识的流动,尤其是色彩的运用,像用诗的笔墨作画那样,作家调动了他一贯偏爱的绿色色彩,绿色是象征清新、自然美的,因而这绿色与男主人公"我"所爱恋的理想女性的清秀、静美是相谐和的,所以在一开始的写景布图中,就渗进了男主人公的初恋

---

① 老舍:《我怎样写〈大明湖〉》,《老舍文集》(第15卷),人民文学出版社1990年版,第185页。
② 罗常培:《我与老舍》,载舒济编:《老舍和朋友们》,生活·读书·新知三联书店1991年版,第83页。

的遐想、潜意识的流动,推出了象征初恋女性和理想爱情的核心意象——"小绿拖鞋"。当"小绿拖鞋"作为意象特写推出来后,男主人公的爱情心理便出现更加微妙的波动。在老舍看来,"小绿拖鞋"的"颜色是更持久的","初恋是青春的第一朵花","初恋象幼年的宝贝永远是最甜蜜的"①。尽管这初恋以女性的死去而使理想的爱情消解了,但初恋仍然具有永久的生命,老舍不管到何时,不管到哪里,他都不能忘记那初恋的"甜蜜",同时也不能忘记失恋的痛苦。

第三节　历史文化想象与理想爱情叙事

以上我们探讨了老舍小说的理想爱情是以作家爱情生命历程中的初恋情境为叙事原点,以理想爱情的追求与消解为叙事策略,由此发现,老舍不是不会写爱情,而是很会写爱情,尤其是写初恋的"甜蜜"很感动人。但是他对理想爱情的消解,则往往从文化伦理和社会现实中去找原因,而没有按照原型模式进行消解。老舍早年爱恋的刘姑娘,他们的爱情之所以没有得到圆满的结合,照罗常培的说法,那是因为刘姑娘出家当了尼姑。而老舍小说中所有理想爱情的消解,都不是因为男性或女性入了佛才造成他们爱情悲剧的。老舍在中学毕业后,曾随刘大叔从事各种慈善事业,为他搞过赈济调查,在他办的贫儿学校当过教员。这位宗月高僧于1941年初冬圆寂后,老舍于1942年1月即发表了著名的悼文《宗月大师》,盼望宗月大师真的成了佛,"盼望他以佛心引领我向善"②。老舍一生都是向善、行善的。他没入佛,但他崇尚佛,他的心早已入了佛。佛既然是善的化身,那他怎么会损害人间青年男女的理想爱情婚姻呢?因此,他绝不将青年男女理想爱情的消解归纳到佛的身上。如果说老舍初恋的刘姑娘入了佛,那是最善最美的归宿,那么他小说中的理想女性,则悒郁死亡或沦为妓女的多,且富家女子因家庭败落沦为妓女和贫家女子为生活所迫沦为妓女的,都不是职业型的,都不是追求肉感的欢乐和个人的享受的,像《微神》中的"她"不像陈白露那样拥有高级妓女式的生活,《月牙儿》中的女主公、《骆驼祥子》中的小福子也都为养家糊口而牺牲了肉体。她们不仅

---

① 老舍:《微神》,《老舍文集》(第8卷),人民文学出版社1985年版,第59页。

② 老舍:《宗月大师》,《老舍文集》(第14卷),人民文学出版社1989年版,第162页。

长得清秀、静美,而且内心都是善良的。难怪有人说老舍笔下的妓女不像妓女,这"不像"就是因为她们都是作家以原型想象而塑造出来的妓女。老舍将刘姑娘这一原型的某些特点融入理想女性形象包括上述妓女形象的描绘中,同时,他又渗进了历史文化想象尤其是唐代爱情小说中的一些妓女形象的想象。

是的,老舍的历史文化想象丰富了他的理想女性形象塑造。他对唐代小说尤其是唐代爱情小说评价颇高:"唐人小说居于承前启后的地位,内容涉及面很广,爱情故事更居于首位。在题材的广泛方面,唐人小说超过了以往,其浪漫的主题也对后世颇具影响。"①唐代人在爱情方面是比较开放的,尤其是青年女性不仅追求理想的爱情,而且有为爱情而生而死的至诚如一的精神。唐人小说描写这类青年女性大多是妓女,她们长得美丽,能诗会文,很受举子进士赏识。如长安平康里的妓女,经常为举子和新进士所追逐。孙棨在《北里志》记述了自己的亲身经历。有一个名叫宜之的妓女,长得很美,还有点文才,孙很赏识她,赠她不少诗。宜之对他也一片痴情,愿意委身于他,但最终不可能"移入家园"。宜之的命运是悲惨的。同样,《李娃传》中的李娃,《霍小玉传》中的霍小玉,她们也都是忠情的女子,但最终被人遗弃。痴情女子负心汉,古代作品多有描写,但唐传奇里写这类痴情忠情女子,大都是地位卑微和命运悲惨的妓女,作家带着同情的笔调,写出了她们内心的痛苦和幽怨。和唐代爱情小说写妓女美雅风流、忠于爱情有些相似,老舍笔下的妓女也多是美的、雅的,有较好的文化修养,且用情比较专一。《赵子曰》中的谭玉娥是师范生;《微神》中的女主人公是师范生,当过小学教师;《月牙儿》中的"我"读过书,在小学做过教务工作;《新时代的旧悲剧》中的宋凤贞是师范生,当过小学教员;《骆驼祥子》里的小福子也有知书达理的女性的某些特点。这些都留有唐代爱情小说中的妓女形象的身份、性格、素质的艺术想象。

其实,老舍不仅在理想女性形象的塑造中融进了唐代爱情小说中的妓女形象的想象,而且在理想女性形象的爱情叙事中渗入了爱情消解的现实原因,将历史文化想象与现实批判精神融为一体。老舍小说中时常出现追求与压抑的爱情生命形态,但他笔下的人物追求的思想

---

① 老舍:《唐代的爱情小说》,《老舍文集》(第15卷),人民文学出版社1990年版,第270页。

意蕴与遭受压抑的社会文化因素,则与唐代爱情小说完全不同。《老张的哲学》里王德与李静都追求爱情自由,但老张的买卖婚姻以及包办的婚姻观念,拆散了这对青年男女,消解了他们的理想爱情;《二马》里的马威在英国伦敦有着自己的爱情追求,但民族岐视消解了他的爱情春梦;《离婚》中的老李与太太的婚姻是属于包办型的,因而婚后没有幸福,他有浪漫的"诗意"追求,可他的"诗意"又被传统的"家"的观念以及维护"家"的行为方式给消解了。老舍描绘了市民人物对爱情的追求,但他们的追求或是遭受现实社会制度的压迫,或是遭受传统文化观念和婚姻观念的压抑,或是遭受民族的压迫,使他们失去爱情生命常态,他们追求爱情的个性意识并没有在传统文化深厚的市民社会里生成,他们追求爱情自由,并没有获得自由的存在,他们的爱情世界是忧郁的、痛苦的。

第四节　女性意识和爱情观念

现在要进一步探讨,老舍在原型想象和理想爱情的叙事中,究竟体现了什么样的女性意识和爱情观念。首先我们认为:他以初恋的原型为基点进行原型想象,同时又以原型想象为主调来描绘理想女性形象。而在原型想象和理想女性形象的描绘中,显露了他对女性的崇拜意识。老舍初恋的原型——刘姑娘,不但是青年老舍爱恋的对象,而且是他崇拜的对象。爱恋中的崇拜,崇拜中的爱恋,已经上升到理想女神的高度,不然,他怎么能在《微神》中铸造出具有女神美的"小绿拖鞋"的古典意象呢? 其实比《微神》写初恋情感动荡更为真切感人的还有一篇题为《无题〈因为没有故事〉》的文章,这篇"没有故事"的故事却真切地记载了永远埋藏在初恋者心中的"爱",作者没有用笔墨去描绘女方的美貌,而是抓住最能表达初恋情感的眼睛和眼神,抒写了"我"对"她"的永生的爱恋。"这对眼睛替我看守着爱情"。"这两只眼睛会忽然在一朵云中,或一汪水里,或一瓣花上,或一线光中,轻轻的一闪,像归燕的翅儿,只须一闪,我便感到无限的春光。我立刻就回到那梦境中,哪一件小事都凄凉,甜美,如同独自在春月下踏着落花"。女方对男的只那么极短极快的"凝视"一眼,"这一眼道尽了'爱'所会说的与所会作的"。由"凝视"而发展到男女的"对视",他们只是"对视",没有说一句话,但这"对视与微笑是永生的,是完全的"。他们分离多年了"她还是那么秀美,那么多情","在我的梦中,我常常看见她,一个甜美的梦是最真实,最纯洁,最完美的"①。这些文字均寄托着老舍对初恋的依恋,蕴涵着对理想女性的崇拜。其实,老舍对理想女性的崇拜是由对母性的崇拜生发出来的,母性的崇拜意识早在他的幼年就已生成,而且越朝后来其崇拜的情感越浓。老舍在《母亲》一文中说他从记事起,就把母亲看成是世间最伟大、最让人崇敬的母亲。她"俊美","干净体面","举止大方","非常恬静","有一股正气"。老舍一岁半的时候,父亲去世。全家的生活重担全落在母亲肩上,她吃苦耐劳,"终年没有休息","活到老,穷到老,辛苦到老"。"她最会吃亏",乐于助人,有一个"软而硬"的性格。母亲把美好的品格传给了老舍,所以老舍说:"母亲并不识字,她给我的是生命的教育"。"生命的教育"伴随着老舍的一生,对母亲崇拜的情感也伴随着老舍的一生。尤其是母亲的"恬静"、"俊美"、善良,也成为以后在小说中所描绘的理想女性"反复出现的意象"。按弗莱的定义:原型就是"典型的即反复出现的意象",它"把一首诗同别的诗联系起来,从而有助于把我们的文学经验统一成一个整体"②。弗莱吸收了人类学和心理学的成果,认为神话是"文学的结构因素,因为文学总的说来是'移位的'神话"③。中国的古代神话比较发达,在古代神话中蕴藏着种族的"集体无意识"精神,比如女娲炼五彩石补天、抟黄土造人的神话。在女娲身上,我们即可寻找到人类对母性的崇拜意识,因为流传下来的女娲形象几乎成了人类母亲的化身,而这种母性崇拜意识也就成了人类共有的,它能够"移位"到不同时代不同作家的艺术创造中,老舍也不例外。老舍的独特之处是能将原始母性崇拜与现实母性崇拜融合起来,形成一种综合型的女性崇拜意识,然后将这种综合型的女性崇拜意识渗透到理想女性的塑造中,从而让我们在理想女性形象身上,探寻到他的女性崇拜精神。

其实,老舍对理想女性的崇拜又紧紧连结着对理想女性的怜悯、同情。老舍初恋的原型——刘姑娘,后来入了佛,他对刘姑娘的爱恋

---

① 老舍:《童年习冻饿》,《老舍自传》,江苏文艺出版社1995年版,第24页。
② [加]弗莱:《批评的解剖》,载张隆溪编:《二十世纪西方文论述评》,生活·读书·新知三联书店1986年版,第62页。
③ [加]弗莱:《同一的寓言》,载张隆溪编:《二十世纪西方文论述评》,生活·读书·新知三联书店1986年版,第62页。

是永久的,同时又深深地叹惜、同情刘姑娘的悲剧命运。老舍这种对初恋原型的怜悯、同情的情感,后来又很自然地融入理想女性形象的塑造中,成了从感情上认识世界的艺术方式。上文已提及,老舍笔下的理想女性大都是悲剧的结局:或死亡,或沦为妓女。《老张的哲学》中的李静死了,作家用一大段抒情的笔调写道:"花谢花开,花丛中彼此不知道谁开谁谢! 风、雨,花,鸟,还鼓动着世界的灿烂之梦,谁知道又少了一朵鲜美的花! 她死了!!!"笔调悲切,表达了对这位理想女性悲剧人生的同情与哀怜。《赵子曰》中的王女士虽未出场,但始终是作者和书中人物关注、救助的对象,在暗中的关注、救助中,蕴涵着人道主义的同情与关怀。老舍不仅对理想女性的死亡和人生遭遇表示关怀和同情,而且对非理想女性像虎妞,她最后难产而死,那临死前的悲叹、哀求、忏悔,以及祥子对失去虎妞就没了家的茫然、痛苦,都含有对女性的人文关怀和同情。至于说理想女性沦为妓女,那更是老舍人文关怀、同情的对象。《微神》中女主人公沦为妓女后,男主人公仍然视她为一朵纯洁、鲜美的花,愿意娶她。最后因打胎而死去的她,依然永久地占据男主人公的心灵。作者、书中人物对女主人公的关爱、怜悯、同情尤其是生死之恋的情感笼罩着全篇。其他作品中的妓女形象,像《月牙儿》中的女主人公、《骆驼祥子》中的小福子等,老舍也都是以人文关怀和怜悯、同情的笔调去写她们的人生悲剧的。他完全摈弃了传统伦理和世俗偏见,没有把妓女视为女人中的"另类",更没以欣赏、玩弄、游戏的态度去写她们的肉体和内心的欲望,而是把她们塑造成真正的人,具有俊美善良、自我牺牲精神的人。因此,无论是理想女性的死亡还是理想女性的沦落,都没有消解东方传统文化的静美,表征着老舍对传统文化的静美的归恋。

但是,老舍对五四反封建、张扬个性的启蒙精神,又是高度赞扬和充分肯定的,而且认为五四启蒙给了他"一个新的灵魂",个性解放、婚姻自由成了青年们的时尚追求。到了二三十年代个性解放不仅没有消退,而且还出现了一个短暂的性解放时期,面对这样一个文化背景进行写作,他既没有完全书写女性对传统的叛逆、对禁忌的反抗,又没有作充分展示女性肉体和性心理的欲望化书写。他用女性追求个性、自由恋爱而最终发出的自我否定、自我悲叹,消解了他在五四时期所崇尚的个性解放思潮。《阳光》里的富家小姐不断地追求"阳光"——理想爱情、美满家庭,她的爱情行为够开放的,但最终以家庭衰败、"丈夫变成了个平民",使她失去了阳光。她最后发出悲叹:"有志的女郎们呀,看了我,你将知道怎样维持住你的身分,你宁可失了自由,也别弃掉你的身分。自由不会给你饭吃,控告了你的丈夫便是拆了你的粮库!我的将来只有回想过去的光荣,我失去了明天的阳光!"①这里很清楚地表明了女主人公宁要身分、地位也就是"经济权",而不要所谓的个性自由、婚姻自由。老舍不仅用女性的自我否定、自我悲叹来消解、质疑个性主义,而且还用男性打着个性解放、自由恋爱的幌子,以骗取女性的贞洁,造成女性的悲剧,像《赵子曰》中欧阳天风对王女士的欺骗、玩弄,《离婚》中小赵对张秀贞的骗取,这些都以个性解放、恋爱自由的反面书写,达到对个性主义的消解、质疑。

总之,由对传统"静美"的归恋,和对个性主义的消解、质疑,我们探寻到了老舍的爱情婚姻观念:他在"传统"与"现代"之间徘徊,既要保持中国传统文化的"静美"、"和谐",又要在思想上作个性、自由之追求,但在行为方式上又不能太欲望化、西方化。这就是老舍,这就是老舍爱情婚姻观念的东方乌托邦。

[原载《文学评论》2008年第1期。
转载于《中国现代当代文学研究》2008年第4期]

---

① 老舍:《阳光》,《老舍文集》(第8卷),人民文学出版社1985年版,第320页。

第十二章 中外文学"悍妇"形象的想象再造
——虎妞形象源流考

老舍小说大多以男性视觉叙事为主,并且许多篇目是以男性主人公的名字命名,无论是早期的《老张的哲学》《赵子曰》《二马》,还是后来的《骆驼祥子》《牛天赐传》等,男性主人公成为老舍小说人物形象的主体。这种以男性形象为主体的叙事,并没有遮蔽对女性世界的展示,尽管老舍一再说过:"我怕写女人;平常日子见着女人也老觉得拘束。"①但"女人"一经他的描绘,便会出现一个个精彩生动、个性鲜明的形象。在老舍描绘的女性形象中,《骆驼祥子》中的虎妞是最成功、最出色的艺术典型。多年来,人们对虎妞的评价,或褒或贬,或褒贬参半,但始终无人论及虎妞形象的来源,本章试从多方面考察虎妞形象的源流,认为虎妞形象受多种因素组合而成:一是其原型来自市民社会、家庭生活;二是作家复杂文化心理的投影;三是作家从中外文化遗产的接受与继承中,对"悍妇"形象的想象再造。

第一节 虎妞形象原型来自市民社会家庭生活

在以男性话语为中心、男性审美估价为主流意识的社会系统中,所有的女性类型,无论是"家庭天使"还是"恶魔悍妇",都表现了男人对女人的希冀与评价,是传统男权的女性价值尺度在文学中的折射。作为市民文学杰出代表的老舍,他笔下塑造的理想女性大都不出"家庭天使"的范畴,不论是《老张的哲学》中的李静、《微神》中的"她",还是《四世同堂》里的韵梅,即使是《二马》里英国籍女子伊姑娘也都可归入这一类型。她们并不一定如花似玉,但却都具有忠贞、温驯、富于献身精神的特质。她们一直以来都是男性作家比较中意并着力讴歌的

---

① 老舍:《我怎样写〈赵子曰〉》,《老舍文集》(第15卷),人民文学出版社1990年版,第172页。

对象,她们的身上传承着中国传统的美质。以《骆驼祥子》为例,其中出现了两个重要的女性形象:一个是小福子,一个是虎妞。小福子无疑是以"家庭天使"的面孔出现的,而虎妞则以黑丑的外形、泼辣的性格被置于与其二元对立的位置。在长达二十四章的小说中,虎妞在第四章中首次出现,至第十九章时因难产而死,但她的阴魂并未消散,一直出现在祥子与小福子之间;祥子在夏太太的态度举止中看到了一个美丽的虎妞;在白房子里祥子没找到小福子,却见到了一个面貌酷似虎妞的女人。老舍将虎妞归为"恶魔悍妇"型,视其为"母夜叉"、"母老虎"。但就是这样一个虎妞,你在中外文学作品中,绝对找不到与其相似的形象,正像许杰所说:"在这部作品里,虎妞这一人物的创造,是绝对的成功的",她是一个异质性的存在,是老舍塑造的最成功、最出色的艺术典型。

老舍在《我怎样写〈骆驼祥子〉》中谈到他构思这部小说首先想到的是车夫祥子,重点写祥子"三起三落"的故事。写车夫,老舍随手就能从他储存的生活原料中找出祥子的原型,何况在写祥子之前,他的小说已经出现过多个车夫形象。但是按照他的创作思路,以祥子活动为主线,写活祥子,还要给祥子安个家,老舍说:"我又想到,一个车夫也应当和别人一样的有那些吃喝而外的问题。他也必定有志愿,有性欲,有家庭和儿女。"①于是设置了虎妞和祥子的矛盾关系线。而要写虎妞,有没有生活原型作依托,是否像他在《我怎样写〈赵子曰〉》中所讲的"在后来的作品中虽然有女角,大概都是我心中想出来的。"②其实,虎妞形象有"想出来的"成分,但其原型更多地来自于市民社会、家庭生活。

按照弗洛伊德和荣格的精神分析学说,作品对作家精神世界的展示,既包括意识层,也包括无意识层,而无意识又包括个人无意识和集体无意识两个部分。经过许多年的积淀被压抑在人的意识深层的集体无意识,只要遭逢适当的生活环境,就可能被激活,并被释放出来。童年的记忆、家庭的影响,对于大多数作家来说,都是极其重要的。它们在潜移默化中积淀为个人无意识,直接或间接地影响人格的塑造。据舒乙回忆:"小羊圈故居的胡同口上就开着一个车厂,每天出出进进

① 老舍:《我怎样写〈骆驼祥子〉》,《老舍文集》(第15卷),人民文学出版社1990年版,第206页。
② 老舍:《我怎样写〈赵子曰〉》,《老舍文集》(第15卷),人民文学出版社1990年版,第172页。

几十辆车,车厂主人的女儿是一位没嫁出去的姑娘,又丑又老。"①这可以算作虎妞形象的最初原型。但同时在老舍复杂的文化心理接受系统中,家庭影响在他的一生中起了至关重要的作用,其中出生农家,勤俭诚实的寡母对老舍的影响尤为巨大。他曾以深情的笔墨谈到母亲,"假若我没有这样一位母亲,我以为我恐怕也就要大大的打个折扣了。"母亲将勤劳、好客、爱清洁、守秩序、不敷衍、软而硬的个性都传给了老舍。恰如他自己所言:"我的真正的教师,把性格传给我的,是我的母亲。母亲并不识字,她给我的是生命的教育。"②在讲到童年家庭时老舍先生还曾有过如下回忆:"父亲的寡姐跟我们一块儿住,她吸鸦片,她喜摸纸牌,她的脾气极坏","姑母常闹脾气。她单在鸡蛋里找骨头。她是我家中的阎王。"③老舍在60年代初开始创作的自传性长篇小说《正红旗下》,对自私、贪婪、好吃懒做的姑母极尽嘲讽之能事,着重突显了其变化多端,神鬼莫测的"爆竹脾气","她的眼睛,在风平浪静的时候,黑白分明,非常的有神。不幸,有时候不知道为什么就来一阵风暴。风暴一来,她的有神的眼睛就变成有鬼,寒气四射,冷气逼人"④。老舍幼年时在家庭中接触到的这两类性格完全不同的女性,给他日后写作提供了重要的素材,同时也形成了他对这两类女性不同的审美态度。前者无疑是他笔下"宜室宜家"的"家庭天使"的重要来源,后者无疑是阴鸷粗暴的"恶魔悍妇"的原型。他心目中的"贤妻良母"在《骆驼祥子》里幻化为年轻美丽、柔和恭顺、要强勤俭的小福子;而"恶魔悍妇"的原型即形成了外表丑陋、性格泼辣、行为泼悍的"母夜叉"、"母老虎"的虎妞形象。

虎妞形象不仅来自于市民社会生活,同时也是作家复杂文化心理的投射。老舍是在五四新文化运动的感召下登上文坛的,五四运动送给了他"一双新眼睛"、"一个新的心灵"、"一个新的文学语言"。他"感谢'五四',它叫我变成了作家"⑤。但同时他又是这个运动的旁观者,"我看见了五四运动,而没在这个运动里面,我已作了事。……可是到底对于这个大运动是个旁观者。看戏的无论如何也不能完全明白演

① 舒乙:《老舍》,人民文学出版社1986版,第76页。
② 老舍:《我的母亲》,《老舍文集》(第14卷),人民文学出版社1990年版,第249页。
③ 老舍:《我的母亲》,《老舍文集》(第14卷),人民文学出版社1990年版,第247—248页。
④ 老舍:《正红旗下》,《老舍文集》(第7卷),人民文学出版社1984年版,第185页。
⑤ 老舍:《"五四"给了我什么》,《老舍文集》(第14卷),人民文学出版社1990年版,第346页。

戏的。"①他一方面受到五四新精神的洗礼，另一方面却又未能真正地完全融入其中，这种"在而不是"两难处境也集中地体现在他对虎妞形象的塑造上。文学作品对于集体无意识的展示，其实是对群体经验的一种表现，而作家个体的当下处境乃是引发集体无意识呈现的具体源起。一方面作家受追求自由平等、个性解放的五四新思潮影响，会潜移默化般投射到虎妞身上，使虎妞思想上也带些与旧式女人不同的新的因素，比如她具有强烈的反抗精神，大胆反抗传统的家长制；她敢指着父亲的鼻子酣畅淋漓地训斥，使刘四爷对她也避让三分；她藐视传统的"父母之命，媒妁之言"，自己择偶并勇敢地"出走"；她不计封建的门第观念，以车厂主女儿身份下嫁"臭拉车"祥子。结婚后，在家庭中大事小情的处置上都有极强的主见；在夫妻关系的处理上，她不仅要求平等，甚至还有些霸道。恰如她对祥子所说："你有你的主意，我有我的主意，看吧，看谁别扭得过谁！你娶老婆，可是我花的钱，你没往外掏一个小钱。想想吧，咱俩是谁该听谁的？"②这固然给祥子造成精神创伤，但她凭着"资本"心计赚钱的想法、做法，比祥子固守农民意识，似乎显得"现代化"些。另一方面老舍又深受中国传统文化浸润，儒家"中庸"、"仁爱"、"尚柔"的人生哲学，母亲稳静、守秩序的"生命的教育"以及北京特殊的文化底蕴，种种因素叠加养成了他的"稳"、"静"、"柔"、"顺"的性格，使他不至于走上完全抛弃传统一味浪漫激情的道路。他务实，在爱情婚姻观念上，又保留了一定的旧的传统，比如，他在《我的理想家庭》里表达了对男主外，女主内的传统家庭模式的眷恋。种种因素都使他无法赞同五四新女性的"不孝"、"不羞"、"不柔"，因此，他就不可能将虎妞塑造成具有个性浪漫的五四新女性形象，这样就使得虎妞不可避免地成为徘徊于"传统"与"现代"之间的市民社会中的女性形象。

第二节　虎妞形象是作家复杂文化心理的投影

老舍在谈到"写与读"的关系时指出："要写作，便须读书。读书与

① 老舍：《我怎样写〈赵子曰〉》，《老舍文集》（第15卷），人民文学出版社1990年版，第170页。
② 老舍：《骆驼祥子》，《老舍文集》（第3卷），人民文学出版社1982年版，第141页。

著书是不可分离的事。"①其实,任何优秀的作家都离不开对前代文化的接受与继承。对于从小受传统教育,青年时期出赴英国的老舍来说,他的文化接受视野无疑是开阔的。他深受中国古典文化熏陶,颇读了些"子曰诗云"之类的四书五经,还特别喜欢《三国演义》《水浒传》《施公案》《三侠五义》之类的通俗小说,从1924年赴英讲学担任伦敦大学东方学院中文系讲师时起,便开始如饥似渴地广泛阅读希腊悲剧、荷马史诗、莎士比亚、歌德以及近代一些英法小说,还一度成了"但丁迷"。检视老舍的文化接受系统,我们可以看到恶魔悍妇型的女性形象并非老舍首创,其实古已有之。她们不单行走于京剧舞台上;鸿篇巨制《水浒传》《红楼梦》里有她们的身影;《聊斋志异》《醒世姻缘传》中更是以极大的篇幅描写了悍妾恶妻;莎士比亚的《驯悍记》也在另一片天空下展示了颇具异域风情的恶魔悍妇。

　　京剧是满人生活中不可或缺的部分,人们不但爱去听,而且喜欢自己粉墨登场。老舍更是其中的突出代表,不仅能唱京戏,而且还是一位民间曲艺改革的先驱者,他曾将旧京戏《王宝钏》和《杨家将》改造成新京戏。细细考察传统京剧,我们便不难发现其中活跃着大量的悍妇形象。《采花赶府》里欲嫁张尚书不成,反诬其调戏的牛文艳;《马上缘》中无视父母之命,两军阵上一见钟情于薛丁山,诈败诱其至旷野,欲以终身相托的樊梨花;《浣花溪》里嫉妒虐待小妾的鱼氏;《凤鸣山》见英俊男子便抢上山去,逼其成婚的寨主之女桑梅英;《跪池》里因宴座之中有妓而责罚丈夫跪池的柳氏;《箱尸案》中貌丑而愚、性情粗暴的张婉兰,凡此种种,不一而足,均为老舍提供了一个取之不尽,用之不竭的悍妇形象宝库。众多悍妇的形象给人似曾相识之感,在她们身上或多或少地可以看到虎妞的影子。就外貌而言,《骆驼祥子》中老舍对虎妞的容貌做了如下展示:"她的脸上大概又擦了粉,被灯光照得显出点灰绿色,象黑枯了的树叶上挂着层霜。……嘴可是张着点,露出点儿冷笑;鼻子纵起些纹缕,折叠着些不屑与急切;眉棱棱着,在一脸的怪粉上显出妖媚而霸道。"②这与《水浒传》"母夜叉"孙二娘外貌的描述,有着惊人的相似,"眉横杀气,眼露凶光。辘轴般蠢坌腰肢,棒槌似粗蛮手脚。厚铺着一层腻粉,遮掩顽皮;浓搽就两

　　① 老舍:《写与读》,《老舍文集》(第15卷),人民文学出版社1990年版,第541页。
　　② 老舍:《骆驼祥子》,《老舍文集》(第3卷),人民文学出版社1982年版,第77页。

晕胭脂,直侵乱发。金钏牢笼魔女臂,红衫照应夜叉精。"①就谈吐举止而论,虎妞自幼缺少母亲教养,言语粗俗,缺少矜持端庄的举止,充满豪横之气。但同时又受到父亲刘四的影响,嬉笑怒骂皆形于色。这从《水浒传》中的另一位女英雄"母大虫"顾大嫂身上也可略见一斑,"眉粗眼大,胖面肥腰。插一头异样钗镮,露两个时兴钏镯。有时怒起,提起棍便打老公头;忽地心焦,拿石锥敲翻庄客腿。生来不会拈针线,弄棒持枪当女工。"②蒲松龄的《聊斋志异》里有许多篇目都成功地塑造了悍妇形象,如《马介甫》《江城》《大男》《张诚》《吕无病》《锦瑟》等篇,其中尤以敢爱敢恨的"江城"最为出色。江城貌美却性格暴戾异常,妒忌心极强,醋意极浓,她不允许丈夫与自己以外的任何女人有丝毫沾染,这与虎妞牢牢看着祥子,祥子与小福子稍有接触,她便会醋意大发的描写堪有一比。莎士比亚和老舍都将老女未嫁最主要的原因归为"悍"。《驯悍记》里绅士巴普斯塔之女凯瑟丽娜不惟"长得又难看"而且脾气非常坏,撒起泼来,谁也吃她不消,男人避之惟恐不及。老舍在开始介绍虎妞时也写道:"她也长得虎头虎脑,因此吓住了男人,帮助父亲办事是把好手,可是没人敢娶她作太太。她什么都和男人一样,连骂人也有男人的爽快,有时候更多一些花样。"③

其实,悍妇情结的出现,就女性自身而言,是与妇女自我防卫的心理有很大关系,即用一种以进为退的策略达到自我保护的目的,这种原型与情结与小农经济的生产方式以及古老的文化传统有着极为深厚的联系,具有丰富的心理内涵和历史文化内涵。然而,对于男作家来说,他们作品中的女性塑造表达的其实是男性对女性世界的想象和价值判断。"至于其是否表现了女性的生命真实、是否理解了女性的生命欲求,则取决于男作家在多大程度上超越了创作主体自我性别立场的有限性,在多大程度上理解了异性的生命逻辑。"然而令人遗憾的是,男性创作者往往是借助"一种他律力量,对女性主体形成压制,使女性放弃自我的主体意识而成为臣服于男性需求的第二性。"④所以,

①施耐庵:《水浒全传》,华夏出版社1994年版,第240页。
②施耐庵:《水浒全传》,华夏出版社1994年版,第232页。
③老舍:《骆驼祥子》,《老舍文集》(第3卷),人民文学出版社1982年版,第36页。
④李玲:《中国现代文学的女性意识》,人民文学出版社2002年版,第19页。

这些悍妇均无一例外地被丑化了。她们要么外貌丑,要么内心丑,更有甚者则是外丑与内丑兼备。例如《水浒传》中面貌丑陋的女英雄们、《红楼梦》里虽"外具花柳之姿"却"内秉风雷之性"的夏金桂,而《醒世姻缘传》更是为我们拍摄了悍妇的群像,珍哥、素姐之流不仅外貌令人厌恶,其内心更加丑陋。至于性格塑造上,她们毫无大家闺秀的柔美、纯真、纤细与矜持,她们被漫画夸张以至男性化,甚至妖魔化。对这些悍妇命运走向的安排上,她们或者被驯服、悔改,或者"不得好死"。《驯悍记》中的凯瑟丽娜在丈夫彼特鲁乔的折磨调教之下,由"河东狮"变成了"小羔羊";夏金桂害人不成,反因喝下自己下毒的汤水而毙命;虎妞最终"带着个死孩子,断了气"。对悍妇们的结局如此用心地安排,其实源于更深层的潜藏于男作家头脑中的"女祸"思想。苏珊·格里芬一语道破:"男人害怕面对女人的肉体时却失去对女人和自己的控制,所以他们抗拒女人的形象。或者将女人视作物,玷污或损害她的肉体,将她毁灭,或者将她塑造为邪恶的化身和毁灭的根源加以防范。"①

　　作家对经典形象的塑造往往不是一蹴而就的,而是表现为一个渐变的过程,经典形象的某些特质常常散见于作家之前或之后的创作中。在《骆驼祥子》问世即1936年前后老舍的许多作品中均依稀可见虎妞的身影,写于1932年《猫城记》中的公使太太、1933年《离婚》中的方墩太太、1934年《柳屯的》中"柳屯的",1935年《毛毛虫》中的"倒倒脚"太太以及创作于1944年《四世同堂》中的大赤包和1951年的曲剧剧本《柳树井》中的刺儿菜,等等。从公使太太的外貌来看已与虎妞颇为神似,大脸上搽着厚粉颇像个"刺硬厚带着眼睛的老冬瓜",她帮助公使牢牢看着八个小妾,不过是个卫道者的角色;虎背熊腰的方墩太太与吴先生及小妾不停地斗智斗勇,以及那位借新太太坐月子之机实施复仇计划的"倒倒脚"太太。虎妞身上不仅继承了她们的反抗细胞,并且对幸福的追求较前两者更为自觉。"柳屯的"无疑是老舍笔下第一个真正完全意义上的悍妇形象,她"高高的身量,长长的脸,脸上擦了一斤来的白粉,可是并不见得十分白……眼睛向外努着,故意的慢慢眨巴眼皮,恐怕碰了眼珠似的……一身新蓝洋缎棉袄棉裤,腋下搭拉

---

① [美]格里芬:《自然女性》,张敏生、范代忠译,湖南人民出版社1988年版,第21页。

着一块粉红洋沙手绢。大红新鞋,至多也不过一尺来的长。"①她撒泼、放刁、骂街样样在行,不仅"把夏家完全拿下去了",还把全村治服了。无论是外貌还是"悍"、"泼"的程度,"柳屯的"身上已不容置疑地具备了虎妞身上的许多特征,不过老舍在对"柳屯的"塑造上,夸张、漫画、脸谱化的倾向极其严重。那位鼎鼎大名的女汉奸"大赤包"以及一天吵三遍、心理变态的老姑娘刺儿菜身上都传承虎妞的血脉。尽管老舍在《骆驼祥子》里始终站在祥子一方并表现出了某种"色空"思想,但他并没有"为了观念的东西而忘掉现实主义的东西",虽然虎妞身上仍有某些人为的丑化因素,但是老舍毕竟受到五四新思想以及异域文化的熏染,这使他在虎妞形象的塑造上,既继承前代更有所超越,虎妞身上不仅继承了前代悍妇的"悍性"、泼气,而且更有所超越地突显了"人性"。

第三节　中外文学"悍妇"形象的想象再造

美国人本心理学之父马斯洛认为,健康的人的心理需求是很丰富的,可分为多个层次,由低向高依次是:生存需求、安全需求、爱与被爱的需求、尊重需求、知的需求、美的需求、自我实现需求。这个塔状结构需求无疑也体现在虎妞的身上。

首先是生存需求,它是人类最低层次的需求。在小说的开篇处老舍就决心把虎妞"拴在一个木桩上",借着刘四爷引出虎妞,对她的身份地位有了大致的圈定:她是人和车厂老板的女儿。自然作为车厂老板的女儿,"她不缺吃,不缺穿,不缺零钱",生存在她看来根本不是一个问题,她嫁给祥子以后,靠着自己的"体己"以及祥子作为头等车夫挣来的收入也足以使她过着让整个大杂院羡慕的生活,"她一向是吃惯了嘴的","祥子挣多少她花多少",但如果据此认为,虎妞是在剥削祥子,就未免有些失之偏颇,这只是她从小到大的生活习惯使然,正所谓"食色,性也"。

其次是安全需求,马斯洛将安全需求层次的内涵定位在对社会秩序的需求,安定生活的渴望及经济地位的保证上。虎妞无疑是个维持

---

① 老舍:《柳屯的》,《老舍文集》(第8卷),人民文学出版社1985年版,第203页。

秩序的行家里手,她作为女子,旧时代将她的生活圈子局限在娘家、夫家这两个空间范围内。在车厂里,人和车厂井井有条的秩序带给虎妞的是经济上的安全。虎妞什么都不缺,"只是没有个知心的男子",正是为了对后者的追求,她舍弃了原有的秩序,从而进入了更加局限的婚姻家庭秩序中。入住下层贫民杂居的大杂院,"她是唯一的有吃有穿,不用着急,而且可以走走逛逛的人",但她却常常感到不安全,她深感"一院子穷鬼,怕丢了东西",然而,更大的不安全感还是来源于祥子,虎妞一直想把祥子纳入她原有的生活秩序中,但当刘四爷把人和车厂卖掉,虎妞失去了最终的靠山,原本想买两辆车,现在她留了心眼,只买一辆,"钱在自己的手中,势力才也在自己身上,她不肯都掏出来;万一祥子——在把钱都买了车之后——变了心呢?这不能不防备!再说呢,刘老头子这样一走,使她感到什么也不可靠。"①不安全感使她将积蓄牢牢地抓在自己的手中,这与张爱玲笔下的曹七巧有异曲同工之妙,其实这都是处于弱势地位的妇女自我保护心理的外在表现。

　　第三是爱与被爱的需求,人是需要爱的,既需要别人的爱,也需要爱别人。虎妞无疑是爱祥子的,爱他的"老实"、"勤俭"、"壮实"。她从一开始就对祥子另眼相待,为了祥子她不惜和父亲闹翻。婚后,她也曾想过独自回娘家,但舍不得祥子,"任凭他去拉车,他去要饭,也得永远跟着他。"小说中有一个不容忽视的细节描写:"这一天,可是,收车以后,他(祥子)故意的由厂子门口过,不为别的,只想看一眼。虎妞的话还在他心中,仿佛他要试验试验有没有勇气回到厂中来,假若虎妞能跟老头子说好了的话;在回到厂子以前,先试试敢走这条街不敢。"②后来,人和厂被卖掉的消息确凿之后,祥子的心理变化:"由刘四爷这点财产说呢,又实在有点可惜;谁知道刘老头子怎么把钱攘出去呢,他和虎妞连一个铜子也没沾润着。"③虽然无论是祥子自己还是小说的叙述中都一再地否认"他是贪财,才勾搭上虎妞"。但当虎妞死后,祥子也情不自禁地承认"虎妞也有虎妞的好处,至少是在经济上帮了他许多"。可见相对于祥子的功利心来说,虎妞似乎爱得更真诚一

---

①老舍:《骆驼祥子》,《老舍文集》(第3卷),人民文学出版社1982年版,第154页。

②老舍:《骆驼祥子》,《老舍文集》(第3卷),人民文学出版社1982年版,第149页。

③老舍:《骆驼祥子》,《老舍文集》(第3卷),人民文学出版社1982年版,第152页。

些。从她身上可以看到弥足珍贵的真性情:敢爱并敢于付诸行动。正是由于爱之深,所以情到深处便自然而然地献身于祥子,有些文章据此指责虎妞无耻、淫荡,在我看来,有欠公正。就她的身世而言,你不能指望她是遵循三纲五常,恪守三从四德的贞节烈妇。她无疑是不受束缚的,是自由的,谁又好指责她的真情流露呢? 在施爱的过程中,虎妞也表现出了强烈的被爱的渴求,她要祥子也一心一意地爱她,虽然有时候也表现为"纠缠",但祥子不冷不热的态度使她更爱祥子,也使她更加警惕,她不允许任何人来僭越她苦心经营起来的"爱"。虎妞热烈的爱,遭遇祥子冷冰冰的态度,就必然演绎成了悲剧,这是祥子的悲剧,更是虎妞的悲剧。

　　第四是威望需求,它是人需求的第四层。人总是希望自己生活得有意义和价值,被社会承认和尊重。意义和价值如何衡量呢? 一个是自我评价和自我肯定,这是自尊需要。一个是别人的评价,社会承认和肯定,这就是他尊需要。虎妞对自己一直都是持肯定看法的。她满足于自己的出身,似乎并不以自己的"老"、"丑"为意,难怪她对祥子笑骂道:"你是怎个人,我是怎个人? 我楞和爸爸吵了,跟着你来,你还不谢天谢地?"同时,她也有渴望被社会承认的迫切需要,在人和车厂,她自然是"一人之下,万人之上",在新婚时节,虎妞向祥子提出"带我出去玩玩",表面看来是为了充分享受新婚的快乐,其实在这个明显的目的之外,深藏着虎妞要求作为祥子妻子被他人承认的心理需求。此外,她还怂恿祥子去求刘四,"咱们要是老在这儿忍着,就老是一对黑人儿。"其实这也同样是威望需求的体现。

　　第五是自我实现需求,它是人需求的极致。对于传统女性来说,"出嫁"是实现人生价值的重要途径。虎妞自然也毫不例外,然而,这个出路却因为刘四的自私和疑心病给堵死了。刘四需要靠虎妞的精明能干帮他打理车厂,谁给虎妞说媒也不行,"一去提亲,老头子就当是算计着他那几十辆车呢",这样一来二去,虎妞的青春丧之殆尽成了老姑娘。性格决定行为方式,虎妞性格中的刚强之气使她喊出:"我不能守一辈女儿寡",她偏偏又喜欢上了不解风情的祥子,女有情而郎无意。两人发生关系后,祥子将所有罪责都归于虎妞的"引诱",然后躲在曹家宅门里,以期从此和她一刀两断,然而虎妞又岂是甘愿吃哑巴亏的人,她以"骗孕"为手段,虽然有些卑劣,但却并非全然事出无理,这最终也满足了她自我实现的需求。

重新审视虎妞形象,从多个层面的心理欲求出发,可以看出她的人性的复杂性。作品不经意中流露出虎妞身上的美质与叙述者极力贬斥的口吻,无疑构成了这一人物形象的艺术张力,促成她跻身于经典人物形象之列而不朽。

〔原载《民族文学研究》2011 年第 4 期(与阎丽君合作)〕

第十三章 《骆驼祥子》"说"与"写"的民间叙事艺术

老舍擅长以民间情感和民间视角去说民间的故事,30年代他更重视故事,不止一次地在理论文章中强调小说要重视事实的运用,小说要有个故事,特别佩服康拉德"是个最有本事的说故事者"①。他告诉读者"一部好的小说,必是真有的说,真值得说"②。《骆驼祥子》是老舍"最满意"③的"真有的说,真值得说"的好小说,在"说"故事"写"人物上最具民间叙事艺术特色。

第一节 "说"与"写"的民间时空连结

《骆驼祥子》讲述的是一个农民进城后的生活遭遇和精神异化的故事。老舍讲述这个故事用的是以主人公祥子为中心的线性结构方式,从祥子进城到进城后"三起三落"乃至最后彻底堕落,这是一个完整的有头有尾的波澜起伏的故事。从老舍《我怎样写〈骆驼祥子〉》一文可见,他在朋友那里听到了"车夫与骆驼"的事情后,就起意将车夫与骆驼拉到一起写一部小说,并确定以车夫祥子为中心,老舍说:"我的眼一时一刻也离不开祥子,写别的人正可以烘托他"④。人以祥子为中心,而祥子又是以拉车为唯一生活途径,所以必须把人与事都拴在"车"上,这样才能把祥子的故事讲的有条不紊,达到"真值得说"的艺术效果。

既然确定了以祥子为中心的单线结构方式,那就要把故事的时间与空间关系处理好。老舍紧紧把握住"说"与"写"的时空连线,精心做

① 老舍:《一个近代最伟大的境界与人格的创造者——我最爱的作家——康拉得》,《老舍文集》(第15卷),人民文学出版社1990年版,第300页。

② 老舍:《怎样读小说》,《老舍文集》(第15卷),人民文学出版社1990年版,第521页。

③ 老舍在《我怎样写〈骆驼祥子〉》,《老舍文集》(第15卷),人民文学出版社1990年版,第204页。

④ 老舍:《我怎样写〈骆驼祥子〉》,《老舍文集》(第15卷),人民文学出版社1990年版,第204页。

到了时间纵向衍进的清晰性,空间横向拓展的流动性以及时空结合的整体性,从而适应了民间接受者的艺术需要。

在时间纵向的衍进中,时间的起点是从祥子进城开始。祥子"十八岁的时候便跑到城里来",先是干些苦力活,"凡是以卖力气就能吃饭的事他几乎全作过了",十九岁干上拉车的行当。他通过艰苦奋斗、省吃俭用,"整整的三年,他凑足了一百块钱",花了九十六块买上一辆洋车。有了自己的车,"他忽然想起,今年是二十二岁"①。二十二岁的秋初买上新车,到"祥子的新车刚交半岁的时候,正是麦子需要春雨的时节",他拉车出西直门前去清华,在高亮桥附近被抓,祥子被抓的时间是二十三岁的春季。祥子从兵营逃出,拉了三匹脱了毛的骆驼,骆驼脱毛是在夏天,故祥子逃出的时间是他二十三岁这一年的夏天。

第四章写祥子从兵营逃出后,他到哪里去呢? 自然要到人和厂,"他的铺盖还在西安门大街人和厂呢","因为没有家小,他一向是住在车厂里",由这里顺带一笔的交代,可以确认祥子这次是二进人和厂,二进人和厂的时间是祥子从兵营逃出后的时间,即是他二十三岁这一年的夏天。也就是这次二进人和厂,作者特意补叙了祥子在一进人和厂期间和刘家父女之间的交情,叙说了刘四"土混混出身"的身份、经历、字号,他没有儿子,只有个三十七八岁的"虎女"。祥子二进人和厂,虎妞表现出对祥子"一百一的客气,爱护"②。但祥子没租人和厂的车,为了多挣钱,他二出人和厂,到杨先生家拉包月,仅干了四天,因不满杨家对佣人的吝啬、刻薄,离开杨家,三进人和厂。就是这次三进人和厂,受虎妞引诱,他和虎妞偷了情。为躲避虎妞的性纠缠,祥子三出人和厂,到曹先生家拉包月,小说"写"了祥子在曹宅的心事:"他自己那辆车是去年秋初买的。一年多了,他现在什么也没有,只有要不出来的三十多块钱,和一些缠绕! 他越想越不高兴"。由"去年秋初"到如今"一年多了"的中秋节后,这正好是祥子二十三岁的中秋节后。当祥子所有的积攒被孙侦探敲榨去后,"一切的路都封上了",只好四进人和厂。按照虎妞安排,腊月二十七刘四生日庆九(69岁)那天,以讨得老爷子的欢心,办成他们的婚姻大事,结果父女彻底闹翻。虎妞离家搬到四合院两间小北房,大年初六和祥子结了婚。延续原先的时

① 老舍:《骆驼祥子》,《老舍文集》(第3卷),人民文学出版社1982年版,第11页。
② 老舍:《骆驼祥子》,《老舍文集》(第3卷),人民文学出版社1982年版,第43页。

间:腊月二十七刘四庆九,祥子二十三岁,过了年到大年初六,他正好是二十四岁,而虎妞则是三十八九岁。你看,老舍就这样沿着祥子四进四出人和厂的时间连线,写了祥子"买车,车丢了;省钱,钱丢了",到无路可走,只好向虎妞投降,不断向前推进祥子的悲剧。

祥子二十四岁春和虎妞结婚,老舍叙事的两眼依然是"一时一刻也离不开祥子",围绕拉车与不让拉车展开祥子与虎妞之间的激烈冲突,直到虎妞同意买一辆车让祥子拉,他才不和虎妞争辩,"觉得有些高兴"[①]。同年夏,祥子大病;秋,病愈后继续拉车。也就在这一年"一入冬,她(虎妞)的怀已显了形,而且爱故意的往外腆着,好显出自己的重要"。小说特意点明"虎妞的'月子'是转过年二月初的。"[②]正好到了第二年的正月底,虎妞难产,最终死去。此时应是祥子二十五岁这一年的春季,他卖掉了车,以安葬虎妞。他还想挣扎,找了车厂,老舍又特意点明在"菊花下市的时候",祥子到夏家拉包月,受夏太太的引诱,得了性病,祥子逐渐走向堕落。"冬天又来到",得知小福子上吊身亡,遂对生活绝望。祥子过了冬天,"又到了朝顶进香的时节",他二十六岁,从春到秋,他吃、喝、骗钱、出卖人命,走向彻底堕落。

祥子从十八岁进城,到二十六岁时彻底堕落,时间的线性进展共计八年,老舍不是面面俱到、平铺直叙这八年时间里每一年所发生的祥子的故事,而是沿着祥子四进四出人和厂,且以四进四出人和厂中的"出"为重点,尤其是第四次"出"人和厂和虎妞结合后,小说的叙事即以祥子的家庭生活的时间线索向前推进,从祥子二十四岁的年初六结婚到二十五岁的二月初虎妞死去,一年多的时间,用了近五章的篇幅,进入小说叙事情节的高潮。后面再用一定的时间安排祥子走向堕落的叙事,直至故事的结束。你看,时间的纵向进展,线条清晰,准确分明,有效地适应了民间接受者的审美需要。

为了使小说更进一步深入民间,老舍还在时间的纵向衍进中生发出动态的空间,创造故事的波澜,以吸引大众读者。小说中的流动空间大都是在祥子"出"人和厂拉车时发生的,比如祥子一出人和厂,人和车被乱兵抢走,时间是在傍晚,空间流动到西山兵营。作者"写"了祥子在兵营里思索自身所在的方位,由看到几匹骆驼,晓得京西一带

---

① 老舍:《骆驼祥子》,《老舍文集》(第3卷),人民文学出版社1982年版,第155页。
② 老舍:《骆驼祥子》,《老舍文集》(第3卷),人民文学出版社1982年版,第175页。

"象八里庄,黄村,北辛安,磨石口,五里屯,三家店,都有养骆驼的",从而确定他"绕来绕去","绕到了磨石口"。确定这个方位后,又思考逃跑的路线,这样就出现了祥子脑海中逃跑的线路图:磨石口→金顶山→礼王坟→八大处→四平台→杏子口→南辛庄→北辛庄→魏家村→南河滩→红山头→杰王府→静宜园→海淀→西直门。祥子就沿着这个线路牵骆驼逃出兵营,时间已是第二天清晨。舒乙曾沿着祥子走过的这条线路作了实地考察,认为这条线路"方位对,地形对,顺序对,村名对","是绝对经得起核对的"①。可见,这里的时间进展与空间流动是清晰准确的。当然,作者对空间的移动也不仅仅是以准确清晰取胜,更以时间沿线上的空间流动创造戏剧化场面而形成情节波澜见长,这些生动的戏剧化场面如:祥子二出人和厂到杨先生家拉包月,与杨家二位太太的冲突;祥子三出人和厂到曹先生家拉包月,虎妞打上门来,两人的对峙,虎妞的咄咄逼人,祥子的怒而无奈;祥子遭孙侦探敲榨欲反抗而迫于对手的威势不得不强忍怒火的动作、心理;尤其是祥子和虎妞结婚后两人冲突步步加深的生活矛盾和精神危机;大杂院中二强子一家特别是小福子的卖身悲剧;祥子与小福子的暗恋、虎妞的忌妒而形成的三角情感;刘四庆九,父女吵架的讽刺性场景;小茶馆中车夫们的诉苦、祥子对老马小马爷孙俩的救助;祥子在烈日暴雨下拉车,人与自然的搏斗;祥子堕落的一个个生动的精神片断;等等。老舍用祥子生命的时间流程巧妙地联贯起众多的戏剧化的空间画面,从而演出了一幕幕时空组合的整体性的祥子的悲剧。

第二节 "说"与"写"的民间艺术技巧

老舍小说的民间叙事艺术,在"说"与"写"的艺术技巧上表现尤为突出。《骆驼祥子》更注重"说"与"写"的艺术技巧的锻造。小说一开始就以民间说书人的口吻进行讲述:"我们所要介绍的是祥子,不是骆驼,因为'骆驼'只是个外号;那么,我们就先说祥子,随手儿把骆驼与祥子那点关系说过去,也就算了。"用"我们"、"介绍"、"先说"、随手儿"说",轻松自如地进入车夫话题,于是用大量篇幅讲述北京人力车夫

---

① 舒乙:《谈老舍著作与北京城》,《文史哲》1982年第4期。

的专业行当。由对车夫的派别的"简单分析,我们再说祥子的地位",以"再说"的口吻又进入对祥子地位的概述,并从"说"中画出祥子的形象:"铁扇面的胸","直硬的背",宽肩,"杀好了腰,再穿上肥腿的白裤,裤脚用鸡肠子带儿系住,露出那对'出号'的大脚!"[①]最出色的车夫形象凸现在读者眼前。"说"中蕴"写",描绘了祥子"最出色的车夫"后,作者又进一步描写祥子精神面貌:"头不很大,圆眼,肉鼻子,两条眉很短很粗,头上永远剃得发亮。腮上没有多余的肉,脖子可是几乎与头一边儿粗;脸上永远红扑扑的,特别亮的是颧骨与右耳之间一块不小的疤——小时候在树下睡觉,被驴啃了一口。"[②]突出颧骨与右耳之间的疤,而且这块疤又特别"亮",以此彰显祥子的坚壮、虎虎而有生气。"写"过了祥子"脸上的精神",接着又作解"说":"他确乎象一棵树,坚壮,沉默,而又有生气"[③]。尤其在讲述祥子苦干三年买上洋车后,他把车拉到僻静地方,"细细端详自己的车",还在漆板上照照自己的脸,又"坐在了水簸箕的新脚垫儿上,看着车把上的发亮的黄铜喇叭","越看越可爱",索性就把买车的当天作为自己的生日加以庆贺。这一段富有表情、动作、心理的描写,似乎又是以祥子为视点的述说,而这里的"说"又是祥子此时的心理所想,"说"与"写"结合得非常巧妙。像这样以说书人的口吻进行讲述,"说"与"写"结合的叙事特点,一直贯穿下来,笼罩全篇。

《骆驼祥子》"说"与"写"的结合,有时是先"说"后"写","说"中带"写"。比如第八章讲述高妈劝祥子放高利贷,先介绍高妈放高利贷的经历、做法、好处,接着用言语"写"高妈对祥子的劝:"放出去呢,钱就会下钱!"然后又用视点人物祥子来"说",他很佩服高妈的话,但一盘算,"觉得钱在自己手里比什么也稳当"。第十七章叙述二强子家的遭遇,连带起小福子。先述说小福子被卖后又遭遗弃,"说"过了再写她的长相:"圆脸,眉眼长得很匀调","上唇很短,无论是要生气,还是要笑,就先张了唇,露出些很白而齐整的牙来"。写了她的长相后又"说"像她这样"有点娇憨"神气的姑娘,容易"被人挑到市上卖掉"。小说写人物的出场,既有先"说"后"写"的叙事形式,又有先"写"后"说","说"

---

① 老舍:《骆驼祥子》,《老舍文集》(第3卷),人民文学出版社1982年版,第7页。

② 老舍:《骆驼祥子》,《老舍文集》(第3卷),人民文学出版社1982年版,第7页。

③ 老舍:《骆驼祥子》,《老舍文集》(第3卷),人民文学出版社1982年版,第7页。

中有"写","写"中有"说","说"与"写"揉和得相当精致精彩的形式。
请看第九章虎妞打上门来要挟祥子的一场戏:作者先描写虎妞脸上擦
了粉,"被灯光照得显出点灰绿色",嘴张着露出点儿笑,眉横棱着,"显
出妖媚而霸道"。接着用言语写虎妞大声地撒野,说粗话脏话,"怨不
得你躲着我呢,敢情这儿有个小妖精似的小老妈儿"。然后她左手插
在腰间,肚子努出些来,告诉祥子"我有啦!","你打主意吧!"用言语、
动作、表情写了虎妞步步紧逼要挟,然后以祥子"啊"了一声,便描述他
"忽然全明白了",没想到事情来得这样快,他"心里成了块空白"。"说"
了这段后紧接着就写祥子六神无主的心理。当虎妞引着祥子到了御
河、禁城后,作者马上亮出了他写景的特长,用绘画般的笔,写了一大
段御河、景山、白塔的景色,以寂静的御河、灰冷的城墙、空寂的石桥、
凄凉的灯光,衬托祥子痛苦凄凉的心情。写了景也写了祥子的心情,
作者还嫌不够味,又利用祥子所思所想来一个具有小结似的"概说":
"御河,景山,白塔,大桥,虎妞,肚子……都是梦"①。像这样在叙事中
夹杂概述与判断的形式,在《骆驼祥子》中大量出现,而且有些概述与
判断又颇富哲理性。比如:作者写过一场暴雨击打了祥子,同时也给
大杂院里的穷人带来极大灾难后,便有这样的概括语:"雨下给富人,
也下给穷人;下给义人,也下给不义的人。其实,雨并不公道,因为下
落在一个不公道的世界上"②。当虎妞行将断气,下神的陈二奶奶早
已溜走,祥子万般无奈,"只好等着该死的就死吧!"这时叙述者又来了
一个富有哲理性的概说与评断:"愚蠢与残忍是这里的一些现象;所以
愚蠢,所以残忍,却另有原因"③。让人领会到愚弄者的残忍,被愚弄
者的愚蠢与悲哀。当虎妞死后,祥子把车卖了,讲述的话语又出现了
对祥子人生遭遇的"概说"和评断:车是他的饭碗,"买,丢了;再买,卖
出去;三起三落,象个鬼影,永远抓不牢,而空受那些辛苦与委屈"④。
一直到最后祥子彻底堕落,老舍仍然用概说和评断的话语:"体面的,
要强的,好梦想的,利己的,个人的,健壮的,伟大的,祥子,不知陪着人
家送了多少回殡;不知道何时何地会埋起他自己来,埋起这堕落的,自

---

① 老舍:《骆驼祥子》,《老舍文集》(第3卷),人民文学出版社1982年版,第82页。
② 老舍:《骆驼祥子》,《老舍文集》(第3卷),人民文学出版社1982年版,第170页。
③ 老舍:《骆驼祥子》,《老舍文集》(第3卷),人民文学出版社1982年版,第180页。
④ 老舍:《骆驼祥子》,《老舍文集》(第3卷),人民文学出版社1982年版,第182页。

私的,不幸的,社会病胎里的产儿,个人主义的末路鬼!"带着同情与诅咒,结束全篇。可见,老舍善于用"概说"、"评说"的讲述形式,对已经"说"与"写"过的事实、情节进行艺术概括,以加深读者印象。这种讲述形式颇适应民间接受者的需要。

为适应民间接受者的需要,老舍还利用概述和评判的讲述方式来创造故事的连贯,以达到叙事严谨缜密,"一落笔便准确,不蔓不枝,没有什么敷衍的地方"①的艺术效果。小说每一章的开头均有对前一章故事的概述,章末在关键时刻打住,留下"且听下回分解"的说话悬念。第一章描写祥子买了洋车后,生活过得越来越起劲,希望越来越大,还想开车厂当车主。"可是,希望多半落空,祥子的也非例外"。讲述到关键时刻,话语这么一转,引起你对下一章的关注,于是第二章即写了祥子"希望的落空","买车,车丢了",车被乱兵抢去。祥子在兵营里想好了逃跑的路线,第二章的结尾:"逃吧!不管是吉是凶,逃!"这又连带起第三章的开头:"祥子已经跑出二三十步去,可又不肯跑了,他舍不得那几匹骆驼。"第三章写了祥子拉三匹骆驼逃出后,卖骆驼得了钱"要一步迈到城里去",又连带起第四章的开头:由祥子与三匹骆驼的关系,"他已经是'骆驼祥子'了"。第四章的开头不仅与第三章联系紧密,而且又照应了小说第一章的开篇话术:"随手儿把骆驼与祥子那点关系说过去,也就算了"。你看,老舍的讲述是多么轻巧自如,故事连故事,一环扣一环,环环相扣,这种叙事方式,又是民间接受者所喜爱的。

第三节 "说"与"写"的民间情怀表达

如果说老舍小说在"说"与"写"叙事艺术形式上适应了民间接受者的审美需求,那么,他在"说"与"写"中所蕴涵的民间情怀,更能让他的小说走向民间,突破五四以来新小说在接受者的情感心理上与民间的疏离。《骆驼祥子》叙事的情感表现上也是民间的,具有深厚的民间情怀。

《骆驼祥子》"说"与"写"的民间情怀,含有农民式的成分,农民的

---

① 老舍:《我怎样写〈骆驼祥子〉》,《老舍文集》(第15卷),人民文学出版社1990年版,第207页。

情感,农民的性格特质。为突出祥子的农民情感及其性格特质,小说一共有十二次交代了祥子来自乡间,是乡下人。每一次的交代、描述都可以看到叙事者与其视点人物的情感沟通,充分彰显作者是站在农民立场,带着农民情感去述说农民进城故事的。小说一开始就交代了祥子"生长在乡间,失去了父母与几亩薄田,十八岁的时候便跑到城里来",这不仅突出他的农民身分,而且彰显了他"乡间小伙子的足壮与诚实"。紧接着作者便以赞赏的情感描述了祥子的外貌特征,随之第二次出现"祥子是乡下人",而乡下人"口齿没有城里人那么灵便","天生来的不愿多说话,所以也不愿学着城里人的贫嘴恶舌"①。将乡下人与城里人作对比,以显示祥子坚壮诚实、沉默寡言性格的可爱。当战争的谣言在城内外到处传布之时,祥子不信谣言,"他究竟是乡下人,不象城里人那样听见风便是雨"②。这第三次提及祥子是乡下人,又将乡下人与城里人作比较,作者还是站在乡下人的立场上,连祥子对现实反映迟钝、存在侥幸心理,也都作为农民的特质肯定下来。当祥子从兵营里逃出,发现骆驼并拉了三匹骆驼时,小说第四次提及祥子"来自乡间",因为他来自乡间,所以"敢挨近牲口们",带有农民与牲口的亲近感。再加上祥子一路上的艰辛,具有骆驼一般的坚忍不拔的性格,你看,作者仍然在赞赏祥子身上的农民特质,并没有把他拉骆驼视为不端行为。当祥子在杨先生家拉包月,杨家二位太太争着使唤祥子,二太太甚至将刚满一周岁的小孩交给祥子抱,祥子忍受不了抱孩子的无奈,刚想把小孩交给张妈,便迎来张妈的一顿大骂,这时,叙述者又站在农民的立场上说话了,于是第五次出现了"乡间"、乡下人的话术:"祥子生在北方的乡间,最忌讳随便骂街"③。他不愿还口,只瞪了张妈一眼。这里的描写又形成乡下人与城里人,农民与市民的行为方式的对比,既让人感到杨家两位太太及张妈随便骂人的蛮悍可恶,又让人充满对乡下人被骂的同情,还含有对乡下人"最忌讳随便骂街"的精神特质的温爱。小说第六次出现"乡下人"的话术,是祥子和虎妞愉情后,他"疑惑,羞愧,难过,并且觉着有点危险",总想不明白虎妞为啥"已早不是处女","想起虎妞",他就觉得"这么可恨可厌! 她把他由

---

① 老舍:《骆驼祥子》,《老舍文集》(第3卷),人民文学出版社1982年版,第8页。
② 老舍:《骆驼祥子》,《老舍文集》(第3卷),人民文学出版社1982年版,第14页。
③ 老舍:《骆驼祥子》,《老舍文集》(第3卷),人民文学出版社1982年版,第46页。

乡间带来的那点清凉劲儿毁尽了,他现在成了个偷娘们的人!"他恨虎妞的性引诱,毁尽了他由乡间带来的清凉劲儿,破坏了一向规规矩矩做人的农村小伙子的童贞。正因为他一向规规矩矩,而如今成了个"偷娘们的人",他悔恨自己,这又是作为农民式的祥子所具有的要强诚实的特质。祥子的农民特质在婚姻观上也表现出来:"他来自乡间,虽然一向没有想到娶亲的事,可是心中并非没有个算计;假若他有了自己的车,生活舒服了一些,而且愿意娶亲的话,他必定到乡下娶个年轻力壮,吃得苦,能洗能作的姑娘。"祥子"一旦要娶,就必娶个一清二白的姑娘"①。这是来自乡下人的纯朴务实的婚姻理念,祥子所理想的"能洗能作"、能吃苦、"一清二白"的农村姑娘,正好又与引诱他"已早不是处女"且好逸恶劳的城里娘们的虎妞,形成鲜明对比,这又隐藏了作者对乡间纯朴务实的婚姻观的赏识,对祥子"由乡间带来的那点清凉劲儿毁尽了"感到惋惜与同情。

老舍的"说"与"写"时时出现"乡下人"、"乡间"关键词,每次在"乡下人"、"乡间"的叙说中,总出现带有农民意识农民情感的祥子受到市民人物市民意识的轻视甚或侮辱的情景。像高妈已入市民的道,当她苦劝祥子放债无效后,曾想奚落祥子,对祥子的死脑筋感到不满,并轻视祥子将夜壶当礼送的"不顺眼"的行为;像杨家两位太太对乡下人祥子的侮辱、虐待;陈二奶奶对祥子的欺骗、愚弄;刘四怨恨女儿嫁给"乡下脑袋"、"臭拉车的"祥子;虎妞常骂祥子"窝窝头脑袋","受苦的命",甚至在说话的声音里,也都"表示出自傲与轻视祥子的意思来"。当然,虎妞尽管自傲与轻视祥子,对他不会市场经济算计、没有一点市民意识不满,但她还认为祥子是"理想的人:老实,勤俭,壮实"②。所以在城与乡,市民与农民的对比中,老舍的情感倾向比较明显地偏向乡下、农民。同时,作者在"乡下人"、"乡间"的叙说中,又时常蕴涵着对乡村的温情,对农民特质的关爱。祥子进城后,为实现做个"自由车夫"的理想,苦干、硬拼,风里雨里咬牙,饭里茶里刻苦,即便处处碰壁遭难,也不愿放弃在城里的拉车生活。但他又时时眷念着过去的乡村生活,一想到在家里,"处处又是那么清洁,永远是那么安静,使他觉得舒服安定。当在乡间的时候,他常看到老人们在冬日或秋月下,叼着

---

① 老舍:《骆驼祥子》,《老舍文集》(第3卷),人民文学出版社1982年版,第54页。
② 老舍:《骆驼祥子》,《老舍文集》(第3卷),人民文学出版社1982年版,第147页。

竹管烟袋一声不响的坐着,他虽年岁还小,不能学这些老人,可是他爱看他们这样静静的坐着,""想起乡间来,他真愿抽上个烟袋,咂摸着一点什么滋味"①。清洁安静、舒服安定的乡村生活,是祥子眷念的,也是老舍所欣赏认可的。早在20年代写《二马》时,老舍就对伦敦城外的乡间格外热爱,他说"英国的乡间真是好看:第一样处处是绿的,第二样处处是自然的,第三样处处是平安的。"40年代他在《乡村杂记》中自述:"身所至,心即安之,乡居渐惯,微怯城中繁闹矣"②。《蜀村小景》诗曰:"蕉叶清新卷月明,田边苔井晚波生。村姑汲水自来去,坐听青蛙断续鸣"。呈现的是乡村幽闲清静,老舍身所至,心安之的境界。

　　由以上论述可见,《骆驼祥子》的叙事情感是民间的,具有深厚的民间情怀、农民情感,那么作家的民间情怀、农民情感又是从哪里来的呢? 概言之,老舍的农民情感来自北平的贫民窟、北平的乡间以及母亲的精神教养。首先,老舍出身贫寒,"因为从小儿就穷,生活在穷苦人群之中,北京的大杂院、洋车夫、赶驴脚的,拉骆驼的,全是他的朋友,他都有深刻的了解。天桥的说相声的,唱大鼓书的,耍狗熊的,耍把式的,卖狗皮膏药的,他均极熟悉。"③这样的生长生活环境,自然培育了他的贫民意识、贫民情感。作为农业国的北京,城与乡本来就有着天然的联系。而北京大杂院里的洋车夫、赶驴脚的,拉骆驼的贫民情感与乡间的农民情感也有着相融相通的地方,何况洋车夫祥子进城后还固守着农民意识、农民情感呢。这样看来,老舍的贫民情感中自然也融通了农民情感的成分。其次,民间文化的熏陶和浸染,也滋润了他的民间情怀和贫民情感。老舍从小就喜爱民间文艺,像民间艺人献艺的戏团、茶馆、地摊、庙会等场所,也是早年老舍常去光顾的地方。据老舍好友罗常培的回忆,他在上小学三年级的时候,常与老舍一起到一小茶馆里听《小五义》和《施公案》,到能读书的时候,老舍就入迷地读《三侠剑》《绿牡丹》之类的小说,有时还沉浸在作品人物的情感世界里。再次,老舍接受了母亲农民精神特质的教育影响。老舍的

---

①老舍:《骆驼祥子》,《老舍文集》(第3卷),人民文学出版社1982年版,第62页。

②老舍:《乡村杂记》,《大公报》1942年7月7日。

③[美]宁恩承:《老舍在英国》,载舒济编:《老舍和朋友们》,生活·读书·新知三联书店1991年版,第145页。

母亲来自乡间,母亲娘家住在北京德胜门外土城黄亭子村,以务农为主。老舍曾述:"母亲的娘家是北平德胜门外,土城儿边,通大钟寺的大路上的一个小村里。村里一共有四五家人家,都姓马。大家都种点不十分肥美的地,但是与人同辈的兄弟们,也有当兵的,作木匠的,作泥水匠的,和当巡察的。他们虽然是农家,却养不起牛马,人手不够的时候,妇女便也下地作活"。"母亲生在农家,所以勤劳诚实,身体也好。这一点事实却极重要,因为假若我没有这样的一位母亲,我以为我恐怕也就要大大的打个折扣了"。老舍说:"把性格传给我的,是我的母亲。母亲并不识字,她给我的是生命的教育。"①她培育了老舍好客、守秩序、正直、温厚的性格,尤其是母亲的勤劳坚忍精神,更成为老舍崇尚歌颂的对象。母亲的生命教育、农民精神特质的影响,也是老舍民间情怀、农民情感的源地。老舍由幼年的生活环境、文化教养、母亲的生命教育所影响培育的民间情怀、农民情感,到他创作时,很自然地渗入到他所描绘的"乡下人"身上,形成了叙事情感上的民间特色。

[原载《民族文学研究》2013 年第 4 期]

---

① 老舍:《我的母亲》,《老舍文集》(第14卷),人民文学出版社1982年版,第249页。

第十四章　从《四世同堂》到《茶馆》
——老舍小说与戏剧的沟通

　　小说和戏剧是文学艺术的两个独立分支，它们有着各自的"质"的规定性和美学特征，小说家和戏剧家在关注和再现生活的方式上也存在着差异。而老舍身兼小说家和戏剧家的双重身份，凭借着他丰厚的生活底蕴和艺术修养，在这两种形式之间进行了大胆沟通，尝试优劣互补，从而创造了现代文学史上独特的"老舍式"的小说和戏剧文体，给读者以全新的审美感受。本章拟以《四世同堂》《茶馆》作为剖析重点，寻找这种沟通的主要内容，然后进一步探讨其原因。

第一节　小说和戏剧"创作的中心是人物"

　　无论是写小说还是写戏剧，老舍均强调把人物放在首位。在谈小说创作的时候，他多次提到"创作的中心是人物""小说的成败，是以人物为准，不仗着事实"，甚至认为"创造人物是小说家的第一项任务"①。在戏剧创作上，他认为"戏是人带出来的"，"写戏主要是写人，而不是只写哪件事儿……只有写出人，戏才能长久站住脚。"②在老舍的小说和戏剧中，直接以人物的名或姓来命题的就有不少。如《老张的哲学》《赵子曰》《骆驼祥子》《牛天赐传》《黑白李》《方珍珠》《张自忠》等。虽然都强调写人，但小说和戏剧在人物塑造上是有差异的，老舍则将小说和戏剧塑造人物的优势自然融合，使二者取得了沟通。

　　在人物肖像塑造上，老舍擅长白描，他的白描总是漫画式的，加入喜剧的因子，于嬉笑怒骂的氛围中凸现人物身上的"可爱或可憎之点"。请看《四世同堂》第二章，老舍笔下的李四妈形象："满头白发，一对大近视眼"，经常骂李四爷"老东西"，因为他没有尽全力帮邻居们的

---

① 老舍：《怎样写小说》，《老舍文集》（第15卷），人民文学出版社1990年版，第451页。
② 老舍：《人物、生活和语言》，《老舍文集》（第16卷），人民文学出版社1991年版，第660页。

忙。对胡同里的晚辈，无论大小，都是她的"宝贝儿"。这一骂一爱之间，李四妈的善良、慈爱和热心等下层劳动妇女的性格特点被巧妙地显现出来，同时又富有戏剧性的"突转"效果。再看三号的冠晓荷，老舍是这样形容的："小个子，小长脸，小手小脚，浑身上下无一处不小"。几个"小"字，故意对人物的肖像进行变形，手法有点夸张，把汉奸冠晓荷的畏缩嘴脸画了出来，使人一见就生厌恶之感，这就是带有喜剧色彩的漫画式白描的功效。在写戏剧人物的时候，老舍也得益于这种白描。他说："我写惯了小说，我知道怎样描写人物，一个小说作者，在改行写戏剧的时候，有这个方便，尽管他不太懂舞台技巧，可是他会三笔两笔的画出个人来。"①众所周知，老舍戏剧的一大特点就是人物众多，不可能对每个人物都工笔刻绘，小说中的白描派上了用场。《茶馆》中的70多个人物的性格特点大都是三言两语勾勒出来的。最典型的莫过于马五爷的形象。老舍只用了三句台词，就真切地描绘出其霸道、虚伪、狂傲的洋奴性格。当二德子在他面前撒野时，他说了句："二德子，你威风啊！"先摆出自己的威严；接着又说："有什么事不能好好地说，干吗动不动就讲打？"又显示了一次威风。二德子赔了不是，常四爷要他给评理。他不屑一顾："我还有事，再见！"显示出极度的傲慢。马五爷的洋奴形象，便在这三笔两笔之中立于纸上了。

除白描外，老舍写人的另一手段是人物之间的对话，这一点，他从不惜墨。他说："在小说中，应在适当的时机利用对话，揭示人物性格，这是作者一边叙述，一边加上人物的对话，双管齐下，容易叫好。"②同时，他又特别强调对话揭示人物性格的重要作用："对话是人物性格最有力的说明书。"③《四世同堂》中，很多人物的性格是通过精彩的对话烘托出来的。小说第十章，"八一三"上海抗战炮火打响后，引起北平人民的振奋，祁家一家在包饺子，表示庆贺。这里的一段对话，不仅展示了"八一三"后的北京时局，人们共有的盼望政府抗战的迫切心情，推动情节的发展，而且更重要地揭示了瑞全的方刚血气，韵梅的善理家务，天佑太太担忧中的反抗心理。他们共同的兴奋心理，蕴含着深

① 老舍：《〈龙须沟〉的人物》，《老舍文集》（第16卷），人民文学出版社1991年版，第242页。
② 老舍：《戏剧语言——在话剧、歌剧创作座谈会上的发言》，《老舍文集》（第16卷），人民文学出版社1991年版，第75页。
③ 老舍：《戏剧语言——在话剧、歌剧创作座谈会上的发言》，《老舍文集》（第16卷），人民文学出版社1991年版，第74页。

深的民族精神、爱国情感。然而这种精神的兴奋，不久就被政府当局的不抵抗政策所淹埋，很快就在这一章结尾，用丁约翰的嘴交待了"中国军队教人家打垮！"十九路军抗战失去国军的支援，造成了悲壮的失败。这就形成了本章首尾的鲜明对照以及人们在时局变化下精神的"惶惑"。

受小说的启发，老舍在创作戏剧时，更加注重对话的运用，要求做到"话到人到"，"开口就响"。他曾经坦言："我没有写出过出色的小说，但是我写过小说。这对于我创造戏剧中的人物大有帮助。从写小说的经验中，我得到两条有用的办法：第一是……第二是到了适当的地方必须叫人物开口说话"①《茶馆》第一幕中庞太监与秦仲义精彩舌战，很能体现出二人的性格特点：

庞太监　哟！秦二爷！

秦仲义　庞老爷！这两天您心里安顿了吧？

庞太监　那还用说吗？天下太平了：圣旨下来，谭嗣同问斩！告诉您，谁敢改祖宗的章程，谁就掉脑袋！

秦仲义　我早就知道！

庞太监　您聪明，二爷，要不然您怎么发财呢！

秦仲义　我那点财产，不值一提！

庞太监　太客气了吧？您看，全北京城谁不知道秦二爷！您比作官的还厉害呢！听说呀，好些财主都讲维新！

秦仲义　不能这么说，我那点威风在您面前可就施展不出来了！哈哈哈！

庞太监　说得好，咱们就八仙过海，各显神通吧！哈哈哈！

秦仲义　改天再过去给您请安，再见（下）。

庞太监是一个当红的清府官僚，他的身份、地位以及阶级属性使他和维新派势不两立。而秦仲义是一个维新党，因此庞太监一上场便咄咄逼人，话里句句有刺，于假面恭维之中深藏敌视、体现了他虚伪狠毒、老奸巨滑的性格特点。秦仲义虽是一个维新党，但在强大的封建

①老舍：《戏剧语言——在话剧、歌剧创作座谈会上的发言》，《老舍文集》（第16卷），人民文学出版社1991年版，第74页。

势力面前,不敢和庞太监发生正面冲突,他的话虽也含有讥讽,但却是处处陪着小心,体现了维新派懦弱畏葸的性格特征,同时也显示了戊戌变法失败后的社会气氛的悲凉!

此外,老舍小说还常常借助戏剧性的场景来活现人物性格。他曾经说过:"写小说和写戏一样,要善于支配人物,支配环境(写出典型环境、典型人物)"①。老舍戏剧的场景描写很出色,《茶馆》中刘麻子的狡猾、奸诈、无耻与康六朴实、愚昧的性格特点,就在康六卖女的场景中展现得惟妙惟肖。《四世同堂》中,戏剧化场景更是俯拾即是。小说七十五章,祁家老少四代第一次吃"共和面"的场景,便很有代表性。祁老人没见过"共和面",天佑太太一辈子也"没见过这样不听话的东西"。做面食的巧手韵梅,对这种不能做饺子也不能做面条,甚至连馒头也做不成的"面粉"束手无策,最后勉强做成了土坯式的吃食。"土坯"端上来,孩子们很兴奋,小顺儿"劈手就掰了一块放在口中",一下子就噎住了;祁老人"掰了一小块放在口中,细细地嚼弄",费了很大力气才咽下去;饿极了的小妞子只"掰了很小的一块",放在嘴里,"扁了几扁",又"很不客气的吐了出来",撒谎说自己不饿。祁老人看着心酸,叫韵梅为妞子烙张小饼。但韵梅知道仅有的一点白面是给老太爷生病时当"药"用的,她第一次违背了祁老人的意愿。一向不对晚辈发火的祁老太爷终于发了火,这个火一半是为了儿媳的"忤逆"而发,但更多的是对这个灾难的时代而发的,日本人让最能吃苦的中国人吃不了苦,让最能容忍的北平人忍无可忍。这是一个灾难的时代。灾难的生活使北平人开始觉醒,他们的谦让、坚忍、懦弱的性格开始像火山一样爆发。这一段精彩的生活场景饱含了丰富的动作和语言,将孩子们的天真、韵梅的贤惠和孝顺、祁老人的愤世等性格特征栩栩如生地活现在纸上,这正是老舍小说取戏剧之法的精妙之处。

第二节　《四世同堂》与《茶馆》的结构模式

老舍戏剧人多事杂,注重以人带事的写法,借助剧中人物的活动,将丰富的时代生活场景进行横断面式地穿插,制造矛盾与矛盾之间的

---

① 老舍:《人物、语言及其他》,《老舍文集》(第16卷),人民文学出版社1991年版,第55页。

接触点,从而形成了一种以点带面、多线纷呈的蛛网式结构模式。这种结构的最大优势是突破舞台限制,拓宽表现领域,与老舍长篇小说的结构模式颇为相似。

《茶馆》一共三幕,展示了从晚清末年到解放战争爆发前夕近五十年的社会历史变迁。全剧没有一个集中整一的事件,而是通过70多个人物的舞台穿插,将繁杂的生活片断加以横向铺陈:从常四爷的遭遇中可以见出戊戌变法失败后社会秩序的混乱;康六和乡妇的卖女事件的穿插又展现出乡下贫农生活的困苦;庞太监和秦仲义的场上冲突,带出了维新派和顽固派相互争斗的政治局面;刘麻子的拐卖妇女,又显示出人民的苦难。在二三幕中,大兵可以随便敲诈,军官可以无故抓人,展现了军阀混战时期民不聊生的生活场景;小刘麻子得势,军警殴打学生,明师傅失业,教师被迫罢课,康大力参加八路军,茶馆被没收等,又展现了国民党暴政统治下的北平社会的种种矛盾。这种人像展览式的剧情结构,让整部戏冲突不断,高潮迭起。由于剧情复杂,幕与幕之间又有一二十年的时间间隔,导致《茶馆》中的矛盾与矛盾之间不可能像《雷雨》那样全剧"拧成一股绳"向前发展,而只能是"以各种矛盾的接触点和许多片断的生活面,通过王利发及其茶馆联系起来,形成类似蛛网般的组织"。① 这种结构使《茶馆》中的每一个矛盾都不可能贯串到底,而往往是一碰即离,三言两语便达到高潮,从而为下一个冲突的上场腾出时间和空间。这种点面式的穿插结构,极大地拓宽了戏剧的表现领域,将写一部长篇小说的题材搬到舞台上表演,不仅接近了小说再现生活的特点,而且比小说来得更精彩。

和《四世同堂》比较,《茶馆》的这一独特的结构便找到了依据。《四世同堂》展示了130多个人物,以北京西北角的小羊圈胡同为中心,将不同阶层、职业和性格的人物的活动进行穿插,组织情节,真实地再现了抗战八年北平市民社会的复杂的生活环境和精神状态。这些人物不断地粉墨登场,带出了一系列的矛盾冲突。大至日本军阀与市民和农民及汉奸的矛盾,人民与民族败类的矛盾,英国人与日本人的矛盾,小到小羊圈胡同居民之间的矛盾,家庭矛盾等等。作家好像手拿摄像机,不断地切换镜头,把这些杂乱无章的生活场景一幕一幕地在小说中进

---

① 陈瘦竹:《论老舍剧作的艺术风格》,《现代剧作家散论》,江苏人民出版社1979年版,第354页。

行穿插。但每一个矛盾都不进行到底,而是刚达到顶点便结束了,又接着展示下一个矛盾。这种情节的穿插,使作品的内容极为丰富,生活面相当宽泛,能够更为真实地描摹出抗战时代的北平社会的生活全景。

柏拉图在论文章的修辞术时,曾经强调文章的结构要遵循两个法则:"头一个法则是统观全体,把和题目有关的纷纭散乱的事项统摄在一个普遍的观念下面,得到一个精确的定义,使我们所要讨论的东西一目了然……第二个法则是顺自然的关节,把全体剖析成各个部分,却不要像笨拙的宰割夫一样,把任何部分弄破。"① 《四世同堂》和《茶馆》在结构上都体现了这一法则。《四世同堂》以激发人们的爱国主义热情作为创作观念,展示北平沦陷区人民的生活苦难和精神状态的历史变迁。为更好地实现这个意图,老舍又"顺自然的关节",把小说"在适当的地方画上条红线儿"② 。将之分成三部,每个部分都相对独立地反映一个历史阶段的人们的生活和精神状态。三部合在一起,完整地展示出一部中华民族抗日战争时期的"难史",同时也是一部北平人民从惶惑软弱到坚强反抗的精神变迁的"心史"。《茶馆》以"葬送三个时代"的创作观念为中心统率全局,每一幕都通过这个时代的各种人物的命运揭示出社会的病症,将人物的命运和时代的命运结合在一起,使戏剧的情节有条不紊地在舞台上进行表现。老舍曾经说过:"我设法使每个角色都说他们自己的事,可是又与时代发生关系……人物虽各说各的,可是又都能帮助反映时代。"③ 因此,《茶馆》中的众多人物虽然语言、行动并不一致,但都是向"葬送三个时代"这个中心靠近,都是趋向于揭示社会的病根,使整部戏一气贯通,组成有机的整体。这种以观念组织情节的结构方式,使老舍的小说和戏剧反映的生活内容更为丰富,同时也可见出《茶馆》的结构艺术向小说沟通的特点。

第三节 《四世同堂》第一部与《茶馆》的第一幕比较分析

一般来说,戏是越演到后来越精彩,而对老舍的一些戏剧,论者多

---

① [古希腊]柏拉图:《文艺对话集》,朱光潜译,人民文学出版社1963年版,第152—153页。

② 老舍:《四世同堂·序》,《老舍文集》(第4卷),人民文学出版社1983年版,第1页。

③ 老舍:《答复有关〈茶馆〉的几个问题》,《老舍文集》(第16卷),人民文学出版社1991年版,第473页。

以为其第一幕写得最精彩。老舍也承认自己"总把力气都放在第一幕,痛快淋漓,而后难为继。因此,第一幕戏很好,值五毛钱,后面几幕就一钱不值了。"①西方的一些剧论家也认为"把全剧的三分之一弄成只是引子,而把全部行动塞在余下的三分之二里,这自然是荒谬的。"甚至认为:"erregende Moment(兴奋时刻)无论如何是应当放在第一幕里的。"②老舍的一些戏剧在第一幕中便将大量的生活场景和戏剧冲突加以集中,并"大胆地将冲突推向高潮"③。对《茶馆》和《四世同堂》进行比较,我们发现《茶馆》的第一幕与三部曲小说《四世同堂》的第一部《惶惑》在写法上有惊人的相似点。这也是老舍小说和戏剧相沟通的重要方面。从文学作品的文本来看,《惶惑》和《茶馆》第一幕的情节都比较集中紧凑,出场人物较多,性格非常鲜明。《惶惑》的开篇就营造了祁家在战争阴云笼罩下的生活场景,暗示了故事发生的时代环境。第二章以祁家为立足点,把读者带到北京西北角的一条普通的胡同里,抓住小羊圈胡同中诸户人家的主要人物逐一进行介绍,确立了小说的叙事视角。第三章到第十三章,重点是写小羊圈胡同中的住户在抗战初期的生活场景和精神状态,穿插了冠家与其他住户之间的矛盾,把爱国与叛国两种矛盾对立起来。第十四章钱仲石摔死一车日本兵的消息传到小羊圈胡同,导致冠晓荷告密,钱默吟被捕,民族矛盾产生第一次激化。十五章常二爷进城,将京郊农村和日本军阀之间的矛盾带到小羊圈胡同,拓宽了民族矛盾的范围。十七章到二十三章以钱家为中心,钱家的变故激发了小羊圈胡同中居民心中的民族仇恨和爱国热情,民族矛盾再一次激化;二十四章到三十二章,焦点转到冠家,写战事恶化以后,日本侵略者和汉奸在北平的猖獗活动;最后两章是对钱先生狱中经历的回叙,揭示日军残害中国人的内幕,将民族矛盾推向高潮。小说紧紧扣住钱家、冠家、祁家,以民族矛盾为中心,把各种矛盾贯穿起来,使小说情节集中紧凑。《茶馆》的第一幕共写了十个戏剧场景,用三条线索贯穿起来。第一条线索是以常四爷为中心,他和二德子、马五爷的冲突,揭示出戊戌运动失败后帝国主义横行、社会

① 老舍:《语言、人物、戏剧——与青年剧作者的一次谈话》,《老舍文集》(第16卷),人民文学出版社1991年版,第48页。
② [英]威廉·阿契尔:《剧作法》,吴钧燮、聂文杞译,中国戏剧出版社1964年版,第124页。
③ 冉忆桥:《试论老舍戏剧的第一幕》,《华东师范大学学报》(哲学社会科学版)1983年第1期。

腐败混乱、流氓恶霸仗势欺人的社会环境。在戏的中段,常四爷因一句"大清国要完"的牢骚话带出与清廷走狗宋恩子、吴祥子的矛盾,被捕入狱。第二条线索以康顺子被卖为中心,引发刘麻子与康六之间的"买—卖"矛盾,而这个矛盾又与后面进行的两家富人为一只鸽子的矛盾相映照,揭示出那个时代穷人不得不卖女度日,而富人却有闲心为一只鸽子而大动干戈的不平等现象,引发出一位旁观的老人"这年月呀,人还不如一只鸽子呢"的感叹,这句感叹为后面的乡妇卖女埋下伏笔。围绕康顺子,又带出买主庞太监和刘麻子发生"卖—买"之间的矛盾。第三条线索是以秦仲义为中心,他上场时和王利发的利害冲突将封建小业主与民族资产阶级的矛盾展现出来,下场时又与庞太监发生冲突,又展现出清府守旧派和维新派争斗的戏剧场景。这三条线索发展到最后,又以在茶馆中下棋的茶客一句"将,你完了!"集中到一起,道出了这些场景所体现的那个时代要"完了"的共同主题,使情节显得比较集中。

从文学艺术的审美接受角度来看,《惶惑》和《茶馆》的第一幕最能给人震撼的美学效果,其主要原因在于老舍在小说和戏剧的第一部和第一幕中,略去了大量矛盾冲突的发展过程,迅速地将矛盾激化,甚至推向高潮,小说和戏剧开头所设置的悬念大都在矛盾冲突的高潮中解开,缩短了读者或观众的阅读期待时间,给人以强烈的审美享受。在《茶馆》的第一幕中,老舍一下子介绍出二十几个人,这二十几个人在场上不断地产生冲突,而且这些冲突的发展期都很短,往往三言两语之间便达到高潮,使整幕戏高潮迭起,给观众以独特的审美享受。而在《茶馆》的后两幕中,由于时代相隔较长,人物的经历发生了变化,要占用一定的时间回叙,以便和"第一幕搭上碴"。这种回叙使下一幕的冲突展现在时间和空间上均受到限制,因此,后两幕的戏剧性也就有所削弱了。《惶惑》也是如此。小说第六章,北平陷落,车夫小崔和冠晓荷、大赤包之间发生冲突,并直接达到高潮,将"爱国"与"叛国"两大阵营之间的矛盾展现出来。第十四章,钱先生因冠晓荷告密而被捕,民族矛盾迅速激化,激起了小羊圈胡同中的穷人们对日本军阀民族败类的仇恨。第二十五章到三十二章,日本人为庆祝保定、南京三城的陷落,强迫学生进行了三次游行,将民族矛盾一次次升级并推向高潮,使整部小说让人惊心动魄。而在《偷生》和《饥荒》中,作家基本上沿着这些矛盾向下发展,给我们一次又一次地看小羊圈胡同中的惨案,作品中的悬念大大减少,读者失去了审美想象空间,结果显得有点沉闷。当然,《茶馆》后二幕与《四世同堂》二、三部给人的审美效应也是强烈的,它们和第一幕、第一部组成一个"美"的整体,只不过那第一幕和第一部给人的美感更强烈些,这是审美接受者在深入老舍三幕剧和三部曲作品中,经过比较分析、体味而得出的审美感受。

　　从文学作品和时代生活的关系来看,《茶馆》的第一幕和《四世同堂》的第一部与时代的联系最为密切,人物、事件更贴近生活真实,散发出浓厚的时代气息。《茶馆》的第一幕展示的是戊戌运动失败后社会格局更迭期的时代生活,裕泰大茶馆是这个时代的缩影。在这个时代环境中,算命先生、人贩子、流氓、贫民、太监、打手、暗探、满清遗老及维新志士等,都是这个特定文化氛围中的产物,他们的一切行动都和这个时代特征紧密联系在一起。《惶惑》也有相似的特点。小说主要写抗战初期北平人的生活和精神状态,人物性格和生活场景与时代特征扣得比较紧。作品的中心环境小羊圈胡同是一个处于新旧文化更替期的典型场所,在这个环境中出现的人物大都是一些"老北京",如诗人、教员、剃头的、洋车夫、巡警、汉奸等。作品中的生活场景,都是通过这些人物之间丰富多彩的矛盾冲突展现出来的,因此最能体现时代的氛围,与抗战初期的时代生活联系得也最为紧密。由于老舍在第一幕或第一部中,注重写人物与时代生活的关系,因而也就为后二幕或后二部人物与时代关系的进一步深化,奠定了良好的基础。正因为这一"基础"厚实,才获得观众的称道。

第四节　老舍小说与戏剧沟通的主客体原因探索

　　当我们以《四世同堂》《茶馆》为例,剖析了老舍小说与戏剧沟通的主要内容后,现在则要探讨老舍小说与戏剧沟通的创作的主客体原因了。从文学作品反映客观的社会生活出发.老舍小说与话剧的描写对象紧紧连接着他的特殊的生活经历。由于他是在市民社会的贫民窟中长大的,因而从小就熟识了市民社会小人物的悲哀与痛苦,了解"小人物"的生活状貌和精神状貌。这样就规定他的小说所反映的主要题材内容和描写的主要对象:以市民社会的普通人物的生活为主体。他的戏剧,虽然也有不少贴近现在生活形态的"现在时态"性作品,但写得好的,还是那些"过去时态"性作品,像《茶馆》《五虎断魂枪》《神拳》等,著名的话剧《龙须沟》和《方珍珠》里的人物也都是些"过去时态"的人物,作者通过新旧对比,把这些形象塑造得生动、感人。所以,无论小说还是戏剧,老舍均以描写"过去时态"的人物形象为最精彩、最生动,而这些"过去时态"的人物,恰恰连接着老舍从童年、少年时代就积累下来的"过去时态"的生活记忆。这种熟悉市民社会生活、描绘市民社会"过去时态"的人物的一致性,显示了他的小说与戏剧创作的融通性。

客观的市民社会生活为老舍提供了创作小说与戏剧的丰厚土壤,而作为市民文化重要内容的评书、曲艺、说唱艺术,也培育了老舍小说和戏剧沟通的艺术基因。老舍从小就喜欢听鼓书,《施公案》《三侠五义》等侠义公案小说,他是最感兴趣的。从鼓书里面,后来又从唐人小说,明清古典小说《三国演义》《西游记》《水浒传》《聊斋志异》《红楼梦》等作品之中,汲取艺术营养。传统小说的表现方法、艺术技巧,为他的戏剧创作运用小说的写法奠定了基础。而另一方面,市民文化中的传统戏文、京剧、戏曲、曲艺等,也为老舍平生所喜爱。从他在小说中引用那么多传统戏曲剧目和那么多京剧界、戏剧界、曲艺界名流可以看到,他的传统戏剧修养相当深厚。再加上他天生具备的满族文化素质,更能得心应手的为小说创作增添戏剧的因子。满族人本来就喜爱音乐,说唱艺术发达。"老舍小时候,满族人中还有很多人会吹拉弹唱,不少家庭中有三弦、八角鼓这类简单的乐器,友人相聚的时候,高兴了就自弹自唱起来,青年人也往往以能唱若干大鼓或单弦而自傲。当时的茶馆里,曲艺节目是必不可少的。"[①]当时满族人中流行着民间神话、传说、故事以及长篇说唱故事诗、岔曲、八角鼓、子弟书等,这种满族文化素质都在后来的老舍小说的戏剧化场面的描写以及人物的精神、性格的刻画上表现出来。

从西方文学里,老舍接受的也都是小说与戏剧的影响。他在英国讲学期间,刚读完狄更斯的《尼考拉斯·尼柯尔贝》和《匹克威克外传》,就觉得这些外国小说比中国小说在写法上"有更大的势力",促使他在

---

① 胡絜青:《老舍和曲艺》,《曲艺》1979年第2期。

"画稿子"时,不取"中国小说的形式",而采取西方小说的写法①。从他1945年发表的《写与读》中,可以发现他阅读接受的重点是小说和戏剧。他阅读了大量的古希腊史诗和悲剧、喜剧,但丁与文艺复兴时期的戏剧,近代的英法小说,回国后又阅读了大量的俄国文学作品,他认为:"俄国的小说是世界伟大文艺中的'最伟大'的。"②这种对小说和戏剧阅读接受的交互性、融通性,也为他的小说和戏剧创作提供艺术上的互鉴性,使他的小说创作自然而然地包含了戏剧的因子,而后创作的话剧,也很自然地运用了小说的一些"作法"。就是在他的话剧艺术逐渐成熟时,也始终没有跳出小说创作的模式,带有小说家写戏剧的特色。

当然,老舍小说与戏剧艺术方法上的互鉴,还得力于他对这两种文体的独特的理论认识。老舍于1934年至1939年间在齐鲁大学文学院任教时编写了《文学概论讲义》,设专章论述了戏剧和小说。从论述中可以看到老舍对戏剧和小说特点的认识、把握准确。他认为戏剧是"用行为来摹仿",用言语(对话)刻画性格,靠演员在舞台上表现,"将身心融化在剧旨里去解释它,去表演它"。在老舍看来,"戏剧是文艺中最难的"③。而小说是文艺的后起之秀,"小说是艺术",小说反映社会生活,描写社会上的各色人物,"形式是自由的",它可以不像戏剧那样受到舞台限制。它可以"使读者自己看见,而并不告诉他怎样去看;它从一开首便使人看清其中的人物,使他们活现于读者的面前,然后一步一步使读者完全认识他们,由认识他们而同情于他们,由同情于他们而体认人生。"④因此,小说反映社会人生,让人们"认识人生"比戏剧更充分、更自由些。老舍不仅能够从理论上认识、把握小说和戏剧反映社会生活的各自特点以及这两种文体的质的"规定性",而且在理论上也寻找到了它们之间的互通性。他在《文学概论讲义》里,或解放后谈小说、戏剧创作经验的文章中,都强调了小说和戏剧在表现社会生活和如何表现社会生活的共通性。不管是小说还是戏剧,"求真"——表现的真实、真切,是第一性的,是小说与戏剧作家必须遵循

① 老舍:《我怎样写〈老张的哲学〉》,《老舍文集》(第15卷),人民文学出版社1990年版,第165页。
② 老舍:《写与读》,《老舍文集》(第15卷),人民文学出版社1990年版,第546页。
③ 老舍:《文学概论讲义·戏剧》,《老舍文集》(第15卷),人民文学出版社1990年版,第142页。
④ 老舍:《文学概论讲义·小说》,《老舍文集》(第15卷),人民文学出版社1990年版,第155—156页。

的艺术法则。而注重人物则是求真的表现。老舍对古希腊悲剧理论家把情节结构放在第一位而把人物放在第二位的作法深表不满,而对后代的悲剧把人物性格放在第一位深表赞赏。因而,他在论戏剧时,首先强调的就是人物"性格",论小说的作法也是如此。他认为古希腊戏剧那么讲究结构技巧,"约束"太多,反而失去了"真切",而"近代的戏剧结构便较比古代的散漫一些,但在真实上更亲切一些"①。所以,他从抗战时期开始创作话剧,一直到解放后以话剧创作为主,始终遵循的就是"在真实上更亲切一些"的写法,注重细节的真实、人物的真实、生活的真实,而在结构上比较的"散漫",他写的是生活化的戏剧,采用的是散文化的结构。这种追求戏剧的生活化,正好与他小说创作的生活化沟通。同时,老舍论戏剧时,特别引用了叔本华的理论观点,叔本华认为戏剧的"第一步,也是最普通的一步","而开首又是最难的",由此也引起了老舍对写好第一幕的艺术兴趣,在"开首是最难的"上面下功夫,这就形成了他在艺术实践上注重写好第一幕的理论铺垫。他在论述小说时,又说小说的描写方法,可以弥补戏剧的缺欠,"小说的形式是自由的,它差不多可以取一切文艺的形式来运用。"②因而那注重写好第一幕的理论要求,也就自然地促使他创作《四世同堂》时把功夫用在写好第一部上。同时,为了写好第一部,他不仅用了小说的写法,而且还采取了"一切文艺的形式",其中就包含了戏剧的"形式",这就形成了他的小说中的戏剧的因子。

再联系老舍的创作道路进行考察,他的作品被别人改编拍成影视剧的有多部,如《我这一辈子》《骆驼祥子》《离婚》《四世同堂》《月牙儿》《鼓书艺人》《二马》等,这是很罕见的。特别是《骆驼祥子》被改编成话剧,拍成电影、电视连续剧,还被改编成京剧上演等,更是奇迹。他自己也曾将小说改编成话剧,像短篇小说《马裤先生》改编成独幕剧《火车上的威风》,而更多的是将相同、相似的材料既写成了小说,又创作了话剧。1935年9月发表的《断魂枪》,其中的主要情节材料,又被他吸收进1947年写的三幕四场话剧《五虎断魂枪》中,而《断魂枪》又是他本来计划要写的"'二拳师'中的一小块"③。另外,从《鼓书艺人》到

---

① 老舍:《文学概论讲义·戏剧》,《老舍文集》(第15卷),人民文学出版社1990年版,第148页。

② 老舍:《文学概论讲义·小说》,《老舍文集》(第15卷),人民文学出版社1990年版,第155页。

③ 老舍:《我怎样写短篇小说》,《老舍文集》(第15卷),人民文学出版社1990年版,第198页。

《方珍珠》，也提供了由小说的情节、人物的面影进入戏剧的范例。从剧本《大地龙蛇》到长篇巨著《四世同堂》，又可以看到他"检讨"中国文化的视角由一个家庭扩大到整个"小羊圈胡同"，显示他审视中华民族文化的延续性。所以，这种由小说而戏剧，由戏剧而小说的互渗互透现象，在老舍的创作中简直形成了小说和戏剧融通的连环套式的形态，这种艺术形态在其他现代作家作品中是很难找到的，是为老舍所独创的。了解到这一点，我们就可更深入地认识到老舍作为小说戏剧化的小说家的伟大，或作为戏剧小说化的戏剧家的伟大。

［原载《民族文学研究》2002 年第 1 期（与许德合作）］

第十五章　老舍散文的艺术风格

你不知道,读了老舍的散文,真像着了"魔"似的,仿佛有一种独特的人格力量在牵动着你,又有一种新颖的美感力量在魅惑着你,使你不得不惊绝:原来以小说家而驰名中外文坛的老舍,还是一个散文写作的能手。他创作了几十篇优美的散文,丰富了中国现代文学的宝库。

第一节　从忧郁到"狂喜"的审美意识

老舍从30年代初写作散文,到解放后,一直没有停止他的耕耘。如果按时间的顺序把这些"小块文章"排列起来,你会发现,从忧郁到"狂喜"的审美意识,是贯穿他整个散文创作的一条情感主线。从这条情感主线上,你又会看到作家是怎样将个人的感受汇聚于时代精神的大潮之中,又是怎样不断地抒发个人性灵,不断地追逐时代的步伐的。

五四以来的许多散文大家,他们都曾留下过童年的美好回忆。是的,记忆的储存,到了一定的时候,作家们往往会把它们变成一篇篇的美文。老舍出身贫寒,家境的凄苦,童年的悲哀,时时萦绕着他的心灵。他说:"我的脾气是与家境有关系的。因为穷,我很孤高,特别是在十七八岁的时候。一个孤高的人或者爱独自沉思,而每每引起悲观。自十七八到二十五岁,我是个悲观者"①。因此,别人可以留下少年时的甜美,但老舍的幼年遭遇,"多半是既不甜又不美的,"是酸楚楚的痛苦,是说不尽的忧郁。《我的母亲》是一篇带泪的文字,其中写道:"一岁半,我把父亲'克'死了。兄不到十岁,三姐十二、三岁,我才一岁半,全仗母亲独力抚养了。"老舍因幼年缺乏调养,生得瘦弱,三岁才会

---

① 老舍:《我的创作经验》,《老舍文集》(第15卷),人民文学出版社1990年版,第291页。

走路说话。如果没有母亲的抚养,"我以为我恐怕也就要大大的打个折扣了。"老舍记下了这童年的悲苦,更记下了母亲的勤劳、坚忍,"她要在刺刀下,饥荒中,保护着儿女",他的"生命的教育"都是母亲传给他的:如好客、爱花、爱清洁、守秩序、正直、温厚、"软而硬"的人格。

在老舍的记忆中,那位乐善好施的刘大叔(宗月大师),帮他代交学费,到一家改良私塾念书,使他第一次读到《地球韵言》和《三字经》,"没有他,我也许一辈子也不会入学读书。"对宗月大师感激不尽的情感长期地积淀在他的脑海里,乃至在写《宗月大师》时,刘大叔"洪亮的笑声",还那样亲切。宗月大师的人格感化过老舍。老舍从小就注重自身人格的铸造,成人之后,还不断地吸取别人的品格营养,进而陶冶自己的灵魂。在忆念朋友的作品中,你可以看到他储存的尽是一些人格美的记忆。他说罗常培,"总是以独立不倚,作事负责相勉。"[①]他夸许地山,"有学问而没有架子,他爱说笑话,村的雅的都有。"[②]他称白涤洲,"高过他的人,他不巴结。低于他的人,他帮忙。对他自己,在幽默的轻视中去努力。"[③]他评价何容时,"他的'古道'使他柔顺象小羊,同样能使他硬如铁。当他硬的时候,不要说巴结人,就是泛泛的敷衍一下也不肯。当他柔顺的时候,他的感情完全受着理智的调动。"[④]这正如冰心所评价的,"从老舍所喜欢的朋友的性格中,我们可以完全看到他的性格。"[⑤]他写了别人,也描画了自己。他高度赞扬了鲁迅,尤其肯定了鲁迅小品文的价值,"他会怒,越怒,文字越好。"[⑥]老舍也写过一些发怒的文字,为抗战文艺尽力。他把自己比成"未成熟的谷粒,"[⑦]那么谦虚大度。他甚至要做"要掉了头,牺牲了命,而必求真理至善之阐明"[⑧]的诗人。母亲教给他的"软而硬"的性格在不断地发展着。

"我昔生忧患,愁长记忆新。童年习冻饿,壮年饱酸辛。"[⑨]童年的

---

① 老舍:《怀念罗常培先生》,《老舍文集》(第14卷),人民文学出版社1989年版,第360页。

② 老舍:《敬悼许地山先生》,《老舍文集》(第14卷),人民文学出版社1989年版,第187页。

③ 老舍:《哭白涤洲》,《老舍文集》(第14卷),人民文学出版社1989年版,第35页。

④ 老舍:《何容何许人也》,《老舍文集》(第14卷),人民文学出版社1989年版,第55页。

⑤ 冰心:《老舍散文选·序》,载舒济编:《老舍散文选》,百花文艺出版社1984年版,第1页。

⑥ 老舍:《鲁迅先生逝世二周年纪念》,《抗战文艺》1938年第2卷第7期。

⑦ 老舍:《未成熟的谷粒》,《老舍文集》(第14卷),人民文学出版社1989年版,第168页。

⑧ 老舍:《诗人》,《老舍文集》(第14卷),人民文学出版社1989年版,第179页。

⑨ 老舍:《诗二首》,《老舍文集》(第13卷),人民文学出版社1988年版,第509页

忧伤与成年的忧患情绪相融合,渗透到作家的审美对象中,使他所描写的景物具有忧郁美特色。老舍是有名的写景大师,他描写的青岛、济南、北京的自然景物是很美的。那一幅幅山水画、风俗画,朴实清新,令人陶醉。看了这些,你好像感到他的情绪有点超然,无甚忧郁可言。其实,这是作家有意给你制造出来的审美错觉。请你看这幅风景画:五月的青岛,到处花香。公园里"小蝴蝶花与桂竹香们都在绿草地上用它们的娇艳的颜色结成十字,或绣成几团;那短短的绿树篱上也开着一层白花,似绿枝上挂了一层春雪"。路旁有些花香,散出一街香气。山上有了绿色,再看一眼海,"各种的绿色联接着,交错着,变化着,波动着,一直绿到天边,绿到山脚,绿到渔帆的外边去。风不凉,浪不高,船缓缓的走,燕低低的飞,街上的花香与海上的咸味混到一处,浪漾在空中,水在面前,而绿意无限。可不是,春深似海!"①作家画这幅画时,把自己的忧郁情感隐藏得很深,及至快画完了,才感到惆怅。春天的青岛竟那样美,可是夏天一到,来了一些避暑的外国战舰和各处的阔人。"到那时候,青岛几乎不属于青岛的人了,谁的钱多谁更威风。"②这便创造了美而郁,郁而美的特殊境界。

同青岛一样,济南也有天然美景,但作家笔下呈现的景是"不死不生,一切灰色","似暮色微茫,灰灰的一片"。这里的灰色是经过心灵化了的,而作家忧郁的情感也借着灰色的景物显现出来。"大路上灰尘飞扬,小巷里污秽杂乱,虽然天色是那么清明,泉水是那么方便,可是到处老使人憋得慌。"更确切地说,这些灰色景物是老舍民族忧患心理的外化。"济南是久已死去,美丽的湖山只好默然蒙羞了!"③侵略者把济南变成了"死城",老舍怀着民族的痛感凭吊着它。整个抗战期间,老舍呼唤的是民族意识的觉醒,张扬的是反抗斗争精神,期待的是民族彻底解放。所以,此间他所创造的忧郁美的艺术境界,蕴含着内心的强力!

当中华民族真正站起来的时候,老舍的审美情绪变了,由忧郁转到了"狂喜"。"晚年逢盛世,日夕百无忧。"④他以无限的热情歌颂新中

---

① 老舍:《五月的青岛》,《老舍文集》(第14卷),人民文学出版社1989年版,第92页。

② 老舍:《五月的青岛》,《老舍文集》(第14卷),人民文学出版社1989年版,第93页。

③ 老舍:《吊济南》,《老舍文集》(第14卷),人民文学出版社1989年版,第99页。

④ 老舍:《诗二首》,《老舍文集》(第13卷),人民文学出版社1988年版,第509页。

国,歌颂社会主义。1936年的《想北平》与1951年写的《我热爱新北京》均抒发了作者对"故乡"爱的情感,但程度不同,格调不同。前篇忧郁,后篇乐观开朗。前篇围绕"我真爱北平"的一个"爱"字作文章,倾吐自己惆怅缠绵的情思。北京"是整个儿与我的心灵相粘合的一段历史,一大块地方";"我的最初的知识与印象都得自北平,在我的血里,我的性格与脾气里有许多地方是这古城所赐给的。"作者进一步联系自己亲身的经历和感受,拿欧洲的历史都城伦敦、罗马,特别是巴黎,与北京加以比较,突出地渲染了北京在建筑格局、环境气氛、蔬菜瓜果和花草等方面的特色。诸如流连忘返于积水滩的感受,"象小儿安睡在摇篮里"的比喻,通过巴黎与北京的不同饮料比较的引申,对北京"处处有空儿,可以使人自由的喘气"的建筑格局上优点的概括;对北京很便宜的花草和新鲜的蔬菜瓜果的赞美等,都能勾起你对北京的怀念。但是,作者在写这篇文章时,北京却处在危机之中。一个爱国知识分子,对北平的安危怎能不惦念,怎能不落泪呢,"要落泪了,真想念北平呀!"[①]收尾蕴含丰富,有说不尽的忧郁情思。当作家进入新北京时,再也看不到他那带泪的面孔了。新政府处处为人民着想,"一切为人民",修下水道,整治了"龙须沟",处处有卫生设备,把北京打扮得很清洁;居民有了电灯、自来水。"人的心和人的眼一齐见到光明"。老舍对新北京感情更深,"我爱北京,我更爱今天的北京——她是多么清洁、明亮、美丽!"[②]爱得深切,不再是想得落泪。同时,他还写了《北京的春节》,介绍了古都的风俗民情,以人的精神面貌的变化突出北京的变化,儿童们只快活的过年,"而不受那迷信的熏染,他们只有快乐,而没有恐惧—怕神怕鬼。"[③]这是清醒健康的美的北京。老舍怀着"狂喜"的心情,歌颂新中国的伟大和光明。他去过许多地方,诸如新疆、内蒙、广东等地,都留下了一些即景抒情的优美篇章。

　　有人说,散文是抒写个人主观性灵的,即便如是吧。可是,有的人却钻进"自我"的小圈子里,抒唱的是个人的闲情逸致。老舍不同,即使是咏物,他写麻雀,具有同情弱小,怜惜生命的思想特质。写狗,"看见小狗的可怜,也就是感到人民的贫穷,"充满着感伤。他爱猫,可是

①　老舍:《想北平》,《老舍文集》(第14卷),人民文学出版社1989年版,第64页。
②　老舍:《我热爱新北京》,《老舍文集》(第14卷),人民文学出版社1989年版,第314页。
③　老舍:《北京的春节》,《老舍文集》(第14卷),人民文学出版社1989年版,第320页。

在那个年代,小猫反倒放在笼子里养着,以免被老鼠吃掉,因为那里的老鼠猖狂。可见,他写个人的爱好,抒唱个人情感总具有一定的社会内涵。在忧郁美的艺术境界中,你可以看到他对旧制度的不满和批判,对中华民族遭受欺凌的沉痛和忧患。他的忧郁不含绝望和颓废,他的忧郁是爱国主义和民族精神的深深埋藏。至于解放后的"狂喜",更能显见他与中国革命的亲密关系。

第二节　感觉精微,色彩的情感表现

老舍最爱英国作家康拉德,称赞康拉德感觉精微,尤其对海的描写非常细腻。他认为,"写家们要心细如发,象女人们那样精细。"①不否认,老舍感触事物的精细,在写小说《二马》时,即决心往"细"里写,是受了康拉德的影响。但是,老舍从小就形成的忧郁的审美意识,也使他的感知与别人不同,更加"心细如发"。

在写人的篇什里,你既可以看到他对人的性格的总体把握,又能看到他对一眼、一鼻、一毛的细微感觉。你看,他认识白涤洲后,总感到他"老推平头,老穿深色的衣服,"常是"灰色或兰色的长袍。"②由许地山给他的电文:"×日×时到站接黑衫女!"感知许地山是个风趣的人。因为老舍不认识许夫人,许地山让夫人穿了黑色旗袍,所以才发来这么一个电文③。吴组缃先生养了一口小花猪,也引起了老舍的审美注意,故以猪作文,作成《吴组缃先生的猪》,让人看到:吴先生并不"阔绰",他饱受人间酸辛,满怀忧患意识。马宗融先生的时间观念不强,三点开会,五点也到不了。因为他在"路上劝架、救火、追贼、问物价、打电话",是个爱管事的热心肠的人④。姚蓬子有一块"如浪中之船"的砚台,已经用到了不能再用的程度可他仍然在用。磨墨的时候,"它会由桌子这一端滚到那一端,而且响如快跑的马车。"⑤舍不得丢掉这块砚台,可影响了别人的休息。由砚台这个感知对象,再现了姚蓬子的悭吝品格。老舍对罗常培先生印象深,记忆深:别人的辫子都

① 老舍:《诗人》,《老舍文集》(第14卷),人民文学出版社1989年版,第177页。

② 老舍:《哭白涤洲》,《老舍文集》(第14卷),人民文学出版社1989年版,第35页。

③ 老舍:《敬悼许地山先生》,《老舍文集》(第14卷),人民文学出版社1989年版,第192页。

④ 老舍:《马宗融先生的时间观念》,载舒济编:《老舍散文选》,百花文艺出版社1984年版,第50页。

⑤ 老舍:《姚蓬子先生的砚台》,载舒济编:《老舍散文选》,百花文艺出版社1984年版,第51页。

垂在背后,他的辫子却垂在肩前。由辫子下垂的方位,可见老舍感知事物之细。正因为老舍感觉事物精微,所以他的描写才那么细腻。

人对事物感知细微,往往与他的兴趣注意有关。老舍从小就喜爱小动物,尤其喜欢猫。你看,他对猫的性格分析细致入微。它有时候很乖,"成天睡大觉,无忧无虑",有时候不乖,跑出去玩,整天可以不回来。它见到老鼠又很"尽职"。"要是高兴,能比谁都温柔可亲"。它闹恋爱时,叫声尖锐刺耳,使环境失去了平静。等它生下小猫后,"它是那么尽责地看护儿女",你又不恨它了。对小猫爱的情感的变化,一般的人是感知不出的。"我很爱小动物们。我的'爱'只是我自己觉得如此。"①他的爱来自个人的感知。再比如,他写鸽子,感知经验十分丰富。像生物学家那样,对鸽子作了细致的分类研究。按颜色说,它们以灰、白、黑、紫为基本色。"全紫的叫紫箭,也叫猪血",是最不值钱的。他把杂色的鸽子又分为四大类:点子、乌、环、玉翅。而每一类里又有高低贵贱之别,如铁翅乌或翅乌,"比单是乌又贵重一些"。但黑乌头或紫乌头,又没有乌贵重。以头论,最好的"象算盘珠儿","最怕鸡头"。以眼论,白眼皮的鸽子"要强","豆眼、隔棱眼,都是要不得的。"以嘴论,长嘴的鸽子不美,"厚厚实实的,小墩子嘴,才好看。"以身段论,"短小玲珑为贵"②。读了这些描写,你一点也不会感到他的啰嗦,他把知识性、趣味性、愉悦性熔于一炉,增加了散文的审美效果。

微小的触动即能引起作家的知觉联想,而通感的汇聚,更给他的景物描写带来了丰富的色彩。他的笔像画家的笔,他用优美的文字组合成多样画图。从一幅幅的画面组合中,你可以看到他对绿色的偏爱。他既喜欢用绿色,又没造成色彩的单调,因为他的色彩是不断变换的。色彩的变化,一种是以绿色为主又加进其他色料,从而创造出瑰丽的美的境界。他在《一点印象》中写济南秋天的山色,以青黑为底色,加上秋阳的斜射,于是那山腰中的青黑色的松树,便出现了"比灰色深,比黑色浅的颜色。"松树旁边的黄草,也被盖成"一层灰中透黄的阴影。山脚镶有黄的、灰的、绿的各色条子。"山顶上的色彩也随同太阳的转移而不同。这里的视觉形象色彩多变,但不杂乱。它的变化是由斜阳投射引起的。与山顶、山脚相比,山腰的颜色变化更加鲜明。

---

① 老舍:《小动物们》,载舒济编:《老舍散文选》,百花文艺出版社1984年版,第195页。
② 老舍:《小动物们》,载舒济编:《老舍散文选》,百花文艺出版社1984年版,第199页。

不过,这里的变化也是由阳光的投射引起的。不同的是,作家的视觉又联结了触觉、听觉,使你看到的景更加清新,淡美。"那阳光能够忽然清凉一会儿,忽然又温暖一会儿";随着对阳光的凉暖感觉的变化,山上的色彩立刻随着变换。"忽然黄色更真了一些,忽然又暗了一些,忽然象有层看不见的薄雾在那流动,忽然象有股细风替'自然'调合着彩色,轻轻的抹上一层各色俱全而全是淡美的色道儿"。细风是听觉也是触觉,把它融进视觉形象之中,起到调合色彩、加强情感的作用。写秋山,运用了联觉,写秋水,艺术的联觉更加广泛。作家不仅用了视觉、触觉、听觉,而且用了嗅觉、味觉。济南是世界上有名的泉城,那里的水"全是那么清,全是那么甜。"水和蓝天一样的清凉,"天上微微有些白云,水上微微有些波皱。天水之间,全是清明,温暖的空气,带着一点桂花的香味。"①这幅画包含着全部色彩值的精心组织。在组织色彩中,由于艺术联觉的作用,扩大了视觉形象的美的功能。诗中有画,画中有诗,他的散文的美,不是单一地用诗或画所能囊括了的。

随着自然界的季节变化,当作家将审美视角投向济南的冬天时,他的画面组合仍然是以绿色为主色而夹用其他色彩。小雪过后,"山尖全白"。可在山坡上,由于雪的覆盖厚薄不同,所以有的地方草色还露着,"一道儿白,一道儿暗黄。"微黄的阳光斜射在山坡上,"微微露出点粉色。"色彩有白,有黄,有粉红,但最主要的还是那青黑的矮松。冬天的水,色彩也不单调。"那水呢,不但不结冰,反倒在绿藻上冒着点热气。水藻真绿,把终年贮蓄的绿色全拿出来了。"这水里既有垂柳的倒影,又"包着红屋顶,黄草山,象地毯上的小团花的小灰色树影",在绿色中适度掺杂了红、黄、灰色,于是画面更美了。

老舍散文色彩组合的另一种形式是以绿色为主,不夹其他色料,作家用浓墨重笔突出渲染绿,也不断地变换着绿。在《非正式的公园》里,他描画的齐鲁大学真像个美丽的公园。绿树,绿草地,楼的四周全是绿树。"'爬山虎'的深绿肥大的叶一层一层的把楼盖满,只露着几个白边的窗户;每阵小风,使那层层的绿叶掀动,横着竖着都动得有规律,一片竖立的绿浪。"视听觉的联用,使静态的绿叶变成动态的绿浪。视角的变动,"视线所及不是红花,便是绿叶。"近看是绿,远看也

---

① 老舍:《一点印象》,载舒济编:《老舍散文选》,百花文艺出版社1984年版,第79—81页。

是绿，"南面的群山，绿的。山前的田，绿的。"①一切颜色都消沉在绿的中间，简直成了"绿海"。五月的青岛，也是绿意无限。各种绿色："绿，鲜绿，浅绿，深绿，黄绿，灰绿"，互相交错着，变动着，呈现春深似海的景象。作者是以绿为主色，多层次地渲染，在单纯中求变换，创造动态美的画面。

　　色彩是表现情感的，各种颜色都具有特定的价值。作家必须从感情的需要出发来选用适当的色彩，不能够漫无中心的乱加涂抹。老舍以绿色为主色，契合他的忧郁的心理情绪。忧郁心理型的作家，不可能选用具有强烈刺激性的红色作为主色。因为红色"表现出某种崇高性、尊严性和严肃性。"而绿色则适合表现忧郁美的艺术境界，它具有一种"人间的、自我满足的宁静。"②绿色的表现性能唤起读者对大自然的清新感觉。所以，老舍的风景画：济南的秋山秋水，青岛五月的春光，齐大校园里的"绿海"，全用绿色组成。绿色最能表达他的情感。以绿示静，以静蕴郁，给你以朴素清新的美的享受。

第三节　心灵的旋律，语言的音乐美

　　老舍在写景、记事、状物的过程中，感情的变化形成一种别具风致的忧郁的情绪节奏。这种情绪节奏是通过富有节奏感的语言表现出来的。是的，他的语言的确像从心弦上弹出来的音乐，这音乐具有多样性和表现力，能充分地把你的注意维持住，以广泛地唤起你的情感。

　　老舍散文大都采用平叙的手法，看上去似乎漫不经心，其实，在平淡的叙述中，包孕着感情的波涛，流动着内在的韵律。在怀友的文章中，你可以看到他在娓娓谈家常式地平叙着一件件的小事，抒唱着对友人的厚爱、敬意，无限深情。《宗月大师》写"我"从小家贫，上不起学。后得宗月大师帮助而上了学。作了学生后，常到宗月大师家里去，知道他是阔少爷，"但是他不以富傲人"。"他的财产有一部分是卖掉的，也有一部分是被人骗去了的，他不管，他的笑声照旧是洪亮的。""我"初中毕业时，他已一贫如洗，可是他仍然"好善"。"我"出国之前，

①老舍《非正式的公园》，载舒济编：《老舍散文选》，百花文艺出版社1984年版，第88页。
②〔美〕鲁道夫·阿恩海姆：《艺术与视知觉》，滕守尧、朱疆源译，中国社会科学出版社1984年版，第471页

他入庙为僧,行善苦修,"声音还是洪亮的"。他出家后,仍然热心慈善事业,"他穷,他忙,他每日只进一顿简单的素餐,可是他的笑声还是那么洪亮。"①平叙几件小事,全扣紧了一个"善"字。宗月大师以行善为乐,他的"善"深深地感染了"我"。他的精神"引领我向善",我真愿意"他真的成了佛。"敬意化作良好的祝愿。内心的旋律也流动到"祝愿"为止。全文以三次"洪亮的笑声"形成三次情感起伏的波澜。开头以平缓的情绪入题,中间是有规律的跃动,等节奏缓下来后收尾。同样是在平叙中造成情感的波澜,《敬悼许地山先生》开始便以沉痛的心情写道:"地山竟自会死了——才将快到五十的边儿上吧。""我"虽是他的好友,可是,对于他的身世知之并不十分详细,想等他老年的时候再说给"我"听,"可是,他已经死了"。中间是介绍他的人格,最后如泣如诉,"我只有落泪了","不能再往下写了……"。情绪起时,用诗的语言以抒情,在伏的时候,以平缓的节奏以叙事。在平叙中,又形成若干小的波澜,由小波澜再掀起大波澜,大波未落,音响停止,余味无穷。

随着作家情绪节奏的变化,语言节奏也发生变化。情绪节奏紧时,语言短促,干脆利落。比如写济南的秋天,一开始便以短促、轻快的语调,形成逼近、引领你的感情的作用。"请你在秋天来。那城,那河,那古路,那山影,是终年给预备着的。"以"那"的四次复用,增强节奏感,使你感到亲切,非得去欣赏济南秋天的诗境不可。写五月的青岛,将那春深似海的美景画过之后,作家写妇女姑娘们的感触,尤其突出学生们争相领略春光的情景:"本地的学生忙,别处的学生也来参观,几个、几十、几百,打着旗子来了,又成着队走开,男的,女的,先生,学生,都累得满头是汗,而仍不住的向那大海丢眼。"语言短促,富有节奏,这是作家情感波澜升起时的音响组合。

节奏的紧迫与舒缓相互交替,有规则的变动,创造了老舍散文的音乐美感。如果说作家情绪紧骤时,爱用短促的语言,那么,情绪舒缓时,则喜用幽默的文字,推出富有谐趣美的境界。在《怀友》一文中,作家记叙了三次不寻常的聚会。其中一次是在北平,杨今甫与沈从文两先生请吃饭。老舍详细描写了友人们的酒量与拳术。"今甫先生拳高量雅,喊起来大有威风。从文先生的拳也不弱,杀得我只有招架之工,

———————
① 老舍:《宗月大师》,载舒济编:《老舍散文选》,百花文艺出版社1984年版,第15页。

并无还手之力。""最勇敢的是叶公超先生,声高手快,连连挑战。朱光潜先生拳如其文,结结实实,一字不苟。"其中还有老舍自幼的同学罗常培先生,"莘田是我自幼的同学,我俩曾对掀小辫打架,也一同逃学去听《施公案》。"幽默的文字里包含着作家真挚、细腻的情感。

在老舍散文中,情绪节奏除呈波澜起伏状之外,还有呈步步增强状的。《想北平》以"想"为情感主线,层层推进。如果说开头作家说他想得"欲落泪",中间把北平与巴黎作比较,更增加对北平的爱,爱的程度愈深,那个"欲落泪"的"欲"的程度便愈重。最后是:"要落泪了",泪珠似乎还在眼眶里未落下来。情感的节制之美,比那种不加节制的任其泪流满面的"想"还要深,还要耐人寻味。写于抗战时期的《五四之夜》,以鼓点式的节奏,声声紧逼。作家要用笔作武器打击侵略者,所以一提笔便是:"写,写,写,军事战争,经济战争,文艺战争,这是全面抗战,这是现代战争:每个人都当作个武士,我勤磨着我的武器——笔。"满腔的爱国主义激情已达到了高潮,这时,作家不再加以节制,尽情地让它喷吐,"我们活着,我们斗争,我们胜利,这是我们五四的新口号!"这是抗战文艺,时代需要这种鼓点式的催征的声响。所以,在情绪节奏的步步增强中,有时加以节制,那是一种美。有时不加节制,同样是一种美。不管哪一种美,它都能冲击着你的心潮。

当然,作家情绪节奏的步步增强,有时包孕在他所描写的人物情感之中。这时,你好像体察不到作家情绪节奏的振动,更多地被他所描写的人物情绪牵制住了。《记忆犹新》里描写了著名鼓书艺人刘宝全先生,他一出场,听众就报以热烈的喝彩与掌声;开始打鼓,台下一片肃静,聚精会神地等候他开口歌唱;收住鼓板后"报幕","大家又报以彩声"。这之后便是歌唱。"他开口了。他有清劲高亮的嗓音,加以多年的锻炼。所以唱得有气势,有韵味,有顿挫,有感情。"他的眼神、手式、鼓板、嗓音,都是美的。这种极高的表演才能,深厚的艺术修养,使他获得了听众。老舍把他的情感的魅力记述下来,给你以情韵美的享受。

由于音乐意象,大都不是直观的视觉意象,而是一种较模糊的联觉意象,所以从作家心灵深处弹奏出来的乐章,有时是借助于视觉意象传达的。以上以心灵与语言之间的音响勾通,另设标题加以论述,只是为了说明问题的方便。其实,它与色彩的情感组合,又怎能加以分割呢？作为视觉意象的画面，何尝不能调动听觉意象的音乐，而作为听觉意象的音乐，又怎能不借用视觉、味觉、触觉等感受呢。老舍散文艺术心理建构是丰富的，美感力量是多样的！

老舍的优美散文，大都产生于30年代。这些散文具有独特的个性，但分明又留有文艺发展中的历史的时代的烙印。老舍继承了五四以来的现实主义散文传统。他自由自在地抒写内心真情实感，在艺术描写的自然清新方面，有点接近朱自清。不过，在色彩的表现上，同是写绿，朱自清有雕琢的一面，老舍更求朴实。老舍也抒发自己的忧郁情绪，但不像创造社郭沫若、郁达夫等散文作家的自我暴露，直接渲泄"内心的要求"，老舍创作的心理形态是务实的，而非浪漫的。在散文大发展的30年代，杂文更加成熟，报告文学开始兴盛，这些都没引起老舍的兴趣。他本来的创作就具有幽默的特质，可是他也没有一味追求幽默闲适。他一起步，便致力于抒情散文的艺术探索。他的探索又不同于何其芳、李广田、丽尼等散文作家较多地吸取现代派诗文的表现手法，他的心灵旋律的跳动是时代的，是民族的。他以忧郁的审美意识创造出来的色彩图案、音乐美感，对后代的散文作家将是一个很好的启示。

[原载《中国现代文学研究丛刊》1988年第2期]

后　记

　　年过花甲,愈觉精力充沛,才思敏捷,著书立说更胜于青春当年。吾常以"早晨八、九点钟的太阳"自居,永葆朝霞心态,真是愈过愈年青,愈老愈可贵矣!

　　我于2009年将国家社科基金项目《中国现代小说理论研究》结项后(结项成果为"优秀"等级),即从事教育部人文社会科学项目《老舍与中外文化关系研究》的研究,至2014年1月,完成了项目的研究任务,本书即是项目研究的最终成果。

　　本书凝聚了我多年来有关老舍研究成果,书中的章节大都以论文的形式,在《文学评论》《中国现代文学研究丛刊》《民族文学研究》等杂志发表,对老舍研究多有开拓、创新。

　　撰完本论著,更觉学术之难,学术之路无止境,学贵精诚在创新。"路漫漫其修远兮,吾将上下而求索"!

谢昭新记于新华园

2014年2月8日